MH370

von Dieter Pueschel

Danke an Aaron, Elisa, Janek, Jannik, Janos, Jenny, Marcel, und Kapitän Luke.

Idee, Text und Verlag © Dieter Pueschel, 11.2023
An der Landwehr 13, 32105 Bad Salzuflen
Titelbild: Janek Lachmann | www.instagram.com/janek.blend
K-110224
© Dieter Pueschel | dp28@posteo.de | www.dieterpueschel.com
Druck: Eigenverlag, Amazon – KDP

VORWORT

Ich erinnere mich nur allzu gut an das Drama um MH370. Damals, im März 2014, lebte ich in China. Ich war Korrespondent für die Süddeutsche Zeitung und andere deutschsprachige Printmedien.

Ein Freund von mir, der bei einem deutschen Autobauer angestellt war, pendelte damals regelmäßig zwischen Peking und Kuala Lumpur. Der Nachtflug von Malaysian Airlines mit der Flugnummer MH370 zählte zu seinen bevorzugten Reisemitteln, wenn er nach seinem Aufenthalt in Malaysia nach China zurückkehrte. Er saß in dieser schicksalhaften Nacht zum Glück nicht in der Maschine.

Zwei Tage nach der Meldung vom Verschwinden der Boeing 777 sah ich Freunden und Angehörigen von vermissten Passagieren persönlich in die Augen. Dutzende von ihnen waren in einem Hotel in Peking untergebracht, nachdem man sie vom Flughafen weggeschafft hatte. Als Journalist war ich vor Ort, um bei Pressekonferenzen der Airline oder von Angehörigen dabei zu sein und neueste Entwicklungen nachzeichnen zu können.

Ich erinnere mich nur zu gut an die Gesichter dieser Menschen, die ihre Verwandten in den Morgenstunden des 8. März in Chinas Hauptstadt zurückerwartet hatten und nun um deren Leben bangten. Wenn sie nicht unbedingt ihrer Wut freien Lauf ließen, starrten ihre Blicke ins Leere. So sehen Gesichter aus, deren Seelen vergeblich versuchen, einen Abzweig vom Pfad der Verzweiflung zu finden, schrieb ich damals.

Auch zehn Jahre nach dem Verschwinden von MH370 ist nicht geklärt, was in dieser Nacht geschah. Die Maschine ist nie gefunden worden, und es liegt nah, dass sie irgendwo auf dem Grund des Meeres verschollen ist. Oder etwa nicht?
Mit dieser Frage stecken wir schon knietief im Sumpf der Indizien, Hinweise und Spekulationen, was damals das Verschwinden begründet hat.

Die Wahrheit ist: Wir wissen es nicht. Wobei sich gleich eine weitere Frage aufdrängt: Wer ist Wir? Denn vielleicht wissen manche Menschen doch sehr genau, was geschehen ist, haben sich aber, aus welchen Gründen auch immer, dazu entschieden zu schweigen.

Das Schicksal von MH370 und seinen 239 Menschen an Bord ist derart mystisch, dass es die Fantasie beflügelt und den Geist anfällig macht für Verschwörungstheorien. Das Problem ist, dass alle Erklärungsversuche an irgendwelchen Stellen schlichtweg stocken. Keine Theorie war bislang in der Lage, ein völlig schlüssiges Szenario zu bieten.

War es Selbstmord? Waren es die Russen? Waren es die Amerikaner? Waren es die Chinesen? Bücher und Dokumentationen zeichnen kleinteilige Recherchen nach, beschäftigen sich mit jedem Detail, das mal Hinweise in die eine, mal in die andere Richtung gibt. Und am Ende müssen alle Autoren, Filmemacher und Journalisten eingestehen: Wir wissen es nicht.

In dieser Konstellation hat sich Dieter Pueschel intensiv mit dem Verschwinden der Maschine beschäftigt. Sein detailliertes technisches Verständnis vom Flugzeugbau mündet, gepaart mit akribischer Recherche, Fantasie und Vorstellungskraft, in einem spannenden Thriller, der eine faszinierende Theorie entwickelt, welche die Ereignisse vom 8. März 2014 erklären könnte.

Dieses Buch darf derart fantasieren, weil es ein Roman ist, in dem die Fiktion nicht von tatsächlichen Ereignissen gestützt sein muss. Aber im Angesicht der vielen offenen Fragen, die MH370 umgeben, bekommt die Story eine Note, die es uns erlaubt, darüber nachzudenken, ob der Autor nicht vielleicht doch mehr über die wahren Begebenheiten weiß, als seine Leserinnen und Leser ahnen.

Marcel Grzanna Köln, im November 2023

Ihre Kenntnisse aus Flugzeug- und Raketenbau und ihre Aufbauarbeit waren eine der wichtigsten deutschen Reparationsleistungen an die sowjetische Siegermacht, denn sie hatten es ihr ermöglicht, den Anschluss an die bis dahin überlegene Technik des Westens zu finden.

Als Juri im Oktober 1982 als frisch gebackener Ingenieur zum ersten Mal die Fabrik betreten hatte, war sie schon eine der wichtigsten Arbeitgeberinnen der Stadt und das Herzstück und der Stolz der Raumfahrtnation Russland gewesen. Vom ersten Moment an hatte er gefühlt, dass diese Aufgabe seine Bestimmung war und ihn mit Ehrfurcht erfüllte.

Als Jahrgangsbester hatte er nach seinem Studium in Moskau in der ZSKB Progress, wie die Raketenfabrik offiziell hieß, eine Anstellung als Ingenieur bekommen, und damit die Möglichkeit, an der modernsten und gleichzeitig faszinierendsten Technik zu arbeiten, die es zu jener Zeit gab. Und mit seinen 21 Jahren war er jung, ehrgeizig und entschlossen genug, um diese Chance zu nutzen.

Denn gerade jetzt brauchte die Sowjetunion ihre Raketentechnologie dringender als je zuvor. Deswegen stellte Moskau für den Rüstungswettlauf mit dem Westen fast unbegrenzte Mittel zur Verfügung.

Man selbst war drei Jahre zuvor in Afghanistan einmarschiert und nebenan in Teheran entwickelte sich die so genannte islamische Revolution zu einem unkalkulierbaren Flächenbrand. Aufgrund der zwischen den Supermächten gescheiterten SALT-2-Gespräche war im Westen der umstrittene Nato-Doppelbeschluss gefallen, und nach einem langweiligen Erdnussfarmer aus Georgia, polterte im Weißen Haus in Washington jetzt ein kommunistenhassender Schauspieler aus Hollywood. Das alles versprach goldene Zeiten für die Rüstungsindustrie.

Aber es war weniger sein Interesse für Weltpolitik, als vielmehr seine jugendliche Begeisterung, die ihn angetrieben hatte. Juri Wassiljewitsch hatte die folgenden fünf Jahre genutzt, um sich vom schlichten Hilfskonstrukteur hartnäckig auf der Karriereleiter nach oben zu arbeiten.

Dabei war es seine rasche Auffassungsgabe und die Fähigkeit, sich in komplexe technische Zusammenhänge hineinzudenken, die ihm geholfen hatte, Vorgesetzte und Kollegen zu beeindrucken.

Er verstand es oft, schneller als andere zum Kern der Problematik vorzudringen und Lösungsansätze zu entwickeln. Und dank der sowjetischen Planwirtschaft und ihrer verbohrten Ideologie, gab es mehr als genug Probleme, die auf Lösungen warteten.

Anfangs hatten ihm diese Ideen dabei geholfen, die Montagevorgänge in seiner Abteilung sicherer und effizienter zu gestalten. Damit hatte er es geschafft, die hohen Fehlerquoten zu senken und die komplizierten Montagen verlässlicher und in kürzeren Fristen zu bewältigen. Und Planerfüllung war in diesen angespannten Zeiten oberste Priorität.

Später führten seine Vorschläge zu Vereinfachungen der Konstruktionen und halfen mit, den bei der ZSKB-Progress gebauten Sojustriebwerken ihre sprichwörtliche Robustheit und Zuverlässigkeit zu verleihen. Jene Qualitäten, die sie bis heute zu den Arbeitspferden der russischen und internationalen Raumfahrt machen, und die weltweite Anerkennung und wichtige Devisen brachten.

In Samara war es auch, wo er Alina kennenlernte.

Als jüngster Nachwuchsingenieur war es eine seiner Hauptaufgaben, dafür zu sorgen, dass immer die aktuellsten Stücklisten und Montagezeichnungen zur Verfügung standen.

Deshalb war er fast täglich in den Planungsbüros und dem großen Zeichensaal unterwegs, um die Unterlagen zu besorgen und auf dem neuesten Stand zu halten.

Dabei hatte sie eines Tages plötzlich vor ihm gestanden.

Er war mit großen, sorgfältig zusammengerollten Zeichnungen unter beiden Armen auf die Ausgangstür des riesigen Büros zugesteuert und während er noch danach grübelte, wie er dermaßen bepackt die Tür öffnen würde, schwang sie plötzlich von alleine auf und sie stand vor ihm.

Als sie seine hilflose Miene bemerkt hatte, war sie einen Schritt zur Seite getreten und hatte ihm lächelnd die Tür aufgehalten.

Später hatte er oft augenzwinkernd erzählt, dass er bei dem Blick in ihre lachenden Augen am liebsten gleich alle Zeichnungen fallen gelassen hätte, um auf der Stelle niederzuknien und um ihre Hand anzuhalten. Und er war sich sicher, dass sie ja gesagt hätte. Aber sie lachte ihn dann jedes Mal aus und behauptete, als anständiges Mädchen hätte sie ihn natürlich sofort aus dem Büro gejagt und ihm die Tür vor der Nase zugeschlagen.

Wie dem auch sei, in den folgenden Wochen hatte er es auf jeden Fall geschafft, häufiger in ihrer Nähe zu sein und ihre Aufmerksamkeit zu gewinnen.

Ihre warmen, dunklen Augen und ihr kastanienbraunes Haar, das halblang über ihren Schultern wippte, hatten dieses seltsame Gefühl in ihm ausgelöst, das sich im Bauch anfühlt wie zu viel Brausepulver und im Kopf so, wie genau richtig dosierter Wodka.

Und selbst wenn sich die Silhouette ihres Körpers unter der vorgegebenen Arbeitskleidung nur schemenhaft erahnen ließ, reichte das zusammen mit dem Wippen ihres Hinterns doch aus, ihn am Schreibtisch einige Male in angenehme Träume zu entführen.

Zum Ausgleich hatte er dann nachts oft wach gelegen, an die Decke seines spartanisch eingerichteten Zimmers geschaut, und vergeblich versucht, seine Gedanken von ihr abzulenken.

Für einen normalerweise nüchtern rechnenden Techniker wie ihn, war diese Situation gewöhnungsbedürftig, und die Heftigkeit, mit der sie sein Gefühlsleben ins Wanken brachte, gefiel im überhaupt nicht.

Aber wie jeder andere junge Mann hatte auch er oft Gedanken darüber angestellt, wie seine Traumfrau aussehen würde und welche Eigenschaften ihm wichtig schienen.

Seit diesem ersten Blick in ihre Augen waren alle diesbezüglichen Fragen schlagartig beantwortet, und er spürte ohne den geringsten Zweifel, dass er der Frau begegnet war, mit der er den Rest seines Lebens verbringen würde.

Er hatte keine Ahnung, wie er sie für sich gewinnen sollte oder wohin sie dieses gemeinsame Leben führen würde, aber er war sich vollkommen sicher, dass er es mit ihr und keiner anderen verbringen wollte.

Nach einigen weiteren Begegnungen im Zeichenbüro und wenigen belanglosen Sätzen hatte er sich ein Herz gefasst und sie zu einem Besuch in eines der örtlichen Kinos eingeladen.

Welcher Film gezeigt wurde, konnten sie später beide nicht mehr sagen, aber daran, dass er während der gesamten Vorstellung ihre Hand gehalten hatte und an seinen ersten schüchternen Abschiedskuss vor dem Haus ihrer Eltern, erinnerten sie sich oft.

Schon als sie sich kennen lernten, war die Gouvernementshaupstadt Samara die sechstgrößte Stadt Russlands und hatte mehr als eine Million Einwohner. Flugzeugbau, Weltraumtechnik und die schnell wachsende Ölindustrie begünstigten ihre Entwicklung zu einem wichtigen Industriestandort. Außerdem hatte Ihre Lage direkt am Ufer des imposanten Wolgastroms sowie ihre langen warmen Sommer schon immer Kulturschaffende, wie Tolstoi, Gorki oder Schostakowitsch angelockt.

Und so verbrachten sie die Freizeit ihres ersten kalten Winters gemeinsam in den Kinos und den vielen gemütlichen Lokalen der Stadt. Und ihren ersten gemeinsamen Sommer bei langen Spaziergängen am Ufer der Wolga oder mit einem heimischen Schiguli-Bier in einem der zahlreichen Biergärten der Umgebung.

Dort stand, wie ein Raubtier zum Sprung geduckt, die Sojus-Fregat, mit ihrer 600 kg schweren Nutzlast an der Spitze. Die Abendsonne tauchte sie in sanftes Licht, aber jeder von ihnen wusste genau, dass es kaum etwas Explosiveres auf dem Planeten gab als eine Sojusrakete, die vollbetankt auf ihren Start wartete.

Mit ihren randvollen Tanks und der kostbaren Fracht auf ihrer Spitze wog sie jetzt über 300 Tonnen und ragte fast 44 Meter in den Himmel.

Und ein einziger Funke oder eine achtlos weggeworfene Zigarettenkippe könnten ausreichen, um sie und alles andere im Umkreis von einem Kilometer innerhalb von Sekunden in Schutt und Asche zu legen.

Juri schaute noch einmal in den Nachthimmel und dachte daran, dass er Alina von dem Anruf erzählen musste, und dem Angebot, das er vor drei Tagen erhalten hatte. Der Leiter der Raketenfabrik in Samara hatte ihn angerufen.

Es war ein offenes Geheimnis, dass die guten alten Sojus-Triebwerke trotz ihrer Robustheit ihre Lebenserwartung längst überschritten hatten und einem neuen und moderneren Triebwerkstyp weichen sollten. Aber bei der Entwicklung und Konstruktion eines Nachfolgemodells kam es immer wieder zu Rückschlägen, und der ehrgeizige Zeitplan, den Moskau vorgab, war schon lange nicht mehr zu halten.

Deshalb hatte man Juri den Vorschlag unterbreitet, mit seiner Erfahrung und Kompetenz nach Samara zurückzukommen und den Posten des leitenden Entwicklungsingenieurs zu übernehmen. Ein Angebot, das ihn im ersten Moment mit Stolz erfüllte, und welches in jeder Hinsicht eine deutliche Verbesserung für ihn bedeutete.

Aber gleichzeitig würde es für ihn auch bedeuten, auf dieses geliebte Fieber zu verzichten, das die Startvorbereitungen mit sich brachten. Diese langsam steigende Anspannung, die sich zuerst täglich, und mit näher rücken des Starttermins stündlich und minütlich erhöhte. Diese kribbelnde Unruhe, die dafür sorgte, dass sein Körper das Adrenalin freisetzte, welches er nach all der Zeit mehr brauchte als seine Zigaretten.

Das war der Grund, warum er gezögert hatte, Alina von dem Telefonat zu erzählen.

Er spürte genau, wie sie sich manchmal im Stillen aus der kasachischen Einsamkeit zurück in ihr geliebtes Samara wünschte, in diese pulsierende und faszinierende Stadt an der majestätischen Wolga, mit ihrer kulturellen Vielfalt und all den vielen Möglichkeiten, die sie hier so vermisste. Sie würde keine Sekunde zögern, die Koffer zu packen, um, wie sie es ausdrückte, wieder zurück in die Zivilisation zu kommen. Und er wusste genau, dass, sobald er ihr von dem Angebot berichtete, die Entscheidung gefallen war und dass das Kommende unausweichlich kommen würde, ohne auf seine Befindlichkeiten oder Bedürfnisse Rücksicht zu nehmen.

Der kalte Südwind in seinem Gesicht riss ihn aus den Gedanken und ließ in kurz frösteln. Gierig nahm er einen letzten Zug aus der filterlosen Prima, bevor er sie mit Daumen und Mittelfinger wegschnippte und sich auf den Rückweg machte. Ein Blick auf die Uhr am Handgelenk sagte ihm, dass es höchste Zeit war, seinen Platz im Kontrollraum wieder einzunehmen.

Mit schnellen Schritten legte er die letzten Meter zurück und öffnete die schwere Seitentür zu ihrem Allerheiligsten. Als er den halb abgedunkelten Raum betrat, vermochte er es nur mit einem akrobatischen Ausfallschritt zu verhindern, über seinen am Boden liegenden Kollegen Wassili zu stolpern.

»Hey Wassili«, raunzte er den halb unter einem Kontrollpult Verschwundenen an. »Schlechter Zeitpunkt für ein Nickerchen, oder?«

»Ja ja ja«, kam es keuchend zurück. »Toller Witz … Aber ein noch beschissenerer Zeitpunkt für diesen Scheißmonitor, gerade 40 Minuten vor dem Start den Geist aufzugeben.«

»Und, habt ihr schon Ersatz?«

»Klar, steht doch da. Hab ich gerade bei den Jungs von der Sicherheitsabteilung ausgeliehen. Erst wollten sie mich erschießen, aber ich hab ihnen gesagt, dass die Zukunft des Vaterlandes davon abhängt.«

»Sehr gut«, lobte Juri und bemühte sich, ein Grinsen zu verkneifen. »Und jetzt?«

»Jetzt muss ich nur noch diesen gottverdammten Scheißstecker davon überzeugen, in diese gottverdammte Scheißsteckdose zu gehen.«

Nach zwei weiteren gekeuchten russischen Flüchen folgte ein hoffnungsvolles: »Läuft jetzt was?«

Juri warf einen Blick auf den Ersatzmonitor, auf dem eine kurze Bootsequenz flackerte. Dann erschienen Zahlenkolonnen und Grafiken, die die Zustände der Triebwerke darstellten.

»Ja, ich glaube, wir sind wieder online. Gute Arbeit.«

Weiter leise vor sich hin fluchend richtete Wassili sich hinter dem Kontrollpult auf und klopfte sich demonstrativ den Staub von Hemd und Hose. Er umrundete das Pult und ließ sich erschöpft neben seinem Kollegen in seinen Sessel fallen. »Das muss ich aber auch nicht jeden Tag haben.«

Juri verkniff sich eine Anspielung auf Wassilis etwas rundliche Figur und warf einen Blick auf die große Digitaluhr, die in der Mitte der Hauptkontrolltafel an der Stirnwand des Saals angebracht war. »31 Punkt 30« stellte er nüchtern fest. »In einer Minute dreißig fangen sie an, den Versorgungsturm zurückzufahren. Sind wir bereit für die Umschaltung auf Eigenstrom?«

»Ja«, kam die Bestätigung von Wassili. »Alles klar für Eigenstromversorgung.«

»Was machen die Temperaturschwankungen in Brennkammer 2?«

»Ist immer noch so wie vorher«, antwortete sein Assistent mit einem Blick auf einen Seitenmonitor.

»Aber wenn ich die Toleranz der Brennkammertemperatur und die Toleranz der Sensoren addiere, sind wir noch im grünen Bereich.«

Juri warf ihm einen besorgten Blick zu. »Seit wann werden Toleranzen denn addiert?«

»Ach«, winkte der Angesprochene grinsend ab. »Früher haben wir sie, wenn es nötig war, sogar multipliziert.«

Weil er den strafenden Blick in seinem Nacken spüren konnte, beeilte er sich zu ergänzen: »Die Kammer liegt im Schatten und in der Windseite. Ich denke, die Schwankung ist okay, oder meinst du, wir sollten das nochmal überprüfen?«

»Nein, im Moment nicht. Aber behalte sie im Auge und gib sofort Bescheid, wenn sich etwas ändert.«

Juri wusste natürlich genau so sicher wie sein Kollege, dass es unmöglich war, in dieser Startphase eine Überprüfung zu veranlassen, ohne eine Startverzögerung oder sogar einen Abbruch zu riskieren.

»Wir dürfen doch unsere Gäste nicht enttäuschen«, ergänzte er mit einem Kopfnicken zur gegenüberliegenden Seite des Raums. Dort saßen in zwei Reihen die Nutzlastspezialisten und einige offizielle Beobachter der ESA. Sie und ihr GIOVE-A-Satellit an der Spitze der Rakete waren Auftraggeber und damit gleichzeitig Kostenträger der heutigen Mission. Er hatte gehört, dass die Europäer für den Start rund 60 Millionen Euro bezahlten.

Offiziell gab es diese Zahl zwar nicht, aber alle Beteiligten wussten, dass man sich von der Zusammenarbeit mit der ESA wichtige Einnahmen versprach.

Und vermutlich hatte Wassili recht, die betroffene Brennkammer lag in der Wind- und Schattenseite der Rakete und eine etwas zu niedrige Temperaturanzeige war kein Grund zur Besorgnis. Eine Verzögerung oder sogar ein Abbruch des Starts, war in dieser Phase das Letzte, was sich die im Kontrollraum Versammelten

Auf der Startrampe wurden jetzt vollautomatisch die letzten Versorgungsleitungen und Verbindungskabel getrennt. Alle Systeme des Flugkörpers arbeiteten ab sofort autark und ohne Versorgung von außen.

Das dort beschäftigte technische Personal hatte den Gefahrenbereich rund um die Rakete längst verlassen und in Bunkern hinter dicken Betonwänden Schutz gesucht. Selbst die umgebende Natur schien den Atem anzuhalten.

Nur ab und zu störte ein leises Zischen aus Überdruckventilen oder ein schaltendes Relais die morgendliche Ruhe vor dem nahenden Inferno.

Exakt 125 Sekunden vor dem Start veränderte sich die Aktivitätsanzeige des Startcomputers von Orange auf Rot. In diesem Moment hatte das Programm selbstständig und genau nach Zeitplan den ultimativen Startbefehl an alle Systeme erteilt.

Juri wusste, dass seine englischsprachigen Kollegen diesen Zeitpunkt den »Point of no return« nannten, und eine bessere Bezeichnung war ihm auch noch nicht eingefallen.

Ab sofort war es für niemanden mehr möglich, den Startvorgang manuell zu stoppen, und das rote Licht der Anzeigetafel degradierte alle Beteiligten im Raum für die nächsten zwei Minuten endgültig zu hilflosen Zuschauern.

Unbewusst rieb er sich die feuchten Hände an seiner Hose trocken. Was würde er jetzt für einen kleinen Schluck Wodka zur Beruhigung seiner Nerven geben. Und obwohl er sich mittlerweile selbst zu den alten Hasen im Raum zählte, wusste er nur zu genau, dass es den meisten anderen ähnlich erging. Seine Nerven waren wie bei allen Starts, die er vorbereitet hatte, bis zum Zerreißen angespannt und er empfand jedes Umspringen der Sekundenanzeige körperlich.

Er selbst, sein Team und die gemeinsame Arbeit von Monaten waren jetzt vom fehlerfreien Funktionieren von Schaltkreisen und Software abhängig, und wie bei allen Countdowns schien sich jede einzelne Sekunde etwas länger zu dehnen, als die vorherige.

In Baikonur verzichtete man darauf, die verbleibende Restzeit für jeden vernehmlich herunterzuzählen. Diese Theatralik überließ man den Amerikanern in Houston, das lag eindeutig näher an Hollywood.

Deswegen hing jeder Anwesende mit mindestens einem Auge an der erbarmungslos langsam herunterzählenden Zentraluhr und versuchte, dabei selbst möglichst gelassen zu wirken.

Wassili hob demonstrativ den Daumen und nickte ihm zu. Laut Startuhr waren die letzten 25 Sekunden angebrochen, und den beiden war klar, dass der Computer ihre Lieblinge in fünf weiteren zünden musste.

Kurz darauf würde die erste Stufe ihrer vierstufigen Sojus-FG exakt einhundertachtzehn endlose Sekunden lang einen Schub von fast 1000 Kilonewton entwickeln und in der kurzen Zeit ihrer Brenndauer über 40 Tonnen hochexplosiven Treibstoff in brachiale Energie umwandeln.

Und nichts würde sie aufhalten, bis die Fregat-Oberstufe den GIOVE-A-Satelliten, nach circa drei Stunden Flugzeit, in seine vorbestimmte Umlaufbahn in gut 23.000 Kilometer Höhe entlassen hätte. Da waren sie sich sicher.

Sekunden später ließ die Zündung der Triebwerke auf der acht Kilometer entfernten Startrampe die Anzeigen auf ihren Monitoren verrückt spielen. Und die Vibrationen des Bodens, die sich wenige Augenblicke später selbst in dieser Entfernung deutlich spüren ließen, verursachten auf Juris Armen eine Gänsehaut.

Für ihn waren sie jedes Mal wie ein letzter brutaler Abschiedsgruß, und wie bei allen Starts schwankte er zwischen Stolz auf ihre geleistete Arbeit und Wehmut über den Abschied seines Babys.

Aber ebenso war dies genau der Moment, für den er immer wieder so begeistert arbeitete, und die unvergleichliche Belohnung für seine monatelangen Mühen.

Ihre Ballerina hatte ihren vorbestimmten Weg aufgenommen, und sie selbst waren ihrem verdienten Feierabendwodka einen entscheidenden Schritt näher gekommen.

Und Juri war klar, dass er keine andere Wahl hatte, als heute Abend mit Alina zu reden. Sie musste ihm helfen, von dieser Adrenalinsucht loszukommen und sich auf ein hoffentlich ruhigeres Leben mit neuen Prioritäten zu freuen.

2. Hamburg

Hamburg, Deutschland, 16.01.2008 03.45 Ortszeit

»Na bravo«, schnaubte Bräuninger, seines Zeichens Hauptkommissar bei der Kripo Hamburg, halblaut. Mit einem missmutigen Blick nach oben schlug er die Tür des Golf Diesel hinter sich zu.

Dicke Regentropfen, die ihm aus dem schwarzen Nachthimmel entgegenkamen, fielen heimtückisch und völlig lautlos. Erst bei ihrem Aufprall auf das Wagendach oder auf die Blätter der umstehenden hohen Linden, die die Straße säumten, erzeugten sie ein klatschendes Geräusch.

So als wollten sie ihm Applaus spenden. Beifall dafür, dass er sich zu solch nachtschlafender Zeit aus dem Bett gequält hatte, um an diesem ungemütlichen und finsteren Tatort eines brutalen Verbrechens heldenhaft seine Pflicht zu tun.

Schön wär's dachte er bei sich und konnte ein etwas gelangweiltes Grinsen nicht unterdrücken. Seine fast dreißig Dienstjahre hatten ihn zwar bis zum Hauptkommissar der Hamburger Mordkommission gebracht, aber Applaus gespendet hatte ihm in dieser Zeit noch keiner.

Mit einem Anflug von Resignation stellte er fest, dass das Klatschen lauter wurde und die Frequenz zunahm.

»So ein Scheiß ...«, setzte er sein knurrendes Selbstgespräch fort. »Rain in May!«

Mit einem hilflosen Schnauben ließ er den Wagenschlüssel in die Tasche seiner in die Jahre gekommenen Windjacke gleiten und klappte mit beiden Händen den Kragen hoch.

Sein geschulter Kriminalistenblick schätzte die Entfernung bis zum schützenden Hauseingang auf mindestens achtzig Meter, und achtzig Meter konnten bei so einem Scheißwetter ganz schön lang werden.

Trotzig vergrub er seine Hände in den Jackentaschen und machte sich mit eingezogenem Kopf auf den Weg.

»Was haben Sie gesagt?«, kam es fragend von seiner rechten Seite.

Sven Folkerts, Kriminalassistent im ersten Dienstjahr, war an der Beifahrerseite ausgestiegen und hatte mit ein paar Laufschritten zu ihm aufgeschlossen. Er war vor acht Wochen frisch aus der Ausbildung zur Kripo Hamburg gestoßen und Bräuningers Team als »Trainee on the job« zugeteilt worden.

Angesichts des stärker werdenden Regens hatte er die Kapuze seines Pullovers so weit wie möglich in die Stirn gezogen, sodass seine blonde Lockenpracht komplett darunter verschwand. Sein Kinn berührte fast sein Brustbein. Mit zusammengekniffenen Augen versuchte er mit seinem Chef Schritt zu halten.

»Max Werner. Eben nicht zugehört?«

In den letzten Jahren hatte Bräuninger die Gewohnheit entwickelt, jeden Dienstwagen, den er benutzte, erst mal mit einer selbstgebrannten CD und vernünftiger Musik auszustatten. Auf diesen modernen Sendern von heute wurde ihm entschieden zu viel hohles Zeug gequatscht. Das störte seine Gedankengänge und machte ihn aggressiv. Und mit dem, was die da zwischen der nervenden Werbung als Musik verkauften, konnte er zum größten Teil auch nicht mehr viel anfangen.

Robby Williams oder Pink oder Shakira, das war doch alles Retortenmusik von künstlich gemachten Retortensternchen.

Von denen würde in zehn Jahren kein Mensch mehr sprechen.

Led Zeppelin, Garry Moore oder Bruce Springsteen, das war noch Musik! Das würde man auch in 50 Jahren noch hören. Wenn diese komische Britney Spears längst als unbekanntes und verarmtes ehemaliges Popsternchen in einem drittklassigen Altersheim in

Florida unter sich machte. Falls man sie nicht vorher bekifft und leblos aus irgendeiner Hotelbadewanne ziehen würde. Aber was verstand diese handysüchtige Fast-Food-Generation schon von Musik.

»Falsches Schuhwerk«, knurrte Bräuninger ohne auf eine Antwort zu warten und mit einem missbilligenden Blick auf Folkerts' Beine.

Die Füße seines Assistenten steckten in Sportsocken und Turnschuhen, und es war abzusehen, dass das Regenwasser der Pfützen sie erreichen würde, lange bevor sie es in den trockenen Hausflur geschafft hätten.

Er wusste natürlich, dass Folkerts genau wie er dieses Wochenende Rufbereitschaft hatte und wahrscheinlich mit ganz anderem beschäftigt war, als mit Mordermittlungen.

Aber Bereitschaft hieß halt Bereitschaft.

Im vorangegangenen Jahr 2007 hatte es in Hamburg laut Kriminalstatistik 44 Mordfälle gegeben. Und wenn man die über die Wochentage unterschiedliche Verteilung ignorierte und das Ganze rein statistisch betrachtete, lag die Wahrscheinlichkeit, dass während einer Bereitschaft am Wochenende ein Mord geschah bei etwa 24 Prozent.

Und wenn man dann noch berücksichtigte, dass der Samstag und Sonntag natürlich viel bessere Möglichkeiten zu Alkoholkonsum, Ehestreitigkeiten, Drogenhandel und anderen Umständen boten, die sich als Grundlage für Morde eigneten, als normale Wochentage, dann stieg die Wahrscheinlichkeit mit Sicherheit über 40 Prozent.

Grund genug also, um auch wirklich in Bereitschaft zu sein.

»Haben Sie wenigstens ihre Hundemarke dabei?«

»Klar, wieso?«, fragte Folkerts kleinlaut.

»Na wegen dem da.« Bräuninger deutete mit dem Kinn nach vorne. Ein paar Meter vor dem hell erleuchteten Hauseingang hatte sich ein Kollege der Schutzpolizei aufgebaut und blockierte den Bürgersteig.

Offensichtlich hatte man ihn dort platziert, um unbeteiligte Passanten oder Pressevertreter fernzuhalten, und der Blick, den er Bräuninger und Folkerts entgegenwarf, wirkte nicht einladend. Wenn man ihn nach seinen derzeitigen Lieblingsbeschäftigungen gefragt hätte, wäre »Im strömenden Regen stehen und den Bürgersteig bewachen« garantiert nicht in den Top Ten aufgetaucht.

Folkerts kramte die Marke hervor und ersparte es damit seinem Vorgesetzten, die Hände aus den Jackentaschen nehmen zu müssen.

»Moin Kollege, Mordkommission«, sprach er den Uniformierten an und hielt ihm seinen Dienstausweis entgegen.

»Moin«, gab der Angesprochene zurück und warf einen prüfenden Blick auf den entgegengestreckten Ausweis, bevor er den Weg frei gab.

»Gleich da vorne rechts, immer den Feuerwehrschläuchen nach.«

»Danke«, erwiderte Folkerts und beeilte sich, seinem Chef zu folgen, der den Uniformierten ignoriert hatte, ohne seine Schritte zu verlangsamen.

Beide erreichten sie gleichzeitig den Treppenabsatz, der in vier Stufen zur Eingangstür des Hauses führte.

Die rotierenden Blaulichter der drei Feuerwehrfahrzeuge vor dem Gebäude spiegelten sich auf dem regennassen Kopfsteinpflaster und gaben der ganzen Szene etwas Dynamisches.

»Himmelstraße 28«, knurrte Bräuninger mit einem Blick auf die beleuchtete Hausnummer. »Wirklich ein wundervoller Ort für eine Leiche. Was will man mehr?«

Aus den erleuchteten Fenstern der umliegenden Wohnungen verfolgte ein großer Teil der Nachbarschaft interessiert das Geschehen auf der Straße.

Die Sirenen der anrückenden Feuerwehr hatten die meisten aus dem Schlaf gerissen und ein Großaufgebot der Polizei sorgte für zusätzliche Spannung.

Im Gegensatz dazu wirkten die fünf Akteure, die in ihren schwarzen Uniformen der Hamburger Berufsfeuerwehr damit beschäftigt waren, ihr technisches Gerät wieder einzuräumen, eher gelangweilt. Für sie war ein Routineeinsatz zu Ende, und dank ihrer Schutzkleidung perlte auch der Regen relativ wirkungslos an ihnen ab.

Bräuninger stieg über den auf den Stufen liegenden C-Schlauch hinweg und blieb abrupt stehen.

»Verdammte Schlamperei!«, schimpfte er und hob den Fuß betont langsam aus der trüben Pfütze, die sich auf dem untersten Absatz gebildet hatte.

»Was?«, fühlte Folkerts sich angesprochen.

»Na das hier«, wetterte Bräuninger weiter und deutete mit einer Handbewegung auf die Treppenstufen.

»Jeder Treppenbauer und Fliesenleger lernt im ersten Lehrjahr, so mit Gefälle zu arbeiten, dass das Wasser von den Stufen abläuft und nicht darauf stehen bleibt. Aber kein Wunder, gibt ja nur noch 400-Euro-Kräfte oder Schwarzarbeiter auf dem Bau. Richtige Facharbeiter kann ja kein Mensch mehr bezahlen!«

»Mmh.« Folkerts bemühte sich, Zustimmung zu signalisieren. Er war sich nicht ganz sicher, ob ihn die kriminalistische Analytik, mit der sein Chef die Wasserpfütze auf der Treppenstufe betrachtete, mehr beeindruckte, oder die zugegebenermaßen gewohnt schlechte Laune Bräuningers. Irgendwie weigerte sich sein Großhirn standhaft, zu so früher Morgenstunde schon auf Normalbetrieb hochzufahren, und die zwanzigminütige Fahrt vom Büro zum Tatort hatte er hauptsächlich darum gekämpft, nicht wieder einzuschlafen.

Während er noch quälend langsam abzuwägen versuchte, ob es besser war, eine halbwegs intelligente Antwort zu suchen, oder vielleicht doch lieber den Mund zu halten, wurde ihm die Entscheidung abgenommen.

»Ah, MoKo Bräuninger, schön dass Sie es auch einrichten konnten.«

Hauptwachtmeister Bekker, Urgestein der uniformierten Hamburger Polizei, trat im selben Moment aus der Tür und begrüßte Bräuninger mit einem etwas gequälten Grinsen. »Und gut gelaunt wie immer.«

Mit einem Augenzwinkern nickte er Folkerts zu.

»Folgt einfach dem Schlauch nach oben. Die Kollegen von der Spurensicherung warten schon seit einer Stunde im vierten Stock auf euch. Leider ist der Fahrstuhl außer Betrieb, hat wahrscheinlich das Löschwasser nicht vertragen. Aber ihr schafft das schon.«

»Moin, Bekker«, knurrte Bräuninger zurück. »Kein Problem. Und wer schon morgens um halb vier am Fundort einer Leiche gute Laune hat, ist meist der Hauptverdächtige.«

»Ja ja«. Bekker winkte lachend zurück. Ohne sich umzudrehen, stapfte er die Treppen herunter zu seinem Wagen.

Auch für ihn war der Einsatz vor Ort zu Ende. Er würde zwei Streifenwagenbesatzungen zur Unterstützung zurücklassen und sich selbst im Büro schon mal um den unvermeidlichen Schreibkram kümmern.

Von hier an übernahm die Mordkommission das Kommando, und er war definitiv nicht traurig darüber. Auf seinem Schreibtisch lag genug lästiger Papierkram, und in zwei Stunden war Feierabend.

»Wenn ich das gewusst hätte, hätte ich meine Gummistiefel mitgebracht«, murmelte Bräuninger mehr zu sich selbst und nahm die Treppe in Angriff.

Das graubraune Löschwasser, das als kleines Rinnsal die hellen Marmorstufen hinablief, war das Einzige, was ihnen auf ihrem Weg nach oben entgegenkam. Und es hinterließ einen tückischen Schmierfilm in dem sonst erstaunlich aufgeräumt wirkenden Treppenhaus.

Als Hamburger Ureinwohner wusste Bräuninger, dass Wansbeck zwar nicht gerade die nobelste Adresse der Stadt war, aber andererseits auch nicht als sozialer Brennpunkt galt.

In letzter Zeit waren viele 50er- und 60er-Jahre-Wohnblocks von Grund auf saniert worden und einige Neubauten entstanden.

Die meisten der Gebäude wurden als Eigentumswohnungen genutzt oder als Anlageobjekte vermietet. Man legte Wert auf solvente Kundschaft und tat auch etwas dafür.

Erst vor der Eingangstür der Wohnung stand wieder ein Uniformierter und grüßte die beiden mit einem Kopfnicken. Über seine Schulter hinweg erspähte Bräuninger zwei Kollegen der Spurensicherung in ihren typischen weißen Overalls.

»Ach du Scheiße, Feldmann! Ist ja das reinste Altherrentreffen heute hier. Eben auf der Treppe ist mir schon Bekker entgegengekommen. Und jetzt Sie. Ich dachte, Sie wären längst in Rente.«

Der Angesprochene drehte sich zur Tür und setzte ein eher gezwungenes Lächeln auf.

Anscheinend gab es die Schutzanzüge der Spurensicherung nur in einer Einheitsgröße, und er wirkte mit seinen hundertachtundfünfzig Zentimeter Körpergröße darin eher wie ein Kind, das sich den Malerkittel seines Vaters angezogen hat.

Die blauen Schutzhandschuhe die er trug und die über den Kopf gezogene Kapuze des Overalls sorgten dafür, dass nur noch ein rundlicher Ausschnitt des Gesichts zu sehen war.

Aber durch den ziemlich großzügig dimensionierten Schnauzer und eine markant runde Nickelbrille, war er trotzdem für jeden der ihn kannte, sofort und zweifelsfrei zu identifizieren.

»Sehr witzig, Bräuninger. Erstens heißt das, worauf wir uns alle freuen, Pension, und zweitens sind Sie da wohl näher dran als ich, richtig?«

Folkerts hatte den Ehrgeiz, so viel wie möglich davon zu verstehen und zu verinnerlichen. Und was die menschliche Seite seines Chefs anbelangte, versuchte er den Ratschlägen der Kollegen im Team zu folgen und möglichst wenig von den Launen des Hauptkommissars persönlich zu nehmen.

Er wusste mittlerweile, dass Bräuningers Sarkasmus und seine ständig üble Laune wahrscheinlich aus einer persönlichen Unzufriedenheit herrührten, und hatte sich daran gewöhnt. Die wenigsten hatten den Kriminalisten je lachen gesehen und jedem war klar, dass er die letzten Tage bis zu seiner Pensionierung zählte.

Nach einer Weile war die Spülung der Toilette zu hören, und fünf Sekunden später trat der Mordermittler wieder auf den Flur.

Folkerts sah ihn erwartungsvoll an und hoffte auf eine Erklärung.

»Was haben Sie gemacht?«, fragte er, als er seine Neugierde nicht mehr zügeln konnte. Es schien, als hätte sein Chef die Anwesenheit seines Assistenten mittlerweile völlig verdrängt.

»Schon mal gepinkelt?«, knurrte der Angesprochene, ohne ihn eines Blickes zu würdigen.

»Ja, Ja klar«, stotterte Folkerts ungläubig. »Aber an einem Tatort?«

Für Folkerts, der frisch aus der theoretischen Ausbildung kam, war ein Tatort ein heiliger Ort. Hier hatte ein grausames Verbrechen stattgefunden und jeder einzelne Gegenstand war Zeuge dieser Straftat. Es wurde nach Fingerabdrücken, DNA und noch so kleinen Hinweisen gesucht, um die schrecklichste Untat aufzuklären, zu der ein Mensch fähig ist, und den Täter seiner verdienten Strafe zuzuführen.

Jede Verunreinigung oder Veränderung war logischerweise so lange zu vermeiden, bis die Spurensicherung ihre akribische Arbeit abgeschlossen hatte und kam vorher einer Entweihung gleich. Die Einstellung seines Chefs schien allerdings wesentlich entspannter zu sein.

»Ja, ich weiß«, lenkte er mit einem Schulterzucken ein. »Hab ich meiner Blase ja auch erklärt. Aber bei dem vielen Regen und dem Löschwasser überall, da hat die Natur halt gesiegt.«

Ohne auf eine Antwort zu warten, kehrte er seinem Assistenten wieder den Rücken zu und wandte sich an Feldmann. Der war emsig dabei kleine Markierungen zu verteilen, damit sein Kollege ja nicht vergaß, die entsprechenden Stellen zu fotografieren.

»Dann weih mich doch mal in deine Gedankengänge ein, Feldmann, und lass uns an den Erkenntnissen eurer Spurensuche teilhaben«.

Der Kriminaltechniker hielt kurz inne und sammelte seine Gedanken.

»Na ja, viel Berichtenswertes gibt es noch nicht. Um ein Uhr vierzehn gab es den Alarm bei der Leitstelle. Ein Passant hat Rauch und Flammen gesehen und einen Zimmerbrand gemeldet. Anschließend hat er Gott sei Dank die Bewohner aus den Betten geklingelt, sodass sich alle in Sicherheit bringen konnten. Die Jungs von der 112 haben es ja nicht weit. Die haben dann wohl ihre C-Rohre in den vierten Stock geschleppt und ohne anzuklopfen die Tür eingetreten. Der Truppführer sagte, der Brand wäre wahrscheinlich auch von allein erloschen.«

Er deutete mit der Hand in Richtung Wohnzimmer.

»Es sah so aus, als ob jemand eilig ein paar Gardinen zusammen gerafft und angesteckt hätte – aber halt nicht besonders professionell. Dadurch, dass die Türen und Fenster geschlossen waren, ist dem Feuer wohl der Sauerstoff ausgegangen. Der Schwelbrand hat zwar die meiste Inneneinrichtung im Wohnzimmer zerstört, aber das war's dann auch schon.«

Er machte eine Pause und zuckte mit den Schultern.

»Zuerst haben sie angenommen, das Opfer wäre durch die Brandgase erstickt. Aber als sie ihn umgedreht und untersucht haben, haben sie einen Einschuss gefunden. Und darin steckte das hier«.

Er zog eine kleine durchsichtige Plastiktüte aus der Seitentasche seines Overalls und reichte sie Bräuninger.

Der hielt den Beutel gegen das Licht eines der aufgebauten Strahler und pfiff leise durch die Zähne.

»Ich würde sagen Kaliber 22. Klein und gemein.«

»Genau«, stimmte der Kriminaltechniker zu. »Und dieses unscheinbare Stückchen Metall katapultiert unsere Angelegenheit hier aus der Kategorie Zimmerbrand direkt in die Königsdisziplin der Kriminalistik - Mord!«

»Na ja, Königsdisziplin … «, winkte Bräuninger beschwichtigend ab.

»Nicht mehr?« Feldmann zog fragend die Augenbrauen hoch.

»Na wenn ich mir unsere jungen Nachwuchskollegen so ansehe«, der Hauptkommissar deutete auf seinen Assistenten. »Die sind mit ihren Laptops mittlerweile doch lieber mit Computerkriminalität und Datenklau beschäftigt. Da sind wir mit unseren Mordermittlungen, glaube ich, ziemlich antiquiert«.

»Oje«, grinste Feldmann. »Hört sich ja fast so an, als ob wir wirklich bald zum alten Eisen zählen, oder? Noch ein Grund mehr, sich auf die Pensionierung zu freuen«.

»Gibt's schon was zu dem Toten?«, bohrte Bräuninger nach.

»Ja, laut Führerschein den er bei sich trug ein gewisser Roland Schreiner. 38 Jahre alt und der Mieter der Wohnung. Mehr kann ich noch nicht sagen. Er ist unterwegs in die Leichenschau. Vielleicht wissen wir morgen Genaueres.«

»Und zum Tathergang?«

»Na ja. Auf den ersten Blick keine Einbruchspuren an der Wohnungstür. Oder zumindest keine, die nach dem Einsatz der Feuerwehr noch sichtbar wären. Wahrscheinlich hat er den oder die Täter selbst hereingelassen. Er hatte aber auch noch Straßenschuhe an. Kann also eventuell zusammen mit ihnen gekommen sein. Der Rest ist bis jetzt graue Theorie. Vielleicht ein spontaner Raub oder ein Streit. Bis auf die Brandfolgen haben wir nichts Auffälliges festgestellt. Küche und Bad machen einen ziemlich aufgeräumten Eindruck. Typischer Junggesellenhaushalt. Hat wohl alleine gewohnt. Ein paar weibliche Accessoires im Bad und im Schlafzimmer. Sieht nach gelegentlichen Übernachtungen aus. Hier rechts ist so eine Art Büro. Da werdet Ihr wohl am ehesten was über ihn finden.«

Feldmann öffnete die Tür, auf die er gedeutet hatte.

»Wir sind da fertig. Gehört euch.«

»Also gut, Folkerts, ich würde sagen, Ihr erster eigener Fall.« Bräuninger drehte sich zum Angesprochenen um und wurde vom leisen Klingeln seines Handys unterbrochen.

Mit genervtem Gesichtsausdruck zog er die Störquelle aus der Innentasche seiner Windjacke. »Ja? – Alles klar, bis gleich.«

Er ließ das lästige Gerät ohne Erklärung wieder in der Jackentasche verschwinden und fuhr ungerührt fort. »Die Kollegen Heeren und Buhr sind auch gleich hier. Die sollen sich erst mal um die Nachbarn kümmern. Sind ja eh alle wach, und vielleicht hat ja der ein oder andere was mitbekommen. Und wir beide fangen am besten hier im Büro an.«

Mit der Rechten schob er seinen Assistenten in den kleinen Raum und sah sich um.

»Also, was suchen wir als Erstes?«

Folkerts nahm Haltung an und versuchte, sein Hirn in den Kriminalistenmodus zu bringen.

»Zuerst alles über das persönliche Umfeld würde ich sagen. Familiäre Beziehungen, Freundin, Eltern, Geschwister, Herkunft des Opfers. Dann natürlich Arbeitgeber, berufliche Tätigkeit, Hobbys und Freunde, finanzielle Verhältnisse.«

»Und was noch?«

»Na ja, soziale Kontakte, Freizeitverhalten, Alkohol und Drogenkonsum.«

»Na kommen Sie schon, Folkerts, wonach müsste ich bei Ihnen als Erstes suchen?«

»Bei mir?«

»Also gut meine Herren«, eröffnete der die Runde. Er setzte seine dampfende Kaffeetasse auf dem Schreibtisch ab und sich selbst in den dazugehörigen Drehstuhl. »Was haben wir denn zu unserem Herrn Schreiner in Erfahrung bringen können? Folkerts, was macht die Suche nach seinem Handy?«

»Bislang erfolglos, aber ich hab alles in der Akte zusammengefasst.« Er deutete auf den Aktenordner, den er demonstrativ auf Bräuningers Schreibtischunterlage platziert hatte.

»Ja ja, hab ich überflogen. Fassen Sie es noch einmal so zusammen, dass ein alter Mann es versteht.«

»Also die Ortungsversuche haben nicht funktioniert. Laut Telekom ist das Handy des Opfers circa eine Stunde vor dem geschätzten Tatzeitpunkt um exakt null Uhr zwei abgeschaltet worden. Seitdem ist es tot.«

»Genau wie sein Besitzer. Wo war es denn, als es ausgeschaltet wurde?«, hakte Bräuninger nach.

»In der Wohnung oder in deren unmittelbarer Nähe.«

»Und was weiß die Telekom sonst noch?«

»Die Anruflisten sind ziemlich langweilig. Ein- oder zweimal täglich ein Anruf bei seiner Freundin in Köln, einer gewissen Gabriela Kersten. Sie studiert da BWL. Außerdem gibt es einen Arbeitskollegen, mit dem er sich ab und zu zum Badminton verabredet hat, die Firma, ein Zahnarzt, bei dem er letzte Woche einen Termin hatte, einen Frisiersalon, eine Reinigung und eine Autowerkstatt. Ansonsten nichts Aufregendes. Ab und zu mal eine SMS von oder an seine Freundin.«

Bräuninger dachte nach. »Was für ein Auto fährt oder besser gesagt fuhr unser Opfer?«

»Porsche 911« meldete sich Kollege Möller zu Wort, mit 32 Lenzen der Zweitjüngste in der Runde. In seinen vier Jahren, die er jetzt in Bräuningers Team arbeitete, hatte er verinnerlicht, dass sein Chef kurze und knappe Informationen liebte. Nichts Unwichtiges oder Geschwafel wie er es zu nennen pflegte. »Seit dem Tatabend ist der verschwunden. War eine Woche vorher noch bei einer Inspektion, und ist jetzt zur Fahndung ausgeschrieben.«

Der Hauptkommissar zog die Augenbrauen hoch. »Bezahlt?«

»Zur Hälfte, knapp 38 Tausend sind noch offen, in Raten zu 1087 Euro pro Monat.«

»Hat ja wohl auch ganz gut verdient unser Herr Schreiner«, überlegte Bräuninger mit einem Blick auf die Akte vor sich. »Buhr, Sie haben mit der Firma gesprochen? Irgendwas Auffälliges?«

»Nee, nichts. Verdient hat er rund 4200,- netto. Da ist der Porsche schon machbar. Hat Elektrotechnik studiert und als Programmierer gearbeitet. Irgendwas mit Raumfahrt- und Satellitenkommunikation. Hörte sich ziemlich trocken an. War bei Kollegen eigentlich ganz beliebt. Der Einzige, der ihn nicht so besonders mochte, war anscheinend sein Chef. Hat man mir zumindest hinter vorgehaltener Hand erzählt. Der ist nämlich zufällig auch sein Schwiegervater in spe.

Er hielt wohl nicht allzu viel von seinem angehenden Schwiegersohn. Das war bei den Aussagen der Kollegen durchzuhören. Hätte wahrscheinlich lieber einen mit Golf Diesel gehabt.«

»Aha.« Bräuninger rührte in seinem Kaffee. »Und die Freundin?«

»Die war gestern hier«, ergänzte Kommissar Heeren mit Blick auf seine Notizen.

»Sie hat tagsüber und abends vergeblich versucht, ihn zu erreichen. Stimmt mit den Anruflisten überein. Hat's dann am darauffolgenden Morgen im Büro probiert und es von einem Kollegen erfahren. Dann hat sie sich in den nächsten Zug gesetzt und war gestern Nachmittag hier. Ich hab mit ihr gesprochen.«

»Und?«

»Na ja, ich würde sagen so der Typ junge und gefasste Witwe. War natürlich geschockt und etwas durcheinander, aber sonst ganz auskunftsfreudig. Zu Täter oder Motiv hatte sie null Ideen. Angeblich war er überall beliebt. Keine komischen Freunde, kaum Alkohol, keine Drogen. Und auch in letzter Zeit überhaupt nichts Auffälliges. Sie waren vor zwei Wochen noch zusammen ein langes Wochenende in Paris. Eigentlich alles Friede Freude Eierkuchen.«

»Hat sie ihn schon identifiziert?«

»Nein, noch nicht. Heute Nachmittag ist sie deswegen nochmal hier.«

»Okay«, stimmte der Hauptkommissar zu. »Wenn sie da ist, will ich sie kurz sprechen. Ich hätte da auch noch ein paar Fragen an die Dame. Was haben wir sonst noch?«

»Keine auffälligen Kontobewegungen,« meldete sich Folkerts.

»840 Euro Miete, den Porsche und noch ein paar andere Kleinigkeiten per Dauerauftrag. Ansonsten regelmäßige Barabhebungen am Automaten, und neben seinem Gehalt keine anderen Einkünfte. Kam wohl gerade so klar.«

»Und was fehlt bis auf das verschwundene Handy und den Porsche noch?«

»Na ja, die Spurensicherung in der Wohnung hat auch noch nichts Brauchbares ergeben. Einige Fingerabdrücke, aber bisher keine Bekannten. Und es ist auch nicht feststellbar, dass etwas abhandengekommen ist. Näheres dazu kann uns vielleicht die Freundin sagen, aber bis jetzt ist das alles ziemlich dünn.«

»Und die Nachbarn?«, bohrte Bräuninger weiter.

»Zwei aus dem Haus kannten seinen Nachnamen und den Porsche. Drei hatten ihn schon mal im Treppenhaus gesehen, und der Rest ist komplett ahnungslos«, fasste Kommissar Buhr das dürftige Ergebnis ihrer Befragungen zusammen. »Zu Besuchern, oder irgendwas anderem Brauchbaren, völlige Fehlanzeige. Scheint ziemlich unauffällig gelebt zu haben unser Herr Schreiner. Einzelkind, und beide Eltern schon vor Jahren verstorben. Da ist seine Freundin wohl noch am ehesten die, die uns weiterhelfen kann.«

»Verdammt, irgendwie ist mir das alles zu glatt«, überlegte Bräuninger laut. »Da pingelt doch nicht nachts einer an der Tür, erschießt ihn, rafft ein paar Gardinen zusammen, steckt sie an und nimmt sich dann den Schlüsselbund und rauscht mit dem Porsche davon. So blöd kann doch keiner sein, oder?«

»Und wenn, ist er bestimmt schon hinter dem Ural damit«, grinste Buhr.

»Nee, nee, da stimmt irgendwas nicht. Aber gut, wenn wir bis jetzt nicht mehr haben, müssen wir halt noch etwas nachbohren.« Bräuninger nahm einen langsamen Schluck aus seiner Kaffeetasse und dachte einen Moment nach, bevor er die weiteren Aufgaben verteilte.

»Folkerts, Sie nehmen sich die Kontobewegungen der letzten 24 Monate vor. Sprechen Sie mit Fitnessstudio, Autowerkstatt, Hausmeister, Bank und was es sonst noch so gibt. Ob irgendjemandem etwas aufgefallen ist. Heeren, hängen Sie sich mal an den Schwiegervater. Machen Sie ruhig etwas Druck. Was hatte er gegen den Freund seiner Tochter? Und was macht er selbst so. Hat er vielleicht eine Waffenbesitzkarte und zufällig eine 22er im Schreibtisch? Na Sie wissen, was ich meine. Bohren Sie mal noch etwas tiefer. Ich bin sicher, er hat was Interessantes zu erzählen.«

Der Hauptkommissar überlegte kurz.

»Und wenn Sie schon mal da sind, sprechen Sie mit den direkten Arbeitskollegen und seinem Badminton-Partner. Die wissen doch bestimmt das ein oder andere, was unser Herr Schreiner sonst noch so getrieben hat. Möller und ich nehmen uns nochmal die trauernde Fast-Witwe vor. Irgendwas aus seinem Privatleben wird sie uns ja wohl noch verraten können.«

Er lehnte sich zurück und rieb sich die Schläfen.

Die 30 bis 40 Minuten Taxifahrt, die man je nach Tageszeit brauchte, waren für die chaotischen Pekinger Verkehrsverhältnisse akzeptabel und in etwa der gleichen Zeit waren Geschäfts- und Bankenviertel der chinesischen Metropole erreichbar.

Mit seinen 180 Zimmern, die sich auf zwölf Stockwerke verteilten, bot das Hotel alle Annehmlichkeiten, die der internationale Gast in dieser Preisklasse suchte. Und mit seiner grauen Glas- und Betonfassade zählte es zu den Gebäuden, die man im Vorbeifahren sah, aber nach spätestens 20 Sekunden wieder vergessen hatte. Eine angenehme Eigenschaft in einem Land, in dem Unauffälligkeit und Gleichförmigkeit zur Staatsräson erhoben worden waren.

Flugkapitän Mohamed Faizal gehörte zur zweiten Kategorie der Gäste.

Er hatte sich zum späten Frühstück an einem Tisch am Rande des Raums niedergelassen, etwas abseits der hauptsächlich genutzten Gänge und mit Überblick über das morgendliche Geschehen.

Die dunkelgraue Uniformjacke hatte er über die Lehne des Stuhls neben sich gehängt und die Ärmel seines Uniformhemdes waren bis zu den Ellenbogen hochgekrempelt.

Trotz der mehr als zwölfstündigen Arbeitsschicht, die er hinter sich hatte, wirkte er relativ frisch und ausgeruht. Als Berufspilot und Angestellter der Malaysia-Airline war er es gewohnt, mit ständig wechselnden Arbeitszeiten zu leben und Zeitumstellungen zu ignorieren.

Offizieller Arbeitsbeginn war für ihn am Vorabend gegen 22 Uhr gewesen, dem Zeitpunkt seines Eintreffens am 4345 Kilometer entfernten Kuala Lumpur International Airport.

Nach der üblichen Sicherheitskontrolle hatte er die folgenden eineinhalb Stunden mit Flugplan, Wetterbriefing, Crewbesprechung und Small Talk verbracht, bevor er gegen 23:50 Uhr zusammen mit seinem Copiloten Hassan Abdul Nassar die Boeing 777-200 ER betrat, die sie gemeinsam mit 228 zahlenden Gästen und ihrer Kabinencrew nach Peking befördern würde.

Als routinierter Pilot hatte er gelernt, diese entspannten Nachtflüge zu genießen. Die Passagiere waren zu müde, um sich über jede Kleinigkeit aufzuregen, die Stewards und Stewardessen erledigte lautlos und mit einstudierter Routine ihren Job, und im Cockpit konzentrierte man sich auf das Wesentliche und versuchte, hin und wieder mal ein Auge zumachen.

Auch ihr heutiger Flug von Kuala Lumpur zum Peking International Airport war routiniert und ohne jede nennenswerte Aufregung verlaufen.

Problemloser und fast pünktlicher Start in einen sternklaren Nachthimmel, beste Wetterbedingungen und 6 Stunden und 2 Minuten später eine Bilderbuchlandung in einer Stadt, die selbst zu dieser frühen Morgenstunde leuchtete und pulsierte wie kaum eine andere.

Nach dem Auschecken der Passagiere eine kurze Post-Flight-Besprechung, Übergabe der Maschine und des Papierkrams an die Bodencrew und die Fahrt mit dem Airline-Shuttle ins Hotel.

Tägliche und hundertfach erlebte Abläufe, aber trotz seiner mittlerweile 53 Jahre und der Erfahrung von über 18.000 Flugstunden, fiel es ihm auch nach solchen Routineflügen oft schwer abzuschalten und sich direkt zum Schlafen in das Hotelbett zu legen.

Er liebte die Fliegerei und war mit Leib und Seele Berufspilot. Und selbst nach einem ereignislosen Flug wie heute, benötigte er nach der Landung oft einige Stunden, um das ausgeschüttete Adrenalin wieder abzubauen.

Dann zog er es meistens vor, den Arbeitstag mit einer kleinen Mahlzeit und einem Schlummertrunk zu beenden, und seine Erfahrung sagte ihm, dass es der Mehrheit seiner Kollegen nicht anders erging.

Der Grund dafür, dass er die letzten Minuten so offensichtlich lust- und appetitlos in dem vor ihm stehenden Rührei herumgestochert hatte, war ein Artikel im Star, der größten Tageszeitung Kuala Lumpurs, die er am vorhergehenden Abend auf seinem Weg durch die Abflughalle gekauft hatte.

Die Schlagzeile über drei in Malaysia verhaftete Oppositionspolitiker prangte auf der aufgeschlagenen Seite vor ihm, und mit leicht zusammengezogenen Augenbrauen und gerunzelter Stirn überflog er zum zweiten Mal den halbseitigen Bericht darunter.

Leise murmelnd und sichtlich erregt strich er sich mit der Linken über das kahl rasierte Haupt. Er war weder ein politisch noch ein religiös engagierter Mensch, aber er gehörte zur informierten und gebildeten Mittelschicht seines Landes. Und die verfolgte die gesellschaftliche Entwicklung in dem 30-Millionen-Einwohnerstaat mit seinen vielen und teilweise bis aufs Blut verfeindeten Religionsgruppen und zunehmenden Rebellenangriffen mit wachsender Besorgnis. Die Spannungen in seinem Heimatland entluden sich in immer kürzeren Abständen in Gewalt. Und wie leider meist in solchen Situationen, waren die politischen Entscheidungsträger längst mehr mit Machterhalt und Selbstbereicherung beschäftigt, als mit den notwendigen gesellschaftlichen und sozialen Reformen.

Eine brisante Mischung, die die Jugend seines Landes auf die Straßen brachte und die früher oder später zum Werfen von Pflastersteinen und Molotowcocktails auf der einen und zu Tränengas und Massenverhaftungen auf der anderen Seite führen würde. Und die viele, die es sich leisten konnten, dazu trieb, resigniert das Land zu verlassen, um einen ruhigeren Ort für sich und ihre Familien zu suchen.

Erst am letzten Wochenende war er mit einem jungen Copiloten geflogen, der ihm von Stellenangeboten und Umzugsplänen nach Europa erzählt hatte. Der ihm vorgerechnet hatte, wie viel Zeit und Geld er selbst in die Ausbildung zum Berufspiloten investiert hatte, und der nicht bereit war, das alles für eine Regierung zu riskieren die ihrerseits nichts für ihr Volk unternahm.

Faizal wusste, dass viele der jüngeren und erstklassig ausgebildeten Menschen in seinem Land ähnliche Gedanken hatten. Warum auch nicht?

Vor 20 oder 25 Jahren hätte er mit Sicherheit genauso gehandelt, und möglicherweise auch sein Glück in Europa oder Nordamerika gesucht.

Aber heute?

Mit zwei mittlerweile erwachsenen Kindern, die längst ihr eigenes Leben führten, ein Leben, zu dem er den Kontakt verloren hatte und in dem er, wenn überhaupt, nur noch als Randfigur vorkam. Mit einer Ehe, die in Wirklichkeit nur noch auf dem Papier existierte und sich seit Jahren anfühlte wie eine lästige Pflichtveranstaltung. Mit einem Freundes- und Bekanntenkreis, der den Namen schon längst nicht mehr verdiente, und mit ständig wechselnden Beziehungen, die maximal kurzzeitige Befriedigung, aber nie langfristige Perspektive boten.

Zum letzten verlässlichen Anker in seinem Leben war für ihn die Fliegerei geworden. Sein Job als Berufspilot, für den er so viel geopfert hatte und der es ihm ermöglichte, mit modernsten Maschinen kreuz und quer über den Globus zu fliegen und dieser immer verrückteren Welt unter sich ein paar Stunden zu entfliehen. Und seine Qualifikation zum Ausbildungspiloten, für die er lange und hart gearbeitet hatte.

Er liebte es, mit jungen Menschen zu arbeiten und sein Wissen und seine Erfahrung weiterzugeben, und im Gegenzug dafür die Begeisterung zu teilen, die sie mitbrachten. Die er in ihren Augen sehen und die er so wohltuend nachvollziehen konnte.

Das war das Eigentliche, was ihn davon abhielt auch für sich nach einer anderen Orientierung und neuen Perspektiven zu suchen. Es war nicht so, dass er selbst nie darüber nachgedacht hatte, eine sich bietende Chance zu ergreifen und vieles hinter sich zu lassen. Ballast abzuwerfen und etwas Neues zu probieren.

Meist hatte er solche Gedanken, wenn er zu Hause an seinem Simulator saß. Vor dem Flugcomputer, in den er viel Geld investiert hatte und der es ihm ermöglichte, auf Routen zu fliegen, die er als Pilot der Malaysia-Airlines nie erreichen würde, weil sie im Flugplan seiner Gesellschaft einfach nicht vorkamen. Und mit dessen Hilfe er auf Flughäfen landete, die er im richtigen Pilotenleben nie zu sehen bekommen würde. Entweder weil seine Airline sie nicht anflog, oder weil sie für große Passagiermaschinen nicht geeignet und nicht zugelassen waren.

So oft es seine Zeit zuließ, saß er bei abgedunkeltem Licht vor den Bildschirmen des Simulators und ignorierte solche kleingeistigen Vorschriften mit dem Grinsen eines Zwölfjährigen. Und dass er dabei Turnschuhe und T-Shirt trug und die Landschaft vor sich nur auf der Oberfläche eines LED-Monitors sah, war nach ein paar Minuten vergessen.

Dann kam sie manchmal wieder, diese kindliche Begeisterung fürs Fliegen, die im Alltag eines Berufspiloten schon lange keinen Platz mehr hatte. Und sie erlaubte ihm, Manöver zu probieren, die ihn im richtigen Leben augenblicklich den Job gekostet hätten. Auf Flugplätzen zu landen, auf denen das normalerweise mit einer Boeing 777 unmöglich war und im Tiefflug über Städte und Landschaften zu fliegen, nur um die Sicht zu genießen und die Flugkontrolleure vor ihren Bildschirmen in die Verzweiflung zu treiben.

Manchmal landete er nach solchen Flügen auf dem schmalen Privatflughafen neben seiner Stadt. Die Landebahn war laut Zulassungsvorschrift 700 Meter zu kurz für die Boeing 777. Aber wenn er die Aufsetzgeschwindigkeit bis in den kritischen Bereich reduzierte und den Touchdown optimal traf, brauchte er oft nur ein kleines Stück der Wiese hinter der Bahn. Dann stellte er sich vor, wie er nach dem Abstellen der Triebwerke aus der Maschine stieg, sich unter den leicht verstörten Blicken seiner Passagiere und der Crew auf sein Fahrrad setzte und lächelnd die zehn Minuten bis nach Hause radelte.

Eine Aktion die, wie er fand, zu seinem letzten Flug als Berufspilot passen könnte, und die, falls er sie schon vorher in die Tat umsetzte, den vorhergehenden Flug automatisch zu seinem Letztflug machen würde. Die ihn schlagartig auf die Titelseiten aller Tageszeitungen brachte, und die die Autobiografie von Kapitän Mohamed Faizal todsicher an die Spitze der internationalen Bestsellerlisten katapultieren würde.

Die der Flugkapitän Faizal den er kannte, aber sicher nie in die Tat umsetzte. Weil sie trotz der Abenteuerlust, die er selbst nach mehr als zwanzig Routinejahren noch immer spürte, und trotz der Aufmerksamkeit, die sie ihm versprach, gleichzeitig seinen Traum vom Fliegen und die Suche nach neuen Herausforderungen schlagartig beenden würde.

Und diese Suche beschäftigte ihn in letzter Zeit immer häufiger. Mit seinen mittlerweile 53 Jahren war ihm klar, dass neue Chancen und Perspektiven für ihn dünn gesät waren.

Das Ende seiner Karriere als aktiver Berufspilot kam unaufhaltsam näher, das wusste er nur zu genau. Mit etwas Glück würde er bei der Malaysien-Airlines die Chance auf einen Schreibtischjob in Ausbildung, Einkauf oder einer anderen Abteilung bekommen, um dort seine Erfahrung einzubringen und sein Gnadenbrot zu erhalten. Eine Aussicht, die ihm ein gequältes Lächeln und eine Prise Resignation einbrachte, mit der er sich aber zwangsläufig schneller abfinden musste, als ihm lieb war.

»Captain Faizal?«

Die Stimme die in aus seinen Gedanken riss war weiblich und angenehm dunkel.

Der Artikel im Star und die folgenden Überlegungen hatten seine Aufmerksamkeit dermaßen in Anspruch genommen, dass er die Person die ihm auf der anderen Seite des weiß gedeckten Frühstückstisches gegenübergetreten war, erst jetzt bemerkte.

Der erste Gedanke, der ihm bei der unerwarteten Ansprache durchs Hirn schoss, war der, an eine Kellnerin oder an ein weibliches Besatzungsmitglied, dass ebenfalls nicht in der Stimmung war sich schlafen zu legen. Aber als er den Kopf hob, waren beide Vermutungen auf den ersten Blick widerlegt, und sein Aufmerksamkeitsdefizit endete abrupt.

»Ja, bitte?«

Die Gestalt, die ihm gegenüberstand, war unübersehbar weiblich, soviel stand fest, aber nach dieser Erkenntnis fiel ihm die Kategorisierung schon wesentlich schwerer.

Mit ihrem halblangen brünetten Haar wirkte sie auf den ersten Blick zumindest südländisch. Ihre dunklen mandelförmigen Augen, eine rundliche Gesichtsform und typisch betonte Wangenknochen über einer schmalen Mundpartie ließen auf einen großen Teil asiatischer Vorfahren schließen. Aber die Körpergröße von geschätzten 178 Zentimetern und die selbstsichere Haltung und Ansprache passten nicht zu dieser Einschätzung.

Und auch ihre sehr wohlwollend dosierte Oberweite wirkte eher westlich als asiatisch, aber Körbchengröße, das wusste er, war in diesen Zeiten auch für Asiatinnen weniger eine Frage der Gene als vielmehr von Bankkonto und Schönheitschirurg.

Auf den ersten Blick hätte er ihr Alter auf Ende 30 geschätzt, bei genauerem Hinsehen eventuell auch auf Mitte 40.

Das waagerecht grau-weiß gestreifte Kleid, das sie trug und das die Umrisse ihrer schlanken Figur mehr betonte, als verdeckte, und die kleine wildlederne Handtasche, die sie zwischen den Händen hielt, wirkten auf ihn eher wie überlegt dosierte Abendgarderobe als passend für das Frühstücksbuffet.

Da sie ihn zielsicher mit Namen und Dienstgrad angesprochen hatte, konnte er eine Verwechslung ausschließen, aber sein Hirn lieferte in der Kürze der Zeit keine plausible Erklärung für das, was seine Augen sahen.

Ein Zustand der ihn schon von Berufswegen verunsicherte.

Sie verstand es, seine Neugier zu steigern, indem sie ihm drei Sekunden zur Betrachtung und zum Nachdenken ließ.

»Darf ich mich für einen Moment zu Ihnen setzen?«

Ihr absolut perfektes und dialektfreies Englisch holte ihn in die Wirklichkeit zurück.

»Aber sicher doch.«

Mit einer einladenden Handbewegung deutete er auf den freien Stuhl vor ihr und bemühte sich seine Unsicherheit zu verbergen. »Sie kennen mich?«

»Na ja«, lächelte sie bei dem Versuch, sich trotz des eng geschnittenen Kleides möglichst elegant zu setzen.

»Kennen wäre zu viel gesagt.«

Selbstsicher platzierte sie ihre Handtasche vor sich auf den Tisch und deutete auf seine Uniformjacke, die über der Lehne des Stuhls neben ihm hing.

»Ihr Name steht ja auf ihrem Namensschild. Darüber ist das Abzeichen der Malaysia-Airline, und wer sich so wie ich nebenberuflich etwas mit der Fliegerei beschäftigt, der hat gelernt, dass die vier Streifen an Ihren Ärmeln für den Rang eines Flugkapitäns stehen. Also war das mit der richtigen Anrede nicht so schwierig.«

»Okay ...«

Während er im Geiste alle denkbaren Gründe für diese ungewöhnliche Ansprache durchging, hatte er Mühe, seine Augen daran zu hindern den Blick auf ihr offenherziges Dekolleté zu genießen.

Der oberste waagerechte Streifen ihres Kleides der ihren Busen umschloss, war weiß und betonte den Kontrast zu ihrer eher unasiatischen, weil makellos gebräunten Haut. Und der weite Bogen, den er dabei nach vorne ausbildete, war geeignet, jede männliche Konzentrationsfähigkeit an ihre Grenze zu bringen.

Er spürte, dass eine zweisekündige Unterbrechung seiner Antwort ihrerseits noch als bewundernde Denkarbeit interpretiert werden konnte. Ab vier Sekunden würde er wirken wie ein Trottel.

»Sie sagten, Sie beschäftigen sich nebenberuflich mit der Fliegerei?«

»Na ja«, sie behielt ihr Lächeln bei und winkte mit einer leichten Handbewegung ab.

»Beschäftigen ist eigentlich schon zu viel gesagt. Als Passagier und Laie bewundere ich hauptsächlich die Technik und die Präzision mit der wir uns heutzutage von A nach B bewegen. Ich weiß natürlich, dass das meiste heute von Computern erledigt wird und dass das Fliegen von großen Passagiermaschinen nicht mehr mit der Fliegerei von vor 40 oder 50 Jahren zu vergleichen ist. Aber trotzdem sitzen da ja noch Menschen im Cockpit, die diese Technik beherrschen und die in jeder Situation die richtigen Entscheidungen treffen, nicht wahr?«

Sie lehnte sich leicht zurück, ohne den Blickkontakt zu verlieren.

»Und als Frau ... Na ja, Sie wissen ja wie starke Männer in Uniformen auf Frauen wirken, oder?«

»Ich hab es zumindest immer gehofft«, lachte er kurz auf und deutete auf den Teller vor sich.

»Haben Sie vielleicht Lust, mit mir zu frühstücken?«

»Nein, danke«, winkte sie ab.

»Ich habe bereits gefrühstückt und bin auf dem Weg in die Stadt zu einer Besprechung. Aber mir bleibt noch etwas Zeit, und weil ich Sie hier so einsam sitzen sah, hab ich Sie angesprochen. Sind Sie auch auf dem Weg zum Dienst?«

»Nein, ich bin heute Morgen hier gelandet und habe jetzt Dienstschluss. Direkt nach dem Frühstück wartet mein Bett auf mich.«

»Ach so. Und wann geht es für Sie weiter?«

»Erst morgen Vormittag. Dann fliege ich von hier aus zurück nach Kuala Lumpur, von wo ich gekommen bin. Und wie sind Ihre Reisepläne?«

»Ich reise auch schon morgen weiter. Heute Vormittag und am Nachmittag habe ich hier in der Stadt ein Treffen mit Kunden, und morgen Mittag fliege ich zurück nach Hongkong. Dort arbeite ich für eine Wirtschaftsagentur.«

»Oh, dann haben Sie ja wenig Gelegenheit, ihren Aufenthalt zu genießen«, stellte er fest.

»Nein, leider nicht. Dafür bleibt bei kurzen Geschäftsreisen nicht die Zeit. Aber das betrifft Piloten ja sicher genau so.«

»Ja, das stimmt allerdings. Von den meisten Städten, die ich gesehen habe, kenne ich nur den Flughafen und das Mannschaftshotel. Das ist einer der Nachteile der Berufsfliegerei.«

Sie nickte zustimmend.

»Aber ansonsten haben Sie doch einen sehr spannenden Beruf, oder?«

»Finden Sie? Ab und zu gibt es auch mal Spannendes, das stimmt. Aber vieles ist heute doch mehr und mehr Routine. Wie Sie schon sagten.«

Lächelnd schenkte er sich Kaffee nach und strich sich über die nicht mehr vorhandene Behaarung seines Hauptes.

»Von den aufregenden Städten, die man anfliegt, sieht man wie gesagt meistens nur den Flughafen und die Passagiere maximal kurz beim Ein- oder Aussteigen. Und die Technik ist heute so ausgereift, dass sich da die Spannung Gott sei Dank auch in Grenzen hält. Ich hab neulich erst gelesen, dass Fliegen heutzutage nicht mehr viel aufregender ist als Busfahren.«

»Nein, nein, das sehe ich ganz anders.«

Sie beugte sich leicht vor und suchte mit gesenkter Stimme seinen Blickkontakt.

»Das mit den Städten und der technischen Routine stimmt natürlich, aber ich hab noch nie einen so aufregenden Busfahrer mit einer so stilvollen Uniform angesprochen.«

Mit einem kurzen Lachen lehnte sie sich wieder zurück und entblößte makellos gepflegte Zähne.

Er konnte ihren Blick fast körperlich spüren, und in seinem Hinterkopf suchte er immer noch nach dem Grund für diese scheinbar zufällige Begegnung. Als normalerweise nüchterner Techniker und logisch denkender Mensch glaubte er nicht an Zufälle. Und wenn sie dann auch noch so angenehm und verlockend daher kamen, erst recht nicht.

Die Erfahrung hatte ihn gelehrt, dass in diesen Fällen meist nach kurzer Zeit ein Werbebanner auf dem Bildschirm erschien und eine freundliche Stimme sagte: »Wenn Sie wissen wollen, wie diese Geschichte weitergeht, klicken Sie hier und für nur 4 Dollar 95 erhalten Sie die neuste Ausgabe von ...«

Aber möglicherweise erwies sich sein Misstrauen ja auch als völlig unbegründet und heute war nur der Glückstag, den er sich schon längst verdient hatte.

Endlich war dem Schicksal aufgefallen, wie lange Zeit es ihn vernachlässigt hatte. Und heute war *er* die Hauptperson in dieser Geschichte, die man normalerweise in irgendwelchen zwielichtigen Herrenmagazinen las, oder bei der man, bevor man sie im Hotel-TV sehen durfte, gezwungen wurde, zu bestätigen, dass man schon über 18 war.

Sie ließ ihm nicht lange Zeit für seine Überlegungen.

»Ich habe erst in der letzten Woche wieder einen Bericht über diesen Piloten gelesen, der vor ein paar Jahren mit einer Passagiermaschine eine Notwasserung im Hudson-River in New York geschafft hat. Da sieht man doch, dass Fliegen nicht immer nur Routine ist, oder?«

»Ja, ja«, nickte er. »Das ist zugegebenermaßen eine faszinierende Geschichte. Aber so etwas passiert Gott sei Dank nicht jeden Tag. Da müssen schon sehr viele unvorhersehbare Umstände zusammenkommen, damit eine solche Notlage entsteht. Und man sieht ja, dass eine erfahrene und perfekt ausgebildete Crew selbst diese Extremsituationen bewältigen kann. Über so etwas braucht man sich eindeutig keine Gedanken machen, wenn man heutzutage als Passagier in ein Flugzeug steigt. Und um ehrlich zu sein, wirken Sie auf mich auch nicht so, als wenn Sie Angst beim Fliegen hätten, oder?«

Faizal zog fragend die Augenbrauen hoch und bemühte sich, sein Lächeln offen und freundlich wirken zu lassen.

Normalerweise hatte er keine Probleme damit, Frauen anzusprechen und in ein Gespräch zu verwickeln. Sein unaufdringlicher Charme und sein Humor wirkten offen und sympathisch. In der Regel brauchte er nur wenige Sätze, um Interesse zu wecken und Gesprächsthemen zu finden, bei denen er mit Witz und kleinen Anekdoten die Aufmerksamkeit anderer fesseln konnte.

Außerdem hatte er festgestellt, dass seine dunkle Stimme zusammen mit der ihm eigenen entspannte Art zu sprechen auf Frauen beruhigend und vertrauenerweckend wirkte.

Er versuchte deshalb, seine Neugier nicht zu zeigen, und in dem aufmerksamen Gesicht gegenüber und in den zwei dunklen Augen, die ihn konzentriert beobachteten, zu lesen. Aber das Einzige, was er erkannte, war ein offener und freundlicher Blick. Ihr Interesse schien wirklich seiner Person zu gelten.

»Nein, normalerweise sicher nicht.«

Sie drehte scheinbar auf der Suche nach einer Antwort die kleine Handtasche vor sich in ihren Händen.

»Aber wenn man sich vorstellt, dass man selbst als Passagier in einer solchen Situation ist ... Ich kenne natürlich die Sicherheitshinweise, die man vor jedem Flug erklärt bekommt - den Kopf auf die Knie und den Anweisungen des Personals folgen -, aber wenn es dann wirklich mal so weit ist .... Was würden Sie als Passagier tun?«

»Ich?«

Er lachte und schob seinen Frühstücksteller beiseite.

»Ich denke, ich würde mir den Weg zum nächsten Notausgang einprägen, den Kopf auf die Knie drücken und den Anweisungen des Personals folgen. Damit hat man die größten Überlebenschancen. Und ich würde hoffen, einen wirklich guten Piloten im Cockpit zu haben.«

»Und als Flugkapitän? Kann man so eine Notwasserung denn in der Ausbildung trainieren?«

»Na ja, es ist möglich, so etwas im Simulator durchzuspielen. Damit man die wichtigsten Abläufe und Daten im Kopf hat. Praktisch üben kann man eine solche Landung logischerweise nicht. Warum fragen Sie?«

»Nur aus Neugierde.«

Sie senkte kurz den Blick, um nachzudenken und er nutzte die Gelegenheit sich ihre Oberweite ohne die störende Umhüllung vorzustellen.

»Mich hat einfach interessiert, wie Sie über eine solche Situation denken und ob es Sie reizen würde, so eine Landung mal zu versuchen.«

Er lachte. Mühsam zwang er seine Gedanken zurück in die Realität.

»Versuchen?«

»Na ja«, hob sie den Kopf, und der Blick, mit dem sie auf seine Antwort wartete, schien ihm für einen kurzen Augenblick mehr als nur profane Neugier zu signalisieren, aber sofort kehrte ihr betörender Gesichtsausdruck zurück.

»Ich bin halt neugierig, wie viel Abenteuerlust noch in einem so nüchternen Verkehrspiloten von heute steckt. Oder gibt es so etwas heutzutage nicht mehr in der Fliegerei?«

Er erwiderte ihr Lächeln und bemühte sich, seine Gedanken zu fixieren. Irgendwo im Hinterkopf wurde er das Gefühl nicht los, das diese »zufällige« Begegnung, ihr aufreizendes Äußeres und das Gesprächsthema nicht richtig zusammen passten. Aber vielleicht war es ja auch nur die aufkommende Müdigkeit und die Feierabendstimmung, die seine Denkprozesse verkomplizierten.

»Abenteuerlust? Ich glaube, wenn Sie sich heute um einen Job als Berufspilot bewerben und als Grund Abenteuerlust angeben, erhöht das Ihre Chancen auf eine Anstellung nicht wirklich.«

Sein Grinsen wirkte ansteckend, das wusste er.

»Aber um auf Ihre Frage zu antworten - solche Notwasserungen mit Verkehrsflugzeugen hat es vorher auch schon gegeben, und sie haben alle ziemlich katastrophal geendet.

Und selbst nach der Bilderbuchlandung, die Kapitän Sullenburger hingelegt hat, hatte sein Airbus anschließend nur noch Schrottwert. Es wird mit Sicherheit keine Fluggesellschaft geben, die für so einen Versuch ein Flugzeug opfert. Und die Hersteller mögen es auch nicht, Bilder einer ihrer Maschinen zu sehen, die in

Einzelteilen in den Fluten versinkt. Auch nicht, wenn die Landung selbst funktioniert und die Crew danach freundlich in die Kamera winkt. Und auch die wenigsten Piloten würden wohl freiwillig so viel riskieren.«

»Ja, da haben Sie sicher recht«, musste seine Gesprächspartnerin mit leicht enttäuschtem Unterton zugeben.

Sie blickte auf die kleine weiße Uhr an ihrem Handgelenk und schob ihren Stuhl zurück.

»Jetzt muss ich aber los, Kapitän Faizal. Es war ausgesprochen nett, mit Ihnen zu plaudern, aber mein Taxi wartet sicher schon.«

Sie strich ihr Kleid glatt und schien einen Moment zu überlegen.

»Aber ich denke, das mit dem Riskieren ist doch auch immer etwas relativ, oder?«

Der Flugkapitän hatte sich ebenfalls erhoben und streckte ihr zur Verabschiedung die Rechte entgegen.

»Relativ?«, hob er fragend die Augenbrauen.

»Ich meine viel riskieren kann doch nur derjenige, der viel hat. Wenn man kaum noch andere Alternativen hat, kann man doch genau genommen nur gewinnen, stimmt´s?«

Er registrierte ihren erstaunlich festen Händedruck und der fast schon erotische Blick, mit dem sie ihn ansah, sorgte dafür, dass sein Versuch eine geistreiche Antwort zu finden, scheiterte.

»Ja, wahrscheinlich haben Sie recht«, erwiderte er, selbst erstaunt über die für ihn ungewöhnliche Einfallslosigkeit.

»Es hat mich jedenfalls außerordentlich gefreut, Sie kennen zu lernen. Und Sie haben mir noch nicht einmal Ihren Namen verraten.«

»Oh, wie unhöflich von mir. Suzann, nennen Sie mich einfach Suzann.«

»Gerne Suzann.«

»Ach ... «, sie unterbrach den Versuch, sich zum Gehen zu wenden.

»Vielleicht haben Sie ja heute Abend Zeit und Lust, unser kleines Gespräch fortzusetzen. Ich würde mich freuen.«

»Sicher, sehr gerne«, suchte er nach einer intelligenten Antwort. »Mein Rückflug ist erst morgen früh.«

Der offene Blick, mit dem sie ihm in die Augen sah, trug nicht dazu bei, ihm seine ungewohnte Unsicherheit zu nehmen.

»Vielleicht auf meinem Zimmer? Da haben wir etwas mehr Ruhe und ich würde uns eine Flasche Wein kaltstellen. Ich habe Zimmernummer 314, so gegen neun, was denken Sie?«

Ohne seine Antwort abzuwarten, drehte sie sich um und winkte im Gehen mit der Rechten über die Schulter.

Sein sprachloser Blick folgte ihr etwa einen Meter tiefer.

Und als sich drei Sekunden später die Glastür des Frühstückraums hinter ihr schloss, ließ er sich fast erleichtert auf seinen Stuhl fallen.

»Verdammt Faizal, verdammt, verdammt ... Ich glaube, du wirst langsam alt.«

unüblich wie überflüssig. Aber jeder, der den Funkspruch gehört hatte, würde dieses unbedeutende Versehen wahrscheinlich auf die späte Nachtstunde zurückführen, in der selbst ein erfahrener Flugzeugführer wie er schon mal etwas unkonzentriert sein konnte. Kein Grund zur Aufregung.

Kurz hatte er den überraschten Blick eines Copiloten gespürt, der sicher ähnlich dachte.

Nur wenige kannten den Sinn des vereinbarten zweiten Funkspruchs, aber für Flugkapitän Faizal war er sein ganz persönlicher »Point-of-no-return« gewesen, auf den er die letzten Monate hingearbeitet hatte. Sein Startschuss für eine Aktion, mit der er sicher war, in die Geschichtsbücher der modernen Luftfahrt einzugehen. Und die nächsten Stunden mussten darüber entscheiden, ob er es dort bis in die Kategorie »Strahlender Held« oder nur in die Abteilung »Tragischer Verlierer« schaffen würde. Denn er war der Einzige an Bord, der wusste, dass einige Kilometer unter ihnen, irgendwo in der Weite des südchinesischen Meeres, mindestens ein dritter Zuhörer auf die Wiederholung dieses Funkspruchs gewartet hatte und dass der nächste Schritt jetzt nicht mehr in seiner Hand lag.

Mit geschlossenen Augen hatte er die erneute Bestätigung des Lotsen registriert und dessen routinierten Abschiedsgruß erwidert. Kurz hatte er sich zurückgelehnt und vergeblich versucht, sich zu entspannen.

Das grellrot blinkende Master-Caution-Light in der Mitte der Cockpitanzeigen und das dazugehörige und nervtötende akustische Alarmsignal riss ihn Sekunden später aus seiner oberflächlichen Ruhe.

Ein kurzer Blick auf die Instrumententafel signalisierte ihm und seinem ersten Offizier den Abfall des Kabinendrucks und der entsprechenden Sauerstoffversorgung.

Faizal schaute nach rechts hinüber zum Platz neben sich und versuchte, dabei betont unaufgeregt zu wirken. Ihm war klar, dass dies der erste offizielle Flug seines 27-jährigen Kollegen war, in dem er ohne Ausbilder als verantwortlicher Copilot fungierte, und dass er jede Anweisung des erfahrenen Kapitäns neben sich fraglos befolgen würde.

»Sauerstoffmaske.«

Faizal selbst griff ebenfalls nach der Maske an der Außenseite seines Sitzes und beobachtete dabei das routinierte Aufsetzen und Befestigen der Notversorgung durch seinen Copiloten. Auffordernd hob er die rechte Hand und suchte den Blickkontakt zu ihm.

First Officer Farruk Habbib erwiderte seinen Blick und hob fragend die Augenbrauen. Für einen Moment sah es so aus, als versuchte er, eine Frage zu formulieren und den Mund zu öffnen, um sie zu stellen. Aber schon der zweite Atemzug, den er mit Hilfe der Sauerstoffmaske tat, reduzierte die Tätigkeit seines Großhirns auf das Notwendigste und beendete diesen Versuch. Die angehobenen Brauen sanken kraftlos wieder nach unten, und die umliegenden Gesichtszüge entspannten sich. Der fragende Blick in das Gesicht seines Vorgesetzten verlor den Fokus, und die Augenlider schlossen sich widerstandslos.

Flugkapitän Faizal löste seine Sicherheitsgurte und erhob sich aus dem Pilotensitz. Er widerstand der Versuchung den Copiloten anzustoßen, um sich zu vergewissern, dass dessen Bewusstlosigkeit wirklich tief genug war. Die nächsten Schritte auf seiner Liste mussten schnell erfolgen, das war klar, und er erledigte sie mit einstudierter Präzision.

Mit wenigen Handgriffen zog er einige Sicherungen auf den verschiedenen Tafeln im Cockpit. Die Notizen, die er dazu aus seiner Jackentasche geholt und entfaltet hatte, dienten ihm dabei nur zur Bestätigung. Die Positionen der einzelnen Schalter kannte er nach vielen Übungsdurchgängen auswendig. In wenigen Sekunden hatte er diese Aufgabe erledigt und nahm wieder seinen Sitzplatz im Cockpit ein.

Als Nächstes quittierte er das nervtötende Master-Caution-Signal. Augenblicklich erlosch die unübersehbar rot blinkende Anzeige auf der Instrumententafel, deren Auslösung den Blutdruck jedes noch so routinierten Flugzeugführers anhob, und es herrschte wieder angenehme Ruhe im Cockpit.

Mit unaufgeregter Hand betätigte er den Schalter zur Aktivierung der Kabinendurchsage. Seine Stimme wirkte sanft und entspannt, als er Passagiere und Kabinencrew aufforderte, die Ruhe zu bewahren und die Sauerstoffmasken zu benutzen, die aus den entsprechenden Fächern in der Kabinendecke gefallen waren.

Wenn er den Aussagen seiner neuen Freunde vertrauen konnte, gab es auf der anderen Seite der gepanzerten Cockpittür zwar schon niemanden mehr, der diese Durchsage hören würde, aber er erledigte sie trotzdem.

Zur eigenen Beruhigung und weil dies zu seinen Pflichten den Passagieren und der Crew gegenüber gehörte, auch wenn mit Sicherheit die wenigsten von ihnen mit seiner geplanten Flugplanänderung einverstanden gewesen wären. Einer Änderung, die er selbst vor vier Monaten noch für unmöglich gehalten hätte. Die ihm aber, je länger er sich damit beschäftigte, immer besser gefallen hatte.

Fast auf den Tag genau vier Monate waren seit seiner ersten Begegnung mit Suzann vergangen. Und diese kurze Zeit hatte gereicht, um in seinem Leben alles infrage zu stellen, was er bisher für unumstößlich gehalten hatte.

Er war natürlich alt genug, um zu wissen, dass Sex alleine keine ausreichende Grundlage für eine dauerhafte Beziehung war. Aber andererseits hatte er sich nie eine funktionierende Partnerschaft ohne befriedigenden Sex vorstellen können. Und zu befriedigendem Sex gehörte für ihn auch, eine Partnerin zu haben, die Spaß und Lust empfand und die keine Hemmungen hatte das auch zu zeigen.

Sex als eheliche Pflichtübung hatte er lange genug erlebt. Dabei hatte er oft an den Anfang seiner Ehe zurückgedacht und daran, wie es in der ersten gemeinsamen Zeit war. In der Phase des Kennenlernens und des vorsichtigen Ausprobierens und Entdeckens, an den anfänglichen aufregenden Spaß am Verbotenen und an zu zweit empfundene Lust und Befriedigung.

Irgendwann im Lauf der ersten Ehejahre hatten sie den Spaß und die gemeinsame Lust aus den Augen verloren. Und für ihn war nur gelegentliche körperliche Befriedigung und für sie hauptsächlich eheliche Pflichterfüllung geblieben, und als dann später die Kinder da waren, kam ihnen auch das abhanden.

Die letzten Male, die er mit seiner Frau geschlafen hatte, lagen Monate auseinander und er war sich dabei jedes Mal vorgekommen wie ein bettelnder Hund, dem man nach langem Jaulen mal wieder einen Knochen hinwirft, in der Hoffnung, dass er für die nächste Zeit Ruhe geben wird.

Irgendwann war die Erniedrigung, die er dabei empfand, in Abneigung und Wut umgeschlagen, und sie hatte ihm als Rechtfertigung gedient, seine Bedürfnisse an anderer Stelle zu befriedigen.

Das anfänglich schlechte Gewissen hatte sich rasch gelegt und der wiederentdeckte Jagdinstinkt hatte die Oberhand gewonnen. Allerdings war es wohl auch dieser Instinkt, der dafür sorgte, dass er nach erfolgreicher Jagd und Befriedigung seiner Bedürfnisse meist schnell das Interesse an der Beute verlor. Und der dafür verantwortlich war, dass die Suche nach einer neuen Herausforderung und die Aussicht auf frische Beute reizvoller waren, als der mühsame Versuch eine dauerhafte Beziehung aufzubauen.

Bei Suzann war das seit Jahren zum ersten Mal wieder anders gewesen. Sie gab ihm das Empfinden gewollt und begehrt zu werden. Ein Gefühl, das er lange Zeit vermisst hatte und das er genoss – und das sich zusammen mit lustvollem und prickelndem

Sex perfekt ergänzte. Eine Mischung, die sie in den meist wenigen Stunden, die sie gemeinsam verbrachten, zelebrierten wie ein Festmenü, und das in krassem Gegensatz zu den Fast Food stand, das er in den letzten Jahren erlebt hatte.

Bei ihr hatte er seit langer Zeit zum ersten Mal wieder das Gefühl gehabt angekommen zu sein, und einen neuen Lebensabschnitt vor sich zu haben. Mit einer Partnerin, die ähnlich dachte und empfand und die seine Hand festhielt, um mit ihm in dieselbe Richtung zu gehen.

Durch Suzann hatte er auch Shin Tae-Yong kennengelernt, einen ihrer koreanischen Kunden, der als Geschäftsmann, wie er es nannte, Anlageberater für viele vermögende Privatpersonen war und sie bei weltweiten Transaktionen beriet.

Suzann hatte bei einem geschäftlichen Termin erwähnt, dass ihr Freund Pilot der Malaysia-Airline war, und Shin hatte sie nach der Besprechung beiseitegenommen und gefragt, ob er sie zusammen mit ihrem Freund zum Abendessen einladen dürfe.

Ein paar Tage später hatten sie sich im Zixia-Gate getroffen, einem der nobelsten koreanischen Restaurants der Stadt.

Shin war im edlen schwarzen Zweireiher erschienen und hatte selbstsicher und entspannt gewirkt. Mit seinem typisch asiatischen Kurzhaarschnitt und der perfekten Rasur wirkte er wie der Prototyp des fernöstlichen Geschäftsmanns und hätte in jedem Hollywoodfilm problemlos den freundlichen Verkäufer von Nobelkarossen oder den chinesischen Drogenbaron besetzt.

Das akzentfreie Englisch, mit dem er seine Gäste empfing, und die betont bescheidene und höfliche Art, mit der er sich bewegte, ließen ihn interessiert und sympathisch wirken. Faizal hatte sein Alter auf Anfang sechzig geschätzt.

Der Oberkellner hatte Shin wie einen gern gesehenen Stammgast begrüßt und sie an einen abgelegenen Tisch im Hintergrund des Lokals geführt. Nach dem ersten Gang und dem üblichen Small Talk war der Koreaner schnell zum Grund seiner Einladung gekommen.

Er hatte von Kunden erzählt, die immer wieder von meist amerikanischen Banken drangsaliert wurden. Die USA sahen die Tätigkeiten asiatischer Geldinstitute in ihrem Lande nicht gerne und drängten diese Kunden dazu, ihre Geschäftstätigkeit und ihre Vermögen durch die lokalen US-Banken betreuen zu lassen.

Das ging sogar so weit, dass nichtamerikanische Konkurrenz bei internationalen Geldtransfers oder dem Transport von Wertpapieren und Bargeldbeständen überall auf der Welt massiv behindert wurde.

Immer wieder kam es dazu, dass asiatische Transportunternehmen die Lizenzen für solche Werttransporte in die oder aus den USA nicht bekamen, oder dass sich Versicherungen auf Druck der Amerikaner hin weigerten, für diese Bewegungen zu garantieren.

»Im Moment überlegen wir, den Transport einer solchen Sendung als Frachtbeiladung in einer unauffälligen Passagiermaschine durchzuführen. Damit könnten wir die großen internationalen Lufttransportunternehmen meiden und etwas unbeobachteter agieren. Was meinen Sie Kapitän Faizal?«

Der Koreaner hatte den Piloten über den Tisch hinweg freundlich angelächelt und fragend die Augenbrauen hochgezogen. »Sie kennen sich doch seit vielen Jahren im asiatischen Luftverkehr aus«.

»Na ja«, hatte Faizal kurz überlegt. »Ich denke, die Beiladungen, die als Fracht in Passagiermaschinen mitfliegen, unterliegen denselben Sicherheits- und Zollbestimmungen wie die bei den offiziellen Frachtairlines.«

»Da haben Sie natürlich recht, und wie gesagt handelt es sich nicht um illegale Transporte, verstehen Sie mich bitte nicht falsch.«

Shin hatte beschwichtigend die Hand gehoben.

»Aber es ist eine sehr wertvolle Fracht, die nach Möglichkeit ohne große öffentliche Beachtung reisen soll. Für meine Kunden sind höchste Diskretion und die Vermeidung von internationalem Aufsehen außerordentlich wichtig.

Wir verfügen hier über einige ausgezeichnete Kontakte zu den örtlichen Fluggesellschaften, und die Malaysia-Airlines für die Sie arbeiten, fliegt Routen, die für viele unserer Klienten hervorragend passen würden. Wie gesagt, wir planen zurzeit einen Transport von Bargeld und Wertpapieren von Kuala Lumpur aus in Richtung Peking.«

»Die Route fliege ich im Moment regelmäßig.«

»Wunderbar«, hatte Shin beigepflichtet.

»Sehen Sie, Kapitän Faizal, mit den chinesischen Behörden pflegen wir seit Langem erstklassige Beziehungen. Bei den meisten – sagen wir mal - sensiblen Transporten, gibt es dort keine Probleme, die sich nicht mit etwas gutem Willen beilegen lassen. Es gibt aber in letzter Zeit häufiger Versuche, meine Klienten auch dort zu behindern. Die amerikanischen Behörden setzten alles daran, diesen Kunden Steine in den Weg zu legen. Das geht so weit, dass man auf politischer Ebene versucht, die chinesischen Stellen zu beeinflussen, um solche Transporte zu verhindern.«

Mit einer entschuldigenden Geste lächelte er seinen Gast an.

»Na ja, Sie sind sicher ein gut informierter Mensch Kapitän Faizal. Sie wissen, wie die USA international auftreten. Und wie sie auch hier in Asien manchmal davon ausgehen, dass sie sich mit ihrer Arroganz und ihren Dollars alles erlauben können.«

Ohne auf eine Antwort des Kapitäns zu warten, hatte er erneut beschwichtigend die Hand gehoben.

»Aber ich will Sie nicht mit Politik langweilen. Dazu sind die Umgebung und das Essen hier viel zu schade.«

Mit einem offenen Lächeln hatte er sein Glas erhoben, um mit seinen Gästen anzustoßen.

Der Koreaner hatte sich an diesem Abend als perfekter und unterhaltsamer Gastgeber gezeigt und war erst nach vielen anderen Themen beim Dessert auf den Grund seiner Einladung zurückgekommen.

»Sehen Sie, Kapitän Faizal, es hat mir wirklich sehr gefallen, Sie heute Abend kennenzulernen, und ich würde mich ehrlich freuen, wenn Sie uns bei unserem Unternehmen unterstützen könnten.«

»Ich habe mich auch sehr gefreut, Sie kennenzulernen«, hatte Faizal beigepflichtet und ebenfalls sein Glas erhoben, »auch wenn mir bis jetzt nicht richtig klar ist, wie ich Ihnen bei Ihren Geschäften nützlich sein kann.«

»Wissen Sie«, hatte Shin mit einem Lächeln geantwortet, an das der Kapitän noch häufig zurückdenken musste.

»Wissen Sie, mir ging es heute darum, Sie persönlich kennen zu lernen und mir ein Bild von Ihnen zu machen. Ich denke, dass Sie ein sehr erfahrener und scharfsinniger Mensch sind, der perfekt zu unserem Vorhaben passt. Von der Technik und der Planung, die meine Kollegen in Kuala Lumpur abwickeln, verstehe ich selbst zu wenig, um es jetzt hier zu erläutern. Aber ich würde mich freuen, wenn Sie bei Ihrem nächsten Aufenthalt dort etwas Zeit für meinen Partner, Doktor Son, hätten. Er leitet unsere Aktivitäten in Malaysia und kann Ihnen genau erklären, was er und sein Team planen, und ich verspreche Ihnen, dass Sie sich nicht langweilen werden«.

Faizal hatte gelacht. »Gerne, wenn ich mich damit für die heutige Einladung revanchieren kann. Sie haben mich neugierig gemacht. Ich bin übermorgen wieder in der Stadt und bleibe drei Tage. Dann werde ich mich gerne mit Ihrem Herrn Doktor Son in Verbindung setzen. Ich bin gespannt, was er zu erzählen hat.«

Bei der Verabschiedung hatte Shin später in die Innentasche seines Jacketts gegriffen. Mit einer geschickten Bewegung hatte er einen kleinen Briefumschlag hervorgezaubert und ihn dem Flugkapitän gereicht.

»Dieser Scheck ist ein erster bescheidener Dank für die Zeit, die Sie opfern Kapitän Faizal, und ein Zeichen dafür, wie wichtig unser Klient und sein Anliegen für uns sind.«

»Aber ich bitte Sie. Ein Abendessen und ein Treffen zu einem Gespräch ...«

»Nicht nur das«, hatte der Koreaner Faizals protestierende Hand beiseitegeschoben.

»Es beinhaltet auch die Bitte, dass Sie beide diese Begegnung heute Abend und ihre Unterhaltung mit Doktor Son absolut vertraulich behandeln. Wie gesagt, Diskretion ist eines unserer wichtigsten Anliegen. Diesen Barscheck löst jede Filiale der Bank of China ein und er ist an keinerlei Verpflichtung gebunden.«

Suzann hatte Faizal auffordernd zugezwinkert, und so hatte er den Umschlag schließlich angenommen und in seiner Jackentasche verschwinden lassen.

Später im Taxi hatten sie ihn gemeinsam geöffnet und festgestellt, dass er einen Barscheck der Bank of China über hunderttausend Yuan enthielt.

»100.000 Yuan für ein Abendessen ....?«

Faizal hatte ungläubig den Kopf geschüttelt.

»Da stimmt doch was nicht, oder? Hat dir schon einmal jemand hunderttausend Yuan für ein Essen bezahlt?«

»Nein, noch nie, aber ich bin ja auch nicht ein so gutaussehender Flugkapitän wie du.«

Sein Lachen hatte etwas gequält gewirkt, und die nächsten zwei Tage hatte er damit verbracht, sich auszumalen, welche Pläne dieser ominöse Doktor Son ihm präsentieren würde. Allerdings hatten seine Vorstellungen dabei nicht im Entferntesten an die Realität herangereicht.

Jetzt saß er hier im Cockpit seiner Boeing 777, 11.500 Meter über dem südchinesischen Meer, und ihm war klar, dass er für die nächsten Stunden auf sich allein gestellt war.

Zumindest würde keiner der anderer 238 Menschen an Bord in der Lage sein, mit ihm zu kommunizieren. Die Kabinendurchsage, die er gerade erledigt hatte, diente lediglich dazu, sich selbst zu beruhigen und einen kleinen Anschein von Routine zu bewahren.

Das Betäubungsgas in der Notversorgung der Kabine hatte genau wie das in der seines Copiloten dafür gesorgt, dass Passagiere und Besatzungsmitglieder die nächsten acht bis zwölf Stunden bewusstlos blieben. Und laut Doktor Son wäre das auch dann so, wenn jemand seine Sauerstoffmaske nicht aufgesetzt hätte. Die Gaskonzentration in der Kabine war auf jeden Fall ausreichend, um alle Anwesenden zu betäuben.

Er konnte sich also die nächsten Stunden auf die Durchführung seines Vorhabens konzentrieren. Jenes Plans, den er, als er ihn das erste Mal von Doktor Son gehört hatte, für völlig undurchführbar gehalten hatte, und der sich für ihn immer noch so verrückt anhörte, dass er vielleicht tatsächlich gelingen konnte.

Er dachte kurz an seine erste Begegnung mit Doktor Son zurück. Zwei Tage nach dem Essen mit Shin Tae-Yong in Peking war er nach Kuala Lumpur zurückgekehrt. Am darauffolgenden Morgen hatte er die Nummer gewählt, die Shin ihm gegeben hatte, und Doktor Son erreicht.

Der Koreaner hatte ihn freundlich gebeten, ihn am Abend in seinem Hotelzimmer zu treffen. Dort hätte man Zeit und Ruhe, um über eine Zusammenarbeit zu reden.

Faizal war pünktlich um 8:00 im Hotel erschienen, und auf sein Klopfen hin hatte Son ihm die Tür geöffnet.

Im ersten Moment hatte Faizal gedacht, Shins Zwillingsbruder vor sich zu haben. Die gleiche Größe und Statur, Kurzhaarschnitt, frische Rasur und perfektes Englisch, doch auf den zweiten Blick wirkte Doktor Son im Vergleich ein paar Jahre jünger und agiler. Seine Erscheinung wirkte nicht ganz so formal wie die seines Chefs, aber er hatte sich bemüht, seinen Gast mit derselben asiatischen Freundlichkeit zu begrüßen.

Son hob beschwichtigend die Hand und nahm einen kurzen Schluck aus der Flasche vor sich, bevor er weiterredete.

»Auch wenn alle Funkgeräte an Bord ausgefallen sind, kann der Autopilot ja weiterhin den Kurs halten. Da dazu einige Messdaten fehlen vielleicht nicht mehr so genau, aber das Flugzeug würde zunächst einmal weiterfliegen. Also nehmen wir an, alle Personen an Bord wären bewusstlos und der Autopilot würde die Maschine weitersteuern. Am Boden fällt natürlich auf, dass routinemäßige Statusmeldungen ausbleiben und dass die Crew auf Ansprache nicht reagiert. Aber bevor daraufhin weitere Maßnahmen eingeleitet werden, ist das Flugzeug schon tausende Kilometer über das Meer geflogen und längst von den Radarschirmen verschwunden.«

Er beschrieb auf der Karte vor sich mit dem Finger einen Kreis in der Mitte des südchinesischen Meeres und sah Kapitän Faizal vielsagend an.

»Aber wie Sie schon sagten, muss ein solcher Ausfall von Systemen ja nicht bedeuten, dass es zwangsläufig zu einer Katastrophe kommt. Auch in unserem Fall nicht – ganz im Gegenteil.«

Er lächelte vielsagend.

»Lassen Sie mich die Geschichte weitererzählen. Dadurch, dass verschiedene Messsysteme ausgefallen sind, fehlen dem Autopiloten exakte Daten. Er weicht leicht vom Kurs ab und die Maschine sackt langsam tiefer. Nach einiger Zeit ist sie so weit gesunken, dass zumindest im Cockpit die Sauerstoffversorgung durch die Außenluft wieder ausreichend ist. Der Pilot kommt zu sich und erkennt die Situation. An der Tatsache, dass nur noch extrem wenig Sprit in den Tanks ist, sieht er sofort, dass das Flugzeug mehrere Stunden führerlos geflogen sein muss. Seiner Meinung nach fliegt die Maschine also unkontrolliert irgendwo über China.«

Son legte eine kurze dramaturgische Pause ein und deutete mit dem Finger auf das nördliche Gebiet der Landkarte.

»Der erfahrene Pilot erkennt die Notlage, in der sich sein Flugzeug samt Insassen befindet und er hat nur noch wenige hundert Meter Höhe und einen kleinen Rest Kerosin zur Verfügung. Er versucht, einen Notruf abzusetzen, aber keines der Funkgeräte funktioniert. Er probiert den Copiloten zu wecken, auch das gelingt ihm nicht. In seinem verzweifelten Bemühen, sich zu orientieren, schaut er aus dem Cockpitfenster, aber da es dunkle Nacht ist und er nur schätzen kann, in welche Richtung die Maschine die letzten Stunden geflogen ist, hat er natürlich nicht die geringste Chance, seine genaue Position zu bestimmen. Eine aussichtslose Situation, die sich sicher kein Pilot gerne vorstellen mag.«

Son machte eine weitere Pause und nahm einem langen Zug aus seiner Flasche. Genüsslich tupfte er sich mit der Hand den Mund ab, bevor er fortfuhr.

»Aber in dieser Nacht meint es das Schicksal gut mit den Passagieren und der Besatzung. Der Pilot hat mittlerweile selbst wieder die Kontrolle über die Maschine übernommen und sie stabilisiert. Und bei seinem Versuch sich zu orientieren meint er, vor sich etwas zu erkennen, das aussieht wie eine Landebahn. Er steuert darauf zu und sieht bei einem langsamen Überflug, dass es sich tatsächlich um einen schwach beleuchteten Flughafen handelt.

Da es im Umfeld wenig zu sehen gibt, vermutet er eine kleine Militäreinrichtung. Im Stillen betet er, dass man am Boden seine Notlage erkennt und die Landebahnbeleuchtung eingeschaltet lässt. Denn ein kurzer Blick auf seine Treibstoffanzeige sagt ihm, dass dieser Flughafen für ihn mit Sicherheit die letzte Möglichkeit ist, die Maschine zu retten. Er beschließt also, eine Schleife zu fliegen und einen Landeversuch zu unternehmen.

Und was soll ich Ihnen sagen, der Flugzeugpilot ist ein absoluter Profi. Der Landeversuch gelingt, und er rettet seine Passagiere, die Maschine und natürlich sich selbst. Alle Menschen an Bord bleiben unverletzt, und der Pilot wird nach der geglückten Landung als Held gefeiert. Na, Kapitän Faizal, was halten Sie von meiner Geschichte?«

Faizal hatte selbst einen Zug aus seiner Flasche genommen und geschmunzelt.

»Eine spannende Geschichte ... und wenn sie in Hollywood gut gemacht würde, könnte ich mir sogar vorstellen, sie mir im Kino anzuschauen. Aber ich denke, mit der Realität hat sie Gott sei Dank nicht viel zu tun, oder?«

»Okay«, hatte Doktor Son mit niedergeschlagenem Blick zugegeben.

»Sie haben natürlich recht, diese Geschichte passt wesentlich besser ins Kino, als in die Realität. Aber vielleicht ändert sich Ihre Meinung ja, wenn ich Ihnen sage, dass ich ein paar kleine Details verschwiegen habe.«

»Ein paar Details ...?«

»Ja, einige wichtige Einzelheiten, die nur wenige von den Beteiligten kennen. Zum Beispiel die Tatsache, dass sich die Maschine und die Menschen an Bord während der gesamten Geschehnisse nie in ernsthafter Gefahr befunden haben.«

»Aha, das müssen Sie mir erklären.« Faizal zog die Augenbrauen hoch.

»Ganz einfach. Diese ganze Luftnotlage und der Ausfall der Instrumente und so weiter waren nur fingiert. Vorher am Boden hatte man den Sauerstoff für die Notversorgung der Kabine und des Copiloten durch Betäubungsgas ersetzt. Die wurden also bei dem Alarm während des Fluges betäubt. Der Kapitän war natürlich eingeweiht und hatte jederzeit alles unter Kontrolle.

Und er sorgte selbst für die Abschaltung der Funkgeräte und Transponder. Sie wissen, dass man dazu im Cockpit nur ein paar entsprechende Sicherungen ziehen muss, und schon ist man für die Außenwelt verschwunden.«

»Aha ...«

Faizal richtete sich leicht auf und sah seinen Gesprächspartner erwartungsvoll an. Sein Denkapparat war während Doktor Sons etwas einschläfernder Erzählung in den Ruhemodus gewechselt, aber jetzt war er schlagartig wieder bei hundert Prozent Leistung, und im Hintergrund hatten einige rote Lämpchen angefangen zu blinken.

»Jetzt wird Ihre Geschichte langsam zum Krimi, oder?«

»Ja, stimmt«, hatte Son grinsend zugestimmt.

»An dieser Stelle wird sie zum Krimi, und es gibt ein paar weitere Details, die ich verschwiegen habe.«

»Ich bin gespannt.«

»Zum Ersten, die Tatsache, dass der Pilot in der Geschichte diesen kleinen Militärflugplatz natürlich nicht zufällig findet, sondern ihn ganz gezielt anfliegt, und dass er dort erwartet wird. Und zweitens, dass schon kurze Zeit nach der Landung ein großer Teil der Fracht aus dem Frachtraum der Passagiermaschine entladen wird und auf LKWs in der Dunkelheit der Nacht verschwindet.

Und zum Dritten die Tatsache, dass ein paar Wochen später, als Experten der Fluglinie und des Herstellers die Maschine besichtigen dürfen, der Flugschreiber und einige andere technische Geräte von Bord nicht mehr aufzufinden sind.

Und last but not least das wichtige Detail, dass der Pilot als er ein paar Tage später mit einem anderen Flugzeug und auf den Schultern seiner applaudierenden Passagiere nach Kuala Lumpur zurückkehrt, zehn kleine Barschecks über jeweils eine Millionen US-Dollar in der Tasche hat.«

Faizal und Doktor Son hatten sich einige Augenblicke stumm in die Augen gesehen. Der Flugkapitän hatte damals nicht geahnt, dass seinem Gegenüber allein diese Sekunden des Schweigens reichten, um zu wissen, dass er gewonnen hatte. Ein paar Augenblicke lang unterdrückte Faizal den Impuls empört aufzuspringen und zur Tür zu gehen, nicht ahnend, dass der anwesende angebliche Sicherheitsbeamte ihn daran gehindert hätte, mit seinem neuerworbenen Wissen lebend das Hotelzimmer zu verlassen.

Aber eine Mischung aus Abenteuerlust und Neugierde hatten ihn auf seinem Stuhl gehalten. Innerhalb von einer Sekunde hatte er realisiert, dass diese kleine Geschichte, die dieser großväterliche Doktor Son ihm wie nebenbei erzählt hatte, schon der ganze Plan war. Und dass er soeben das Angebot erhalten hatte, in dieser modernen Heldengeschichte die Hauptrolle zu übernehmen.

Gleichzeitig wurde ihm aber auch klar, dass der Held in dieser kinoreifen Erzählung sich in einem ganz entscheidenden Punkt von den anderen Hollywoodhelden, die er selbst oft bewundert hatte, unterschied, und dass sein strahlender Heldenglanz durch eine wichtige Einzelheit verdunkelt wurde.

Nämlich dadurch, dass er die Gefahr, aus der er seine Passagiere und seine Crew rettete, wissentlich und mit voller Absicht selbst herbeigeführt hatte. Eindeutig kriminell und mit dem verachtenswerten Ziel, sich und andere zu bereichern. Eine Vorstellung, die sich weder mit seiner Ausbildung, seinem Berufsethos oder seinen Moralvorstellungen vereinbaren ließ.

Und dass er die Heldentat, für die er gefeiert wurde, nicht zufällig und wirklich heldenhaft vollbracht hatte, sondern dass jedes Gericht der Welt ihn dafür völlig zurecht viele Jahre ins Gefängnis schicken würde. Ihn, der immer stolz auf seine 25 Dienstjahre als Berufspilot zurückgeschaut hatte. Und der wie kaum ein anderer von sich behaupten konnte, dass Pflichterfüllung und Berufsehre in seinem Leben nicht nur leere Worte waren, sondern dass für ihn das Wohl und die Sicherheit seiner Passagiere und der ihm anvertrauten Seelen immer an erster Stelle gestanden hatten.

Zugegeben, Werte die in der heutigen Zeit mehr und mehr hinter Kommerz und Leistungsdruck verschwanden, das hatte er oft genug selbst erfahren. Aber gleichzeitig auch Ideale, die ihn seit seiner Berufswahl begleitet und geleitet hatten, und von denen er bis zu diesem Moment immer angenommen hatte, dass sie für ihn unumstößlich und unverhandelbar waren.

Doch jetzt lag hier, kurz vor dem Ende seiner Berufslaufbahn, ein Angebot auf dem Tisch. Das Angebot, diese Leitbilder und diesen Stolz auf seine Karriere für einige Barschecks in seiner Tasche zu versilbern.

10 Millionen US-Dollar für sein bisher untadeliges Leben? Oder 10 Millionen US-Dollar für seinen wohlverdienten Ruhestand und einen neuen, spannenden Lebensabschnitt? Ihm war klar, dass er für seine Antwort keine Bedenkzeit erhalten würde.

»Sie meinen es wirklich ernst mit dieser Geschichte, oder?«

Ein Blick in die Augen seines Gastgebers hatte Faizals Frage wortlos beantwortet.

»Ich glaube nicht, dass es möglich ist, ein Flugzeug unauffällig so mit Betäubungsgas zu präparieren, dass man die Passagiere und den Copiloten zuverlässig ausschalten kann.«

»Wir haben die Möglichkeit, glauben Sie mir«, erwiderte Son ohne jeden Anflug eines Zweifels, »und niemand wird es im Nachhinein herausbekommen können. Das Gas wirkt schnell und für mindestens zehn Stunden, und es verflüchtigt sich rückstandslos.«

»Aber wie wollen Sie einen Militärflugplatz finden, auf dem Sie nachts unbeobachtet eine Boeing 777 landen und entladen können?«

»Wir haben einen«, kam Sons Antwort mit sicherer Stimme.

Faizal wurde klar, dass sein Gegenüber sich nicht erst seit gestern mit diesem halsbrecherischen Plan beschäftigt hatte, und dass er wild entschlossen war, ihn umzusetzen.

Wieder schaute er Doktor Son ein paar Sekunden schweigend in die Augen und versuchte, seine rasenden Gedanken zu sammeln. Später hatte er oft an diese Momente zurückgedacht.

An diese wenigen Augenblicke, in denen er aus heiterem Himmel eine Entscheidung treffen musste, die den Rest seines Lebens dramatisch verändern würde. Und die, einmal getroffen, unwiderruflich war.

Son hatte seinem Gast ein paar Sekunden Zeit gelassen, um das Gehörte zu realisieren, bevor er ihn aus seiner stillen Verwirrung riss.

»Sagen Sie Kapitän Faizal, wissen Sie eigentlich, was Mr. Sullenberger heute macht?«

»Wer?«

»Na dieser Kapitän Sullenberger, der vor ein paar Jahren sein Flugzeug im Hudson-River notgelandet hat.«

»Nein, keine Ahnung, was macht er jetzt?«

»Ich weiß es auch nicht genau, aber ich denke, er genießt eine ausgezeichnete Pension und seinen Ruhm. Sicher reist er durchs Land und wird überall wie ein Held empfangen. Er verdient Millionen mit der Autobiografie die er schreiben lässt und den Filmrechten an seiner Lebensgeschichte, und zweifellos hat seine Heimatstadt längst eine Straße oder eine Schule nach ihm benannt. Ich stelle mir vor, dass er sich irgendwann ein kleines Flugzeug kauft, um mit seiner Frau an Orte zu reisen, die sie schon immer mal besuchen wollten. Mit Sicherheit genießt er jeden Tag seine Freiheit und seinen wohlverdienten Ruhestand.«

Faizal hatte nachdenklich den letzten Schluck aus der Flasche vor sich genommen und seinem Gegenüber noch einmal einige lange Sekunden in die Augen gesehen. »Verdammt, Sie sind verrückt. «

Und Son hatte den Blick des Flugkapitäns scheinbar völlig gelassen und mit einem asiatischen Lächeln erwidert.

»Ich weiß, Kapitän Faizal, ich weiß – aber die entscheidende Frage lautet ja: Wie verrückt sind Sie?«

»Alles gut, ganz ruhig alter Junge.«

Mit leicht zusammengekniffenen Augen konzentrierte Faizal sich erneut auf den handgeschriebenen Zettel, den er am Steuerhorn vor sich angeklemmt hatte.

In vier einzelnen Abschnitten auf der Vorderseite und zwei auf der Rückseite waren dort Buchstabenfolgen und Ziffer gekritzelt, die für kaum jemanden ohne Pilotenausbildung eine Bedeutung ergeben hätten.

Und selbst ein erfahrener Berufspilot würde seine Mühe haben, den Sinn hinter den Notizen zu erfassen.

Leise vor sich hinmurmelnd wiederholte Faizal die Zeichenfolge des zweiten Abschnitts mit der Überschrift »CB«.

»CB« stand in diesem Fall für »Circuit-Breaker«, ein Begriff, der in fast jeder luftfahrttechnischen Checkliste auftaucht und die kleinen Sicherungen bezeichnete, die an den verschiedenen Panels im Cockpit angebracht waren. Mit ihnen war es möglich, einzelne Stromkreise und Geräte der Maschine manuell ein- und auszuschalten.

Hinter »CB« folgten 24 dreistellige Bezeichnungen, wobei der erste Buchstabe die Sicherungstafel angab, auf der sich der Schalter befand, und die beiden nachfolgenden Zahlen die Nummer der Sicherung selbst.

»..... ACARS .... checked ..... Anti-Collision-Light .... checked ..... TCAS .... checked ..... ATC .... checked .... «

Mit routinierter Stimme las er die Benennungen der einzelnen Positionen vor und überzeugte sich mit einem Blick auf die jeweilige Schalttafel davon, dass er die Sicherung gezogen hatte. Für diesen zweiten Sicherheitscheck hatte er großzügig 180 Sekunden eingeplant, und er wusste, dass er keine Eile hatte. Im

Gegenteil. Die folgende Routinemeldung von Flug MH 370 wurde erst in 25 Minuten erwartet, und selbst nach Ablauf dieser langen 25 Minuten würde es noch einige Zeit dauern, bis das Ausbleiben der Meldung Konsequenzen haben würde.

Erst wenn die folgenden Versuche, die Maschine über eine Satellitenverbindung oder andere Funkfrequenzen zu erreichen scheiterten, würde dies größere Aufmerksamkeit und eventuelle Suchaktionen auslösen.

Bis dahin würde seine Boeing 777-ER im wahrsten Sinne des Wortes vom Radar verschwunden sein, da hatte Doktor Son zweifellos recht.

Die Flugmanöver, die er dazu geplant hatte, waren zwar etwas ungewöhnlich, aber auch nicht extrem anspruchsvoll. Und die Tatsache, dass er sie allein und ohne Hilfe seines ersten Offiziers bewerkstelligen musste, beunruhigte ihn auch nicht. Er war lange genug Pilot und verfügte über die notwendige Routine und Erfahrung, und er hatte diese Manöver viele Male im Simulator durchgespielt und optimiert.

Anschließend hatte er wieder zwei Stunden bis zur nächsten Kurskorrektur Richtung Norden. Die würde ihn dann auf den endgültigen Kurs und zum heikelsten Teil seiner Reise bringen, aber bis dahin war noch Zeit. Er konzentrierte sich auf den folgenden Schritt.

Langsam und laut las er den nächsten Abschnitt seiner Notizen und stellte sich dabei jeden notwendigen Handgriff noch einmal vor. Bedächtig gönnte er sich dann wieder drei Sekunden, um die Augen zu schließen und seine Gedanken zu fokussieren.

Kurz vor dem Start hatte Son ihn noch einmal angerufen und bestätigt, dass am Ziel seiner Reise alle vereinbarten Vorbereitungen getroffen waren und beste Wetterbedingungen herrschten. »Alles läuft nach Plan, Kapitän Faizal. In ein paar Stunden sind wir am Ziel.«

Mitten in den Startvorbereitungen war der Flugkapitän zu beschäftigt, um über die Bedeutung dieses Satzes nachzudenken. Aber auch wenn er es getan hätte, wäre er mit Sicherheit nicht darauf gekommen, wie wenig sein Ziel mit dem seines Gesprächspartners übereinstimmte.

Ein Blick auf die Art der Vorbereitungen, die in diesen Minuten am geplanten Landeort seiner Maschine getroffen wurden, hätte ihn extrem nachdenklich gestimmt, genau wie der Inhalt von zwei weiteren Telefonaten, die der Koreaner kurz darauf tätigte.

Erst recht aber hätte ihn die Tatsache beunruhigt, dass fast zeitgleich mit seinem Start in Kuala Lumpur an vier verschiedenen Orten innerhalb der Reichweite einer Boeing 777 vier sehr ungewöhnliche Wetterballone in den Himmel stiegen.

Wetterballone, die statt mit den üblichen meteorologischen Messinstrumenten nur mit jeweils einem für sie äußerst unkonventionellen Funkgerät und einem kleinen Sprengsatz zur Selbstzerstörung ausgerüstet waren. Und deren Aufgabe es nicht war, so wie üblich wettertechnische Daten zu sammeln, sondern durch ihre Funksignale die eingeschlagene Route eines Flugzeugs zu verschleiern.

Zu diesem Zeitpunkt ahnte der Flugkapitän jedoch nichts von solchen Vorbereitungen. Ihm war nur klar, dass es für ihn höchste Zeit wurde, zu verschwinden.

Gleichmäßig und hörbar atmete er dreimal ein und aus. Dann streckte er den rechten Arm in Richtung des Bedienpanels für den Autopiloten und legte den Zeigefinger an den Hauptschalter.

»Mein Flugzeug«, murmelte er mit einem Blick auf seinen elektronischen Kollegen.

5. Köln

Köln, Deutschland, 30.08.2014, 07.25 Ortszeit

Das nervtötende Brummen ließ Koptas Traum platzen wie eine Seifenblase im Sommerlicht.

»Verdammt«, murmelte der Hauptkommissar lautlos in sein Kopfkissen und verabschiedete sich widerwillig aus der warmen Geborgenheit seiner Fantasiewelt. Ihm war schlagartig klar, woher dieses penetrante Geräusch kam, das seiner Tiefschlafphase ein so jähes Ende bereitet hatte – 24 Jahre kriminalistischer Polizeidienst prägen einen Denkapparat – und sein geistiges Auge setzte unwillig das lückenhafte Mosaik zusammen.

Köln, Taxi, Nieselregen, Hotel, Neonleuchtreklame, Nachttisch, Ladekabel, Handy ....

Scheiße!

Seine letzte Handlung, bevor er sich am frühen Morgen ermüdet in das makellos weiße Hotelbettlaken fallen gelassen hatte, war es gewesen, sein Mobiltelefon mit dem dazugehörigen Kabel und der Steckdose über dem kleinen Nachtschränkchen zu verbinden. Ein erschöpfter Blick auf das Display hatte ihm verraten, dass es in den letzten drei Stunden weder Anrufversuche noch Nachrichten an ihn gegeben hatte. 2:22 Uhr. Sehr gut.

Nach kurzem Überlegen hatte er die Weckfunktion deaktiviert. Er würde mit dem ICE um 11:48 Uhr von Köln zurück in Richtung Berlin fahren, Ankunft 16:12 Uhr.

Mit dem Taxi vom Hotel zum Bahnhof waren es höchstens 20 Minuten, das hieß: spätestes Aufstehen inklusive heißer Dusche und ausgiebigem Frühstück gegen 10 Uhr.

Dazu brauchte ein gewohnheitsmäßiger Frühaufsteher wie er, selbst nach einer so kurzen Nacht keinen Wecker.

Aber wenn der es nicht gewesen war, kam nur ein Anruf infrage. Die Wiederholung des Geräusches bestätigte umgehend seine messerscharfe Schlussfolgerung.

»Verdammt!«

Gestern, auf dem Weg zur Kirche, hatte er den Klingelton seines Handys auf lautlos gestellt. Handyklingeln des Brautvaters während der Trauung wäre nicht so gut angekommen. Aber den Vibrationsalarm hatte er nicht deaktiviert.

Er legte Wert darauf, auf diese Weise zumindest eine stille Info über eingetroffene Benachrichtigungen oder Anrufe zu erhalten. Das gab einem die Möglichkeit, bei nächster Gelegenheit nachzuschauen, um nichts Wichtiges zu verpassen. Nicht, dass er auf eine dringende Nachricht gewartet hätte, aber er war halt gerne erreichbar und aktuell informiert.

Beim Betreten der Kirche hatte er kurz überlegt, dass man in einem Gotteshaus, in dem gerade alle Teilnehmer die Luft anhielten, weil sie auf das dahingeseufzte »Ja« der Braut warteten, selbst einen Vibrationsalarm bis in die dritte Reihe hören würde. Aber das Risiko war er eingegangen.

Er hatte sich kurz den strafenden Blick des Pastors vorgestellt, aber weil die Himmelsgaukler ohnehin nicht zu seiner Lieblingsberufsgruppe gehörten, wäre ihm der egal gewesen. Die Braut hätte das Geräusch sicher ignoriert. Sie kannte ihn zu lange, um sich über solche Kleinigkeiten aufzuregen und in dieser Situation schon gar nicht.

Und die anderen Beteiligten – na ja …

Hinter geschlossenen Augenlidern hatte sein Gehirn die Arbeit aufgenommen, und ihm war klar, dass sich dieses nervtötende Geräusch schon in wenigen Augenblicken wiederholen würde. Zeitgenossen, die am Samstagmorgen um diese Zeit anrufen, sind hartnäckig und geben nicht nach dem zweiten Klingeln auf.

Im Zimmer war es fast stockdunkel, aber sein geschultes Zeitgefühl sagte ihm, dass er sich irgendwo zwischen 7:00 und 8:00 Uhr befand.

Im Geiste sah er das Handy auf der Holzoberfläche des kleinen Nachttischs neben dem Bett liegen. Die Holzschublade direkt darunter gab einen perfekten Resonanzkörper ab und erzeugte ein penetrantes und unignorierbares Geräusch. Er hätte es ebenso auf die Saiten einer Gitarre legen können.

Beim dritten Brummen gab er auf. Leise fluchend wälzte er sich zum Nachttisch herum und griff widerwillig nach der Geräuschquelle.

Auf der Seite liegend hielt er das Gerät so, dass der Text auf dem Display lesbar war.

»Tergau mobil« blinkte in großer Schrift in der Mitte und oben rechts stand in kleineren Ziffern 7:26.

Als er das letzte Mal nach der Zeitanzeige geschaut hatte, war es 2:22 Uhr gewesen. Wenn es sein musste, kam er problemlos mit fünf Stunden und vier Minuten Schlaf aus. Aber verdammt, heute musste es nicht sein!

Kopta ließ sich zurück aufs Kopfkissen fallen und schloss die Augen. Seit Wochen hatte er angekündigt, dass er dieses Wochenende nicht zu erreichen war.

Die kirchliche Hochzeit seiner einzigen Tochter war selbst ihm als überzeugtem Atheisten heilig. Und da er seit dem frühen Tod ihrer Mutter alleinerziehend war, nahm er seine väterlichen Pflichten ausgesprochen ernst.

Vor allem jetzt, wo ihm die Ehre zukam, sie als mittlerweile 24-jährige zum Traualtar zu führen.

Viel zu oft hatte er in der Vergangenheit Gelegenheiten verpasst, gemeinsame Zeiten mit seiner Tochter zu genießen. Nicht immer nur aus dienstlichen Gründen. Oft auch, weil er sich nicht darüber bewusst gewesen war, wie unwiederbringlich diese seltenen Momente waren.

Aber die ersten Monate ihres Studiums in Köln hatten ihm gezeigt, wie groß und leer sich seine Berliner Wohnung seit ihrem Auszug anfühlte, und wie sehr ihm ihr Lachen und manchmal auch ihr trotziges Schweigen fehlte.

Er hatte an vielen Abenden überdeutlich gespürt, was für ein großer Bestandteil seines Lebens mit ihr fortgegangen war. Um nichts auf der Welt würde er diesen geliebten Teil aus den Augen verlieren.

Dadurch, dass er den digitalen Ruhestörer jetzt in der Hand hielt, war das nächste Brummen schon wesentlich leiser und angenehmer, aber er wusste, dass es nicht das Letzte sein würde.

Widerwillig drückte er den Annahmeknopf und ließ demonstrativ drei Sekunden verstreichen, bevor er sich meldete. »Verdammt, Tergau – was ist los?«

Ihm war völlig klar, dass sein Assistent und jüngstes Mitglied im Ermittlungsteam, ihn um diese Zeit nicht anrief, um übers Wetter zu plaudern, und selbst mit Sicherheit kurz vorher ebenso unsanft aus dem Bett geklingelt worden war wie sein Chef.

Und dass Tergau es sich vermutlich dreimal überlegt hatte, ihn an seinem ersten freien Wochenende seit Monaten zu wecken. Trotzdem konnte man seinen Unmut ja mal etwas anklingen lassen.

»Moin Chef. Sorry, wenn ich um diese Zeit störe, aber wir haben hier ein Problem.«

Das Bemühen des jungen Kriminalisten, die Gereiztheit seines Vorgesetzten in Grenzen zu halten, war unüberhörbar.

»Ach ….«

»Ja, ich komme gerade aus dem Büro des Direktors«, ignorierte der Kommissar den Zwischenruf. »Ziemlich dicke Luft und Hektik da. Sein letzter Satz war: ›Ist mir egal, wo der steckt. Schaffen Sie mir Kopta her.‹«

»Und dann?«

»Und dann? Na dann bin natürlich ich in unser Büro gegangen und hab Sie angerufen.«

»Also war es ja vielleicht gar nicht sein letzter Satz.«

»Was? Nein, so war das natürlich nicht gemeint. Sein letzter Satz, bevor ich die Tür zugemacht habe, meinte ich. Aber er schien ziemlich in Hektik und sein Telefon klingelte auch schon wieder. Also hab ich gedacht ...«

»Zur Sache Tergau. Um was gehts?«

»Entführung, Chef, also im weitesten Sinn. Eigentlich mehr Kidnapping.«

»Wer gegen wen?«

»Na ja, es dreht sich um zwei Navigationssatelliten der ESA.«

»Satelliten der ESA? Entführt? Verdammt, werden die Dinger denn nicht bewacht?«

»Doch, solange sie hier am Boden sind bestimmt, aber die beiden sind schon gestartet.«

»Quatsch!«

Koptas Gehirn hatte die Arbeit aufgenommen und vom Modus »genervt« auf »interessiert« umgeschaltet.

»Schon gestartet? Ich dachte, das gibt es nur bei James Bond. Sagen Sie jetzt nicht, die Dinger sind spurlos verschwunden!«

»Nee, sie sind noch da. Aber es sieht wohl so aus, als ob jemand die Steuerung übernommen hat.«

»Also sind sie gar nicht entführt worden?«

»Nein, sag ich ja. Es ist mehr so eine Art Kidnapping. Sie sind noch da. Soweit ich verstanden habe, nicht ganz da, wo sie sein sollten, aber immerhin noch da.«

»Und warum dann diese Hektik?«

»Na ja, wie gesagt. Der Kidnapper hat wohl die Steuerung übernommen und droht damit, die Dinger abstürzen zu lassen.«

»Scheiße ...« Kopta gönnte sich ein paar Sekunden, um seine Gedanken zu sortieren. »Und haben die bei der ESA nicht so einen Programmierfreak, der das wieder hinkriegt?«

»Wahrscheinlich nicht. Vermutlich hat der Kidnapper auch die Kontrolle über den gesamten Funkverkehr übernommen, und wenn man es nicht schafft, zu den Dingern Kontakt aufzunehmen, wird es natürlich schwierig. Man kann ja nicht eben mal hin und sie aufschrauben. Aber viel mehr Details hatte der Direktor auch noch nicht.«

»Na bravo.«

Kopta saß mittlerweile aufrecht im Bett und sein Kriminalistenhirn näherte sich der Betriebstemperatur.

»Was haben Sie sonst noch an Informationen?«

»Also im großen Ganzen war es das schon. Wir haben Montag früh bei der ESA in Darmstadt einen Termin, dann gibt es alle weiteren Infos direkt von den Fachleuten. Die haben das Kidnapping gemeldet und anscheinend ganz oben um Hilfe gebeten. Die Ermittlungen laufen laut Direktor Spieß auf jeden Fall über ihn, auf allerhöchster Ebene und streng vertraulich.«

Tergau holte vernehmlich Luft, bevor er weiterredete.

»Wir haben Anweisung, das Team möglichst klein zu halten und erst mal keine Wellen zu machen, wie er es ausdrückte. Und weitere Details gibt es für uns im Moment nur direkt bei der ESA in Darmstadt. Ich werde gleich mal versuchen, Flüge für uns zu organisieren. Sollen wir noch jemanden mitnehmen?«

Der Hauptkommissar überlegte kurz. »Nee, solange wir nicht wissen, um was es geht, macht das wahrscheinlich nicht viel Sinn.«

Er ließ eine weitere Denkpause folgen. Mit der freien Rechten massierte er seine halb ergraute Kopfbehaarung und den sorgsam gestutzten Fünftagebart. Für seine 54 Lebensjahre war er körperlich und geistig topfit und unternahm auch einiges dafür.

Und auch das seit einigen Jahren deutlich sichtbare Grau in seiner Haarpracht bereitete ihm kein Kopfzerbrechen. Lieber ehrlich ergraute Schläfen, als plumpe chemische Hilfsmitteln. Und solange der Kalk nur äußerlich war und im Inneren noch alles funktionierte ...

Dafür war sein Haupthaar aber weiterhin relativ vollständig, und trotz der Bartstoppeln, die er aus Bequemlichkeit hatte sprießen lassen, wirkte er um einige Jahre jünger, als das Datum in seinem Personalausweis angab.

Der Sportunfall, der ihn dazu gezwungen hatte, seine fast komplette Ausbildung zum Hubschrauberpiloten der Bundeswehr abzubrechen, lag schon gut 25 Jahre zurück. Und bis auf die zwei, seitdem lädierten Nackenwirbel, war er körperlich mehr als zufrieden.

Eine technische Berufsausbildung, vorhandene Englisch- und Spanischkenntnisse, sowie die Fähigkeit, logisch und zielorientiert zu arbeiten, hatten ihm den Wechsel ins BKA ermöglicht und ihn zum Teamleiter für internationale Aufgaben aufsteigen lassen. Und seine bekanntermaßen ausgezeichneten länderübergreifenden Kontakte hatten ihm offensichtlich diesen Anruf am Samstagmorgen eingebracht.

»Also gut, Tergau«, begann er die Ergebnisse seiner Denkpause mit geliebter Präzision zusammenzufassen.

»Nutzen Sie am besten den Vormittag und arbeiten Sie sich mal in die Technik ein, und suchen Sie an Informationen zusammen, was Sie in der kurzen Zeit kriegen können. Bei ihrem Freund Google werden Sie ja bestimmt einiges über die Dinger finden. Wir müssen wissen, wie das mit dem Steuern von diesen Satelliten funktioniert, und wie da jemand dazwischenfunken kann, im wahrsten Sinne des Wortes. Und warum die Amateure gegen so was nicht abgesichert sind. Kosten ja schließlich hunderte von Millionen diese Dinger.« Er atmete kurz durch.

»Und wir brauchen Informationen über die ESA und die technischen Strukturen. Von wo aus werden die Satelliten wie gesteuert? Wer mischt da alles mit und wer hat die notwendigen Kenntnisse, um so etwas zu planen und in die Tat umzusetzen? Und wer sind die Leute, mit denen wir sprechen müssen? Die haben doch bestimmt eine Riesensicherheitsabteilung.

Außerdem versuchen Sie mal herauszufinden, wer da die wichtigsten Personen sind. Damit wir Montag nicht ganz so blöd dastehen, und wissen mit wem wir reden.

In diesen Buden machen die ja gerne aus jedem Furz ein Staatsgeheimnis, und man muss schon froh sein, wenn sie einem die Uhrzeit verraten. Aber wenn es einer schafft, die Kontrolle über deren Satelliten zu übernehmen, ist es mit der Geheimhaltung ja wohl auch nicht so prickelnd.«

»Okay, werde mich gleich darum kümmern.« Koptas Mitarbeiter am anderen Ende der Leitung schien sich Notizen zu machen. »Und was soll ich dem Direktor sagen? Wann sind Sie hier?«

»Keine Hektik, Tergau. Ich nehme den IC um kurz vor zwölf und bin gegen 17 Uhr im Büro, dann sehen wir weiter.«

Zwölf Stunden und drei Telefonate später saß der Hauptkommissar an seinem Berliner Schreibtisch und rührte im sechsten Kaffee des Tages.

»Also, noch mal langsam, Tergau. Man schießt so einen Satelliten hoch und platziert ihn in der vorausberechneten Umlaufbahn, richtig?«

»Im Prinzip schon. Das gehört zur Startphase und wird entsprechend von der verantwortlichen Startmannschaft gesteuert. Die letzte Raketenstufe sorgt dafür, dass so ein Satellit exakt in der vorgesehenen Umlaufbahn platziert wird.«

Tergau saß ihm gegenüber, den unvermeidlichen Laptop vor sich. Seine strohblonden, nach hinten gekämmten Strähnen, die gründliche Rasur, Jeans, kariertes Hemd und Turnschuhe wirkten selbst am späten Samstag aufgeräumt wie immer.

Kopta schmunzelte.

Er war sich sicher, dass sich sein Assistent und dessen elektronisches Arbeitsgerät in den acht Monaten, in denen er jetzt für ihn tätig war, nie mehr als zehn Meter voneinander entfernt hatten.

Aber beide hatten sich in kürzester Zeit zur perfekten Verstärkung des Teams entwickelt, und der Kriminalist hatte ihre Arbeit schnell zu schätzen gelernt. Deshalb bemühte er sich, sein Grinsen zu unterdrücken.

»Aber da sind die beiden jetzt nicht, oder?«

»Nein, sind sie nicht. Nach dem Abschluss des Manövers hat man festgestellt, dass die Satelliten sich nicht in ihrer vorgesehenen kreisrunden Umlaufbahn in 23.200 km Höhe befinden, sondern in einer elliptischen Bahn in circa 17.000 km.«

»Hmm … knapp 6000 Kilometer daneben – kann schon mal passieren«, konstatierte Kopta, ohne sein konzentriertes Rühren zu unterbrechen. »Und warum?«

»Na ja, ist wahrscheinlich schwer zu sagen. Im Internet gibt es dazu bisher nur Vermutungen und wilde Spekulationen. Fest steht wohl nur, dass es einen Fehler bei der russischen Fregat-Oberstufe gegeben hat. Erst war es eine eingefrorene Treibstoffleitung, dann ein Softwareproblem und zuletzt ein Programmierfehler. Ich denke, die von der ESA stochern da selbst noch im Nebel, aber wenn es da jetzt eine Erpressung gibt und sich wirklich jemand Zugang zu der Programmierung verschafft hat, ist das ja wohl die wahrscheinlichste Erklärung.«

»Ja ja«, der Hauptkommissar gönnte sich den ersten Schluck und überlegte laut. »Aber das wird man der Öffentlichkeit sicher so schnell nicht erzählen. Wäre auch ein ziemliches Armutszeugnis. Wenn das rauskommt rollen da bestimmt ein paar Köpfe. Und was kostet so ein Schätzchen?«

»Schwer zu sagen. Also pro Stück mindestens 50 Millionen Euro reine Herstellungskosten. Zuzüglich der Startkosten - je nach Startplatz und Anzahl der Satelliten zwischen 20 und 40 Millionen.« Tergau deutete auf seinen Notizzettel.

»Insgesamt waren inklusive Entwicklung und Infrastruktur am Boden mal 3,7 Milliarden Euro geplant, aber mittlerweile schätzt man die Kosten bis zur endgültigen Betriebsbereitschaft schon auf mindestens 7 Milliarden.«

»Na bravo«, schnaubte Kopta. »Und das alles von meinen Steuergeldern!«

»Ja«, stimmte Tergau grinsend zu. »Und der Zeitplan hinkt auch einen Tick hinterher. Ursprünglich wollte man 2008 in Betrieb gehen, und jetzt, 2014, startet man Satellit 5 und 6 von insgesamt 30 geplanten. Start des endgültigen Einsatzes schätzt man aktuell auf 2020.«

Während er sich im Sessel zurücklehnte, verschränkte Kopta die Hände hinter dem Kopf.

»Tja, Tergau, so was können Sie wirklich nur schaffen, wenn Sie die sichere Beamtenpension vor sich und 500 Millionen doofe Steuerzahler hinter sich haben. In der freien Wirtschaft wäre der ganze Mob garantiert längst arbeitslos. Und dann lassen sich die Amateure auch noch ihre Satelliten kidnappen und versauen uns das Wochenende. Das kann ja morgen ein lustiges Gespräch werden. Von wem haben wir denn die freundliche Einladung?«

»Also Ansprechpartner ist ein gewisser Herr Breitner. Das ist der Sicherheitschef in Darmstadt. Wer dann sonst noch dabei ist, weiß ich natürlich nicht, aber die Bordkarten habe ich hier – Abflug 6 Uhr zwanzig.«

»Okay, und wie funktioniert das mit der Steuerung von diesen Dingern? Warum machen die das nicht von selbst?«

»Also das ist, glaube ich, nicht so simpel, wie es aussieht. Die genaue Ortsbestimmung hier am Boden setzt natürlich voraus, dass so ein Satellit exakt positioniert und ausgerichtet ist. Deshalb hat so ein Ding sozusagen zwei Arten von Steuerung.«

»Oje.« Kopta hob die Hand. »Bitte kurz und mit möglichst wenig Fachchinesisch.«

»Ja, versuche ich ja.« Kommissar Tergau tippte auf seiner Tastatur.

»Also, was ich in der wenigen Zeit gefunden habe, ist natürlich nicht viel, und so ein Satellitenbauer veröffentlicht die Pläne ja auch nicht im Internet. Aber Steuerungen gibt es auf jeden Fall zwei. Erstmal die Lageregelung. Die stellt sicher, dass der Flugkörper selber richtig ausgerichtet ist. Also die Solarpaneele möglichst gut im Sonnenlicht und Antennen und Kameras Richtung Boden oder wohin man will. Seine Lage bestimmt so ein Satellit durch Magnetfeldsensoren, die das Magnetfeld der Erde erfassen oder zum Beispiel durch Lichtsensoren, die die Position der Sonne oder der Erde erkennen. Und mit Hilfe von kleinen rotierenden Schwungrädern und der Gegenkraft, wird dann die Lage in den drei Achsen verändert.«

»Ah, kenne ich. So wie beim Gyroskop«, hakte sein Chef ein.

»Genau, nur dass man hier nicht einen künstlichen Horizont stabil hält wie im Flugzeug, sondern durch die Lageänderung der Schwungräder und die entsprechende Gegenkraft, die Achsen des Satelliten ausrichtet.«

»Okay, das hab ich verstanden. Und das zweite System?«

»Also, durch die Schwungräder kann man ausrichten in was für einer Lage der Flugkörper fliegt, aber nicht, in welche Richtung er sich bewegt.

Die Flugrichtung selbst wird natürlich ständig überwacht und wenn notwendig mit kleinen Steuerdüsen korrigiert. Das ist die Aufgabe der Kontrollzentren. Direkt nach dem Start ist die ESA in Darmstadt dafür verantwortlich, den Satelliten erst mal richtig zu positionieren und in Betrieb zu nehmen.

Das dauert normalerweise einige Tage. Und wenn dann alle Systeme hochgefahren sind und funktionieren, übernehmen zwei Kontrollzentren und überwachen die laufenden Funktionen. Eins ist in Oberpfaffenhofen und das Zweite in Fucino in der Nähe von Rom.«

»Und die senden dann die notwendigen Steuerungsdaten an die Dinger?«

»Ja, allerdings auch nicht direkt. Die eigentliche Kommunikation mit den Satelliten funktioniert über neun sogenannte Uplink-Stationen, die auf dem gesamten Globus verteilt sind.«

Tergau drehte seinen Laptop so, dass sein Chef den Bildschirm sehen konnte.

»Das ist eine Grafik über den Aufbau, den das Ganze mal haben soll. Aber wie gesagt – das Meiste ist noch in der Entstehungsphase.«

»Und wo und wie werden diese Daten verschlüsselt? Und wer ist alles daran beteiligt?« bohrte Kopta nach, während er die Grafik studierte.

»Darüber hab ich noch nichts gefunden«, musste Tergau zugeben. »Hätte mich aber auch gewundert, wenn das im Netz stehen würde. Ich weiß nur, dass es an Bord der einzelnen Satelliten eine sogenannte kryptographische Einheit gibt, die für die Kommunikation verantwortlich ist. Außerdem sendet jeder Flugkörper auch Daten, die nur von bestimmten Gruppen genutzt werden können. Zum Beispiel vom Militär oder Anderen, die dafür bezahlen.

Die sind entsprechend verschlüsselt. Ich habe, glaube ich irgendwo gelesen, dass die Verschlüsselungstechnik aus England kommt. Aber die ESA baut die Satelliten ja auch nicht selbst, sondern die Firma OHB in Bremen. Und die hat natürlich wieder einen Haufen Unterlieferanten für Hard- und Software.«

»Also jede Menge Möglichkeiten für undichte Stellen«, fasste Kopta zusammen und lehnte sich zurück. »Und was passiert, wenn so eine Steuerung ausfällt oder von außen manipuliert wird?«

»Ja, das ist er«, stimmte sein Chef zu.

»Wieso, kennen Sie ihn?« Tergau zog die Augenbrauen hoch.

»Nein, aber er wirkt sehr selbstsicher und trägt seinen Sicherheitsausweis nicht offen so wie alle Anderen, sondern in der Hemdtasche. Weil er keinen braucht und ihn auch so jeder kennt. Und haben sie gesehen, wie beschäftigt alle Uniformierten plötzlich sind? Respekt vor dem Chef.«

Er sah Tergau an und fuhr mit gedämpfter Stimme fort.

»Und dann auch noch die Kripo zu Besuch – kein Mensch holt sich freiwillig die Polizei ins Haus. Da brodelt bestimmt sehr schnell die Gerüchteküche.«

»Guten Morgen die Herren.« Der so Beschriebene hatte in der Zwischenzeit das Gebäude betreten und kam zielstrebig und mit ausgestreckter Hand auf Kopta zu.

»Hauptkommissar Kopta, wenn ich richtig vermute, und Kommissar Tergau. Mein Name ist Breitner. Ich bin hier im ESOC Darmstadt für die Anlagensicherheit zuständig.«

»Guten Morgen Herr Breitner.« Kopta ergriff die entgegengestreckte Rechte.

»Was bedeutet ESOC?«

»ESOC ist die Abkürzung für European Space Operations Center, was nichts anderes bedeutet, als dass wir hier eins von mehreren Zentren sind, die für den reibungslosen Verlauf von Satellitenmissionen zuständig sind – also für die Steuerung und Lenkung der Dinger. Unsere internationalen Wissenschaftler hier lieben diese Abkürzungen. Ich glaube sie verbringen die meiste Zeit damit sich möglichst komplizierte Namen für ihre Missionen und Geräte auszudenken, um nachher dann diese tollen Abkürzungen dafür zu kreieren. Aber kommen Sie, ich habe einen Besprechungsraum für uns reserviert.«

Er führte die beiden Kriminalisten über den Hof zum benachbarten Verwaltungsgebäude.

Kopta überließ Tergau die Aufgabe etwas Smalltalk zu führen. Er beobachtete stattdessen den Betrieb auf dem Gelände und Breitner.

Der Sicherheitschef war offensichtlich bemüht, einen entspannten und routinierten Eindruck zu erwecken, aber am fragenden Blick der Empfangsdame im Foyer des Bürogebäudes erkannte Kopta, dass sich die Anwesenheit der Kripo schnell herumgesprochen hatte.

Als erfahrenem Kriminalisten war ihm klar, dass es von den ersten internen Gerüchten bis zu unangenehmen Nachfragen von außerhalb meist nur ein kurzer Weg war. Sicher ein Grund mehr für die Verantwortlichen, die Ermittlungen zu beschleunigen.

Breitner führte sie in ein kleines, nüchtern eingerichtetes Besprechungszimmer. Während er Getränke anbot und verteilte, war ihm deutlich anzumerken, dass er sich in seiner Rolle nicht besonders wohlfühlte.

»Also, meine Herren, wie Sie sehen, bemühen wir uns natürlich, die ganze Angelegenheit hier im Hause möglichst vertraulich zu behandeln. Ich habe vorhin noch mit unserem Standortleiter, Herrn Dr. Läufer gesprochen. Er wird auch gleich zu uns kommen. Er hat mich gebeten, Ihnen zunächst alle Informationen über die Kontaktaufnahme und über den aktuellen Stand der Dinge zu geben.«

»Okay«, stimmte Kopta zu. »Dann schießen Sie mal los. Wie kam es zu der Ansprache und wie ist der jetzige Stand der Dinge?«

Der Sicherheitschef öffnete sich selbst eine Flasche Mineralwasser und nahm einen Schluck, um seine Gedanken zu sammeln.

»Also, der erste Kontakt lief seltsamerweise über mich.«

»Über Sie?«

»Ja, ich hab mir auch schon den Kopf darüber zerbrochen, wie der Kerl gerade auf mich gekommen ist. Aber das Einzige, was mir dazu einfällt, ist, dass er verdammt gute Informationen haben muss.«

»Aha«, zog Kopta fragend die Augenbrauen hoch und rückte seinen Notizblock zurecht.

»Ja, anders kann ich mir das nicht erklären. Also, der Start von Doresa und Milena – so heißen die beiden Satelliten, von denen wir sprechen – war am Freitag, den 22.8. Genau eine Woche vorher, am 15.08. hatte meine Frau Geburtstag – zusammen mit Napoleon Bonaparte wie sie immer betont. Und es war ihr fünfzigster, also große Gartenfeier und Ausnahmezustand bei uns zu Hause.

Um 14 Uhr hat sie mich im Büro angerufen und gebeten, auf dem Nachhauseweg noch einige Sachen zu besorgen, die sie unbedingt brauchte. Ich hab mich dann gegen 15:30 ins Auto gesetzt und bin direkt hier im Europaviertel in den nächsten Supermarkt. Sie können sich bestimmt vorstellen, was hier am Freitag um 15:30 los ist. Da sollte man keine unnötigen Umwege machen. Und als ich danach mit meinem Einkaufswagen am Auto stehe und die Einkäufe einlade, hat er mich angesprochen.«

»Er?«, hakte Kopta ein. »Kannten Sie ihn?«

»Nein, nein, ein völlig Fremder. Aber Sie wissen ja – je länger man sich im Geiste mit so einer Person beschäftigt, umso vertrauter wird sie einem. Ich kannte ihn nicht, und man wird ja heutzutage in der Stadt von allen möglichen Leuten angesprochen, deswegen hab ich mich auch nicht gewundert. Aber das Ungewöhnliche war, dass er mich beim Namen genannt hat. Da ist bei mir doch irgendwo eine Warnlampe angegangen. Wissen Sie, ich war selbst 10 Jahre bei der Kripo hier in Frankfurt. Drogenfahndung. Und da entwickelt man mit der Zeit so ein Warnsystem und achtet unbewusst auf Dinge, die Anderen vielleicht gar nicht auffallen.«

»Wem sagen Sie das«, stimmte Kopta zu. »Wir brauchen natürlich nachher die Zeiten möglichst genau und die Adresse des Supermarktes.«

»Ja, ich weiß. Ich hab das alles präzise zusammengeschrieben.«

Er griff in die Innentasche des Jacketts, das über seinem Stuhl hing, und reichte Kopta zwei zusammengefaltete DIN-A4-Blätter.

»Und das hier ist die Visitenkarte, die er mir gegeben hat.

Ich glaube die Spurensicherung können Sie sich sparen. Die ist mittlerweile durch so viele Hände gegangen, dass Sie bestimmt nichts Verwertbares mehr finden.«

Der Hauptkommissar betrachtete die schmucklose Karte, die Breitner ihm über den Tisch schob.

»Jason Colucci, TASB«, las er laut. »Wissen Sie was TASB bedeutet?«

»Nein, ehrlich gesagt hab ich nicht die geringste Ahnung«, musste Breitner zugeben.

»Weder den Namen noch die Firma habe ich vorher gehört. Ich hab natürlich beides gegoogelt, und es existieren auch einige Jason Coluccis und auch Organisationen, die man mit TASB abkürzen könnte. Aber absolut nichts, was zusammenpasst und irgendeinen Sinn ergibt. Es gibt aber keine weiteren Kontaktdaten. Und die Karte sieht auch sehr billig aus. So als wäre sie an einem dieser Automaten gedruckt worden. Ich kann absolut nichts damit anfangen.«

Der Sicherheitschef zuckte mit den Schultern. »Na ja, jedenfalls hat er mich in sehr höflichem Ton angesprochen. Er hat überhaupt einen ausgesprochen gepflegten Eindruck gemacht. Etwa 50 Jahre, gut 1,78 m groß, dunkler Anzug, Sonnenbrille, schwarze Schuhe. Und mit seiner ruhigen Stimme und der geraden Körperhaltung hat er mich etwas an den Großen von den Bluesbrothers erinnert.«

»Dan Aykroyd«, grinste Kopta.

»Ja genau.«

»Und was hat er gesagt?«

»So ganz wörtlich weiß ich es nicht mehr. Es war mir in dem Moment einfach zu unwichtig. Erstmal hat er sich dafür entschuldigt, dass er mich auf dem Nachhauseweg auf dem Parkplatz angesprochen hat, aber mich im Büro anzusprechen wäre im leider nicht möglich gewesen. Dann hat er gesagt, dass er für eine Organisation arbeite, die sich im weitesten Sinne mit Sicherheit beschäftigt, und dass er deshalb mich als Leiter der Sicherheitsabteilung ansprechen würde.«

Breitner überlegte kurz. »Dass er meinen Namen und auch noch die genaue Funktion kannte, hat mich dann doch etwas neugierig gemacht – also hab ich ihn weiterreden lassen.

Er hat dann den geplanten Start der beiden Satelliten angesprochen. Seine Organisation habe Informationen darüber, dass es bei dem Startvorgang zu Schwierigkeiten kommen und die ESA die Satelliten verlieren könnte. Da hab ich ihm natürlich gesagt, dass ich da der falsche Ansprechpartner bin. Dass ich mit den Raketenstarts nichts zu tun habe, sondern nur mit der Sicherheit der Anlagen und Gebäude hier am Standort in Darmstadt.

Aber er meinte, bei der ESA wären die Probleme bekannt, man wolle aber nicht auf ihn hören. Er sagte, dass ich als erfahrener Kriminalist da wahrscheinlich eher ein offenes Ohr für ihn hätte. Es lägen seiner Organisation sehr konkrete Daten vor. Es würde nach dem Start Probleme geben, mit den beiden Satelliten zu kommunizieren, und deshalb würde er sich nach dem Abheben wieder bei mir melden. Vielleicht hätten die Verantwortlichen dann ja eher Zeit, ihm zuzuhören.«

»Hat er erwähnt, wer nicht auf ihn hören wollte?«

»Nein, ich habe auch nicht nachgefragt. Und das war es dann auch schon. Er hat sich jedenfalls noch höflich dafür bedankt, dass ich ihm zugehört habe, und hat sich verabschiedet. Dann ist er verschwunden, und spätestens, als ich selber vom Parkplatz runter gefahren bin, hatte ich ihn auch schon vergessen.«

Kopta blickte auf die Visitenkarte vor sich. Man konnte ihm ansehen, wie es hinter seiner Stirn arbeitete. Auf dem mitgebrachten Block machte er sich Notizen und sah dann wieder zu Breitner auf.

»Sehr mysteriös. Und was hat Ihre Meinung über diesen Mister Colucci geändert?«

Breitner deutete auf seine Notizen. »Der Start in Kourou war am 22. August um 14 Uhr 27 unserer Zeit. Wenn so ein Ereignis ansteht, dann sitzen hier natürlich alle vor den Monitoren und fiebern mit. Und zuerst lief auch alles gut und der Ablauf schien in Ordnung zu sein. Aber dann in der Nacht haben Messungen ergeben, dass die Satelliten in einer falschen Umlaufbahn abgesetzt wurden und dass die ESA Probleme hatte, mit ihnen Kontakt aufzunehmen.

Ich kann gar nicht genau sagen warum, aber auf jeden Fall bin ich am Samstagmorgen ins Büro gefahren. Das mache ich ab und zu, um nach dem Rechten zu sehen. Und hier war natürlich aufgrund der Situation mit den beiden Satelliten der Teufel los. Später, bei der Durchsicht meiner Post, habe ich dann eine E-Mail von einem gewissen Herrn Colucci gefunden. Zuerst hat mir der Name nicht viel gesagt, aber als ich den ersten Satz gelesen hatte, war es natürlich mit der Ruhe vorbei.«

»Eine Frage noch, Herr Breitner«, hakte der Hauptkommissar nach.

»Was denken Sie, warum der Erpresser Sie direkt angesprochen hat? Ich meine, sein Opfer persönlich anzusprechen ist ja für einen solchen Verbrecher eher ungewöhnlich. Ein unnötiges Risiko – so jemand bleibt doch lieber anonym und unsichtbar.«

»Ja, das hab ich auch schon überlegt. Aber zu dem Zeitpunkt hab ich ihn ja ehrlich gesagt eher für einen Versicherungsvertreter gehalten und nicht für einen Erpresser. Und wenn er mich telefonisch oder per E-Mail angesprochen hätte, dann hätte ich das wahrscheinlich gar nicht ernst genommen. Ich denke, er wollte damit erreichen, dass ich mich an ihn erinnere, und vielleicht auch zeigen, dass er da und in der Nähe ist. Und das er gut informiert ist und keine Angst hat – sozusagen ein ernstzunehmender Gegner.«

»Okay.« Kopta nickte nachdenklich und kritzelte auf seinem Block.

»Und was steht in der Mail, die Sie erhalten haben? Ich nehme an, das ist sie.« Er deutete auf das Papier, das der Sicherheitschef vor sich auf den Tisch gelegt hatte.

»Ja, das ist die Nachricht. Ich habe das alles auch noch einmal hier für Ihre Akten zusammengeheftet. In der Mail verzichtet er auf Höflichkeiten. Aber hier, lesen Sie am besten selbst. Die schwarze Stelle haben die Kollegen von der internen Sicherheit geschwärzt. Da beschreibt er, wie man wieder Kontakt zu den Satelliten herstellen kann. Das ist natürlich nicht für die Öffentlichkeit bestimmt. Aber ich nehme an, die technischen Details sind im Moment auch nicht so interessant für Sie, oder?«

Er reichte Kopta und seinem Assistenten jeweils ein DIN-A4-Blatt mit dem Ausdruck des Erpresserschreibens.

»Na ja«, Tergau drehte das Schreiben, so dass er es lesen konnte. »Die technischen Details sind natürlich schon wichtig. Vielleicht kann man so Rückschlüsse auf den Urheber ziehen. Ich denke, die Informationen, über die dieser Herr Colucci verfügt, werden hier bei der ESA gut abgeschirmt. Also muss er selbst hier tätig sein oder zumindest hier im Haus einen Komplizen haben.«

»Ja, das kann man auf jeden Fall nicht ausschließen«, gab Breitner zu. »Es gäbe aber auch noch andere Möglichkeiten. Wir haben da einen Verdacht, ich will Herrn Doktor Läufer aber nicht vorgreifen.«

»Wer ist dieser Felix Arnauld, der unter CC angegeben ist?« Kopta hatte das Schreiben überflogen und sah Breitner an.

»Das ist der Sicherheitschef der ESA. Er sitzt in der Zentrale in Paris.«

»Er ist also Ihr Chef?«

»Ja, fachlich ist er mein Vorgesetzter. Er ist für alle Sicherheitsbelange innerhalb der Organisation verantwortlich.«

»Und warum nimmt dieser Herr Colucci Herrn Arnauld in CC? Traut er Ihnen etwa nicht?«

»Nun, vielleicht für den Fall, dass ich die Mail übersehe oder nicht ernst nehme. Und egal, was passiert, diese Angelegenheit wird sowieso in der Zentrale in Paris behandelt. Das wird man garantiert nicht alleine uns hier in Darmstadt überlassen.«

»Okay, also«, Kopta sah auf das Blatt vor sich und las laut.

»Sehr geehrter Herr Breitner, sicher erinnern Sie sich noch an unser kurzes Gespräch am Freitag, den 15.08. Wie wir beide wissen, ist es mittlerweile zu den von mir angekündigten Kommunikationsproblemen gekommen.

Als Beleg für die Sachkompetenz unserer Organisation und als Zeichen des guten Willens, übermittle ich Ihnen hiermit einen achtstelligen Zahlencode und die genaue Anweisung für seine Verwendung.

Die nächsten vier Zeilen sind schwarz.

Die genaue Einhaltung dieser Anweisung versetzt Ihre Techniker in die Lage, für 7 Tage mit Doresa und Milena zu kommunizieren.

Nach Ablauf dieser sieben Tage ist ein weiterer Code notwendig. Diesen übermitteln wir Ihnen gerne gegen Zahlung einer Gebühr von zehn Millionen Euro. Die genauen Zahlungsanweisungen werden wir Ihren Kollegen in Paris bekannt gegeben.

Jeder Versuch diese Codierung zu ändern oder zu umgehen führt zur Abschaltung der internen kryptografischen Kommunikationseinheit und somit zum unausweichlichen Totalverlust der Systeme.

Danke für Ihre Kooperation, Jason Colucci.«

»Sachlich und freundlich«, stellte Kopta nüchtern fest und sah Breitner an. »Da hab ich schon wesentlich schlimmere Erpresserschreiben gesehen. Aber bei zehn Millionen Euro – da kann man ja auch etwas Freundlichkeit erwarten.«

»Ja, wie gesagt, er machte einen sehr seriösen und höflichen Eindruck ...« Breitner wurde durch das Öffnen der Tür unterbrochen.

Der Mann, der den Raum betrat, wirkte trotz seiner 56 Jahre leger und sportlich. Mit Jeans und kurzärmligen karierten Hemd hätte man ihn sicher nicht gleich als Leiter des Standortes identifiziert, aber die beiden Ermittler kannten sein Gesicht von ihren Recherchen auf der Homepage der ESA und wussten, wen sie vor sich hatten.

Die Dame in seiner Begleitung schätzte Kopta auf etwas mehr als vierzig Jahre. Seiner kriminalistischen Beobachtung nach war sie etwa 172 Zentimeter groß und wog 58 kg, hatte schulterlanges dunkelbraunes Haar, braune Augen und einen sommerlich gebräunten Teint. Die schwarz gerahmte Brille ließ sie älter wirken und verlieh ihre eine leicht pädagogenhafte Ausstrahlung, aber das freundliche Lächeln, mit dem sie ihn bedachte, glich diesen kleinen Makel wieder aus.

»Guten Morgen die Herren.« Doktor Läufer streckte den beiden Ermittlern seine Hand entgegen.

»Mein Name ist Läufer und ich bin der verantwortliche Leiter unseres Standorts. Es freut mich, Sie hier bei uns in Darmstadt begrüßen zu dürfen, auch wenn der Anlass nicht besonders erfreulich ist. Ich darf Ihnen meine Kollegin Frau Doktor Sikorra vorstellen. Sie ist Leiterin unserer Abteilung Kommunikationstechnik und kann uns alle fachlichen Fragen beantworten.«

Kopta registrierte den angenehm festen Händedruck der so vorgestellten und fügte ihrer Beschreibung im Geiste die Adjektive sportlich und selbstsicher hinzu.

»Guten Morgen Herr Doktor Läufer, Frau Doktor Sikorra, sehr erfreut. Ich bin Hauptkommissar Kopta vom BKA und das ist mein Kollege Kommissar Tergau.«

Der Standortleiter wartete, bis alle wieder Platz genommen hatten. Vor sich auf dem Tisch richtete er sorgsam den mitgebrachten Notizblock aus. Zwischen seinen Fingern ließ er den dazugehörigen Kugelschreiber rotieren und sammelte sich einen Moment. Genau wie seinem Sicherheitschef merkte man auch ihm an, dass er sich in seiner augenblicklichen Rolle nicht wohlfühlte. Auf Kopta machte er den Eindruck wie jemand, der immer alles bis zur dritten Stelle hinter dem Komma berechnete und kontrollierte und jetzt feststellen musste, dass er in seiner Rechnung ein paar Unbekannte übersehen hatte.

»Also gut, ich nehme an, Herr Breitner hat von seiner Begegnung mit dem mysteriösen Herrn Colucci berichtet und Ihnen das Erpresserschreiben übergeben. Und ich denke, dass Sie dazu, und zu der jetzigen Situation sicher einige Fragen haben. Diejenigen zu den technischen Abläufen kann wie gesagt Frau Doktor Sikorra am besten beantworten, für alle anderen Fragen stehe ich gern zur Verfügung.«

Er platzierte seinen Kugelschreiber mittig auf dem Notizblock und sah Kopta fragend an.

»Ja sicher.« Der Hauptkommissar ließ angesichts der kurzen Vorrede des Direktors zwei Sekunden Bedenkzeit vergehen, bevor er mit dem Zeigefinger auf die vor ihm liegende Kopie des Schreibens tippte.

»Mich würde als Erstes interessieren, ob die Angaben in der E-Mail stimmen. Hatten Sie wirklich den Kontakt zu – Moment, wie heißen sie nochmal? – ah .... Doresa und Milena verloren? Also gab es wirklich keine Kommunikation mit ihnen wie angekündigt? Und konnten Sie den Funkkontakt mit den Daten in der E-Mail wieder herstellen?«

»Bitte Frau Doktor Sikorra, das können Sie am besten beantworten.« Mit einem Schwenk seines Kugelschreibers gab Läufer die Frage an die Kollegin neben sich weiter.

»Ja, das stimmt.« Doktor Sikorras Stimme klang sachlich und ruhig, und man merkte an ihrer sorgfältigen Wortwahl, dass sie es gewohnt war, nicht mehr zu reden als notwendig.

»Wobei in dieser Situation noch dazu kam, dass die beiden nicht auf der korrekten Umlaufbahn platziert waren, und wir anfangs nur schwer einschätzen konnten, ob und wie weit sich das auf ihre Kommunikationsfähigkeit auswirken würde.

»Es bestand in dieser Phase nicht die unmittelbare Gefahr, dass wir die beiden Satelliten verlieren – wir hatten lediglich Probleme mit ihnen zu kommunizieren.«

»Aber ohne diese Kommunikation wären eine Korrektur der falschen Umlaufbahn und eine Inbetriebnahme nicht möglich gewesen, oder?«

»Sicher.« Auch Läufer war anzumerken, dass ihm die Situation alles andere als angenehm war. »Aber unsere Spezialisten sind noch bei der Analyse der Probleme, und es ist zu früh, um abschließende Aussagen zu treffen.«

»Das heißt, Sie wissen noch nicht endgültig, ob Sie die Satelliten retten können?«, fragte Kopta nach.

»Wie gesagt.« Diesmal benutzte der ESA-Chef beide Hände zum Bremsen.

»*Retten* ist nicht der richtige Ausdruck. Unsere Experten prüfen, inwieweit eine Korrektur der Umlaufbahnen aus eigener Kraft möglich und sinnvoll ist. Da die Systeme nur eine begrenzte Menge an Treibstoff an Bord haben, sind uns da natürlich Grenzen gesetzt, aber die endgültige Beurteilung dazu steht noch aus.«

»Gut«, gab sich Kopta zufrieden. »Dann noch eine ganz praktische Frage an Frau Doktor Sikorra. Vermuten Sie, dass der Entführer selber Kontakt zu Doresa und Milena hat?«

»Ich denke ja. Um eventuell die Codes der Zugangsdaten zu ändern oder in die Kommunikation einzugreifen, braucht er mit Sicherheit selber die direkte Verbindung zu den Systemen.«

»Und was brauche ich als Außenstehender außer krimineller Energie sonst noch, um Kontakt zu so einem Galileo Satelliten aufzunehmen? Ich meine an Hard- und Software?«

»Mhh ..., das Wichtigste ist, dass Sie exakt wissen, wo er sich befindet. Wie gesagt, Sie können nur Funkkontakt zu ihm aufnehmen, wenn sie Sichtkontakt haben. Also Sichtkontakt im weitesten Sinne, Sie verstehen.«

»Ja, ist klar. Und was brauche ich an Ausrüstung?«

»Zuerst einmal die nötige Software und die Zugangsdaten – aber das ist ja wohl vorhanden. Und dann ein entsprechend leistungsstarkes und S-Band fähiges Funkgerät zum Senden und Empfangen und eine große Antenne natürlich.«

»Wie groß müsste die sein?«

»Wir verwenden in unseren TTC-Stationen 13-Meter-Parabolantennen.«

»13 Meter Durchmesser?« Kopta pfiff durch die Zähne. »So was hat ja auch nicht jeder auf dem Dach, oder?«

»Also wenn Sie die Satellitenposition exakt kennen und nur kurze Signale austauschen wollen, geht es sicher auch etwas kleiner, aber mit einer handelsüblichen Satellitenschüssel funktioniert es nicht.«

Der Ermittler gönnte sich eine kurze Denkpause und vervollständigte seine Notizen. »Wie oft geschieht es in der Regel, dass Sie im Normalbetrieb Kontakt aufnehmen?«

»Wir haben praktisch immer Kommunikation zu den Systemen. Eine Ortsbestimmung hier bei uns auf der Erde mit Hilfe der Satellitensignale kann natürlich nur dann funktionieren, wenn wir den exakten Orbit jedes einzelnen Systems kennen. Deswegen werden diese Positionen im Abstand von circa zehn Minuten kontrolliert. Das geschieht durch 30 sogenannte Referenz-Empfangsstationen, die gleichmäßig über den Erdball verteilt sind. Aus diesen Messungen wird dann jeweils die exakte Position beziehungsweise die Bahnabweichung eines Systems ermittelt.«

Sie suchte kurz nach einer geeigneten Erklärung.

»Wenn ein Satellit zum Beispiel über ein Gebirge fliegt, ist er einer höheren Erdanziehung ausgesetzt, als wenn er sich über einem Ozean bewegt. Und falls auf dem Gebirge Schnee liegt oder auf dem Ozean Ebbe oder Flut ist, wirkt sich das gleichfalls auf die Flugbahn aus.

Genau wie die Schwerkraft des Mondes oder anderer Himmelskörper und noch einige zusätzliche physikalische Einflussgrößen. Deshalb ist die Flugbahn jedes Himmelskörpers nicht exakt rund, sondern schwankt ständig. Und weil es unmöglich ist, alle verschiedenen Parameter präzise zu berechnen, müssen wir die Positionen im Abstand von einigen Minuten kontrollieren. Aus diesen Messungen und den dabei festgestellten Abweichungen wird dann ein sogenanntes Korrektursignal generiert und an das jeweilige System gemeldet.

Das heißt, vereinfacht ausgedrückt, dass jeder Satellit dem GPS-Empfänger in Ihrem Handy oder Auto mitteilt, um wie viel seine aktuelle Position von der vorgesehenen abweicht. Und der Empfänger kann dann mit Eintreffen dieser Signale die genaue Entfernung zum jeweiligen Satelliten errechnen, und mit Hilfe von mindestens vier Signalen seinen genauen Standort ermitteln. In der Endausbaustufe für den Normalverbraucher funktioniert dies mit einer Abweichung von 1 – 2 Metern.«

»Und wie oft senden Sie diese Informationen an die einzelnen Systeme?«

»Etwa alle hundert Minuten.«

»Wie geschieht das?«

»Na ja, wissen wir ja, wo ein System sich zu jedem Zeitpunkt befindet. Wenn wir also eine Information übertragen wollen, richten wir die Antenne auf den Satelliten aus und senden ein Signal. Das setzt sich dann aus den Erkennungsdaten und den Korrekturdaten zusammen. Wenn die Bahnabweichungen zu groß werden, kann man auf diese Weise auch veranlassen, dass das System mit Hilfe der Steuerdüsen seine Flugbahn korrigiert.«

»Und Doresa und Milena antworten dann?«

»Ja, die senden bei jeder Kontaktaufnahme eine Statusmeldung zurück und bestätigen den Empfang der Daten.«

»Okay, das habe ich verstanden.« Kopta blickte zu seinen drei Gesprächspartnern auf der anderen Seite des Tisches. »Und haben Sie eine Idee oder einen Verdacht wie dieser Herr Colucci an die notwendigen Informationen für den Datenaustausch gekommen sein könnte?«

»Dazu haben wir uns natürlich schon ausführlich Gedanken gemacht«, beeilte sich Läufer, seinen Kollegen zuvorzukommen und wieder die Gesprächsleitung zu übernehmen.

»Also, dass das Wissen hier vom Standort Darmstadt stammt, können wir definitiv ausschließen. Zum Teil verfügen wir hier gar nicht über die notwendigen Daten, weil wir mit dem eigentlichen Sendevorgang und der Ver- und Entschlüsselung der Nachrichten hier gar nichts zu tun haben. Wir haben aber einen Verdacht, woher die Informationen stammen könnten.«

»Einen Verdacht?« Kopta zog die Augenbrauen hoch.

»Ja, oder sagen wir mal einen Hinweis.«

Läufer zögerte etwas und es wirkte, als müsste er erst überlegen, ob er die Informationen in diesem Kreis bekannt geben durfte.

»Wir bemühen uns natürlich, hier am Standort die Anzahl derjenigen, die von den Vorfällen wissen, möglichst klein zu halten. Aber ich habe mit ein paar Kollegen persönlich gesprochen, und dabei hat mir ein langjähriger Mitarbeiter von einem Mord berichtet, den es vor einiger Zeit bei einem unserer Zulieferer gegeben hat.«

»Einen Mord?« Kopta gab sich keine Mühe, seine Überraschung zu verbergen.

»Ja. Der Kollege war seinerzeit bei der OHB System AG in Bremen. Das ist der Hersteller der FOC-Satelliten. FOC heißt Full-Operational-Capability. Das sind also die Galileo-Satelliten, die über die volle Kapazität verfügen und später das endgültige System bilden. Und die OHB hat natürlich ihrerseits wieder hunderte von Zulieferern, um die notwendige Soft- und Hardware zu entwickeln und herzustellen.

Unser Mitarbeiter war wie gesagt seinerzeit zu Gesprächen bei der OHB in Bremen, und da wurde über einen unaufgeklärten Mord an einem Programmierer gesprochen. Der war angeblich mit der Steuerungssoftware beschäftigt und hatte bei einem Hamburger Zulieferer gearbeitet. Ich habe mir die Daten raussuchen lassen und Sie Ihnen hier aufgeschrieben.«

»Aha, danke.« Kopta nahm den handgeschriebenen Zettel entgegen, den Doktor Läufer aus seiner Hemdtasche geholt hatte. Nach kurzer Prüfung ließ er ihn in seinem Notizblock verschwinden.

»Wir werden der Sache natürlich nachgehen und uns mit den Kollegen in Hamburg in Verbindung setzen. Vielleicht ist das ja wirklich ein Hinweis auf eine undichte Stelle und bringt uns diesem Herrn Colucci etwas näher. Ich denke, wir sind uns wohl einig, dass dieses Vorgehen nur für jemanden möglich ist, der entweder selbst in Ihrem Hause tätig ist oder über einen sehr guten Informanten verfügt. Entweder direkt hier bei der ESA oder vielleicht auch bei einem Zulieferer oder Dienstleister.

Das macht den Kreis der möglichen Mittäter natürlich nicht besonders klein, und es wird dadurch leider ziemlich schwierig unsere Ermittlungen vertraulich zu behandeln. Und dass die ESA an vielen Standorten weltweit vertreten ist und auch entsprechend zahlreiche Mitarbeiter und Lieferanten hat, macht es für uns auch nicht einfacher. Für einen Kriminellen ist es kein Problem von Berlin nach London zu fliegen und da seine Aktivitäten fortzusetzen. Für einen Kriminalbeamten manchmal schon, wenn Sie wissen, was ich meine. Aber gut, wir werden natürlich jedem Hinweis nachgehen.«

Er ließ eine kurze Denkpause folgen und wandte sich wieder der Abteilungsleiterin zu.

»Meine nächste Frage, Frau Sikorra ist folgende. Sie haben am 23.08. die E-Mail mit den Zugangscodes erhalten. Laut dem Erpresserschreiben waren die für 7 Tage gültig. Heute ist der 31.08., folglich dürften diese Codes doch seit gestern nicht mehr funktionieren, oder?«

»Ja, das stimmt«, beeilte sich Läufer wieder, seiner Kollegin zuvorzukommen. Er sah auf den Notizblock vor sich, und es machte fast den Eindruck, als müsste er seine Antwort, um sicherzugehen, ablesen. Seiner Stimme war deutlich anzumerken, dass er sich bei dem angesprochenen Punkt nicht besonders wohl in seiner Haut fühlte.

»Aber wir haben gestern neue Codes erhalten, die uns laut Angabe der Erpresser den Zugang bis Ende September ermöglichen.«

»Aha.« Der Hauptkommissar sah Läufer halb erstaunt und halb fragend an. Er ließ mit Absicht eine kurze Pause folgen und wechselte einen raschen Blick mit Tergau. »Und von wem haben Sie die erhalten, wenn ich fragen darf.«

Läufer holte tief Luft und sah auf seine Notizen.

»Ich hatte gestern ein längeres Telefongespräch mit unserem Generaldirektor Detoule in Paris. Er hat mir mitgeteilt, dass die ganze Angelegenheit aufgrund ihrer Tragweite ab sofort von Paris aus behandelt und koordiniert wird. Das macht natürlich auch Sinn, weil wir hier in Darmstadt ja gar nicht die nötigen Kompetenzen dafür haben. Ja, und dazu gehört selbstverständlich auch, dass die Sicherheitsabteilung in Paris die Ermittlungen leitet und eventuelle Kontakte zu den Erpressern aufnimmt.«
Er stockte und es war ihm anzusehen, dass er um die richtigen Formulierungen rang. »In diesem Gespräch hat mir der Generaldirektor auch die neuen Zugangsdaten mitgeteilt.«

»Das heißt, die Kollegen in Paris hatten Kontakt mit diesem Herrn Colucci?«

»Ja, und aufgrund der extrem angespannten Situation und mit Blick auf die politische Tragweite der Angelegenheit, hat man sich dort dazu entschlossen, zunächst auf die Forderungen der Erpresser einzugehen.«

»Und das heißt ...?«

»Das bedeutet, dass man das Lösegeld wie gefordert an einem vorgegebenen Ort hinterlegt und im Gegenzug die neuen Zugangsdaten erhalten hat«, antwortete Läufer mit fast trotzigem Unterton.

»Na das ist ja witzig!«, Kopta gab sich nicht die geringste Mühe, sein Erstaunen zu verbergen. »Und wann hatte man dort die Absicht, uns das mitzuteilen?«

»Wie gesagt, Herr Kopta«. Läufer schien sein Selbstvertrauen zurückgewonnen zu haben. »Die Kollegen in Paris haben die ganze Angelegenheit übernommen, und wir hier sind in die Entscheidungsprozesse nur noch am Rande eingebunden. Ein Verlust der Kontrolle über die Systeme könnte gerade in dieser schwierigen Situation fatale Folgen haben. Und soweit ich Herrn Detoule verstanden habe, hat man das Geld nur hinterlegt und es ist noch da. Die genauen Details hat er mir aber nicht mitgeteilt.«

Kopta gönnte sich ein paar Sekunden, um das Gehörte zu verarbeiten. Und auch keiner der anderen Anwesenden schien Lust darauf zu haben, das Wort zu ergreifen.

Als erfahrenem Kriminalisten und Menschenkenner war ihm natürlich klar, dass Läufer der ihm gegenüber saß, auch nur ein kleines Rad im Getriebe und Befehlsempfänger war. Wahrscheinlich war der Standortleiter ganz froh darüber, dass ihm auf diese Weise die Verantwortung abgenommen wurde und er sich wieder auf das konzentrieren konnte, wovon er etwas verstand. Aber für ihn als Berliner Kommissar machte es die Ermittlungen erfahrungsgemäß wesentlich problematischer.

Denn auch wenn in Zeiten von Interpol und EU die Kooperation der einzelnen Polizeibehörden innerhalb Europas auf vielen Gebieten ganz gut funktionierte, machte Streit über Zuständigkeiten und Kompetenzen die Arbeit an internationalen Kriminalfällen oft sehr schwierig. Und in diesem Fall kamen sicher noch viel politisches Gerangel und die beamtentypische Angst vor Verantwortung dazu. Ein Mix, der ihm schon bei einigen anderen Ermittlungen das Leben unnötig schwer gemacht hatte.

Wenn er in diesem Fall etwas mehr Licht ins Dunkle bringen wollte, war zwangsläufig Paris das Ziel der nächsten Dienstreise, daran hatte er keinen Zweifel.

»Nun gut, dann werden wir unsere Ermittlungen mit den Kollegen in Paris fortsetzen müssen«, fasste er das Ergebnis seiner Denkarbeit zusammen. »Gibt es sonst von Ihrer Seite noch Fakten, die Sie für wichtig halten?«

Da auf Seiten der ESA-Mitarbeiter Schweigen herrschte, ergriff Tergau das Wort.

»Ich habe noch eine ganz praktische Frage.«

»Raus damit«, ermunterte ihn sein Chef.

»Frau Doktor Sikorra, Sie haben gesagt, wenn Sie Kontakt zu den Satelliten aufnehmen, senden diese im Gegenzug eine routinemäßige Statusmeldung zurück. Habe ich das richtig verstanden?«

»Ja, das stimmt. Damit haben wir Informationen über den jeweiligen Status aller Einheiten und wissen, dass das System empfangsbereit ist.«

»Und diese Statusmeldungen werden doch sicher protokolliert und aufgezeichnet, oder?«

»Sicher.«

»Wenn man jetzt diese Statusmeldungen mit den Versuchen abgleicht, bei denen Sie Kontakt zu den Systemen hatten, dann müsste man doch auch umgekehrt die Statusmeldungen herausfiltern können, die die beiden gesendet haben, als der Entführer Kontakt zu ihnen aufgenommen hat, oder?«

Die Wissenschaftlerin versuchte, den Gedankengängen des jungen Kommissars zu folgen, und dachte einen Moment nach.

»Na ja, rein theoretisch wäre das sicher möglich«, antwortete sie etwas unwillig, »aber was wollen Sie damit erreichen?«

»Ich denke mir nur«, überlegte Tergau laut weiter, »dass man dann doch exakt feststellen kann, an welcher Position sich der Himmelskörper zu dem Zeitpunkt befunden hat. Und mit dieser Information kann man dann auch genau einkreisen, in welchem Bereich sich die Funkstation der Entführer befinden muss, oder?«

Alle Anwesenden versuchten, seinen Überlegungen zu folgen.

»Sicher, aber das wäre ein riesiges Gebiet mit vielen tausend Quadratkilometern Ausdehnung.«

»Ja, wahrscheinlich, aber wenn man vielleicht mehrere Kontakte findet und davon ausgeht, dass die Verbrecher eine möglichst kleine Antenne gut versteckt benutzen, dann muss die sich ja ziemlich zentral in diesem Gebiet befinden. Wenn man zum Beispiel Wasserflächen, offenes Gelände und städtische Ballungsräume ausschließt, müsste man doch eigentlich das Suchgebiet stark einschränken können. Und wenn man anschließend einen Beobachtungssatelliten das infrage kommende Gebiet nach solchen Parabolantennen absuchen lässt, dann wäre doch die Chance relativ groß diese Station zu finden, oder? So ein Gerät kann man ja auch nicht eben mal schnell wieder auf- und abbauen. Und es gibt doch Beobachtungssysteme, die ein Gebiet auf diese Weise nach bestimmten Objekten abscannen können so weit ich informiert bin.«

»Mhh, interessanter Ansatz«, stimmte Kopta nachdenklich zu. »Ich finde, wir müssen auf jeden Fall ein Team darauf ansetzten Herr Doktor Läufer. Was meinen Sie?«

»Ja sicher«, beeilte sich der Standortleiter, zuzustimmen.

»Ich habe einen sehr kompetenten Kollegen bei der OHB, der sich mit diesen militärischen Suchanwendungen auskennt. Dort entwickelt man ja auch die Beobachtungssatelliten für die Bundeswehr. Einen Versuch ist es auf jeden Fall wert.«

»Wunderbar, dann haben wir ja vielleicht einen Ansatz, um unserem Herrn Colucci ganz konkret etwas näher zu kommen. Gute Idee, Tergau.«

Kopta klopfte seinem Assistenten anerkennend auf die Schulter und begann demonstrativ seine Notizen zu ordnen. »Ich denke, dann haben wir für heute alle Punkte geklärt. Ich lasse gerne jedem von Ihnen eine Karte von mir da. Falls jemandem noch irgendetwas einfällt, was uns weiterhelfen könnte, rufen Sie mich oder Kommissar Tergau bitte an.«

»Sicher, und wie gesagt meine Herren ...«

Läufer suchte sichtbar nach der richtigen Formulierung.

»Ich denke, wir wissen alle um die Brisanz dieser Angelegenheit. Deshalb hat mich auch unser Herr Detoule noch einmal explizit um absolute Diskretion gebeten, und uns aufgefordert, den Kreis der informierten Personen möglichst klein zu halten. Und, Herr Kopta, Frau Doktor Sikorra hat sich ausdrücklich bereit erklärt, Ihre Ermittlungen im Bedarfsfall zu unterstützen.«

Er deutete mit der Hand auf seine Kollegin neben sich.

»Sie kennt sich am besten mit den hard- und softwaretechnischen Notwendigkeiten aus. Falls es dazu kommt, kann sie jederzeit bei der konkreten Suche mithelfen und relevante Einrichtungen identifizieren. Für uns wäre es natürlich nicht nur wichtig, diesem Herrn Colucci das Handwerk zu legen. Für uns ist es noch viel dringender, die notwendigen Daten in die Hand zu bekommen, um den dauerhaften Kontakt zu Doresa und Milena zu sichern. Das heißt also, dass wir in den Besitz der Computer und der Software dieses Herrn Colucci kommen müssen!«

»Ja okay, Herr Doktor Läufer, das haben wir verstanden.«

Mit nachdenklicher Miene schob Kopta seinen Stuhl zurück und erhob sich.

»Und ich vermute, wir werden sehr schnell auf Ihr Angebot zurückkommen.«

Nur vierzig Minuten später standen sich Kopta und Tergau an einem kleinen Stehtisch in der Abflughalle des Frankfurter Flughafens gegenüber. Während der Berliner Hauptkommissar den Löffel in seinem Pappbecher mit lauwarmen Kaffee kreisen ließ, beobachtete er mit einem Grinsen die Flugvorbereitung seines Assistenten.

»Die wievielte Tablette gegen Übelkeit ist das jetzt, Tergau?«

»Die Zweite. Zwei vor dem Hinflug und zwei vor dem Rückflug, das ist immer noch besser als diese blöden Papiertüten zu benutzen. Und zwei gegen die Nervosität. Mein Magen und ich trauen diesen fliegenden Blechdosen halt nicht.«
Mit einem Kopfnicken deutete er durch die Panoramafenster auf den Airbus, der auf dem Flugfeld auf sie wartete.

»Ach, Blödsinn«, wiegelte Kopta mit einer Handbewegung ab.

»Sie wissen doch, das Gefährlichste beim Fliegen ist der Weg zum Flughafen. Und derjenige, der da vorne im Cockpit sitzt, hängt genau so an seinem Leben wie Sie und hat eine professionelle Ausbildung.«

»Ja ja, aber trotzdem sind statistisch 96 Prozent aller Passagiere und Flugbegleiter froh, wenn sie nach dem Flug wieder festen Boden unter den Füßen haben.«

»Na dann werden Sie nach Hamburg wohl lieber mit der Bahn fahren, oder?«

»Nach Hamburg?«

»Ja, ich denke, es macht Sinn, wenn Sie sich heute Nachmittag mal mit den Kollegen in Hamburg kurzschließen und einen Besuch vereinbaren. Diese Geschichte mit dem Mord an dem Programmierer müssen wir uns auf jeden Fall genauer anschauen. Sie sollten mit den Kollegen sprechen, die in dem Fall ermittelt haben, und Sie müssen sich unbedingt die Unterlagen und persönlichen Dinge des Ermordeten noch einmal genau ansehen. Was halten Sie davon, wenn wir diese Frau Doktor Sikorra bitten, Sie zu begleiten? Ich weiß ja nicht, was die Freunde in Hamburg so in ihrer Asservatenkammer haben, aber wenn es dabei Unterlagen und anderes gibt, was mit der Steuerung von Satelliten zu tun hat, kann sie das wahrscheinlich am besten erkennen, oder? Und wenn sie ihre Hilfe schon so anbietet, warum sollten wir sie dann nicht annehmen?«

»Ja okay«, stimmte Tergau zu. »Ich denke, das macht auf jeden Fall Sinn. Und Sie wollen nicht mit nach Hamburg?«

»Nein, Sie machen das schon. Und ich muss mich erst mal um ein paar andere Probleme kümmern. Dass die ganze Geschichte jetzt über die Zentrale in Paris läuft, macht es bestimmt nicht einfacher. Wenn wir da weiter machen wollen, brauchen wir erst mal politische Rückendeckung in Berlin und in Paris. So ganz übergehen können wir die französischen Kollegen ja bestimmt nicht. Ich denke, die wollen da schon wissen, was los ist. Und dann ist es mit der Vertraulichkeit natürlich schnell vorbei. Wenn die Presse erst mal Wind von der Geschichte bekommt, können wir uns mit Sicherheit warm anziehen. Ich weiß nicht, ob unser Herr Colucci dann nicht lieber ganz abtaucht.«

Er nahm den letzten Schluck aus seinem Becher und entsorgte ihn im Papierkorb.

»Das heißt, dass wir sehr schnell erfolgreich seien müssen, wenn die ESA den Kontakt zu den Satelliten retten will. Ein anders Resultat wäre, glaube, ich für alle Beteiligten eine ziemliche Katastrophe.«

7. Berlin 1

Berlin, Deutschland, 02.09.2014 10:30 Ortszeit

»Mensch Kopta, ich glaube, wir beide sind lange genug bei der Truppe, um zu wissen, dass wir uns hier in einem ziemlichen Minenfeld bewegen, oder?«

Kriminaldirektor Spieß ließ eine Denkpause folgen und nutzte sie, um sich Kaffee nachzugießen.

Er hatte dem angesprochenen Hauptkommissar ein paar Jahre Diensterfahrung beim BKA voraus, und diese Dienstjahre hatten ihm neben einem unübersehbaren Bauchansatz und der Besoldungsgruppe B3 auch den Instinkt eingebracht, politische Gefahren zu erkennen und zu vermeiden.

Zusammen mit Joe Kopta und dessen Assistenten Tergau hatte er an dem kleinen Besprechungstisch in seinem Büro Platz genommen.

Die beiden hatten ihren Chef soeben mit wenigen Sätzen über die Ergebnisse ihres Besuchs in Darmstadt informiert und gönnten dem Dienststellenleiter jetzt die Zeit zum Nachdenken.

»Also, wenn den Jungs von der ESA tatsächlich einer von ihren Lieblingen in den Teich fällt, gibt das eine riesige Welle, das ist uns, glaube ich, allen klar, oder? Und wir sollten dann nicht diejenigen sein, denen man die Schuld dafür in die Schuhe schiebt.

Ich hatte vorhin ein längeres Telefonat mit dem Staatssekretär. Er hat mir versichert, dass wir volle Rückendeckung haben und dass er mit Paris, London und Brüssel vereinbart hat, dass wir in diesem Fall den Hut aufhaben und die anderen sich erst mal zurückhalten. Aber Sie wissen genau so gut wie ich, dass solche Aussagen eine relativ geringe Halbwertszeit haben. Und in den 20

Minuten Telefonat hat er mir mindestens zehnmal erklärt, wie wichtig in diesem Fall Vertraulichkeit und Geheimhaltung sind. Gerade bei der ESA und den zuständigen Ministerien gibt es mit Sicherheit jede Menge Leute, die auf wackligen Stühlen sitzen. Verdammt, ich hatte gleich so ein komisches Gefühl bei der Sache.«

Er ließ sich ein paar Sekunden Zeit und beobachtete wie sich die zwei Süßstofftabletten in seinem Kaffee auflösten.

»Und wie geht es jetzt weiter?«

Kopta räusperte sich. Mit seinen mittlerweile 20 Dienstjahren Erfahrung beim BKA wusste kaum jemand besser als er, wie schwierig es war, solche Fälle international zu bearbeiten und zu koordinieren. Da hatte der Direktor völlig recht. Genau so gut wusste er aber, dass es hilfreich war, wenn man einen Vorgesetzten hatte, der diese Probleme selbst hautnah spürte. Das sparte einem manche Erklärung und gab einem hin und wieder eine etwas freiere Hand bei den Ermittlungen. Deswegen hatte er den Direktor bei dessen Ausführungen nicht unterbrochen, sondern nur zustimmend genickt. Und aus diesem Grunde ließ er jetzt zwei Sekunden Denkpause verstreichen, bevor er antwortete.

»Ich denke, das, was wir in Darmstadt gehört haben, bringt uns nicht so richtig weiter. Es war zwar hilfreich, Informationen über den technischen Hintergrund und die Verfahren zu bekommen, aber wenn wir etwas Konkretes über die Zahlung und die aktuellen Kontakte erfahren wollen, müssen wir mit der ESA in Paris sprechen. Alle wichtigen Entscheidungen fallen dort. Und wenn wir die Rückendeckung und die Zuständigkeit haben, dürfen wir keine Zeit verlieren, dort so schnell wie möglich ansetzten. Das, was uns am Ehesten weiterbringt, ist der Hinweis auf den Programmierer, der in Hamburg ermordet wurde. Kommissar Tergau war gestern bei den Kollegen in Hamburg und ich habe selber noch nicht viel mit ihm darüber gesprochen. Tergau, erzählen Sie doch mal, was Ihre Ermittlungen ergeben haben.«

Der Angesprochene sortierte seine Unterlagen auf dem Tisch und räusperte sich kurz.

»Ja, ich war gestern bei den Kollegen in Hamburg. Am Bahnhof habe ich mich mit Frau Doktor Sikorra von der ESA getroffen, und wir sind dann gemeinsam zur Kripo gefahren. Wir waren mit Kriminalkommissar Folkerts verabredet, der den Fall seinerzeit mit bearbeitet hat und sich gut daran erinnern konnte. Teamleiter war damals ein Hauptkommissar Bräuninger – der ist allerdings im Jahr darauf verstorben. Wir sind mit Folkerts die gesamten Fallakten durchgegangen und konnten uns danach auch alle Asservate ansehen.

Ich hab dem Kollegen natürlich nicht gesagt, warum wir den Fall nach so langer Zeit noch einmal aufrollen, aber als ich ihm erzählt habe, dass er eventuell im Zusammenhang mit einem anderen aktuellen Fall steht, wurde er hellhörig. Er meinte sein damaliger Chef, dieser Hauptkommissar Bräuninger, hätte seinerzeit auch schon so einen Verdacht gehabt. Weil das Ganze seiner Meinung nach weder zu einem Raubmord noch zu einer Beziehungstat noch zu sonst etwas passte. Aber dieser Bräuninger ist wie gesagt selbst kurz darauf verstorben, und Folkerts hat in ein anderes Dezernat gewechselt. Das hörte sich für mich so an, als wenn danach nie intensiv weiter ermittelt worden ist.«

Er deutete auf den umfangreichen Papierstapel vor sich.

»Aber wie dem auch sei, angefangen hat das Ganze auf jeden Fall als Wohnungsbrand. Die Feuerwehr war relativ schnell da und hat die Leiche entdeckt. Bei der Untersuchung hat man dann die Schussverletzung gefunden, und die Autopsie hat anschließend ergeben, dass das Opfer bei Ausbruch des Brandes wahrscheinlich schon tot war.

Der Tote war ein gewisser Roland Schreiner. Er war 38 Jahre alt und hat als Softwarespezialist bei einem Zulieferer der OHB gearbeitet, also der Firma, die in Bremen die Satelliten für die ESA baut. Weil aber *Programmierer für Satellitensteuerungen* wohl mit Abstand die langweiligste Berufsbezeichnung der Welt ist, hat nie jemand einen Zusammenhang mit seiner beruflichen Tätigkeit gesehen. Man hat eher in Richtung Beziehungstat ermittelt. Er war nämlich mit der Tochter seines Chefs liiert, und der soll darüber nicht glücklich gewesen sein. Die Nachforschungen haben allerdings keinen konkreten Verdacht ergeben, und weil außer dem Schlüsselbund und dem Handy des Opfers nichts in der Wohnung fehlte, waren die Verdachtsmomente in Richtung Raubmord auch ohne Ergebnisse.«

»Das heißt, die Ermittlungen sind dann irgendwann eingeschlafen, oder?«, hakte Kopta ein.

»Ja, genau. Seine Verlobte hat Schreiner zweifelsfrei identifiziert, und er ist später eingeäschert und bestattet worden. Ansonsten gab es keine Verwandten.«

»Können wir mit der Dame sprechen?«, fragte Kopta nach.

»Laut Aktenlage ist sie später in die USA ausgewandert. Die letzte bekannte Nachsendeadresse war in New York.«

»Und was hat Schreiners Arbeitgeber seinerzeit zu den Vorkommnissen ausgesagt?«

»Das war sehr interessant,« fuhr Tergau fort.

»Folkerts war nämlich selber bei dem ersten Gespräch mit dem Vorgesetzten dabei und hat sich gut erinnert. Seiner Meinung nach klang die Aussage des Chefs und zukünftigen Schwiegervaters in etwa so, als wollte er sagen: Das hab ich ja schon immer gewusst, der Kerl verkehrt in komischen Kreisen und ist nichts für meine Tochter. Die Trauer hat sich bei ihm ziemlich in Grenzen gehalten. Aber laut seiner Aussage zu den Tätigkeiten, hatte Schreiner nie etwas mit sensiblen Informationen zu tun – völlig ausgeschlossen, dass die berufliche Arbeit in Zusammenhang mit dem Mord stand.«

»Mhh ...«, schnaubte Kopta.

»Das hätte ich in seiner Situation natürlich auch gesagt. Bei allem anderen hätten die Kollegen sicher noch tiefer gegraben und ihm wahrscheinlich die Bude auseinandergenommen, und in so einer Branche reagieren Kunden auf Polizeieinsätze bestimmt äußerst sensibel.«

»Ja, vermutlich.« Tergau wies auf seinen unvermeidbaren Laptop vor sich.

»Ich denke, das Gute an den Dingern ist doch gerade, dass sie kein Kabel brauchen, oder?«

»Ja«, nickte Tergau, »in der Regel schon. Aber irgendwann muss jeder Laptop ja mal wieder an die Steckdose zum Aufladen. Und dazu braucht man ein Netzgerät und ein Kabel. Folkerts konnte sich verständlicherweise nicht mehr hundertprozentig erinnern, aber auf den Fotos der Wohnung und auf der Liste der Asservate war nirgends ein Kabel für den Rechner zu sehen.«

Spieß versuchte, den Gedankengängen des jungen Kollegen zu folgen.

»Vielleicht hatte dieser Schreiner das Kabel ja im Auto oder an seinem Schreibtisch im Büro. Wäre doch logisch, oder?«

»Ja, gut möglich, aber zusammen mit den ungewöhnlich wenig Daten auf dem Rechner ist mir da noch eine andere Idee gekommen.«

»Nicht dumm«, brummte Kopta nachdenklich. »Sie vermuten, das Gerät ist nur ein Dummy?«

»Ja, wäre doch möglich. Und hätte ja auch ausgezeichnet geklappt!«

»Wie, nur ein Dummy?« Spieß sah Tergau fragend an. »Sie meinen das Ding ist gar kein richtiger Laptop?«

»Doch, das schon, aber nicht der Originalrechner von Schreiner. Ich könnte mir vorstellen, dass der oder die Täter das eigentliche Gerät des Opfers gestohlen haben, weil der Rechner beziehungsweise die Daten auf ihm das wichtigste Ziel der ganzen Aktion waren. Und sie haben natürlich auch das Ladekabel und eventuell vorhandene Sicherungen mitgenommen, bevor sie die Wohnung angezündet haben. Und um das zu vertuschen, haben sie schlauerweise einen anderen Laptop dagelassen. Wenn das Ding wie geplant verbrannt wäre, hätte man die Überreste als Rechner des Opfers identifiziert und es wäre nie jemandem aufgefallen.«

»Ja«, ergänzte Kopta. »Wenn Schreiners Laptop gefehlt hätte, wären die Kollegen in Hamburg mit Sicherheit nachdenklich geworden und auf die Idee gekommen im beruflichen Umfeld des Opfers etwas genauer zu forschen. Wer weiß, was dabei aufgetaucht wäre. Aber so hat niemand einen Zusammenhang mit seinem Job vermutet. Absolut schlau gedacht, und hat ja offensichtlich funktioniert. Außerdem würde das bedeuten, dass der Mord lange geplant und perfekt vorbereitet war. So einen Ersatzrechner hat man ja nicht zufällig dabei.«

Tergau nickte zustimmend.

»Ich hab Folkerts gebeten, dafür zu sorgen, dass das Gerät hier in unser Labor kommt. Dann können die Kollegen noch einmal genauer draufschauen. Wenn die zum Beispiel herausfinden, dass der Rechner in München gekauft und in Betrieb genommen wurde, zu einem Zeitpunkt, an dem sich Herr Schreiner in Hamburg aufgehalten hat, würde das die Theorie ja bestätigen.«

»Ja, gut gemacht Tergau, ist zumindest einen Versuch wert«, bestätigte Kopta.

»Und wie hat sich unsere Frau Doktor Sikorra verhalten?«

»Na ja, da wir keine beruflichen Daten und Aufzeichnungen gefunden, haben, konnte sie ja nichts zu den Ermittlungen beitragen. Aber ansonsten war sie ganz kooperativ und nett.«

»Aha. Na nett ist ja auch schon mal was«, schmunzelte sein Chef.

»Ja ja, aber so richtig weiter bringt uns das ja auch nicht, oder?« Kriminaldirektor Spieß gab sich wenig Mühe seine Ungeduld zu verbergen.

»Spätestens morgen früh hab ich wieder den Staatssekretär am Telefon. Glauben Sie mir, politisch hängt diese Sache verdammt weit oben. Ich denke da haben einige Herren ganz schön kalte Füße und wollen schnell Ergebnisse sehen.«

Kopta erwiderte den auffordernden Blick seines Dienststellenleiters. Er wusste genau, wie rasant in solchen Fällen der politische Druck anstieg, und er kannte die Gefahr, dass dieser Zugzwang irgendwann anfing das Handeln zu bestimmen und solide Ermittlungsarbeit damit unmöglich machte. Aber ihm war auch klar, dass das, was sie bisher an Erkenntnissen hatten, extrem dürftig war. Im Kopf spielte er die weiteren Möglichkeiten durch.

»Ich denke, Tergaus Besuch in Hamburg hat zumindest gezeigt, dass an dem Verdacht der ESA-Leute in Darmstadt was dran sein könnte. Nach so langer Zeit ist es zwar schwierig, aber trotzdem sollten wir der Sache nachgehen. Was halten Sie davon, wenn wir die Kollegen in Hamburg bitten, diesen Kommissar Folkerts ein paar Tage ermitteln zu lassen? Der ist im Thema, und es würde den Kreis der Personen, die an dem Fall dran sind, nicht unnötig erhöhen. Ich bin mir sicher, dass der ehemalige Chef und die Kollegen des Opfers helfen könnten, die undichte Stelle besser zu lokalisieren. Eventuell hilft das ja den Technikern in Darmstadt weiter.

Und die ehemalige Lebensgefährtin kann bestimmt noch etwas Konkreteres zum Umgang ihres ehemaligen Verlobten sagen. Wenn er diesen Herrn Colucci vorher gekannt hat, war das ja keine Zufallsbekanntschaft, und wenn Colucci ernsthaft schon so lange an der Sache tüftelt, muss er doch Spuren hinterlassen haben.

Ich denke, das Effizienteste wäre, wenn Sie auf Ihrer Ebene die Kollegen in Hamburg um Unterstützung bitten. Und für den Fall, dass dann der Staatssekretär auch noch mal mit Hamburg telefoniert …«

Spieß hob die Hand.

»Ja ja, Kopta, ich weiß, dass Sie diese politische Schiene nicht mögen. Aber Sie wissen genau wie ich, dass wir uns nicht dagegen wehren können – und manchmal brauchen wir sie ja auch. Aber gut, ich kümmere mich darum. Es kann auf jeden Fall nicht schaden, wenn die Hamburger sich die Geschichte nochmal etwas intensiver ansehen. Mit diesen neuen Gesichtspunkten haben sie ja außerdem einen aktuellen Aufhänger dafür. Und Sie sind wahrscheinlich auf dem Weg nach Paris, oder?«

»Ja. Wir haben morgen früh einen Termin mit der Sicherheitsabteilung und der Leitung da. Dadurch, dass die ESA die 10 Millionen hinterlegt hat, ist ja erst mal etwas Zeit gewonnen, das war den Herren mit Sicherheit das Wichtigste. Aber damit wird sich dieser Herr Colucci nicht zufriedengeben, das muss uns allen klar sein. Mit seiner E-Mail-Adresse, die er für das Schreiben an die ESA Darmstadt verwendet hat, konnten die Kollegen im Labor nichts anfangen. Die läuft über irgendwelche ominösen Server in Afrika und Asien und ist mittlerweile längst deaktiviert.«

Kopta grinste.

»Aber das Lösegeld will er ja altmodisch in Cash haben und nicht per E-Mail. Bin gespannt, wie er sich das vorstellt. Dazu muss er ja aus der Deckung kommen. Ich werde nur das ungute Gefühl nicht los, dass er irgendwelche Trümpfe in der Hinterhand hat, von denen wir noch nichts ahnen.«

8. Paris

Paris, Frankreich, 03.09.2014 9:45 Uhr Ortszeit

Das gequälte Grinsen, mit dem Kopta dem Taxifahrer seine Kreditkarte reichte, hatte etwas von Resignation.

Die Fahrt vom Flughafen Charles de Gaulle bis in die Rue Mario Nikis hatte fast ebenso lange gedauert wie der Flug von Berlin nach Paris. Und das, was der französische Wagenlenker dafür ungerührt von seiner Mastercard abbuchte, war nur unwesentlich weniger als der Preis für das Flugticket.

»Willkommen in Frankreich«, begrüßte er sich selbst. Und weil er wusste, dass Fremdsprachen für Pariser Taxifahrer eher zu den unwichtigen Dingen im Leben zählten, erwartete er hierfür keine Reaktion des Chauffeurs.

Er wurde nicht enttäuscht. Wort- und grußlos lies der Fahrer ihn und Tergau auf dem Bürgersteig zurück und war innerhalb von Sekunden im Pariser Berufsverkehr abgetaucht.

»Na, das hätte ich auch in Berlin haben können«, setzte Kopta sein Selbstgespräch fort, und musterte das Gebäude, vor dem das Taxi ihn abgesetzt hatte.

Die hell geflieste Fassade mit ihren dunklen Fensterrahmen erzeugte keinen einladenden Eindruck bei ihm. Einzig die Fahnen der einzelnen Mitgliedsländer, die an diesem frühen Morgen schlaff im Wind hingen, brachten einige Farbtupfer in die graue Umgebung.

»Alles klar Tergau?« Mit einem etwas mitleidigen Blick musterte er den immer noch blassen Kriminalkommissar neben sich.

Obwohl dieser sich sichtlich bemühte, sich nichts anmerken zu lassen, war ihm seine Abneigung gegen das Fliegen selbst zwei Stunden nach der Landung noch deutlich anzusehen. Und Kopta wusste, dass sein Assistent äußerst widerwillig und nur mit Unterstützung von Medikamenten in ein Flugzeug einstieg.

»War doch ein super ruhiger Flug heute und eine butterweiche Landung. Sie gewöhnen sich bestimmt noch daran. Oder war es etwa die Fahrt mit dem Taxi?«

»Ich bin mir nicht sicher.« Tergau bemühte sich, sein Grinsen zu unterdrücken.

»Pariser Taxifahrer im Berufsverkehr sind definitiv auch nicht ausgesprochen magenfreundlich. Aber es geht schon. Jetzt haben wir ja wieder festen Boden unter den Füßen.«

Drei Minuten später standen sie in der großzügigen Vorhalle der ESA Zentrale Paris.

Der Angestellte am Tresen hatte ihre Ausweise nur kurz gemustert und ihnen freundlich ihre vorbereiteten Besucherausweise überreicht. Er telefonierte etwa fünf Sekunden und bat die beiden Ermittler anschließend, sich einige Augenblicke zu gedulden.

Kopta nutzte die Zeit, um die spärliche Wanddekoration zu betrachten und seine Gedanken zu sammeln. Um ihn herum herrschte scheinbar völlig normaler Alltagsbetrieb, und nichts schien darauf hinzudeuten, dass es im Hintergrund technische Probleme mit einem der größten Projekte der Organisation gab und außerdem eine groß angelegte Erpressungsaktion lief.

Das war sicher dem Umstand geschuldet, dass es sich bei dem ESA-Headquarter in Paris um den Hauptverwaltungssitz handelte und die wenigsten Angestellten hier direkte Berührungspunkte mit Raumfahrtoperationen hatten.

Außerdem war auch hier sicher nur ein extrem kleiner Kreis von Mitarbeitern über den Angriff des mysteriösen Mr. Colucci informiert. Bei der Vorstellung, dass dieses Wissen hier oder an anderer Stelle in die Öffentlichkeit durchsickern könnte, überkam selbst den altgedienten Hauptkommissar ein ungutes Gefühl.

Er stellte sich das zwangsläufig folgende mediale und politische Erdbeben lebhaft vor, und er war lange genug in seinem Job, um zu wissen, dass das schlagartig jede zielführende Ermittlungsarbeit nahezu unmöglich machen würde. Wenn die Politik erst anfing, das Handeln zu bestimmen, trat polizeiliche Arbeit in den meisten Fällen sehr schnell in den Hintergrund.

Aber genau so klar war ihm, dass es in der Regel nur eine Frage von Tagen war, bis solche Informationen an die Medien drangen, und das die Zeit gegen sie arbeitete. Das war zwar bei kriminalistischer Ermittlungsarbeit die Regel, aber die Tragweite dieser Erpressung hatte schon eine eigene Dimension, und entsprechend wären das mediale Interesse und der daraus resultierende öffentliche Erfolgsdruck.

»Guten Morgen die Herren«, wurde er in seinen Gedankengängen unterbrochen.

Der Redner, der mit ausgestreckter Hand auf ihn zukam, trug einen tadellos sitzenden grauen Anzug mit perfekt passender Krawatte und Einstecktuch. Seine Körpergröße, die Kopta auf ca. 190 cm schätzte, und seine aufrechte Haltung strahlten Selbstsicherheit und Kompetenz aus. Glänzende schwarze Schuhe und ein betont breites Lächeln rundeten den Eindruck ab.

Während der Hauptkommissar zu ergründen versuchte, wie viel von diesem Lächeln echt und wie viel aufgesetzt war, erwiderte er den Händedruck.

»Mein Name ist Patrick Detoule. Ich bin Leiter der ESA hier in Paris«, stellte ihr Gastgeber sich vor.

»Guten Morgen Monsieur Detoule. Joe Kopta, BKA Berlin, und das ist mein Mitarbeiter Kommissar Tergau. Vielen Dank, dass Sie sich persönlich Zeit für uns nehmen.«

»Aber sicher«, versicherte Detoule und streckte auch dem jungen Kommissar die Hand entgegen.

»Ich denke, wir sind uns alle der Dringlichkeit der Angelegenheit bewusst. Ich hatte heute Morgen noch ein längeres Gespräch mit unserem Staatssekretär. Er hat mich darüber informiert, dass man Ihnen die Leitung der Ermittlungen übertragen hat und dass Sie mit solchen Fällen bestens vertraut sind. Also, ich meine, mit der Bearbeitung internationaler Kriminalfälle. Bitte folgen Sie mir doch.«

Er bugsierte seine Besucher mit einer einladenden Handbewegung in Richtung Fahrstuhl und redete weiter.

Für einen zufälligen Beobachter wirkte die Szene sicher eher wie der freundliche Empfang einer Besuchergruppe, und Kopta war sich bewusst, dass Detoule diesen Eindruck auch beabsichtigte. Nur seine hin und wieder die Umgebung absuchenden Augen verrieten etwas die Nervosität des ESA-Chefs.

»Sie müssen wissen, dass speziell das Galileo-Programm für uns hier von existenzieller Bedeutung ist. Das vermag man gar nicht genug zu betonen. Bei Galileo geht es zum ersten Mal nicht nur darum, fremde Himmelskörper zu erkunden und Grundlagenforschung zu betreiben wie bei vielen anderen Missionen. Galileo ist ein extrem herausforderndes Programm und von herausragendem praktischem Nutzen für das Alltagsleben hier auf unserem Heimatplaneten. Und Galileo ist für die ESA ebenfalls der Einstieg in die kommerzielle Nutzung der Raumfahrttechnik. Es ist für uns quasi das erste Programm, das nicht nur Geld kostet, sondern auch Geld verdienen wird.«

Er drückte den Öffnungsknopf für den Fahrstuhl und redete weiter.

»Durch die kommerzielle Nutzung und die möglichen Lizenzeinnahmen wird der laufende Betrieb des Systems Einnahmen generieren und dafür sorgen, dass die europäische Raumfahrt nicht wie bisher immer nur Steuergelder verbraucht. Im Gegenteil, es wird zeigen, dass es möglich ist, mit der Technologie die wir hier entwickeln auch ganz praktisch Geld zu verdienen. Bei den derzeitigen medialen Diskussionen um Kostendruck und Sparsamkeit der öffentlichen Haushalte ist das ein immer wichtiger werdender Aspekt. Und durch die verbesserten Möglichkeiten, die das System für die Militärs und für Such- und Rettungsmaßnahmen bietet, ist es logischerweise auch in dieser Hinsicht ein Meilenstein europäischer Weltraumtechnik.

Es trägt nicht nur dazu bei, dass wir uns alle ohne Karten und Kompass problemlos in jedem Winkel der Welt zurechtfinden, es hilft mit diesen Zusatzfunktionen auch, Menschenleben zu schützen und zu retten. Entschuldigung, aber Sie merken an meinen Ausführungen schon, wie wichtig uns allen hier und natürlich auch mir ganz persönlich dieses System ist.«

»Sicher«, stimmte Kopta zu. »Wir sind uns durchaus bewusst, welchen Wert das Programm für die ESA hat, und wie wichtig es deshalb ist, die Kontrolle darüber zu sichern.«

»Ja genau. Die Kontrolle zu behalten ist absolut existenziell«, pflichtete Detoule bei.

»Ich versichere Ihnen, dass wir die notwendige politische Rückendeckung haben, um alles dafür Erforderliche zu unternehmen. Und dass die ESA mit sämtlichen Mitteln und Kompetenzen hinter diesem Projekt steht.«

»Wie viel Beschäftigte haben Sie hier am Standort Paris?«, versuchte Kopta, das Gespräch auf etwas praktischere Fragen zu lenken.

»Hier in Paris sind es etwa 500 Mitarbeiter. Insgesamt arbeiten bei der ESA mehr als 2.000 Menschen in über 20 Ländern. Daran kann man erkennen, wie wichtig die Raumfahrt mittlerweile für Europa ist, und dass sie einen bedeutenden Wirtschaftsfaktor darstellt.«

Der Fahrstuhl kam im vierten Stock zum Stehen. Die Türen glitten fast lautlos zur Seite und Detoule führte seine Gäste in ein kleines, nüchtern eingerichtetes Besprechungszimmer.

»Unseren Sicherheitschef aus Darmstadt, Herrn Breitner, kennen Sie ja bereits«, begann der Franzose, die beiden schon Anwesenden vorzustellen.

»Ich habe ihn gebeten, beim heutigen Gespräch dabei zu sein, falls sich noch Fragen ergeben, die die Angelegenheiten dort betreffen. Und dies ist der Chef unserer Sicherheitsabteilung hier in Paris, Monsieur Arnauld.«

Kopta und sein Assistent begrüßten die beiden und nahmen ihnen gegenüber Platz.

Der Hauptkommissar schätzte Arnauld auf ca. 55 Jahre und musste bei der genaueren Betrachtung des Pariser Angestellten innerlich grinsen. In Statur und Motorik ähnelte er seinem Darmstädter Kollegen wie ein Ei dem anderen. Und wenn man sich die schwarzen Haare etwas heller, und sein Gesicht ohne den prägnanten Schnauzer vorstellte, wären sie glatt als Brüder durchgegangen.

Detoule setzte sich an die Kopfseite des Tisches und eröffnete an die beiden Kriminalisten gewandt das Gespräch.

»Also gut meine Herren, ich denke, wir sind uns alle der Brisanz dieses Treffens und der kriminellen Vorgänge bewusst. Und wir wissen alle, wie wichtig der Erfolg des Galileo Projektes für die ESA und für die europäische Raumfahrt ist. Sie können sich sicher vorstellen, dass ich als Leiter dieser Organisation über polizeiliche Ermittlungen lieber in der Zeitung lese als sie selber im eigenen Hause zu erleben, aber die Situation ist nun einmal so. Herr

Breitner hat Sie bei Ihrem Besuch in Darmstadt ja über sein Treffen mit diesem Herrn Colucci informiert. Und Sie wissen über die Forderungen, die an uns gestellt wurden, Bescheid. Er und der Leiter der Darmstädter Niederlassung, Doktor Läufer, haben uns hier in Paris selbstverständlich sofort über den Zwischenfall unterrichtet. Und darüber, dass sie es für sehr wahrscheinlich hielten, dass dieser Herr Colucci tatsächlich die Kontrolle über die Kommunikation mit den beiden Satelliten hat.«

Er legte seine rechte Hand demonstrativ auf einige Unterlagen vor sich auf dem Tisch.

»Diese Zugangsdaten, die er übermittelt hatte, haben ja funktioniert, und die Kollegen in Darmstadt konnten mit Hilfe dieser Codes den Kontakt mit Milena und Doresa wiederherstellen. Wir hoffen, dass die Kommunikation auch weiterhin funktioniert, und unsere Techniker prüfen jetzt die Möglichkeiten, die wir haben, um die Satelliten auf eine korrekte Umlaufbahn zu bringen und wie geplant in Betrieb zu nehmen. Ein Verlust wäre natürlich eine Katastrophe und würde das Programm um Jahre zurückwerfen. Durch die Informationen aus Darmstadt waren wir hier in Paris über alles im Bilde, und deshalb nicht überrascht über die E-Mail, die unser Herr Arnauld dann von diesem Colucci erhalten hat. Darin hat er uns noch einmal seine Forderungen mitgeteilt, und die Art und Weise, wie er das Geld erhalten wollte. Herr Arnauld, haben Sie eine Kopie der Mail für die Herren?«

»Ja, sicher.« Arnauld öffnete die Kladde, die vor ihm auf dem Tisch lag, und reichte den beiden Kriminalisten je einen Ausdruck der E-Mail.

»Wir haben natürlich sofort versucht, den Absender und die entsprechende Adresse zu überprüfen«, erklärte der Sicherheitschef.

»Aber das Ergebnis war ähnlich wie bei der Mail an die Kollegen in Darmstadt. Es ist heutzutage kein Problem sich anonym eine E-Mail-Adresse bei einem Provider irgendwo in Asien oder Afrika zuzulegen, um von dort aus eine Nachricht zu versenden. Und wenn man das dann zusätzlich über Proxyserver laufen lässt und die Adresse anschließend nicht mehr nutzt, ist es so gut wie unmöglich, den Absender zu ermitteln. Ich hab es unauffällig über meine Kontakte bei der französischen DGSE versucht, hatte aber keinen Erfolg.«

»Schade, aber es war ja auch nicht zu erwarten, dass dieser Herr Colucci es uns so leicht machen würde.«

Kopta studierte das Blatt Papier vor sich auf dem Tisch.

»Also.... *10 Millionen Euro monatliche Sicherheitsgebühr ..... zu je einem Drittel in Euroscheinen zu 500 Euro, Dollarscheinen zu 100 Dollar und Frankenscheinen zu 1000 Franken, deponiert im Sicherheitslager der Secura in der Hovenierstraat in Antwerpen. Verwahrraum angemietet auf den Namen der Firma TASB. Die erste Einlieferung ist angekündigt für den 30.08.2014 um 10 Uhr vormittags. Wenn Sie weiterhin am Kontakt zu Doresa und Milena interessiert sind, seien Sie pünktlich.* Na das sind doch klare Anweisungen. Und an diese Vorgaben haben Sie sich gehalten?«

»Sicher«, beeilte sich Detoule, seinem Sicherheitschef zuvorzukommen.

»Sie können sich vorstellen, was für ein Aufwand es war, innerhalb von so kurzer Zeit eine solche Menge Bargeld aufzutreiben. Aber wir arbeiten in allen Ländern, in denen wir vertreten sind, mit den ansässigen großen Banken zusammen und haben dort beste Kontakte. Und unser Partner in Belgien die BNP hat uns kurzfristig geholfen, die Banknoten zu beschaffen, und sie hat auch die Einlagerung und Übergabe an die Secura übernommen.«

»Und ist das Geld noch dort?«, bohrte Kopta nach.

»Soweit wir wissen ja. Aber da wir ja nicht der Mieter und Auftraggeber sind, können wir das natürlich nicht genau sagen. Unsere Sicherheitsabteilung und Herr Arnauld haben zwar Kontakte zu den Behörden in Frankreich und Belgien und auch zur Firma Secura in Antwerpen, aber wir müssen da selbstverständlich vorsichtig agieren, um keine – wie sagt man in Deutschland ....? Ich glaube, um keine schlafenden Hunde zu wecken, richtig? Jede Art von öffentlicher Aufmerksamkeit wollen wir natürlich vermeiden, um das Projekt nicht zu gefährden und um auch Ihre Ermittlungsarbeit nicht zu behindern. Deswegen ist auch hier in unserem Hause nur ein sehr begrenzter Personenkreis über diese Angelegenheit informiert.«

»Na ja«, wiegelte Kopta ab.

»Wie Sie sehen, hat Herr Colucci nicht wie normalerweise üblich darum gebeten, keinen Kontakt zur Polizei oder zu den Behörden aufzunehmen. Ich vermute, er weiß genau so gut wie wir, dass das bei einer Institution wie der ESA unvermeidlich ist, und dass in kürzester Zeit Polizei und andere Dienste seine Spur aufnehmen werden. Aber da er solche Mengen an Bargeld ja auch wieder loswerden will, verfügt er mit Sicherheit über Mittel und Wege, das Geld zu waschen und zurück in Umlauf zu bringen. Ich bin mir ziemlich sicher, dass wir es hier mit jemandem zu tun haben, den wir auf keinen Fall unterschätzen dürfen.«

»Ja, das denke ich auch«, pflichtete Arnauld bei.

»Und falls wir noch auf andere Art oder Weise helfen können, stehen wir mit allen Mitteln, die wir haben, zu Ihrer Verfügung.«

»Sicher, es gibt da einige Dinge. Als Erstes würde ich Sie bitten, meinem Kollegen Kommissar Tergau die originale E-Mail des Herrn Colucci weiterzuleiten. Er wird Ihnen seine Karte mit Kontaktdaten geben. Möglicherweise sind unsere Techniker in Berlin ja imstande, etwas damit anzufangen.«

Er sah kurz auf seine Unterlagen, bevor er weiterredete.

»Und zweitens benötigen wir selbstredend die Seriennummern der Geldscheine aus dem deponierten Lösegeld, das dürfte für die Kollegen der BNP ja sicher kein Problem sein. Wir müssen die Banknoten logischerweise in das internationale Fahndungssystem eingeben. Falls unser Freund Colucci versuchen sollte, sie unbemerkt unters Volk zu bringen, können wir so seine Spur aufnehmen.«

Arnauld kritzelte auf dem vor sich liegenden Block, und der kurze Blick, den er dabei mit seinem Chef austauschte, entging Kopta nicht.

»Ich kümmere mich gleich darum«, stimmte er vehement zu.

»Gibt es sonst noch etwas?«

»Ja. Ich denke, wir benötigen eine Liste der Leute, die Zugang zu der Steuerungssoftware haben. Sowohl in Ihrem Hause, als auch bei allen Zulieferern. Der Hinweis der Darmstädter Kollegen auf den ermordeten Softwarespezialisten in Hamburg war zwar hilfreich, und ich denke, das Opfer könnte eine mögliche undichte Stelle gewesen sein, aber wir dürfen uns nicht nur darauf konzentrieren. Möglicherweise hat Herr Colucci noch andere und aktuelle Informationsquellen in Ihrem Hause. Deswegen müssen wir diese potenziellen Quellen einkreisen.«

»Das wird aber sicher schwierig werden.« Arnauld blickte von seinem Block auf und drehte den Kugelschreiber nachdenklich in seinen Händen.

»Wenn wir Nachforschungen bei unseren Zulieferern und Unterlieferanten anstellen, wird das schnell zu Aufsehen führen, und zu Fragen nach den Gründen dafür.«

Kopta zuckte mit den Schultern und sah den Sicherheitschef gleichgültig an.

»Na, dann nennen Sie doch einfach die Gründe. Das Ziel ist es, potenzielle Sicherheitsrisiken zu erkennen und zu minimieren. Das ist doch letztendlich die Kernaufgabe einer Sicherheitsabteilung, oder?«

Arnauld wechselte wieder einen Blick mit seinen Behördenleiter und bemühte sich, dem deutschen Ermittler, wenn auch etwas widerwillig, zuzustimmen.

»Ja, so gesehen haben Sie natürlich recht. Wir werden es einfach wie eine Routineuntersuchung aussehen lassen, um Sicherheitsrisiken vorzubeugen.«

»Genau«, stimmte der Hauptkommissar zu.

»Und noch eine Sache ist sehr wichtig, und wir brauchen dazu Ihre Unterstützung. Kommissar Tergau hatte ja in Darmstadt schon den Gedanken, die Bande lokal einzukreisen, indem wir versuchen, ihre Funkstationen zu orten. Wir denken, dass die Antenne, die sie beim Funkverkehr nutzen, sicher möglichst unauffällig ist, schon um nicht so viel Aufmerksamkeit zu erregen. Und je kleiner diese Antennen ist, desto wichtiger ist es ja laut Ihren Kollegen, exakt in der richtigen Position zur Kontaktaufnahme zu sein. Deswegen vermuten wir, dass man den Standort so mit Sicherheit einkreisen und präzise lokalisieren kann.«

Um seine Worte zu unterstreichen, deutete er mit der Hand auf die Unterlagen, die seine drei ESA-Gesprächspartner vor sich liegen hatten.

»Es ist also extrem wichtig, dass Ihre Kollegen die möglichen Kontaktaufnahmen der Entführer mit den Satelliten herausfiltern und so die exakten Positionen ermitteln. Wir benötigen alle diese Daten so präzise wie möglich und sofort. Wenn Sie dazu mehr Manpower oder anderes brauchen, stellen Sie das bitte schnellstmöglich bereit. Und bitte, binden Sie Kommissar Tergau in die Suche ein. Er braucht sofort und ungefiltert alle Informationen, damit wir keine Zeit verlieren. Okay?«

»Ja, sicher.«

Behördenleiter Detoule sah den Berliner Ermittler an und beeilte sich zuzustimmen.

»Ich telefoniere gleich mit Darmstadt und sorge dafür, dass das oberste Priorität bekommt und dass die Ergebnisse sofort an Herrn Tergau weitergeleitet werden. Wahrscheinlich ist das ja im Moment der vielversprechendste Ansatz, den wir haben, um den Erpressern auf die Spur zu kommen.«

»Genau«, pflichtete der Hauptkommissar bei.

»Und gleichzeitig werden wir zusammen mit den belgischen Kollegen diesen Tresorraum in Antwerpen im Auge behalten und in Hamburg versuchen herauszufinden, ob dieser ominöse Softwarespezialist was mit der Sache zu tun hatte. Ich denke, viel mehr können wir im Moment nicht unternehmen.«

9. Olot

Olot, Spanien, 05.09.2014, 11:28 Ortszeit

Kopta machte auf dem Absatz kehrt und der trockene Waldboden unter seinen Schuhen knirschte. Unbeeindruckt setzte der Hauptkommissar die Wanderung in entgegengesetzter Richtung fort.

Mentale Anstrengung erforderte bei ihm immer auch körperliche Aktivität. Konzentrierte Denkarbeit bei gleichzeitigem stillem Sitzen auf einem Bürostuhl waren einfach gegen seine Natur. Und außerdem bildete die sauerstoffreiche Luft des schattigen Nadelwalds, in dem er sich bewegte, zusammen mit der frühen Morgenstunde die ideale Umgebung für einen Spaziergang.

Dass sich dieser im Moment auf einen fünfzig Meter langen Abschnitt eines katalanischen Forstwegs beschränkte, an dessen Ende er jeweils eine 180-Grad-Wendung vollführte, störte den Ermittler dabei wenig. Und auch die vier schwarz gekleideten Elitesoldaten der spanischen Spezialeinheit GEO, deren Augenpaare ihn auf dieser Wanderung beobachteten, bemerkte er kaum. Seine ganze Aufmerksamkeit galt seit ein paar Minuten dem Handy am Ohr und Direktor Spieß am anderen Ende der Funkverbindung, der ihn mit ungeduldigen Zwischenfragen unterbrach.

»Ja ... ja, sorry Chef, aber wir haben die Info selbst erst gestern Mittag erhalten. Doktor Läufer, der Leiter der ESA-Darmstadt hat mich angerufen ...«

»Ja genau ...«

»Tergaus Idee mit der Rückverfolgung der Funksignale scheint funktioniert zu haben. Laufer sagte, sie konnten Statussignale separieren, die eindeutig aus dem Funkverkehr mit den Erpressern stammen müssen. Und anhand der Satellitenpositionen, zum Zeitpunkt der Kontakte, war es möglich, den Ursprung auf ein kleines Gebiet in Katalonien einzugrenzen ...«

»Was?«

»Ja, Spanien ... und diese Gegend haben sie dann von einem Beobachtungssatelliten den sie für die Bundeswehr testen, scannen lassen. Sie kennen die ja ...«

»Genau, die SAR-Lupe. Mit dem Ergebnis, dass es nur ein unbekanntes Objekt gibt, das groß genug ist und das der Kontur einer Parabolantenne entspricht.«

Kopta vollzog die nächste 180-Grad-Wendung und wechselte das Handy an das andere Ohr. Von den Kommentaren seines Chefs unterbrochen, redete er weiter.

»Also hab ich gestern meinen alten Freund Miguel Tovar von der GEO angerufen. Sie wissen doch, mit ihm zusammen haben wir letzten Dezember in Barcelona die Razzia gegen diese Kunstfälscherbande durchgeführt ...«

»Genau ...«

»Ja, ich weiß ...«

»Nein, nein, wir sind hier mit zwei Gruppen zu je fünf Mann. Bis jetzt läuft das Ganze als Routine-Übungseinsatz. Tergau konnte gestern noch Flüge für uns organisieren – nach Girona. Da haben wir uns heute Morgen mit Miguel und seinen Jungs getroffen. Laut deren Kartenmaterial handelt es sich bei dem Objekt um eine kleine Finca in einem Nebental zwischen Olot und Ripoll ... bitte?«

»Ja genau, Olot und Ripoll ...«

»Ja, verstehe ...«

»Also, eine Gruppe ist im Moment auf dem Weg einen Berg zu umgehen und sich dem Anwesen von der Rückseite zu nähern, damit niemand in die Richtung verschwinden kann. Und wir sind ungefähr einen Kilometer entfernt und haben den vorderen Talausgang blockiert. Sobald die erste Gruppe grünes Licht gibt, rücken wir vor.«

»Bitte …?«

»Nein, nein, Dr. Sikorra ist in Darmstadt auf Standby. Tergau hat gestern Abend noch mit ihr telefoniert …«

»Ja sicher, falls wir hier wirklich etwas finden, kann sie sich das später in Ruhe ansehen. Heute will ich hier nicht mehr Leute im Schlepptau haben als unbedingt notwendig – vor allem keine Zivilisten. Tergau, ich, Miguel Tovar und fünf von seinen Jungs warten hier mit zwei Fahrzeugen. Und eine zweite Gruppe mit fünf Leuten ist wie gesagt zu Fuß unterwegs, um das Gehöft von hinten zu sichern. Ich denke, wir werden bald von ihnen hören.«

»Klar, Herr Direktor, sobald es Neuigkeiten gibt, melde ich mich.«

»Ja sicher, ich denke, ich muss jetzt Schluss machen, da tut sich was …«

»Okay, ich melde mich … ja … danke gleichfalls, bis später.«

Kopta schnaufte durch, und ließ sein Handy in die Innentasche seiner Jacke gleiten. Etwa fünfzig Meter vor ihm verjüngte sich der Waldweg etwas und wurde durch ein Paar mannshoher Pfeiler einer verwitterten Natursteinmauer begrenzt. Zwei schwarze Mannschaftswagen der spanischen GEO waren so zwischen den Mauerresten geparkt, dass sie die Ausfahrt blockierten.

In einem der beiden Geländewagen saß der Kommandant der Einheit Miguel Tovar mit dem Fahrer am Funkgerät. Die Wortfetzen, die von Zeit zu Zeit aus der geöffneten Tür zu ihm herüberwehten, signalisierten Kopta, dass der Funkverkehr in den letzten Minuten intensiver geworden war.

Sein Assistent Tergau hatte das Fahrzeug verlassen und kam langsam auf ihn zu. Weiße Turnschuhe, Jeans und kariertes Hemd verrieten unschwer seine Nichtzugehörigkeit zu der Sondereinheit der Guardia Civil, mit der sie an diesem Morgen unterwegs waren.

Mit einer Handbewegung deutete er auf die vier schwarzgekleideten Soldaten, die sich außerhalb des Fahrzeugs auf einem umgekippten Baumstamm niedergelassen hatten, und die Fußballergebnisse des letzten Wochenendes diskutierten.

»Morgens um elf schon 26 Grad«, stöhnte er und wischte sich demonstrativ einige Schweißperlen von der Stirn.

»Und die sind voll aufgerödelt und scheinen das Wetter entspannt zu genießen.«

»Tja, Tergau, Entspannung kann man lernen. Alles reine Trainingssache«, grinste sein Chef.

»Wie sieht es denn aus im Funkverkehr?«

»Na ja, so wie ich verstanden habe, ist das Team am Grundstück angekommen, aber mit meinem Spanisch ist das so eine Sache.«

»Na dann lassen Sie uns doch mal hören.«

Kopta folgte seinem Assistenten zurück zum offenen Mannschaftswagen und lehnte sich an die Beifahrertür.

»Alles ruhig«, begrüßte ihn der katalanische Einsatzleiter.

»Die Jungs sagen, im Haus und rund um das Anwesen sind keine Aktivitäten zu beobachten.«

»Mhh ... «, brummte Kopta und zog fragend die Augenbrauen hoch.

»Und jetzt?«

»Ich hab ihnen gesagt, sie sollen mal vorsichtig anklopfen.«

Gemeinsam lauschten sie in die morgendliche Stille.

Im Schatten der hochstehenden Kiefern war nur hin und wieder das Summen von Insekten oder vereinzelte Vogellaute zu hören. In der aufziehenden Mittagshitze beschränkte sich auch die Natur auf das Nötigste, und die nächste größere Ansiedlung war zu weit entfernt, als dass Geräusche bis zu ihnen hätten dringen können.

Paradiesische Stille!

GEO-Offizier Tovar hatte die Augen geschlossen. Regungslos und entspannt saß er auf dem Beifahrersitz, aber Kopta wusste, dass diese Ruhe nur äußerlich war.

In Gedanken war der Kommandeur definitiv bei den fünf schwerbewaffneten Männern seiner Einheit, die sich nur einen Kilometer entfernt auf unbekanntem Terrain bewegten.

Und Kopta selbst ging es nicht anders. Zusammen mit Tergau hatte er den Platz auf der Rückbank des Fahrzeugs wieder eingenommen und schloss ebenfalls die Augen.

Erinnerungen aus der eigenen militärischen Ausbildungszeit drängten sich ihm auf. Auch wenn sich seit dem vieles geändert hatte – einige Dinge änderten sich nie.

Er sah, wie die Soldaten am Ende des Fußmarsches noch einmal sorgfältig Ausrüstung und Waffen checkten. Wie sie sich aufteilten, um nach Möglichkeit alle Seiten des Gebäudes zu beobachten. Wie sie sich langsam an das unbekannte Objekt heranarbeiteten, immer bemüht, jede zur Verfügung stehende Deckung zu nutzen, um selber ungesehen zu bleiben und kein Ziel abzugeben. Wie sie dabei immer versuchten, Sichtkontakt zu halten, um sich mit Handzeichen zu verständigen, und dass sie bei jedem Schritt mit geschultem Blick ihre Umgebung nach Sprengfallen oder andere Gefahren absuchten.

»Eigensicherung« war eines der Lieblingswörter aller Ausbilder solcher Sonderkommandos.

Tovar wartete zehn Minuten, dann gab er den übrigen Soldaten mit einem leisen Pfiff und einer Handbewegung das Zeichen, die Fahrzeuge zu besetzen, um abmarschbereit zu sein.

Aber der weiße Sekundenzeiger am Armaturenbrett schlich noch fast 10 Mal im Kreis, bis das leise Rauschen, dass der Wind hin und wieder in den Baumwipfeln verursachte, endlich durch das Knacken im Funkgerät unterbrochen wurde.

»Edificio seguro, ningunas personas«, krächzte es kurz und knapp aus dem Lautsprecher.

»Mist«, beantwortete Kopta den fragenden Blick seines Assistenten. »Scheint so, als wäre keiner zu Hause.«

Miguel Tovar zuckte mit den Schultern.

Mit ein paar knappen Anweisungen ließ er zwei Mann zur Absicherung an der Zufahrt zurück und gab dem Fahrer das Zeichen loszufahren.

Der vor ihnen liegende Waldweg war in den letzten Jahren offensichtlich wenig genutzt worden. Der Regen hatte ihn ausgewaschen und nur die größten Schlaglöcher waren notdürftig mit grobem Schotter aufgefüllt. Rechts und links waren zwei steinige Fahrstreifen frei, aber in die Mitte der Fahrbahn und an den Rändern hatte grüner Bewuchs längst wieder die Oberhand gewonnen.

In einer langgestreckten Linkskurve führte er um einen sanft ansteigenden Hügel herum. Teilweise geschälte Korkeichen und dichte Brombeersträucher säumten den Weg.

Vorsichtig versuchte der Fahrer die beste Fahrspur zu finden und den dornigen Büschen auszuweichen, die sich weit in den Weg reckten. Der Mannschaftswagen schaukelte seine Insassen bedenklich hin und her.

Nach zwei Minuten Fahrt näherte sich von rechts eine weitere halbhohe Natursteinmauer, die offenbar die innere Grundstücksgrenze darstellte. Große Lücken zeugten davon, dass sie seit vielen Jahren nicht mehr repariert worden war. An einigen Stellen drohte sie komplett unter dichtem Moosbewuchs zu verschwinden.

Kopta, der hinter dem Fahrer saß, beugte sich abrupt vor und legte seinem Vordermann die Hand auf die Schulter.

»Alto, por favor.«

Mit ächzenden Bremsen kam der Mannschaftswagen zum Stehen.

»Sehen Sie sich das mal an Tergau.«

Er deutete auf den etwa zwei Meter hohen Pfeiler, der das Ende der Mauer bildete und an dem auf Augenhöhe ein leicht verwittertes Holzschild angebracht war.

»Casa Carpintero«, las Tergau stockend.

»Na ja, Sie wissen ja, mit meinem Spanisch ist das so eine Sache.«

»Wie war den der Name des Mordopfers in Hamburg? Diesem Programmierer, der erschossen wurde?«, gab Kopta seinem Assistenten einen Hinweis.

»Mmhh – Schreiner, Roland Schreiner.«

»Und was heißt Schreiner auf Spanisch?«

»Puh ... na ja ...«

»Mensch Tergau! An Ihren Spanischkenntnissen sollten Sie aber dringen arbeiten«, grinste der Hauptkommissar etwas gequält.

Er beugte sich nach vorne und wechselte in die Landessprache.

»Einer der Gründe, warum wir Interesse an diesem Gebäude hier haben, ist ein Mord, der in Hamburg stattgefunden hat. Das Opfer hieß Schreiner. Und ›Schreiner‹ heißt auf Spanisch ›carpintero‹.

Es würde mich sehr wundern, wenn das ein Zufall ist. Entweder hat hier jemand einen extrem seltsamen Humor, oder unser Besuch hier bringt noch ein paar andere Überraschungen mit sich.«

Tovar nickte und gab seinem Fahrer das Zeichen zum Weiterfahren.

»Na dann scheint ihr ja auf der richtigen Spur zu sein. Lass uns doch mal sehen, ob euer Herr Schreiner und dieser Señor Carpintero was miteinander zu tun haben.«

Nach drei weiteren Minuten holpriger Schleichfahrt verbreiterte sich der Weg, und der Fahrer brachte das Fahrzeug in der Mitte eines rechteckigen Vorplatzes zum Stehen. Zur linken Seite schmiegte sich ein dunkles, zweistöckiges Holzhaus direkt an die Felswand des Berges. Das breite Holztor des kleineren Gebäudes rechts daneben ließ darauf schließen, dass es als Scheune oder Garage genutzt wurde. Seitlich davon erstreckte sich eine vertrocknete Wiese mit einzelnen Obst- und Olivenbäumen.

Tovar stieg aus und nahm die kurze Statusmeldung seines wartenden Truppführers entgegen, bevor er Kopta und Tergau zum Hauseingang folgte.

»Das Haus ist auf jeden Fall bewohnt, sagt mein Leutnant. Aber es sieht wohl so aus, als hätten die Bewohner eilig gepackt und wären vor ein paar Stunden abgereist. Habt Ihr euren Besuch angekündigt?«

»Nein, zumindest nicht offiziell.« Kopta grinste.

»Aber es würde mich nicht wundern, wenn unsere Freunde eine sehr gute Informationsquelle haben, die sie gewarnt hat.«

Er ließ sich von Tergau die an Tatorten üblichen Gummihandschuhe geben und streifte sie über.

»Hast du nicht gesagt, deine Leute klopfen vorsichtig an?«

Mit einem Kopfnicken deutete er auf das Türschloss, das offensichtlich extrem unsanft aus seiner Verankerung gerissen worden war.

Tovar zuckte grinsend mit den Schultern. »Hat wohl keiner aufgemacht.«

Er folgte seinen beiden deutschen Kollegen durch die weit geöffnete hölzerne Eingangstür. Im Innenraum der Hütte ließen die drei ihren Augen ein paar Sekunden Zeit, sich an das Halbdunkel zu gewöhnen.

Ein großer, rustikaler Esstisch mit sechs Stühlen beherrschte den Raum. An der Rückwand war eine spartanisch ausgestattete Küchenzeile zu erkennen. Die Mikrowelle und der Kaffeeautomat auf der steinernen Arbeitsplatte zeugten davon, dass die aktuellen Bewohner zumindest einige moderne Annehmlichkeiten zu schätzen wussten. Gleiches galt für den großen Flachbildfernseher, der mit den zugehörigen Sitzmöbeln etwas abgegrenzt stand.

Eine Tür im hinteren Teil war weit geöffnet und ließ ein schmucklos eingerichtetes Bad mit Dusche erkennen.

Kopta sah sich im Raum um und warf einen prüfenden Blick auf die deutschen und spanischen Magazine, die auf dem Tisch verteilt lagen.

»Von dieser Woche«, stellte er fest.

»Sieht wahrhaftig so aus, als hätten wir die Bewohner verscheucht. Und wenn ich mir die leere Garderobe und das Schuhregal ansehe, hab ich nicht den Eindruck, als hätten sie vor, schnell wiederzukommen.«

Mit einem bereitliegenden Feuerhaken stocherte er im offenen Kamin der Hütte.

»Und hier hat jemand hastig den überflüssigen Papierkram und die Familienfotos verschwinden lassen. Die Mauern sind noch warm. Ich schätze, das Feuer ist höchstens zwei oder drei Stunden aus.«

Gemeinsam mit Tergau inspizierte er den spärlich gefüllten Kühlschrank und das Badezimmer, in dem es so aussah, als hätten die Bewohner in Eile die notwendigsten Sachen für eine längere Reise zusammengepackt. Fast alle persönlichen Utensilien waren verschwunden, und selbst die Handtuchhalter waren leer.

»Wirklich schade. Dann lassen Sie uns doch mal oben nachsehen, ob wir etwas in Richtung EDV und Funkgeräte entdecken.«

Eine ächzende Holztreppe führte die beiden deutschen Ermittler in die obere Etage des Hauses. Hier gab es zwei ebenfalls spärlich eingerichtete Schlafzimmer und einen Nebenraum, der mit Schreibtisch und Wandregal ausgestattet war.

In der Hoffnung, zumindest ein paar Gegenstände zu entdecken, die Rückschlüsse auf die abgereisten Bewohner der Hütte zuließen, durchsuchten sie die leeren Kleiderschränke, aber ihre Suche war ergebnislos.

Auch in den Wandregalen zeugten nur dicke Staubspuren davon, dass hier Unterlagen oder andere Utensilien aufbewahrt worden waren. Wer auch immer die Hütte so fluchtartig verlassen hatte, war beim Packen sehr gründlich vorgegangen und hatte sämtliche persönlichen Gegenstände mitgenommen.

Der zurückgelassene Wandschmuck und ein paar alte Jagdtrophäen stammten aller Wahrscheinlichkeit nach vom Vorbesitzer, genau wie die dunklen Vorhänge an den Fenstern und die dicken Wollteppiche, die ihre Schritte dämpften.

Mit Hilfe seiner Taschenlampe suchte Tergau das kleine Arbeitszimmer und den Fußboden rund um den Schreibtisch ab. Ächzend rückte er das schwere Möbelteil von der Wand ab und ging auf die Knie.

»Zumindest einiges an Verkabelung ist noch vorhanden, und es sieht so aus, als führten ein paar von den Verbindungen hier durch die Mauer nach draußen. Wenn die hier tatsächlich eine Funkstation betrieben haben, ist jedenfalls nicht mehr viel davon zu sehen. Da hat jemand sehr gründlich aufgeräumt und alles mitgenommen, was für uns interessant gewesen wäre. Aber man kann doch unmöglich über Nacht eine so große Parabolantenne abbauen und mitnehmen, oder?«

»Kann ich mir auch nicht vorstellen.« Kopta schob die Vorhänge des Fensters so weit wie möglich zur Seite und versuchte einen Blick auf den hinteren Teil des Grundstücks zu werfen.

»Wir sollten mal einen Spaziergang durch den Obstgarten machen – müssen ja nur den Kabeln folgen.«

Miguel Tovar kam ebenfalls die Holztreppe hinauf gestapft und blieb mit einem breiten Grinsen im Türrahmen stehen.

»Ihr werdet nicht glauben, was die Jungs in der Garage entdeckt haben.«

»Ist es gelb?«, fragte Kopta, ohne sich umzusehen.

»Maldito, du kannst einem aber auch jeden Spaß verderben«, lachte der Kommandeur. »Der würde in meiner Garage auch gut aussehen.«

Der Hauptkommissar drehte sich um und klopfte seinem Freund im Vorbeigehen auf die Schulter.

»Der steht schon seit einigen Jahren auf allen europäischen Fahndungslisten. Da hättest du sicher nicht lange Spaß dran.«

Gemeinsam stiegen sie die Holztreppe hinunter und traten durch die Tür in die gleißende Mittagssonne. Tovars Leute hatten ihre schusssicheren Westen abgelegt und sich zur Siesta in den Schatten der Bäume zurückgezogen.

Zu dritt schlenderten sie zur Garage. Die beiden großen Holztore standen weit offen und gaben den Blick auf das noch halb mit einer staubigen Plane bedeckte Fahrzeug frei. Die vordere Stoßstange und die Motorhaube glänzten gelb im Sonnenlicht und das Hamburger Nummernschild beseitigte die letzten Zweifel.

Vor ihnen stand der Porsche 911 des ermordeten Programmierers.

»Na auf jeden Fall hatten die Täter auch nicht lange Spaß damit«, konstatierte Tergau. »Die werden ja wohl kaum gewagt haben hier mit diesem quitschgelben Ding herumzufahren.«

»Mmhh«, brummte Kopta nachdenklich und kraulte seinen Fünftagebart.

»Nein, höchstwahrscheinlich nicht, aber ich hab da noch einen ganz anderen Verdacht.«

Er ließ eine Pause entstehen, um seine Gedanken zu sortieren.

Sie waren an der richtigen Adresse, das Auto, das vor ihnen stand, war der ultimative Beweis. Damit war ebenso klar, dass der Mord in Hamburg nicht der spontane Raubmord gewesen war, als der er zur Zeit noch in der Kriminalstatistik der Hansestadt geführt wurde. Er hing eindeutig mit dem Kidnapping der Satelliten zusammen, und er hatte einzig und allein dem Zweck gedient, die notwendigen Daten zu beschaffen, um die Erpressung vorzubereiten. Und die clevere Vertuschung hatte der Bande den zeitlichen Vorsprung verschafft, den sie zur Vorbereitung brauchte. So viel war für ihn nach diesem Fund sicher.

Kopta sah in das fragende Gesicht seines Assistenten und dachte laut weiter:

»Sie hatten ja die Vermutung, dass es sich bei dem Laptop den die Kollegen am Tatort gefunden haben, nur um ein Ablenkungsmanöver handelte, um zu verschleiern, dass der Computer des Programmierers fehlte. Das wäre schon ziemlich abgebrüht und hätte auch funktioniert.«

»Na ja, zumindest deuten der fast unbenutzte Rechner und das fehlende Netzkabel darauf hin«, pflichtete Tergau bei.

»Stimmt, aber der vermisste Porsche hier in der Garage und das Schild vorne an der Grundstücksgrenze bringen mich da noch auf eine ganz andere Idee.«

Kopta ließ seinem Assistenten ein paar Sekunden Zeit, seinen Gedankengängen zu folgen.

»Überlegen Sie doch mal. Wenn ich so einen Mord plane, alles genau vorbereite, mich an das Opfer heranmache und es ausspioniere, eine Tatwaffe besorge, einen Ersatzlaptop organisiere und so weiter – warum sollte ich dann die zusätzliche Gefahr auf mich nehmen, mit dem extrem auffälligen Wagen des Opfers zu fliehen? Das wäre doch Quatsch, oder? Ein völlig unnötiges Risiko. In einer Großstadt wie Hamburg gäbe es doch viel einfachere Möglichkeiten. Da gehe ich einfach zu Fuß ein paar Straßen weiter, setzte mich in ein Taxi und bin verschwunden. Nee, nee, das passt nicht zusammen.

Und warum sollte ich dann dieses Hauptbeweisstück auch noch jahrelang sorgfältig aufbewahren, anstatt es unauffällig verschwinden zu lassen? Ist doch auch nur eine zusätzliche Gefahr, Aufsehen zu erregen, oder?«

Tergau zog die Schultern hoch.

»Ja, so gesehen stimmt das schon. Das Auto ist natürlich ein klarer Beweis, und extrem riskant. Nur, aus welchem Grund sollte der Täter es sonst mitgenommen haben?«

»Also, so ganz sicher bin ich mir auch noch nicht, aber ich werde den Verdacht nicht los, dass der tote Programmierer selbst auch nur ein Ablenkungsmanöver war?«

»Der Programmierer ... ein Ablenkungsmanöver? Wofür?«

»Na ja«, dachte Kopta laut weiter. »Wer hat den seinerzeit die Leiche identifiziert? Wenn ich mich richtig erinnere, war das doch die Verlobte des Opfers, oder?«

»Ja, andere Verwandte gab es nicht mehr.«

»Und danach ist das Opfer eingeäschert worden und die Dame ist in den USA verschwunden, stimmt das?«

»Ja, ich denke schon. Wir hatten ja vor, mit ihr zu reden, aber leider war es bis heute nicht möglich, ihren Aufenthaltsort zu ermitteln.«

»Na das passt doch! Was halten Sie denn von der Theorie, dass sich unser Herr Schreiner samt Laptop und Porsche abgesetzt hat? Und damit man nicht nach ihm sucht, hat er einen Ersatzlaptop und ein Ersatzmordopfer hinterlassen.«

Tergau sah seinen Chef entgeistert an und nahm sich ein paar Sekunden Zeit, um dessen Gedankengängen zu folgen.

»Sie meinen, die Leiche in Hamburg war nicht Schreiner, sondern jemand anderes? Das wäre ja verrückt!«

»Na, so verrückt nun auch wieder nicht. Überlegen Sie doch mal. Besser hätte es doch für ihn gar nicht laufen können. Er selber eingeäschert, begraben und auf alle Zeiten verschwunden. Seine Freundin identifiziert ihn, gibt die trauernde Witwe und kassiert eine unauffällige Lebensversicherung. Und ein paar Wochen später trifft man sich in Spanien und genießt gemeinsam die Sonne.«

»Und Sie meinen, die beiden haben dann zusammen diese Erpressung ausgeheckt und ziehen das jetzt durch?«

»Na ja, da bin ich mir nicht so sicher«, gab Kopta zu.

»Bei allem, was wir bisher in Erfahrung gebracht haben, ist das meiner Meinung nach eine Nummer zu groß für zwei Leute. Auch wenn man das von langer Hand vorbereitet und plant. Aber vielleicht unterschätzen wir sie ja auch.

Mir fehlt da vor allem noch der Geldgeber, der das ganze Unternehmen zu finanziert. Der Mord in Hamburg, das unauffällige Untertauchen, ein paar Jahre versteckt im Untergrund leben, und nicht zuletzt die technische Ausrüstung für das ganze Unternehmen. Da kommt ganz schön was zusammen. Und die beiden sind ja durchleuchtet worden und waren meines Wissens nach nicht besonders vermögend, oder?«

Nachdenklich und ohne eine Antwort abzuwarten wandte der Hauptkommissar sich um und schritt langsam über den staubigen Vorplatz.

»Ich bin mir ziemlich sicher, dass es im Hintergrund noch weitere Akteure gibt. Diesen Herrn Colucci zum Beispiel. Der passt zumindest nicht mit Schreiners Beschreibung zusammen. Da hätten wir schon mindestens drei Beteiligte, und wenn ich mir die Sache mit diesem mysteriösen Tresorraum in Antwerpen und mit den Funkstationen ansehe, dann wette ich darauf, dass da noch andere mit im Spiel sind.« Auffordernd deutete er in Richtung des kleinen Obstgartens, der sich an den Vorplatz anschloss.

»Kommen Sie, lassen Sie uns mal nachsehen, wohin die Kabel im Garten führen. Da bin ich ja echt neugierig.«

Fünf Minuten später und etwa zweihundert Meter weiter erreichten die Ermittler das Ende der Obstwiese.

Kurz bevor diese in den umstehenden Mischwald überging, hatte man eine kleine Lichtung gerodet und ein flaches Betonfundament gegossen. Darauf stand ein massives Gerüst aus Stahlträgern mit einer drehbar angebrachten Parabolantenne.

Der Kommandant der spanischen Eingreiftruppe hatte sich ihnen angeschlossen, und pfiff beim Anblick der Konstruktion anerkennend durch die Zähne.

»Wow, mit dem Ding kriegst du bestimmt problemlos alle europäischen Sportkanäle, oder? Das sind doch mindestens sechs oder sieben Meter Durchmesser.«

Kopta grinste.

»Ja bestimmt, aber wir vermuten, dass sie das Gerät nicht für die Sportkanäle gebraucht haben, sondern zum Senden.«

»Zum Senden?«

Tovar kniff zweifelnd die Augenbrauen zusammen. »Wohin kann man den von hier aus senden? An Außerirdische?«

»An außerirdische Flugobjekte zumindest. Wir nehmen an, dass die Bande damit versucht hat, Kontakt zu Satelliten aufzunehmen und deren Steuerung zu beeinflussen. Aber behalte das um Himmels Willen für dich.«

»Sicher. Die Jungs haben nichts gesehen und ich kann schweigen wie ein Grab. Aber dann muss ich mich von dem Porsche wohl endgültig verabschieden, oder?« Er grinste.

»Ich fürchte ja. Es wäre optimal, wenn du dafür sorgen könntest, dass das Grundstück und das Haus gesichert bleiben, zumindest so lange, bis eure Kripo und die Spurensicherung hier das Kommando übernehmen. Wir müssen in Haus und Garage auf jeden Fall alle Beweise sichern und kriminaltechnisch untersuchen lassen. Und den Porsche werden die Kollegen aus Hamburg zur weiteren Begutachtung in einem Mordfall als Beweisstück anfordern.

Anhand der Fingerabdrücke und der DNA-Proben wird man ja feststellen können, ob meine Vermutung stimmt und unser Herr Schreiner und dieser Señor Carpintero hier ein und dieselbe Person sind.

Aber eins macht mich doch ziemlich stutzig.«

Tergau betrachtete die riesige Parabolantenne. »Was denn?«

»Was meinen Sie, wie alt dieser Betonsockel und das Gerüst sind?«

»Schwer zu sagen, aber dem Rost nach zu urteilen hat das Stahlgestell schon ein paar Jahre hinter sich.«

»Ja«, stimmte Kopta zu. »Und wenn ich mir anschaue, wie die Beerensträucher hier schon alles überwuchert haben .... Was meinst du, Miguel?«

»Na ja, das Zeug wuchert hier natürlich wie Unkraut. Aber es gibt hier auch strenge Winter, in denen monatelang nichts wächst. Wenn du in Ripoll in Richtung Pyrenäen fährst, kommt nach achtzig Kilometern der erste Skilift. Ich würde auf mindestens vier bis fünf Jahre tippen, und das Stahlgestell sieht auch so aus, als wenn es schon ein paar Winter auf dem Buckel hat.«

»Das würde ja ungefähr hinkommen«, dachte der Berliner Hauptkommissar laut.

»Anfang 2008 ist unser Herr Schreiner angeblich ermordet worden, also vor fünfeinhalb Jahren. Da stelle ich mir doch die Frage, was er in der Zwischenzeit getrieben hat, oder?«

»In der Zwischenzeit?«

»Na ja, sagen wir mal, er ist Januar 2008 verschwunden. Wahrscheinlich hat er das Ganze schon vorher geplant und diese Station errichtet. Aber dann hat er sich doch nicht fünfeinhalb Jahre hingesetzt, um dann 2014 plötzlich damit anzufangen, Leute zu erpressen. Da stimmt doch was nicht, oder?«

»Na ja«, musste Tergau zugeben. »Hört sich zumindest etwas seltsam an. Wenn ich mir so eine Aktion ausdenken und eine groß angelegte Erpressung starten würde, dann wäre mein Ziel möglichst schnell an viel Geld zu kommen und damit zu verschwinden, bevor ich alle denkbaren Behörden und Uniformierte auf den Fersen hätte.«

»Genau so sehe ich das auch«, stimmte sein Chef zu.

»Mein kriminalistischer Instinkt sagt mir, dass da was faul ist.«

»Komisch«, grinste Tergau. »Genau das hat dieser Hauptkommissar Bräunlinger, der den Mord damals untersucht hat, auch gesagt.«

»Sehen Sie, ab und zu sollte man mal auf seinen Instinkt hören, sag ich doch. Kommen Sie Tergau, lassen Sie uns ein paar Fotos von den wichtigsten Dingen machen. Wesentlich mehr werden wir hier auf die Schnelle kaum finden. Den Rest überlassen wir dann den

Kollegen von der Spurensicherung. Ich würde lieber versuchen, im Ort etwas über die Bewohner hier in Erfahrung zu bringen. Wenn jemand so lange hier gewohnt hat, wird er dort ja bekannt sein, oder?«

Eine arbeitsreiche Stunde später klappte Tergau seinen Laptop zu und atmete hörbar durch. Zusammen mit Kopta hatte er die gemachten Fotos durchgesehen und war mit dem Ergebnis seiner schweißtreibenden Beschäftigung zufrieden.

»Und wie geht´s jetzt weiter?«, fragte er und verstaute nebenbei Computer und Fotoausrüstung.

Kopta zeigte auf den Laptop seines Assistenten.

»Wie ich Sie kenne, haben Sie doch bestimmt alle Unterlagen aus Hamburg mit dabei, oder?«

»Ja sicher, das Wichtigste schon. Man weiß ja nie, was gebraucht wird.«

»Dann stellen Sie mir doch bitte mal alles zusammen, was wir über diese rätselhafte Freundin unseres Herrn Schreiner wissen. Vor allem ein Foto und das, was wir zu ihrem letzten Aufenthaltsort haben. Dann senden Sie es mir per E-Mail. Ich möchte gern an anderer Stelle mal ein paar Erkundigungen einziehen. Das geht erfahrungsgemäß schneller als der offizielle Dienstweg.«

»Kein Problem, wird sofort erledigt. Und was meinen Sie, was jetzt hier mit dem Haus und dem Auto passiert?«

»Ich denke, das werden wir gleich erfahren.« Kopta deutete mit einem Kopfnicken auf den Chef der spanischen Sondereinheit, der mit dem Handy in der Hand auf sie zukam.

»Na, was gibt es Neues? Was sagen die Kollegen?«

»So richtig begeistert waren sie nicht, aber Girona ist hier für dieses Gebiet zuständig. Sie schicken uns ein Team inklusive Spurensicherung. Das wird aber einige Stunden dauern. Ich lasse so lange ein paar von meinen Jungs zur Sicherung hier.«

»Und wie hast du ihnen das Ganze verkauft?«

»Ich habe erzählt, dass wir im Rahmen einer Übung einen Hinweis auf ein verdächtiges Anwesen bekommen haben und dass wir nachgeschaut und den Porsche gefunden haben, der im Zuge einer deutschen Mordermittlung zur Fahndung ausgeschrieben ist. Nichts als die Wahrheit, Euer Ehren. Damit fällt das Ganze in die Zuständigkeit der Kripo Girona. Die schicken jetzt ein paar Leute her und werden sich mit Sicherheit schnellstmöglich mit den Kollegen in Alemania in Verbindung setzen.«

»Das hört sich gut an.« Kopta lächelte zufrieden.

»Die Hamburger nehmen ihre Mordermittlung wieder auf und werden ja schnell herausfinden, ob unser Herr Schreiner und der geheimnisvolle Señor Carpintero identisch sind. Und uns gibt es ein paar Stunden Zeit, um im Ort einen Kaffee zu trinken und uns etwas umzuhören. Kommst du mit? Bei einem Landsmann in Uniform sind die Leute hier auf dem Dorf erfahrungsgemäß auskunftsfreudiger.«

»Sicher, wenn ich so freundlich eingeladen werde.«

Gleich hinter dem ersten Kreisverkehr der nahen Ortschaft fanden sie, was sie suchten - eine kleine, typisch spanische Tapasbar mit der dazugehörigen Terazza und der Aussicht auf kalte Getränke und eine warme Mahlzeit.

Jetzt, in der flirrenden Hitze des späten Nachmittags, hatten die meisten Mittagsgäste des kleinen Dorfrestaurants schon wieder das Weite gesucht und es gab direkt vor dem Lokal einige freie Parkplätze.

Die Einheimischen verbrachten die Zeit der Siesta in Reichweite einer Klimaanlage oder an einem schattigeren Plätzchen im Freien. Sie hatten die Terrasse für sich alleine.

Kommandant Tovar und Kommissar Tergau steuerten zielstrebig einen der glänzenden Aluminiumtische an und ließen sich im Schatten eines Sonnenschirms nieder. Kopta blieb noch einen Moment am Fahrzeug stehen und musterte die Umgebung.

Etwas weiter in Richtung Ortsmitte erkannte er die Schilder einer Bäckerei und einer Tankstelle, beides ausgezeichnete Quellen, um Erkundigungen über Ortsfremde einzuholen.

Der Gedanke, dass das Hamburger Mordopfer mit hoher Wahrscheinlichkeit gar nicht der vermutete Programmierer war, kreiste beständig in seinem Kriminalistengehirn und ließ einige Fragestellungen in anderem Licht erscheinen.

Und die Tatsache, dass die Funkstation hier in Spanien offensichtlich schon einige Jahre aktiv war, warf die Frage auf, womit die Bande sich hier in all der Zeit beschäftigt hatte. Mit ein bisschen Glück war es ihm möglich beim Tankwart oder der stets gut informierten Bäckereifachverkäuferin etwas in Erfahrung bringen. Er beschloss, nach dem Essen einen Verdauungsspaziergang zu unternehmen.

Der freundliche Wirt nahm ihre Bestellungen auf und erschien ein paar Minuten später wieder mit kalten Getränken.

»Haben Sie das Restaurant hier schon lange?«, nutzte Kopta die Gelegenheit, ihn anzusprechen.

»Sicher. Ich selbst führe es jetzt seit zwölf Jahren. Davor gehörte es fast vierzig Jahre meinem Vater, und eröffnet hat es mein Großvater.«

»Na, dann kennen Sie sich hier ja bestens aus. Wir wollten nämlich einen Freund besuchen. Kurz vor dem Ort in der Casa Carpintero. Aber es war niemand zu Hause.«

»Ach, den Chinesen?«

»Woher wissen Sie, dass er Chinese ist?«

Der Wirt wischte sich mit dem Handtuch einige Schweißperlen von der Stirn und überlegte einen Moment.

»Hombre, er ist klein, hat kurze schwarze Haare, Schlitzaugen und fährt einen Hyundai - aber er spricht ganz brauchbar spanisch - na, wie so ein Chinese halt.«

»Ach so.«

Der Hauptkommissar nickte und bemühte sich, sein Grinsen zurückzuhalten. »Wissen Sie wie lange er schon hier ist?«

»Mmhh … ich denke, eine ganze Zeit. So fünf oder sechs Jahre, aber genau weiß ich es nicht.«

»Wir wollten eigentlich den Deutschen besuchen.«

»Ach den, hab ich mir doch gedacht, dass der deutsch ist.

Der ist aber, glaube ich, nicht immer hier. Kommt nur ab und zu und ist dann oft zum Essen hier. Und wenn sie gemeinsam kommen, sprechen sie nur Englisch und bestellen auf Spanisch. Aber irgendwie sieht er deutsch aus.«

»Und seine Freundin?«

»Freundin? Von der weiß ich nichts. Die hab ich noch nicht gesehen. Sie waren nur ab und zu zu zweit hier. Ein paarmal auch zu dritt. Aber wie gesagt, meistens ist der Chinese allein unterwegs. Manchmal sieht man auch monatelang niemanden, keine Ahnung, was die da treiben.«

»Okay, dann hänge ich am besten einfach einen Zettel an die Tür. Damit sie wissen, dass wir da waren. Danke.«

»De nada«, winkte der Wirt ab, während er mit seinem Tablett durch die Eingangstür verschwand.

»Das bestätigt ja zumindest unsere Theorie, dass die Funkstation schon seit einigen Jahren genutzt wird«, dachte Kopta laut.

»Die Kollegen von der Spurensicherung werden das sicher in Erfahrung bringen. Sie brauchen ja nur mal im Rathaus nachfragen. Entweder gibt es über das Grundstück einen Kaufvertrag oder zumindest einen Mietvertrag, dann wissen wir genau, seit wann unser Herr Carpintero hier aktiv ist. Aber warum er hier so großen Aufwand betreibt und dann jahrelang mit seiner Erpressung wartet, wissen wir immer noch nicht.«

»Ich könnte mir vorstellen, dass die ESA nach dem Todesfall die Software geändert hat, und er war gezwungen, sich erst wieder Zugang zu verschaffen«, spekulierte sein Assistent.

Kopta blinzelte nachdenklich in die Sonne. »So lange? Und man ist doch seinerzeit davon ausgegangen, dass Schreiner tot ist und nichts entwendet wurde. Warum also aufwändig die Software ändern? Und ist das überhaupt möglich, wenn ein Teil der Dinger schon im All ist? Außerdem setzt so ein Erpresser sich dann doch nicht sechs oder sieben Jahre hin, bis er endlich aktiv wird.

So oder so – irgendwas passt da nicht zusammen. Und wie es aussieht, ist unser Besuch hier angekündigt worden, und die Jungs hatten Zeit genug sich aus dem Staub zu machen. Es gibt also definitiv eine undichte Stelle bei der ESA. Entweder in Darmstadt oder in Paris.«

Er gönnte sich einen langen Zug aus dem Glas vor sich.

»Meine innere Stimme sagt mir, dass wir Monsieur Arnauld und Monsieur Detoule in Paris noch einmal auf den Zahn fühlen müssen. Ich hatte gleich das Gefühl, dass die Herren mehr wissen, als sie uns erzählt haben.«

10. Paris 2

Paris, Frankreich, 06.09.2014, 13:56 Uhr Ortszeit

»Hauptkommissar Kopta und Kommissar Tergau – schön, Sie wiederzusehen. Sie scheinen mit Ihren Ermittlungen ja schnell voranzukommen.«

Diesmal war es Sicherheitschef Arnauld, der die beiden Kriminalbeamten des BKA im Foyer der ESA Zentrale in Paris in Empfang nahm. Sein Lächeln wirkte geschäftsmäßig, und Kopta versuchte vergeblich zu erkennen, wie echt es war.

Er hatte den Abend in Girona für ein paar Besorgungen und einige Telefonate genutzt, und war am nächsten Morgen zusammen mit Tergau in die erste verfügbare Maschine, in Richtung Paris, gestiegen.

Telefonisch hatte er Arnauld um das Gespräch mit ihm und dem Chef der Behörde, Detoule, gebeten. Dabei hatte er bewusst wenig über ihren Aufenthalt in Katalonien gesprochen. Ein Teil seines kriminalistischen Verstandes warnte ihn davor, alle Informationen zu den laufenden Ermittlungen preiszugeben, bevor er sich nicht sicher war, wem er bei der ESA vertrauen durfte, und wem nicht.

»Guten Tag, Monsieur Arnauld«, beließ es der Hauptkommissar ebenfalls bei einer förmlichen Begrüßung.

»Ja, ein kleines Stück sind wir vorangekommen, das stimmt. Aber Sie wissen ja selber, wie das häufig ist. Für jede Frage, die man beantwortet, tauchen zwei neue auf. Hat das nicht Einstein auch schon gesagt?«

»Gut möglich.« Arnauld grinste etwas gequält.

»Aber den Einstein überlasse ich gern meinen Kollegen von der theoretischen Physik. Ich bin lieber in der Praxis unterwegs.«

Er führte die beiden Besuchern zum Fahrstuhl. »Kommen Sie, Direktor Detoule erwartet uns in seinem Büro.«

Die Fahrt in der glänzenden Fahrstuhlkabine verlief still und ohne Unterhaltung. Es war zu spüren, dass keiner der drei Mitfahrenden große Lust auf Smalltalk hatte. Als sich die Tür im fünften Stock wieder öffnete, übernahm Arnauld erneut die Führung.

Die dicke Auslegeware des langgestreckten Flures verschluckte jedes Geräusch und machte ihre Schritte unhörbar. Zusammen mit der gedämpften Flurbeleuchtung und ihrem Schweigen gab das der Szene schon fast etwas Konspiratives.

Kopta dachte an ihren ersten Besuch vor wenigen Tage zurück und daran, dass er beobachtet hatte, wie sich der Sicherheitschef der ESA und der Direktor während des Treffens angesehen hatten.

In dem Gespräch hatte er diesen Blick nicht einzuordnen gewusst, aber die jetzige Verschlossenheit Arnaulds passte dazu. Dem Leiter der Sicherheitsabteilung war die Situation fühlbar unangenehm, und Kopta war entschlossen, herauszufinden warum.

Direktor Detoule residierte in einem großzügig geschnittenen Büro mit breiter Fensterfront. Der helle Schreibtisch davor wirkte aufgeräumt und nüchtern. Zwei seitliche Büroschränke waren mit teilweise persönlichen Gegenständen dekoriert, und die Wand darüber beherrschte eine farbenprächtige künstlerische Darstellung des Sonnensystems.

Auf der gegenüberliegenden Seite des Büros bat ein ovaler Besprechungstisch mit sechs Sitzmöglichkeiten Platz für Besucher.

Als die drei den Raum betraten, stand der Behördenleiter mit dem Rücken zur Tür und schaute regungslos auf die belebte Rue Mario Nikis unter sich. Erst beim hörbaren Schließen der Tür durch Arnauld schien er die Ankömmlinge zu bemerken und drehte sich um.

Mit einem routinierten Lächeln und ausgestreckter Hand kam er ihnen entgegen.

»Guten Tag die Herren. Wir sehen uns ja schneller wieder, als gedacht.«

Mit einer einladenden Handbewegung deutete er auf den Besprechungstisch.

»Meine Kollegin hat uns Kaffee und kalte Getränke bereitgestellt. Bitte nehmen Sie Platz und bedienen Sie sich.«

»Vielen Dank«, nahm der Hauptkommissar das Angebot gerne an. »Ein Kaffee ist jetzt genau das Richtige.«

Zusammen mit seinem Assistenten wählte er einen Platz an einer Längsseite des Tisches und setzte sich.

»Das kann ich mir vorstellen.« Detoule bemühte sich, seine Gäste mit Getränken zu versorgen.

»Mein Kollege Monsieur Arnauld hat mir berichtet, dass Sie in Spanien eine verlassene Funkstation der Erpresser gefunden haben. Kommen Sie jetzt direkt von dort?«

»Ja, wir haben in Girona übernachtet und sind heute Morgen hierher nach Paris geflogen«, bestätigte Kopta, während er sich betont sorgfältig aus der bereitstehenden Thermoskanne bediente.

»Und Sie sind sich sicher, dass es sich um eine Station der Erpresser handelt?«

»Ja, wir sind uns absolut sicher«, antwortete der Ermittler, indem er dem Fragesteller bewusst in die Augen schaute.

»Das, was wir dort gefunden haben, lässt keinen anderen Schluss zu. Allerdings wirft es gleichzeitig ein paar neue Fragen auf.«

Für einen Moment meinte Kopta in Arnaulds Augen echte Neugier zu erkennen, aber die Art und Weise, wie der Behördenchef nach kurzer Zeit seinem Blick auswich, signalisierte dem erfahrenen Kriminalisten auch noch etwas anderes. Und es verstärkte seine Vermutung, dass das Gespräch noch einige Überraschungen zu Tage fördern würde.

»Gestern Morgen waren wir zusammen mit einer Einsatzeinheit der GEO vor Ort. Das ist eine Sondereinheit der spanischen Guardia Civil, die auf solche Einsätze spezialisiert ist. Bei Aktionen im Ausland sind wir logischerweise auf die Hilfe der Behörden vor Ort angewiesen, und mit dieser Einheit haben wir schon bei früheren Gelegenheiten sehr erfolgreich zusammengearbeitet.

Leider ist die Bande rechtzeitig gewarnt worden. Ein paar Stunden vor unserem Zugriff haben sich die Bewohner aus dem Staub gemacht, und sie hatten noch die Zeit, gründlich aufzuräumen. Fast alles, was für uns aufschlussreich gewesen wäre, ist entweder verschwunden oder vernichtet.

Die große Antenne mussten sie natürlich in der Eile zurücklassen, und in der Garage haben wir das vermisste Auto des Programmierers gefunden, der 2008 in Hamburg unter ungeklärten Umständen ermordet wurde.« Der BKA-Ermittler deutete auf seine Unterlagen.

»Das beweist uns aber zumindest, dass die Kollegen in Darmstadt mit ihrer Vermutung richtig lagen – der Mord hängt mit Sicherheit mit der Erpressung zusammen. Und die große Parabolantenne reicht nach Angaben der Fachleute aus, um gemeinsam mit entsprechender Funktechnik Kontakt mit den Satelliten aufzunehmen.«

»Ja, dann lagen unsere deutschen Kollegen mit ihrem Verdacht wohl richtig. Und die Ortung der Station über die Funksignale und die Satellitenpositionen war ja auch ein Volltreffer«, stimmte der ESA Chef zu.

»Schade, dass man das nicht schon früher probiert hat. Konnten Sie in der Funkstation denn sonst noch etwas über die Erpresser in Erfahrung bringen?«

»In der Kürze der Zeit nichts Konkretes. Die spanische Kripo wird jetzt vor Ort die genaue Spurensicherung übernehmen, und anschließend werden die Kollegen aus Hamburg sicher den Wagen und alle gefundenen Daten und Erkenntnisse auswerten und die Mordermittlung noch einmal aufrollen. Dabei wird man natürlich die Spuren vor Ort mit allen möglichen Karteien vergleichen. Vielleicht ergibt sich dabei ein Hinweis auf den oder die Täter, aber das müssen wir erst mal abwarten.«

»Was meinen Sie wie lange so eine Ermittlung dauert?« Detoule rührte nervös und mit gesenktem Blick in der Kaffeetasse vor sich. »Verstehen Sie mich nicht falsch, aber ich denke, jetzt, wo man eine Funkstation der Bande gefunden hat, und diesen Verbrechern direkt auf den Pelz rückt, werden sie uns ja wahrscheinlich kaum die Zugangscodes für den nächsten Monat mitteilen.

Und so, wie ich die Sache verstanden habe, müssen diese Codes bis zum 30. September um 24 Uhr übermittelt sein. Ansonsten schalten sich die Kommunikationseinheiten der Satelliten ab und wir verlieren jede Möglichkeit zur Steuerung. Was das bedeutet, ist uns glaube ich allen klar.« Er blickte ratsuchend in die Runde.

»Wenn wir keine Kontrolle über die Systeme haben, kann niemand sagen, wie lange sie sich noch im Orbit halten und welchen Schaden sie dort noch verursachen könnten. Das würde Galileo um Jahrzehnte zurückwerfen oder eventuell sogar das ganze Programm zum Abbruch bringen. Das müssen wir um jeden Preis verhindern.«

»Wir tun natürlich, was wir können«, beschwichtigte Kopta.

»Aber Sie sollten diese Möglichkeit in Betracht ziehen und sich darauf vorbereiten. Und wie gesagt hat unser Einsatz in Spanien und die Erkenntnisse dort, eine ganze Menge andere Fragen aufgeworfen. Um die müssen wir uns zunächst mal kümmern. Wenn wir in dem Fall weiterkommen wollen, ist es unverzichtbar, dass wir alle Fakten kennen und Ihre volle Unterstützung haben.«

»Selbstverständlich«, beeilte sich der französische Sicherheitschef zuzustimmen.

»Ich habe heute Morgen noch mit Herrn Breitner in Darmstadt telefoniert. Er und sein Team arbeiten mit Hochdruck daran, festzustellen, wer dort die Informationsquelle sein kann, aus der die Verbrecher ihre Kenntnisse haben. Und für uns hier in Paris gilt natürlich das Gleiche. Der Kreis der Personen, die innerhalb unserer Organisation von der Ortung in Spanien wussten, ist ja relativ begrenzt. Die Liste kann demnach nicht lang sein.«

»Ja, das ist die eine Frage.« Kopta sah den Sicherheitschef an.

»Irgendjemand hat die Bande vor unserem Besuch gewarnt, und solange wir diese Informationsquelle nicht finden und stopfen, wird sie uns immer einen Schritt voraus sein. Und ich halte es für ziemlich wahrscheinlich, dass es sogar mehrere Informanten gibt.«

»Wieso mehrere?« Arnauld zog fragend die Augenbrauen hoch.

»Weil ich denke, dass die Erpresser noch weitere Informationen brauchten. Woher zum Beispiel kannten sie die genauen Positionen und Flugbahnen der Satelliten? Soweit ich weiß, hat die ESA nach dem missglückten Start selber eine ganze Weile gebraucht, um festzustellen, in welche Höhe und Umlaufbahn sich die Dinger bewegten – und das mit Ihrer weltweiten Technik und Kommunikation.

Die Parabolantenne, die die Entführer benutzt haben, war erheblich kleiner. Und ich habe mir erklären lassen, dass es mit einer solchen Antenne nur möglich ist, einen Himmelskörper in dieser Höhe anzufunken, wenn man extrem genau seine Position und die Flugbahn kennt. Da stelle ich mir die Frage, woher die Bande so exakte Daten hatte.«

Detoule nickte zustimmend.

»Ja, das erfordert schon eine ganze Menge Sachkenntnis und genaue Informationen, das stimmt. Aber was zum Beispiel die Ortung und Bahnverfolgung anbelangt, arbeiten wir natürlich weltweit mit einigen anderen Organisationen zusammen. Für den Start selbst und die Positionierung der beiden Satelliten waren ja in diesem Fall unsere russischen Partner zuständig, und was die exakte Bahnvermessung und Verfolgung anbelangt, tauschen wir routinemäßig Daten mit der NASA aus. Das jetzige GPS-System und Galileo haben ja den Auftrag zusammenzuarbeiten und sich zu ergänzen. Da kommen also verschiedene Informationsquellen infrage.«

»Okay.« Kopta zuckte mit den Schultern. »Ich kann mir zwar nicht vorstellen, dass die Informationen von der NASA oder den Russen stammen, aber ausschließen können wir es natürlich nicht.

Ich habe aber noch eine Frage, die mich schon die ganze Zeit beschäftigt, und mir fällt beim besten Willen keine Antwort ein.«

Kopta blickte Detoule in die Augen. Und er spürte deutlich die Beklemmung seines Gegenübers vor der nächsten Frage.

Ohne dass er es verhindern konnte, tauchte das Bild seines ersten BKA-Chefs Hauptkommissar Seeliger vor seinem inneren Auge auf.

Als frisch gebackener Kommissar hatte er eine Ermittlerstelle in Seeligers Team bekommen. Er musste oft daran denken, wie er in dieser Zeit den messerscharfen Verstand und die unerschütterliche äußere Ruhe seines Vorgesetzten bewundert hatte. Beides zusammen hatte Seeliger den Ruf eines begnadeten Vernehmers eingebracht.

Wegen seines vollen weißen Haupthaars und des riesigen ebenfalls schlohweißen Schnauzers hatte der Kriminalist in der Truppe den Spitznamen Opa Seeliger. Und Kopta hatte es mehr als einmal erlebt, wie dieser Hauptkommissar selbst eiskalte Mörder und Berufsverbrecher in Verhören mit seiner unnachahmlichen Art zum Reden gebracht hatte.

Er konnte stundenlang und in absoluter Ruhe mit seinem Gegenüber über Routinefragen oder das Wetter plaudern.

Und dann kam, wie nebenbei, irgendwann die Situation, dass der Hauptkommissar sich mit beiden Ellenbogen auf den Tisch stützte, seinem Gesprächspartner tief in die Augen schaute und mit seiner fast schon monotonen Stimme sagte. »So mein Junge, und jetzt mal unter uns ...«

Und Kopta hatte erlebt, wie selbst hartgesottene Schwerverbrecher anfingen zu reden, und wie sie am Ende des Verhörs geradezu erleichtert darüber waren, dass sie einem Freund ihre Geschichte hatten erzählen können.

Der Behördenchef, der im jetzt gegenübersaß, war sicher kein gefährlicher Krimineller, und sie befanden sich auch nicht in einem Verhör. Aber der Hauptkommissar spürte deutlich, dass Direktor Detoule etwas zu erzählen hatte – und dass er es loswerden wollte, um sich zu erleichtern.

»Man muss dem Menschen nur eine gute Gelegenheit bieten, zu reden«, war Seeligers Wahlspruch gewesen, »dann erfährt man manchmal die erstaunlichsten Dinge. Jede Geschichte, die man in sich einschließt, will nach draußen und erzählt werden. Die nicht so interessanten nur wenig, und nach einiger Zeit schlummern sie ein und geraten in Vergessenheit, aber die wirklich spannenden Geschichten mit Verbotenem und oder sogar kriminellem Inhalt sind oft wie Raubtiere in einem Käfig. Sie tigern Tag und Nacht hin und her und lassen ihren Besitzer nicht in Ruhe.

Sie wollen mit aller Macht raus, und wenn man es schafft, die Käfigtür einen Spaltbreit zu öffnen, springen sie einen manchmal direkt an.

Wenn sie dann raus und erzählt sind, sind viele ehrlich dankbar, dass man ihnen geholfen hat, sie loszuwerden und wieder Ruhe zu finden. Man muss nur den Schlüssel suchen und den richtigen Moment erwischen, um die Käfigtür ein kleines Stück weit zu öffnen.«

Kopta versuchte, dem Behördenleiter einen bequemen Einstieg in seinen Bericht zu bieten.

»Sehen Sie, dieser Mord in Hamburg über den wir sprechen, geschah im Januar 2008, das ist jetzt mehr als sechs Jahre her. Unseren Erkenntnissen nach ist die Funkstation in Katalonien auch schon einige Zeit in Betrieb. Wie lange genau, werden die Kollegen von der Spurensicherung ermitteln. Und da stelle ich mir die Frage, ob es nicht schon früher Versuche gegeben hat, mit diesem Wissen und den technischen Möglichkeiten Geld zu verdienen. Ich kann mir einfach nicht vorstellen, dass man dann bis 2014 wartet, um einen Erpressungsversuch zu starten. Deswegen meine Frage: Gab es früher schon Versuche, Satelliten zu beeinflussen und die ESA damit zu erpressen?«

Kopta sah Detoule direkt an und zog fragend die Augenbrauen hoch. Und die zwei Sekunden, die der Behördenchef verstreichen ließ, bevor er anfing zu reden, waren fast schon Antwort genug.

»Ja, Sie haben mit Ihrer Vermutung natürlich recht, es hat bereits vor dieser Erpressung Kontakte gegeben. Aber wir waren uns hundertprozentig sicher, das Problem mit Doresa und Milena gelöst zu haben. Die beiden Satelliten verfügen über eine modifizierte Kommunikationssoftware, um solche Zugriffe von außen absolut auszuschließen.

Wir haben bei der Weiterentwicklung der Software mit den besten englischen Spezialisten zusammengearbeitet, und das immer mit so wenig Beteiligten wie möglich und unter strengster Geheimhaltung. Aber wie es scheint, ist es den Erpressern gelungen, auch diese Software zu umgehen und die Steuerungen zu manipulieren. Die Entwicklung hat über ein Jahr gedauert und uns gezwungen, den Start der beiden zweimal zu verschieben. Von den Kosten will ich gar nicht reden ...«

»Doresa und Milena sind die Satelliten Nummer 5 und 6, stimmt das?«, hakte Kopta ein.

»Ja, zumindest was die IOV-Version anbelangt. IOV bedeutet IN-ORBIT-VALIDATION. Das heißt, dass diese Flugkörper über die komplette und endgültige Ausrüstung verfügen und ein Teil des späteren Galileo-Systems sind. Vor diesen sechs gab es schon zwei Testsatelliten, die dazu dienten, die Funktionsfähigkeit und die technischen Komponenten zu erprobt und zu optimieren.«

»Und was ist mit den anderen vier, die vorher gestartet wurden?«

»Für die bekommen wir monatlich neue Zugangscodes übermittelt – zumindest bis jetzt.«

Der Hauptkommissar setzte die Kaffeetasse hörbar ab und sah seinen Gegenüber entgeistert an.

»Das heißt, die Bande hat über diese vier auch die Kontrolle?«

»Nein, die Kontrolle haben natürlich wir, aber wir erhalten monatlich die aktuellen Daten, die wir brauchen, um mit den Satelliten zu kommunizieren.«

»Ach du Scheiße ...«

Die beiden Ermittler sahen sich einen Moment lang an, bevor der Hauptkommissar sich wieder Detoule zuwendete.

»Und wie lange geht das Ganze schon?«

»Na ja«, der Direktor tauschte einen Blick mit seinem Sicherheitschef aus.

»Dazu ist es wichtig, dass Sie die Vorgeschichte des Systems kennen. Die Entscheidung, ein eigenes Navigationssystem im All zu stationieren, haben die europäischen Weltraumorganisationen schon Ende der 90er-Jahre getroffen. Galileo wurde dringend benötigt, um Europa militärisch und wirtschaftlich unabhängig zu machen. Es ging den beteiligten Ländern darum, mit den großen Weltraummächten USA und Russland mitzuhalten.

Man wollte nicht wie bisher immer nur als zahlender Beifahrer dabei sein, sondern eigenständiger und gleichberechtigter Partner werden, und das Galileo-System war zusammen mit der Entwicklung der Ariane-Raketen eins der großen Standbeine für diese Selbstständigkeit. Allein die Tatsache, dass keine einzelne europäische Nation technisch oder finanziell in der Lage gewesen wäre, solche Projekte allein zu realisieren, war die Grundlage für die Gründung der ESA. Man hat dann noch bis zum Jahr 2003 gebraucht, um sich auf die Aufgabenverteilungen und vor allem auf die Finanzierung zu verständigen. Im Jahr 2004 bin ich als Leiter hier zur ESA gekommen. Meine Hauptaufgabe war es dann, diese Projekte zum Erfolg zu führen.

Ich will Sie gar nicht mit unnötigen Details langweilen, aber von Anfang an hatten wir neben vielen technischen Problemen hauptsächlich damit zu kämpfen, dass die anderen Raumfahrtnationen unserem Galileo-System aus verschiedenen Gründen ablehnend gegenüberstanden. Mit den Russen und den Amerikanern haben wir uns 2004 geeinigt und eine Kooperation vereinbart. Dabei ging es in der Hauptsache um teilweise gemeinsam genutzte Sendefrequenzen.

Aber Chinesen mögen uns bis heute nicht. Das liegt im Kern daran, dass die für ihr Beidou-System seinerzeit dieselben Frequenzbereiche nutzen wollten wie wir für Galileo. Die Vergabe dieser Nutzungsrechte wird durch die ITU geregelt. Das ist die International-Telecommunication-Union, mit Sitz in Genf. Weil die ESA die Nutzung dieser begehrten Frequenzen damals eher bei der ITU angemeldet hatte, und sie damit für Galileo reserviert hat, waren die Chinesen extrem feindselig.

Im Dezember 2005 haben wir mit Hilfe unserer russischen Partner von Baikonur aus GIOVE-A gestartet. Das war der Erste von drei geplanten Prototypen. Mit ihnen wurden verschiedene Systeme und Konfigurationen erprobt und auf ihre Weltraumtauglichkeit hin überprüft.

Im April 2008, also zweieinhalb Jahre später, haben wir dann den zweiten Satelliten, GIOVE-B, gestartet. Der hatte eine erheblich genauere Atomuhr an Bord und Laser Reflektoren, um seine Bahn noch exakter zu vermessen.

Beim Bau von GIOVE-B gab es jedoch unvorhergesehene technische Probleme. Deswegen waren wir mit diesem System fast zwei Jahre hinter dem Terminplan zurück, und der Zeitdruck wurde immer größer. Vorsorglich hatten wir zur Sicherheit schon einen dritten Satelliten aufgelegt. Der wäre sofort zum Einsatz gekommen, wenn es beim Start von GIOVE-B Probleme gegeben hätte.«

»Warum wurde der Zeitdruck immer größer?«, fragte Kopta nach. »Ich denke, in der Raumfahrt ist Sicherheit wichtiger als Schnelligkeit.«

»Ja, das stimmt natürlich«, winkte der Behördenchef ab, »aber in diesem Fall lief uns wirklich die Zeit weg. Wie gesagt hatten wir die Frequenzen, die wir für Galileo brauchten, eher bei der ITU angemeldet als die Chinesen. Deswegen waren sie für uns reserviert. So eine Reservierung gilt allerdings nur, solange die Frequenzen auch genutzt werden. Wenn wir Giove-B nicht ins All bekommen hätten und es uns nicht gelungen wäre, die Frequenzen mit ihm zu benutzen, wäre die Reservierung verfallen und die Chinesen hätten sich wahrscheinlich totgelacht.«

»Und Sie wären gezwungen gewesen, das gesamte Galileo-Programm zu beerdigen, richtig?«

»Unter Umständen ja. Wir hatten ja gerade mühsam die Zusammenarbeit mit den Russen und Amerikanern verhandelt. Und wenn uns jetzt noch die Chinesen dazwischengefunkt hätten – wer weiß. Zumindest hätte das die ehrgeizigen europäischen Raumfahrtpläne um Jahrzehnte zurückgeworfen.«

Der Hauptkommissar kritzelte auf dem vor ihm liegenden Notizblock, bemüht seinem Gegenüber zu folgen.

»Und im April 2008, beim Start, gab es dann Probleme?«

»Ja - das heißt, nein, beim Start noch nicht, der verlief reibungslos. Die Fregat-Stufe hat Giove-B korrekt in der Umlaufbahn platziert. Die Schwierigkeiten begannen erst, als unsere Techniker dann übernommen haben, um den Satelliten auszurichten. Dafür gibt es hier eine sogenannte

Launch-And-In-Orbit-Test-Crew. In der Regel werden nach der Übernahme zuerst die Solarsegel und Antennen ausgefahren, teilweise geschieht das selbstständig. Und dann muss das Ganze so ausgerichtet werden, dass die Sonnensegel in optimaler Position zur Sonne stehen. Nur so erzeugen sie ausreichend Energie für alle Systeme.«

»Und das hat nicht geklappt?«, wollte Kopta wissen.

»Genau. Das Ausfahren hat reibungslos funktioniert, aber dann hat der Satellit keine Steuerbefehle zur Ausrichtung entgegengenommen.«

»Das kommt mir irgendwie bekannt vor.«

»Ja, es war das gleiche Problem wie wir es jetzt mit Doresa und Milena haben. Die Technik funktionierte einwandfrei, aber wir hatten keine Möglichkeit, von außen auf die Lage- und Flugbahnkontrolle zuzugreifen.«

»Verdammt, das war 2008!«

Kopta gab sich keine Mühe seine Verärgerung zu verbergen. »Und damals ist niemand auf die Idee gekommen, die Polizei einzuschalten?«

»Doch, selbstverständlich sind wir auf die Idee gekommen, die Polizei einzuschalten, aber wir mussten damals innerhalb von kürzester Zeit alle Möglichkeiten abwägen, und wir durften auf keinen Fall das System gefährden.«

»Und die polizeilichen Ermittlungen hätten das System gefährdet?«

»Die Wahrscheinlichkeit war zumindest sehr groß. Wir sind davon ausgegangen, dass so eine Kriminalermittlung sofort riesige Aufmerksamkeit verursacht. Und dann wäre logischerweise die Gefahr extrem groß gewesen, dass die Bande sich zurückzieht und wir die vielleicht einzige Möglichkeit, mit dem Satelliten zu kommunizieren, verloren hätten. Also haben wir auf die Schnelle entschieden, erst mal die Steuercodes die man uns damals übermittelt hat auszuprobieren.«

»Und sie haben funktioniert?«

»Ja, einwandfrei. Unsere Techniker haben es damit geschafft, das System in die richtige Lage zu bringen und wie vorgesehen in Betrieb zu nehmen.«

»Und dann wollten Sie die Polizei informieren?«

»Ja, eigentlich war das unser ursprünglicher Plan.«

»Und was hat Sie davon abgehalten?«

»Die Steuercodes, die man uns übermittelt hatte, waren angeblich nur bis Ende des Monats gültig, und neue für den Folgemonat sollten wir erst nach der Zahlung von 2 Millionen Euro Versicherungsprämie erhalten.«

»Also haben Sie sich entschlossen zu zahlen.«

»Ja, wir sind zum Schein auf die Forderung eingegangen und haben die zwei Millionen gezahlt. Damit wollten wir einen Monat Zeit gewinnen, um die Steuerungssoftware von Giove-B so zu ändern, dass sie unsere Befehle auch ohne diese Codes entgegennimmt.«

»Und ist Ihnen die Änderung gelungen?«

»Na ja, ich bin selbst nicht Spezialist genug auf diesem Gebiet, aber unsere Ingenieure haben nach ihren Angaben alles versucht, um die Software zu aktualisieren – leider vergeblich. Es war ihnen nicht möglich, bis in das zentrale Kommunikationssystem vorzudringen. Die Programmierung hat das verhindert, und die Gefahr, dass man eine komplette Abschaltung des Systems auslöste, war zu groß.«

»Das heißt, Sie zahlen bis heute für diesen Giove-B-Satelliten jeden Monat 2 Millionen Euro Versicherungsprämie« fragte Kopta ungläubig.

»Nein, also zunächst wurde das Geld ja nur in diesem Tresorraum in Antwerpen deponiert, und dort wurde es nicht abgeholt. Das heißt, bei einer Alarmierung der belgischen Polizei hätten wir jederzeit Zugriff auf die gesamte Summe gehabt. Deswegen haben wir das Geld nicht als verloren angesehen – es war für uns sozusagen dort hinterlegt.

Und Mitte 2012, also nach vier Jahren Betrieb, wurde Giove-B planmäßig in den Graveyard-Orbit angehoben und damit außer Dienst gestellt. Er ist also nicht mehr in Betrieb.

Es versteht sich von selbst, dass wir in der gesamten Zeit und mit den uns zur Verfügung stehenden Mitteln versucht haben, etwas über die Erpresser und ihre Vorgehensweise in Erfahrung zu bringen. Der damalige Sicherheitschef und Vorgänger von Monsieur Arnauld hatte ausgezeichnete Kontakte zur französischen und belgischen Polizei. Genau wie zu der Sicherheitsfirma in Antwerpen bei der der Tresorraum angemietet wurde.

Aber so, wie er berichtet hat, ist diese Anmietung über mehrere Scheinfirmen im Ausland verschleiert worden, und es ist ihm nicht gelungen, die wahren Hintermänner oder Geldgeber zu ermitteln.

Er war dabei natürlich gezwungen, immer extrem vorsichtig zu agieren, um nichts nach außen dringen zu lassen und um die Bande nicht zu warnen. Und wir sind dankbar dafür, dass Ihre Ermittlungsarbeit bisher ebenfalls nicht an die Öffentlichkeit gedrungen ist. Aber ich denke, dass die Enttarnung der Funkstation in Spanien die Sache sicher beenden wird. Kaum vorstellbar, dass die Bande uns danach noch die notwendigen Zugangscodes übermittelt.

Das heißt, dass wir die Verbrecher entweder bis Ende September dingfest machen und uns dabei die notwendigen Daten besorgen, oder dass wir die Satelliten, die sich jetzt im Orbit befinden, verlieren werden.«

»Na ja, so weit sind wir ja noch nicht.« Kopta hob beschwichtigend die Hand. »Ich verstehe ja Ihre Sorge um das Galileo System, aber jetzt nochmal zurück zu den Zahlungen und deren Ablauf. Sie haben monatlich zwei Millionen Euro über Ihre Bank in Belgien in diesem Tresorraum hinterlegen lassen, stimmt das?«

»Nicht hundertprozentig«, schränkte Detoule ein. »Am Anfang ja, aber nach den ersten Zahlungen bekamen wir die Anweisung, ein Drittel des Geldes in Dollar und ein Drittel in Schweizer Franken zu hinterlegen. Das andere Drittel wie gehabt in Euro. Dabei sind durch die Bank selbstverständlich alle Banknoten registriert worden, und das Ganze ging unter absoluter Verschwiegenheit vonstatten.«

»Ich fass es nicht.« Der Hauptkommissar schüttelte den Kopf. Abwechselnd schaute er hilfesuchend zu seinem Assistenten Tergau neben sich und dann wieder auf den Notizblock vor sich. Es schien so, als bräuchte er einige Sekunden, um das Gehörte zu verarbeiten. Mit geschlossenen Augen und gesenktem Kopf formulierte er betont sorgfältig seine nächste Frage.

»Sie haben also monatlich Bargeld im Gegenwert von zwei Millionen Euro in diesen Tresorraum in Antwerpen bringen lassen?«

»Anfänglich ja, und ich denke, die Gründe für die Hinterlegung sind klar. Es war unsere einzige Chance, das Überleben des Galileo Systems sicherzustellen. Von daher ist der Vergleich mit einer Versicherungssumme gar nicht so abwegig. Später, als wir dann weitere Satelliten in die Umlaufbahn gebracht haben, wurde dich monatliche Zahlung erhöht.«

Kopta stöhnte kurz auf. Er hob den Blick und sah Detoule wieder direkt in die Augen.

»Können Sie mir sagen, wie hoch die Schadenssumme insgesamt ist?«

Der ungeduldige Unterton in seiner Frage war nicht zu überhören.

»Schadenssumme ...?«

Der Behördenchef las von den Unterlagen, die er vor sich liegen hatte ab.

»Im Oktober 2011 wurden Galileo-1 und Galileo-2 gestartet. Da wurde die Zahlung auf vier Millionen Euro erhöht, und im Oktober 2012 wurden Galileo-3 und Galileo-4 gestartet und die Zahlung erhöhte sich auf sechs Millionen Euro.«

Er ließ eine kurze Pause entstehen, aber niemand der anderen Anwesenden tat ihm den Gefallen, ihm das Weitersprechen abzunehmen.

»Insgesamt wurden bis zum Juli dieses Jahres 262 Millionen Euro in dem Tresorraum hinterlegt.«

Kopta hatte erneut die Augen geschlossen und den Kopf gesenkt. Er atmete hörbar aus und wieder ein.

»Und das Geld liegt immer noch in diesem ominösen Tresorraum in Antwerpen?«

»Nein. Im Juli erhielten wir die Information, dass der größte Teil des Geldes verschwunden ist.«

»Verschwunden?« Koptas Stimme schwankte zwischen Verwunderung und Resignation.

»Ja, es ist nicht mehr da, aber ich denke, Herr Arnauld ist in der Lage das besser zu erklären. Er hat Kontakt zu der belgischen Sicherheitsfirma in Antwerpen.«

Der französische Sicherheitschef war im Laufe des Gesprächs mehr und mehr in sich zusammengesunken. Es war überdeutlich zu sehen, dass ihm die Tragweite der Geschehnisse und seine eigene Mitverantwortung nur allzu bewusst waren. Und die Verlegenheit stand ihm eindeutig erkennbar ins Gesicht geschrieben.

Langsam, so als müsste er gegen das Gewicht der Verantwortung auf seinen Schultern ankämpfen, richtete er sich auf. Mit einem tiefen Atemzug schien er seine Gedanken zu sammeln.

»Ja, ich war im April in Antwerpen. Ich bin jetzt seit knapp zwei Jahren hier bei der ESA, und die ganze Angelegenheit und der Kontakt zu dem Informanten wurden mir nach Dienstantritt direkt von meinem Vorgänger übergeben.«

Arnauld atmete durch und sein Blick wirkte fast hilfesuchend.

»Anfang August hat mich also dieser Kontaktmann angerufen und um ein Treffen gebeten. Er hat darauf bestanden, persönlich mit mir zu reden. Telefonisch oder per E-Mail war ihm verständlicherweise zu riskant.

Er arbeitet bei dieser Sicherheitsfirma in Antwerpen und ist unter anderem für die Ein- und Auslagerungen der Kunden verantwortlich, zusammen mit mehreren Kollegen. Das heißt, wenn während seiner Arbeitszeit in den vermieteten Tresoren Waren ein- oder ausgelagert werden, ist er zur Unterstützung dabei und kann hin und wieder einen Blick in die Tresorräume werfen.

Ende Januar war er bei einer Einlagerung dabei, und da waren, soweit er es überblicken konnte, sämtliche Lieferungen noch vorhanden. Dann war er das nächste Mal dabei, als im März angeliefert wurde, und da war der Tresorraum fast leer. Das heißt, dass zwischen Ende Januar und Ende März der größte Teil des Geldes verschwunden ist.«

»Aber wann genau oder wohin wissen Sie nicht?«

»Nein. Er hat versucht, vorsichtig bei seinen Kollegen nachzufragen, und demnach hat es Ende Februar oder Anfang März eine Abholung gegeben. Aber durch wen oder wann genau, konnte er nicht in Erfahrung bringen, ohne Gefahr zu laufen, aufzufallen.«

»Und andere Informationsquellen über diesen Tresorraum, die Hintermänner oder den Verbleib des Geldes haben sie aktuell nicht?«

»Nein.«

»Das heißt, irgendwann zwischen Februar und Ende März sind ungefähr 250 Millionen Euro des Erpressungsgeldes spurlos verschwunden?«

»Ja.«

Kopta kritzelte in Großbuchstaben »BELGIEN« und »250 MILLIONEN« auf seinen Notizblock. Im Geiste sortierte er die Möglichkeiten, die er hatte, den Verbleib des Geldes zu klären.

Er tauschte einen langen Blick mit seinem Assistenten neben sich und versuchte, seine Gedanken zu fokussieren, bevor er sich wieder an den Leiter der Sicherheitsabteilung wandte.

»Sie sagten, alle eingelieferten Banknoten sind registriert worden?«

»Ja.«

»Wir brauchen alle Einlieferungsdaten und die Seriennummern der Scheine.«

»Sicher.«

»Außerdem die Daten Ihres Ansprechpartners bei der einliefernden Bank in Belgien, und den Namen Ihres Kontaktmannes bei der Sicherheitsfirma.«

Langsam und sorgfältig unterstrich er »BELGIEN« und »250 MILLIONEN«. Dann fügte er drei Ausrufezeichen hinzu und gönnte sich ein paar Sekunden, um das Gehörte zu verarbeiten.

Mit geschlossenen Augen und gesenktem Kopf atmete er hörbar durch.

Zweihundertfünfzig Millionen Euro war eine Summe, die man sich nicht jeden Tag vorstellen muss. Und die Gefahr, die Kontrolle über sechs im Weltraum befindliche Satelliten zu verlieren, und damit das größte und teuerste europäische Raumfahrtprojekt aller Zeiten krachend und mit internationaler Aufmerksamkeit vor die Wand zu fahren, war größer als je zuvor.

In den letzten Minuten hatte Fall eine Dimension angenommen, die dem BKA-Ermittler überhaupt nicht gefiel, und egal, was er jetzt tat oder nicht tat, eines war glasklar. Es würde Konsequenzen haben, die weit über alles Bisherige hinausgingen.

Nachdenklich hob er den Kopf und wandte sich wieder dem ESA-Chef zu. »Was haben Sie danach unternommen?«

»Wir hatten im Juli die Zugangscodes für den Monat August erhalten, und haben dann Anfang August die vereinbarte Zahlung nicht einliefern lassen. Seit dem Start von Galileo-3 und Galileo-4 im Oktober 2012 haben unsere Experten die

Kommunikationssoftware modifiziert. Das war einer der Gründe, warum wir den Start hinausgezögert haben. Die Änderungen haben länger gedauert als vorgesehen und die Softwareabteilung hat intensiv getestet, bis man die Freigabe erteilt hat.

Die Kollegen waren sich sicher, dass mit dieser Modifikation die Zugangsmöglichkeit von außen geschlossen war und wir die alleinige Kontrolle über die Kommunikation haben. Deswegen waren wir gezwungen, die Ergebnisse nach dem Start abzuwarten. Wenn dieses Update funktioniert hätte, dann wäre es nach Ansicht unserer Experten möglich, auch bei den älteren Satelliten eine Aktualisierung durchzuführen, und die Systeme so wieder unter unsere alleinige Kontrolle zu bekommen.«

»Aber dieses Updates hat nicht so funktioniert, wie Sie es sich erhofft hatten, oder?«

»Nein. Nach dem Start von Doresa und Milena war es nicht möglich, die notwendigen Steuerbefehle zu übermitteln. Die Anweisungen wurden nicht entgegengenommen und folglich nicht umgesetzt.

Die Enttäuschung hier war natürlich riesig, und um die beiden nicht zu verlieren, mussten wir sofort regieren. Es gab gar keine andere Wahl, als die 10 Millionen Euro in dem Tresorraum deponieren lassen.«

»Und danach haben die Erpresser die Zugangsdaten für den Monat September per E-Mail zugesendet?«

»Ja, ein paar Stunden nach der Deponierung haben wir die Daten per E-Mail bekommen. Genau wie immer.«

»Das bedeutet, dass die Bande exakt über die Einlieferungen informiert ist. Deren Kontakte zu dieser Sicherheitsfirma scheinen wesentlich besser zu funktionieren als Ihre. Das ist zumindest ein neuer Ansatzpunkt – so ein Informant verfügt ja zwangsläufig über Kommunikationsmöglichkeiten, um mit dem Erpresser in Verbindung zu treten.«

Der Hauptkommissar gönnte sich eine kurze Denkpause und vervollständigte seine Notizen.

Tergau räusperte sich. »Eine andere Möglichkeit wäre ja, dass die Informationen über die Zahlung direkt hier aus dem Haus kommen. Das würde erklären, warum die Erpresser so schnell informiert sind.«

»Ja, reizvoller Gedanke.« Kopta schrieb ohne aufzuschauen weiter.

»Wir sind gezwungen, diese Möglichkeit in Betracht zu ziehen, Monsieur Detoule. Wer in Ihrem Hause veranlasst die Einlieferungen der Zahlungen und hat Kontakt zu der Bank in Belgien?«

»Das macht mein persönlicher Referent zusammen mit einem Abteilungsleiter in der Finanzabteilung. Aber ich kann mir nicht vorstellen, dass die Bande einen Informanten hier direkt in unserem Haus hat.«

»Ja, bis vor einer halben Stunde konnte ich mir auch ein paar Dinge nicht vorstellen ....« Kopta schaute hoch.

»Entschuldigen Sie bitte den Sarkasmus, aber ich denke, es wäre ziemlich blauäugig, diese Möglichkeit auszuschließen.«

»Sicher.«

Kopta sah zu seinem Assistenten.

»Tergau, was brauchen wir noch?«

»Na ja, wie gesagt die Nummern der Scheine und die Daten aller Beteiligten. Dann die Kopien sämtlicher eingegangenen E-Mails mit den kompletten Hintergrunddaten, die vorliegen - Datum, Uhrzeit, Provider, Absender, IP-Adressen und so weiter. Je mehr Infos unsere Kollegen im Labor haben, desto eher bringen sie etwas Brauchbares in Erfahrung. Die Fingerabdrücke aller Mitarbeiter?«

Kopta zog die Augenbrauen hoch. »Aller ESA-Mitarbeiter?«

»Ja, wenn es hier einen Informanten gibt, dann ist es nicht auszuschließen, dass der auch in der Funkstation in Spanien gewesen ist und dort Fingerabdrücke hinterlassen hat.«

»Da läuft das Ganze jetzt erst mal top secret. Tergau und ich waren persönlich da und haben ihnen die Informationen gegeben, die sie brauchen. Für die Belgier handelt es sich erst mal um erweiterte Amtshilfe in einem Erpressungsfall. Das Lösegeld lagert in den Räumen der Sicherheitsfirma, und es besteht die Möglichkeit, dass es noch abgeholt wird. Das heißt, dass der Zugang blockiert ist und rund um die Uhr überwacht wird. Wir sind dabei, den nötigen Papierkram zu erledigen. Das reicht, um die Aktion ein paar Tage zu rechtfertigen.

Ich denke, je nachdem, wie eng die Kontakte zu der Firma sind, wird die Bande davon schnell Wind bekommen. Dann ist der Raum für uns ohnehin wertlos. Den Kontaktmann der ESA haben wir aus der Schusslinie genommen. Wir haben mit ihm geredet, aber ich bin mir sicher, dass er nur ein kleines Licht ist und uns nicht weiterbringt.«

Der Hauptkommissar nahm einen Schluck Kaffee, bevor er weiterredete.

»Der Tresorraum ist auf jeden Fall gesichert und unter ständiger Beobachtung. Falls da noch mal einer von den Erpressern auftaucht, wird er sofort verhaftet. Ich vermute zwar nicht, dass die so naiv sind, aber es ist zumindest eine Chance. Die Kollegen in Frankfurt sind dabei, die Nummern der Banknoten in das Fahndungssystem einzuarbeiten. Bisher gab es da keinen Treffer, aber falls etwas von dem Lösegeld auftaucht, erfahren wir es sofort. Und Tergau ist in der Technik, um denen die E-Mails der Bande zu übergeben und zu erklären. Es liegen die gesamten Mitteilungen der letzten Jahre mit IP-Adresse, Datum und Uhrzeit vor.

Angeblich hat die Bande aber immer andere Wege über irgendwelche Server in Afrika oder Asien benutzt, so dass es extrem aufwändig ist, das zurückzuverfolgen. Er ist trotzdem optimistisch, dass man mit den Daten ein Stück dichter an den Absender herankommt und wir die Bande so einkreisen – es wird bloß dauern.«

»Mmhh.« Spieß lies das Brillenputztuch in seiner Hemdtasche verschwinden und setzte die Brille auf. Mit einem Kopfnicken deutete er auf die Notizen, die sein Gegenüber vor sich liegen hatte.

»Das heißt, grob zusammengefasst: Eine in den USA abgetauchte und unauffindbare Freundin, ein leergeräumter Tresorraum und eine verlassene Hütte in Katalonien sind im Moment alles, was wir haben? Ziemlich dünn, oder?«

»Ja, berauschend ist das nicht«, gab Kopta zu.

»Am meisten verspreche ich mir persönlich von der Spurensicherung in der Funkstation und am Porsche dieses angeblich ermordeten Programmierers. So abgebrüht und professionell, wie die vorgehen, würde es mich nicht wundern, wenn der ein oder andere von den Herren schon mal in Erscheinung getreten ist und Fingerabdrücke abgeben durfte.«

Der Hauptkommissar schob seine Notizzettel zusammen und stand auf.

»Ich hänge mich gleich mal ans Telefon und versuche, die Kollegen bei der Moko in Hamburg zu motivieren. Als Erstes ist es zwingend notwendig, die damaligen Spuren vom Tatort mit denen in der Hütte abzugleichen, um herauszufinden, ob unsere Theorie vom wiederauferstandenen Schreiner passt. Sobald wir darüber Klarheit haben, sind wir ein Stück schlauer.«

Mit einem Schnaufen schob Spieß seinen Stuhl zurück und erhob sich.

»Wiederauferstandener Schreiner ...? Keine Witze, Kopta, ... so einen Fall hatten wir vor 2000 Jahren schon mal.«

»Ja, stimmt«, grinste der Ermittler angesichts des unerwarteten Humors seines Chefs.

»Ist auch bis heute nicht endgültig aufgeklärt.«

30 Sekunden später schloss er die Bürotür hinter sich.

Mit den Unterlagen unter dem Arm machte er sich nachdenklich auf den Rückweg in sein Büro. Die kräftige Septembersonne, die ihn durch die bodentiefe Fensterfront des Ganges begleitete, vermochte ihn dabei nur wenig aufzumuntern, aber er genoss sie trotzdem.

Spieß hatte mit seiner Einschätzung mal wieder den Nagel auf den Kopf getroffen. Die Ergebnisse ihrer bisherigen Ermittlungen hatten sie dem geheimnisvollen Señor Colucci nicht wirklich näher gebracht. Genau genommen waren es bisher mehr Fragen als Antworten, die sie gefunden hatten. Und die ungeahnte Dimension, die der Fall bei ihrem Gespräch in Paris angenommen hatte, machte die Arbeit nicht weniger kompliziert - im Gegenteil. Sollte von der Erpressung oder den Ermittlungen etwas an die Presse durchsickern, würde das mediale Erdbeben jede vernünftige Ermittlungsarbeit schlagartig unmöglich machen. Absolute Verschwiegenheit war demzufolge oberstes Gebot. Je mehr Personen an dem Fall beteiligt waren und je länger die Untersuchungen dauerten, desto wahrscheinlicher war es aller Erfahrung nach, dass Informationen nach außen drangen. Die Zeit arbeitete eindeutig gegen sie, und das, was bisher an Erkenntnissen da war, verhieß keine schnellen Erfolge.

Tergau kam ihm auf dem Flur entgegen, die unvermeidliche Laptoptasche in der einen und einen Stapel Papiere in der anderen Hand. Kurz bevor Kopta den Arm ausstreckte, um die Tür ihres gemeinsamen Büros zu öffnen, bedeutete ihm sein Assistent mit einer Handbewegung, zu warten. Er blieb stehen.

»Was gibt es Tergau, warum so geheimnisvoll?«

»Moment Chef. Ich hatte vorhin, als Sie beim Direktor waren, einen Anruf aus Darmstadt.«

»Und?«

»Es war Doktor Läufer. Er sagte, sie sind ziemlich sicher, dass sie eine zweite Ortung einer Funkstation haben. Seine Kollegen haben sie verifiziert und die Satellitenauswertung hat einen Treffer ergeben.«

»Na, das wäre ja mal eine positive Nachricht. Und wo finden wir diese Station? Haben Sie den genauen Standort?«

»Ja, sie befindet sich in Kolumbien.«

»In Kolumbien ....?«

»Ja, hundertprozentig sicher. Er hat mir die Koordinaten durchgegeben. Sie liegt irgendwo mitten im kolumbianischen Urwald.«

»Ach du Scheiße – Südamerika! Das hat uns noch gefehlt.«

Kopta atmete hörbar aus und kraulte nachdenklich sein Kinn.

»Kein Wort davon zu jemand anderem, ist doch klar, oder?«

»Sicher.«

»Und warum müssen wir das hier im Flur besprechen?«

»Weil Sie Besuch im Büro haben.«

»Besuch?«

Kopta öffnete die Tür und blieb wie angewurzelt stehen.

Die Gestalt, die mit dem Rücken zu ihm am Fenster stand, war etwa 180 groß, männlich und schien eine durchtrainierte Figur zu haben. Das karierte Hemd, die Jeans und Turnschuhe wirkten eher sportlich als formal und auch die lässige Haltung mit der der Fremde mit verschränkten Armen die Sonne genoss, drückte Entspannung aus. Betont langsam drehte der Besucher sich herum.

»Ich dachte schon, Ihr hättet mich vergessen.«

»Slim! Verdammt noch mal. Was machst du denn hier?«

Die lautstarke Begeisterung seines Chefs ließ Tergau zusammenzucken. Und auch die heftige Umarmung und das fast schon brutale Schulterklopfen, mit dem der Besucher begrüßt wurde, verursachten bei ihm ungläubiges Staunen. Derartige Gefühlsausbrüche passten überhaupt nicht zu dem Hauptkommissar Kopta, den er kannte.

»Hallo Joe! Euch kann man hier ja wohl nicht alleine lassen, was?«, lachte der Fremde, mit dem breitesten Grinsen, das Tergau je gesehen hatte. Und der amerikanische Akzent, der ihm schon bei ihrer ersten Begegnung aufgefallen war, schien sich noch verstärkt zu haben.

»Da hab ich mir gedacht, ich komme am besten persönlich vorbei und schau beim guten alten BKA mal wieder nach dem Rechten. Außerdem war ich schon ewig nicht mehr in Berlin.«

»Ja, stimmt«, überlegte Kopta. »Muss mindestens zwei Jahre her sein. Freut mich wirklich, dich zu sehen.«

»Zweieinhalb Jahre. Im März 2012 war ich das letzte Mal hier. Wegen dieser beiden Mafia-Typen aus San Francisco, die hier untergetaucht sind, weißt du noch?«

»Sicher weiß ich das noch. Komm, setz dich. Kaffee?«

Kopta bugsierte seinen Besucher zum Besprechungstisch in der Mitte des Raumes. Mit der Rechten schüttelt er vorsichtig die dort abgestellte Thermoskanne.

»Meinen Kollegen, Kommissar Tergau, hast du ja bereits kennen gelernt?«

»Ja, wir hatten schon das Vergnügen. Für mich lieber was Kaltes. Hab mich die letzten 24 Stunden hauptsächlich von Kaffee ernährt.«

»Ach, ich dachte, du ernährst dich ausschließlich von Kaffee. Kommen Sie Tergau, setzten Sie sich zu uns.«

Er schob seinem Assistenten einen Stuhl zurecht und deutete mit einer ausladenden Handbewegung auf den Überraschungsbesuch.

»Vor Ihnen sitzt Mister Slim Nesbit aus San Francisco. Mister Nesbit und ich konnten uns in der Vergangenheit bei dem ein oder anderen Fall - sagen wir mal – ergänzen. Stimmt doch, oder?«

»Besser hätte ich es auch nicht ausdrücken können,« nickte Nesbit beipflichtend.

»Ja, Mister Tergau hat mich freundlicherweise am Besuchereingang abgeholt und zu deinem Büro gebracht. Du warst ja zum Bericht beim Chef.«

Er setzte wieder sein breites Grinsen auf.

»Ist der alte Spieß noch im Dienst, oder hat er schon einen Nachfolger?«

Kopta winkte ab.

»Nee, nee, der macht schon noch ein paar Jahre, aber das passt auch. Es gibt Schlimmere. Wenn man ihn braucht, kann man sich auf jeden Fall auf ihn verlassen.«

Er hatte die Notizen vor sich auf den Tisch gelegt. Demonstrativ krempelte er die Ärmel seines Oberhemds hoch.

»Aber los jetzt, erzähl. Weswegen bist du elf Stunden hierher geflogen? Doch nicht nur, um mit uns Kaffee zu trinken.«

»Nein, bestimmt nicht, um Euren BKA-Kaffee zu trinken.« Nesbit schüttelte sich demonstrativ. »Ich bin deinetwegen hier.«

»Wegen mir …? Auf welcher Fahndungsliste stehe ich denn?«

»Also, es dreht sich nicht um dich persönlich, sondern um die blonde Lady in deiner Anfrage.«

»Ups.« Kopta zog fragend die Augenbrauen hoch und richtete sich auf.

»Das ging ja schnell. Moment, das muss ich kurz Tergau erklären.«

Er gönnte sich einen Schluck Wasser und wandte sich seinem Assistenten zu.

»Sie haben mir in Spanien die Daten der Verlobten von Herrn Schreiner zusammengestellt. Die ist doch nach seinem Tod angeblich in die USA ausgewandert und dort nicht mehr auffindbar. Ich hab die Daten an Slim gesendet, mit der Bitte mal nachzuhorchen, ob er etwas über den Verbleib der Dame herausfinden kann. Mister Nesbit hat da den ein oder anderen Kontakt.«

Erwartungsvoll drehte er sich wieder zu seinem unerwarteten Besucher.

»Und was haben deine Nachforschungen ergeben? Muss ja spektakulär sein, wenn du dich deshalb gleich persönlich ins Flugzeug setzt, oder?«

»Ja, ist es auch. Zumindest ist es spektakulär schnell gegangen«, grinste der Amerikaner.

»Ich hab unsere Fahndungsabteilung gebeten, sich mal nach der Lady zu erkundigen. Du weißt ja, die sind ausgezeichnet vernetzt und haben Zugang zu diversen Quellen. Und es hat keine ganze Stunde gedauert, bis mein Handy geklingelt hat.«

Kopta zog abermals staunend die Augenbrauen hoch.

»Aha ... was hat die Lady denn auf dem Kerbholz, dass sie bei euch so bekannt ist? Los, erzähl schon.«

Nesbit richtete sich auf.

»Eure blonde Schönheit steht unter anderem auf einer internen Liste bei der NSA, dem FBI und der CIA, um nur die wichtigsten zu nennen.

Aber bisher gab es da nur Fotos von ihr, und man hatte weder einen Namen noch andere Informationen über sie. Deswegen sind die Kollegen alle extrem hellhörig geworden, als meine Anfrage kam. Sieht so aus, als wenn du mit deiner Fahndung bei den Kollegen direkt in ein Wespennest gestochen hättest.«

»Wow ...« Kopta pfiff leise durch die Zähne.

»Was hat die Dame denn angestellt, dass der halbe amerikanische Geheimdienst hinter ihr her ist?«

»Tja ... das ist allerdings der Punkt.« Nesbit grinste.

»Du weist ja, die Kollegen sind, was Informationen anbelangt, enorm zurückhaltend, und selbst von uns lassen sie sich äußerst ungern in die Karten schauen.«

Er lachte und lehnte sich demonstrativ zurück.

»Deswegen ja auch der Name ›Geheimdienst‹ «

Kopta rollte mit den Augen und rückte noch etwas näher an den Tisch heran.

»Ja ja, komm schon, mach es nicht so dramatisch.«

»Nein wahrhaftig – die Jungs machen ein ziemliches Geheimnis aus der Lady, aber mit meinem unvergleichlichen Charme ist es mir natürlich gelungen, ihnen ein paar Informationen zu entlocken.«

Sein Grinsen wurde noch etwas breiter und er ließ genüsslich drei Sekunden Pause verstreichen, um sich einen Schluck Wasser zu gönnen.

»Well, ausgefressen hat die Dame, soweit ich weiß, gar nichts. Zumindest nichts, was man ihr zweifelsfrei nachweisen könnte. Und bisher hatte man wie gesagt auch nur Fotos von Ihr, und woher diese Aufnahmen stammen, durfte man mir auf gar keinen Fall verraten.

Angeblich ist die Dame aber auf diesen Schnappschüssen zusammen mit zwei identifizierten Mitarbeitern eines asiatischen Geheimdienstes zu sehen!«

Kopta schluckte und hob die Augenbrauen.

»Eines asiatischen Geheimdienstes? Ach du Scheiße - als wenn wir nicht schon genug Probleme hätten.«

Er legte die Stirn in Falten und sah seinen amerikanischen Freund ein paar Sekunden nachdenklich an.

»Lass mich raten ... jetzt sind die Geheimnisträger vom Dienst X, Y und Z gespannt wie ein Flitzebogen darauf, zu hören, warum die Krauts hinter dieser Dame her sind, stimmt´ s?«

»Genau!«

»Und deshalb haben sie Dir ein Ticket nach good old Berlin spendiert, oder?«

»Exakt!«

»Na dann ...«, lachend hob der Hauptkommissar seine Wasserflasche.

»Willkommen in Berlin!«

»Danke.«

Nesbit prostete zurück und trank einen Schluck. Nachdenklich schraubte er sein Getränk zu und kratzte sich die Bartstoppeln.

»Also, ich weiß ja nicht, wie es euch geht, aber ich habe schon seit zwei Tagen nichts Vernünftiges mehr gegessen und habe Hunger. Wollen wir das nicht beim Essen besprechen?«

Mit einem Blick auf die Armbanduhr stimmte Kopta zu.

»Ja, Zeit zum Mittagessen, ich bin dabei.«

»Ist Eure BKA Kantine immer noch so einladend wie früher?«

»Ja«, grinste Kopta, »da hat sich nichts geändert.«

»Okay, dann schlage ich vor, wir suchen uns einen netten Italiener, einverstanden? Ich wette, ich kann euch beim Essen noch das ein oder andere Geheimnis zu eurer blonden Schönheit entlocken.«

»Einverstanden.« Der Hauptkommissar erhob sich. »Sie kommen doch mit Tergau, oder? Für mich hörte sich das gerade wie eine Einladung an.«

Der kleine Tisch, den Kopta ausgewählt hatte, stand etwas abseits. So waren sie sicher, keine ungebetenen Zuhörer zu haben.

Halbhohe Stellwände mit Blumendekorationen teilten den Raum auf und boten dezenten Schall- und Sichtschutz. Ein sauber uniformierter Kellner hatte ihre Bestellungen aufgenommen und war mit vollem Notizblock in Richtung Küche entschwunden.

Nesbits Blick wanderte über typisch italienische Gemütlichkeit und mediterrane Dekoration.

»Schön, mal wieder in Berlin zu sein. Sagen Sie, Herr Tergau, wie lange arbeiten Sie schon mit Hauptkommissar Kopta zusammen?«

Der Kommissar überlegte kurz.

»Fast genau neun Monate, wieso?«

»Wussten Sie schon, dass ihr Chef ein begnadeter Hobbykoch ist?«

Tergau zog die Augenbrauen hoch. »Nein, ehrlich gesagt nicht.«

»Dann waren Sie noch nie bei einem seiner legendären Siegesessen dabei?«

»Wir hatten in letzter Zeit keine außergewöhnlich spektakulären Fälle«, winkte der Hauptkommissar ab, »aber wenn wir das hier hinter uns haben, koche ich was Leckeres, versprochen.«

»Au ja.« Nesbit setzte sein typisches Grinsen auf und rieb sich die Hände. »Das lass ich mir auf keinen Fall entgehen.«

Er rückte mit seinem Stuhl noch etwas näher an den Tisch und stützte die Ellenbogen auf.

»Na dann mal raus mit der Sprache, was hat eure blonde Schönheit denn angestellt, dass Ihr so hinter ihr her seid?«

»Na ja ...« Kopta ließ seinen Blick noch einmal durch den Raum wandern, um sich zu versichern, dass sie keine ungebetenen Zuhörer hatten. »...wir haben hier auch unsere kleinen Geheimnisse, und ich brauch dir sicher nicht erklären, dass alles, was wir hier reden, absolut zwingend unter uns bleiben muss. Wenn jemand erfährt, dass ich diese Informationen weitergegeben habe, kann ich mich morgen arbeitslos melden.«

»Versteht sich von selbst, und unsere Freunde erfahren nur das, was sie erfahren dürfen, ist doch klar.«

»Also, pass auf - Anfang 2008 hat es in Hamburg einen Mord gegeben. Der Programmierer einer Softwarefirma ist in seiner Wohnung erschossen worden. Anschließend hat man stümperhaft versucht, die Spuren mit einem Brand zu vertuschen.

Kurze Zeit später startete die Erpressung einer großen Institution, und es wird vermutet, dass die Software, die man dafür braucht, bei dem Mord in Hamburg gestohlen wurde. Tergau und ich sind auch erst seit ein paar Tagen an der Sache dran. Die ganze Geschichte ist extrem technisch und kompliziert, und bei dieser besagten Institution reden die Verantwortlichen nicht gerne über die Einzelheiten. Wenn das alles ans Licht kommt, sind sie mit Sicherheit ihren Job los und werden selbst einige sehr unangenehme Fragen zu beantworten haben.«

»Um was geht es denn bei dieser Erpressung?«

»Stand der Dinge ist, dass wir bis jetzt über Schutzgeldzahlungen in Höhe von ca. 250 Millionen Euro reden.«

»250 Millionen? Holy bullshit, nicht schlecht. Und was hat diese Dame damit zu tun?«

»Na ja, wir haben einige Anhaltspunkte dafür gefunden, dass der seinerzeit angeblich ermordete Programmierer aus Hamburg in Wirklichkeit der Kopf hinter der ganzen Geschichte ist, und der Mord hauptsächlich dazu gedient hat, sein Verschwinden zu vertuschen. Das heißt, dass man statt ihn jemand anderen hat das Mordopfer spielen lassen. Und das mit Sicherheit unfreiwillig.«

Kopta sah den Kellner mit den Getränken auf den Tisch zusteuern. Er unterbrach seine Erzählung und lehnte sich zurück. Zusammen mit seinem Gast hatte er sich so gesetzt, dass sie den größten Teil des Lokals überblicken konnten.

Während der Kellner die Getränke brachte und auf den Tisch stellte, ließ er seinen Blick unauffällig durch den Raum wandern. Jetzt, um die Mittagszeit, waren die meisten Plätze besetzt, und der Betrieb lief auf Hochtouren, aber niemand im Lokal schien ihnen oder ihrem Gespräch besondere Aufmerksamkeit zu widmen.

»Na dann ...« Ihr amerikanischer Besucher ergriff sein Glas und hob es demonstrativ in die Höhe. »Endlich mal wieder ein Bier nach deutschem Reinheitsgebot.« Er lachte.

»Bei uns in good old America ist die Zutatenliste ja manchmal etwas länger.«

»Stimmt.« Kopta lachte. »Durch die Erfindung von Root Beer und Fast Food hat die Ess- und Trinkkultur bei euch etwas gelitten.«

Sie prosteten sich zu.

»Jetzt weiß ich aber immer noch nicht, was Eure blonde Lady mit dem Mord zu tun hat.« Nesbit wischte sich etwas Bierschaum von den Bartstoppeln.

»Ganz einfach, der angeblich ermordete Programmierer wurde seinerzeit von seiner Verlobten zweifelsfrei identifiziert. Andere Verwandte hatte er nicht. Diese Dame ist unsere blonde Schönheit. Direkt nach der gerichtsmedizinischen Untersuchung wurde die Leiche eingeäschert und begraben. Und nach unserem Verdacht, dass der tote Programmierer eventuell gar nicht so tot ist, würden wir uns mit der Dame verständlicherweise gerne mal unterhalten. Nach Aktenlage ist sie aber ein paar Wochen nach der Bestattung in die USA ausgewandert und dort leider nicht mehr auffindbar.

Im Grunde genommen suchen wir sie nur, weil wir ein paar Fragen an sie haben. Aber wenn die Untersuchungen bestätigen, dass der Mord in Hamburg fingiert war und ein Unbeteiligter als Mordopfer herhalten musste, dann ist Sie zumindest eine Mitwisserin.«

»Mmhh .... entschuldigt mich bitte einen Moment, bin gleich wieder da.«

Nesbit nahm sein Jackett von der Stuhllehne und streifte es über. Entspannt schlenderte er zur Ausgangstür und verließ das Lokal.

Tergau folgte ihm mit einem verwunderten Blick über die Schulter.

»Wo will er jetzt denn hin? Eine rauchen?«

»Nein, ich denke nicht.« Kopta schüttelte den Kopf. »Jedenfalls hab ich ihn noch nie rauchen sehen. Er braucht nur etwas frische Luft.«

Der Hauptkommissar lehnte sich zurück. Entspannt nippte er an seinem Glas und behielt unauffällig die Eingangstür und die umgebenden Tische im Auge.

Nach zwei Minuten öffnete sich die Tür wieder und ihr amerikanischer Besucher wurde sichtbar. Mit gewohntem Grinsen durchquerte er den Raum, hängte das Jackett zurück über die Rückenlehne seines Stuhls und setzte sich. Wortlos nahm er einen langen Zug aus dem Glas vor sich und atmete genießerisch aus.

»Hast du Besuch mitgebracht?« Kopta dämpfte seine Stimme und behielt die Eingangstür im Blick.

»Nein, ich glaube nicht. Aber immer, wenn ich das Wort Geheimdienst höre, habe ich so ein seltsames Kribbeln im Nacken. Alte Berufskrankheit, du kennst das ja. Da hatte ich das Bedürfnis, mal nachzuschauen.«

Er lehnte sich zurück und verschränkte die Hände hinter dem Kopf.

»Wo waren wir stehen geblieben? Ihr gedenkt dieser Dame also ein paar Fragen zu stellen, aber angeblich ist sie in den USA verschollen, stimmt´s?«

»Exakt. Aber so, wie ich dich verstanden habe, wissen deine geheimen Geheimdienste ja weniger als wir, geschweige denn den Aufenthaltsort unserer trauernden Witwe.«

»Ich fürchte ja – immer vorausgesetzt, eure Verschollene und die Lady auf diesen ominösen Fotos sind physisch ein und dieselbe Person. Aber ich hoffe, die Dame ist nicht eure einzige Spur, Gents«.

Kopta lehnte sich ebenfalls zurück und streckte die Füße aus.

»Wie gesagt, wir sind erst seit ein paar Tagen an dem Fall dran, aber ich brauch dir sicher nicht zu erklären, dass uns bei der Summe einige Leute auf die Finger schauen und Ergebnisse sehen wollen. Auf der anderen Seite läuft uns die Zeit weg.

Wir hatten letzte Woche einen Hinweis darauf, dass die Bande eine Funkstation in Nordspanien betreibt, aber als wir zusammen mit der spanischen Guardia Civil nachgeschaut haben, waren die Vögel leider schon ausgeflogen und hatten alles Verwertbare mitgenommen. Ich vermute, dass sie aus dieser besagten Institution einen Tipp bekommen haben.

An dem, was sie in der Eile zurücklassen mussten, ist jetzt die spanische Spurensicherung dran. Ich hoffe, dass die zusammen mit den Hamburgern zumindest klären können, ob wir mit unserer Theorie über den Mord und das falsche Mordopfer ins Schwarze getroffen haben.

Und kurz bevor du gekommen bist, hat Tergau mir berichtet, dass es einen konkreten Hinweis auf eine weitere Funkstation in Kolumbien gibt. Die wäre dann unser nächstes Ziel.«

»In Kolumbien?«

»Ja, Kolumbien. Stimmt doch Tergau, oder?«

»Ja, genau. Ich hatte selbst bisher keine Gelegenheit nachzusehen, aber ich habe die Koordinaten. Angeblich liegt die Station mitten im Urwald.«

Er unterbrach sich, weil der Kellner einen Teller mit noch köchelnder Lasagne vor ihm absetzte. Genüsslich verdrehte er die Augen und griff zum Besteck.

»Bis jetzt weiß außer Dr. Läufer, seinen beiden Mitarbeitern und uns niemand davon«, fuhr er fort, als der Livrierte wieder verschwunden war. »Guten Appetit.«

Kopta griff ebenfalls zu Messer und Gabel.

»Guten Appetit. Und wir müssen auch unbedingt dafür sorgen, dass es so bleibt.«

Er warf einen Blick auf seinen amerikanischen Freund, der nach einem gemurmelten »Guten Appetit« schon am zweiten Bissen Cannelloni kaute.

»Wie gesagt, wir gehen davon aus, dass die Bande vor unserem Zugriff in Spanien gewarnt worden ist. Das darf uns beim nächsten Mal nicht passieren – aber warum fragst du so überrascht nach Kolumbien?«

»Mmhh ...« Der Amerikaner beschleunigte seine Kauarbeit, um Sprechbereitschaft herzustellen.

»Weil ich vor zwei Wochen selber noch in Kolumbien war.« Er gönnte sich einen großzügigen Schluck zum Nachspülen.

»Unsere Jungs von der DEA sind da seit langer Zeit aktiv, zusammen mit den kolumbianischen Antidrogenbehörden. Ich hab schon häufiger mit ihnen zusammengearbeitet, und vor ein paar Wochen hatten sie mich gebeten, bei der Identifizierung von ein paar schrägen Vögeln mitzuarbeiten.

Die waren lange Zeit bei uns in Kalifornien dick im Kokaingeschäft, daher kannte ich sie. Aber dann war es ihnen zu heiß geworden und sie sind nach Kolumbien, um dort ein paar Monate unterzutauchen. Dummerweise sind sie dabei den Freunden von der DEA direkt vor die Fotolinse gelaufen. Ergo war ich eine Woche in Kolumbien, um sie zu identifizieren und sie aus dem Verkehr zu ziehen.

Wir sind dann gemeinsam zurückgeflogen. Ich vorsichtshalber mit Sonnenbrille und sie zur Sicherheit mit Begleitung und Handschellen .... hahaha.«

»Na dann kennst du dich da ja bestens aus und hast Kontakte zu den Behörden, oder?«

»Sicher, zumindest zu den Amerikanischen, bei den Kolumbianern ist das immer so eine Sache.«

»Wieso, mit denen arbeitet ihr doch vor Ort zusammen, oder nicht?«

»Ja klar, aber ihr dürft nicht vergessen, dass das halbe Land von der Drogenherstellung und dem Schmuggel lebt. Das ist der einzige Geschäftszweig, der in der Gegend richtig floriert. Deshalb sägen die kolumbianischen Drogenbehörden bei ihrer Arbeit auch immer ein Stück weit an dem Ast, auf dem sie bequem sitzen. Deswegen sind sie in ihrem Job manchmal etwas - na ja, sagen wir mal halbherzig unterwegs.«

Er grinste und gönnte sich einen großzügigen Bissen, bevor er weitersprach.

»Mir hat mal ein Kollege von der DEA gesagt, man sollte bei Einsätzen zusammen mit den Kolumbianern immer darauf achten, dass die schusssichere Weste auch hinten geschlossen ist .... hahaha.«

Tergau grinste etwas gequält. »Das hört sich ja sehr vertrauenerweckend an.«

»Well ... so schlimm ist es, denke ich, nicht. Aber wie hat meine Oma schon immer gesagt? Vorsicht ist die Mutter im Porzellanladen.«

»Sie müssen wissen«, schaltete sich Kopta erklärend ein, »dass Slims Oma aus der Nähe von Bielefeld stammt.«

»Ah, daher Ihr perfektes Deutsch.« Tergau schmunzelte.

»Genau! Aber das stimmt schon, ich habe da unten ein paar exzellente Kontakte. Wenn wir exakt wissen, wo diese angebliche Funkstation liegt, kann uns die DEA vor Ort unter Umständen hilfreich sein.«

»Erstklassige Idee.« Kopta hob sein Glas.

»Dann lasst uns gleich im Büro mal überprüfen, wo die Kollegen die Station geortet haben. Ich denke mir, dass wir so effizienter zum Ziel kommen, als wenn wir ein offizielles Hilfeersuchen an die kolumbianischen Behörden stellen. Das dauert nach meiner Erfahrung mindestens einige Monate und bringt nur gigantischen Papierkram und jede Menge heiße Luft mit sich.«

»Moment, wie heißt das hier? Novios ... und der Ort hier ... Segovia. Sagt mir nichts ...« Nesbit kratzte seine Bartstoppeln.

»Ist zwar etwas abseits der Zivilisation, aber nicht weit von Medellín.«

Sie standen zusammen um den Besuchertisch herum, an dem sie vormittags schon gesessen hatten. Tergau hatte die Koordinaten aus seinen Gesprächsnotizen mit Dr. Läufer in Darmstadt bei Google-Maps aufgerufen, und der Kartendienst präsentierte einen grünen Ausschnitt Kolumbiens.

Kopta beugte sich ebenfalls über den Laptop.

»Denkst du, dass es Sinn macht, deine Kontakte bei der DEA anzusprechen? Sind die in der Gegend präsent und können uns unterstützen?«

»Sicher.«

Der amerikanische Ermittler notierte sich die Koordinaten und die Namen der Orte.

»In Medellín gibt es einen internationalen Flughafen und die DEA hat dort einen Stützpunkt. Da planen sie ihre Einsätze gegen die Drogenschmuggler und die Zusammenarbeit mit den kolumbianischen Behörden. Die Jungs dort sind zwar extrem öffentlichkeitsscheu und lassen sich nur ungern in die Karten sehen, aber lass mich mal mit ein paar Leuten telefonieren. Diese Nachfrage nach eurer blonden Witwe hat einige Wellen verursacht, und es würde mich wundern, wenn wir das nicht ausnutzen könnten. Falls sich herausstellt, dass die Dame für meine Kollegen weiterhin informativ ist, macht uns das garantiert die ein oder andere Tür auf.«

Er trat einen Schritt zurück und rieb sich grinsend die Hände.

»Du weißt ja, es kommt immer darauf an, wie man den Leuten die Sache schmackhaft macht.«

»Na, da bin ich ja gespannt.« Kopta grinste etwas gequält.

»Ich hab nämlich auch schon überlegt, wie ich meinem Chef eine Dienstreise nach Kolumbien schmackhaft mache.«

12. Medellín

Medellín, Kolumbien, 09.09.2014, 19:18 Uhr Ortszeit

»Mir ist völlig rätselhaft, wie man von zehneinhalb Stunden Flugzeit neun Stunden schlafen kann.«

Kopta schaltete den flimmernden Monitor in der Sitzlehne vor sich ab und sah zu seinem Sitznachbarn.

»Alles reine Körperbeherrschung.«

Nesbit grinste und öffnete die Augen.

»Habe ich was Wichtiges verpasst?«

»Na ja«, deutete der Hauptkommissar auf den kleinen Bildschirm vor sich.

»Den Terminator, Bruce Willis, und die Chefstewardess hat zweimal nach dir gefragt.«

»Kenne ich alle drei schon, sind langweilig.«

»Na dann.« Kopta versuchte demonstrativ, seine 179 cm Körperlänge zu strecken, und warf einen Blick aus dem Fenster neben sich.

Der sattgrüne Urwald, der unter der Tragfläche des Iberia Airbus A-340 vorbeiglitt, kam langsam näher, und die Fahrwerke der Maschine würden in wenigen Minuten rauchenden Kontakt mit der Landebahn des internationalen Airports in Medellín aufnehmen. Niemand an Bord würde traurig darüber sein, die fliegende Blechdose verlassen zu dürfen, um wieder frische Luft zu atmen, da war sich der Kriminalist sicher.

Nesbit hatte in Berlin nicht zu viel versprochen. Innerhalb von ein paar Stunden hatte er die Flüge für die beiden Ermittler organisiert und mit seinen Kontaktleuten vor Ort gesprochen.

Kopta hatte sich in der Zeit darauf konzentriert, seinen Chef ins Bild zu setzen und um dessen Zustimmung für eine Dienstreise in Richtung Südamerika zu bitten.

Aber nach ihrem Fehlschlag in Spanien war auch für Direktor Spieß glasklar, dass es diesmal keine Zeit zu verlieren gab. Und wenn sie der Bande einen Schritt voraus bleiben wollten, musste ihr Wissen um die Station in Kolumbien unbedingt geheim gehalten werden. Zwei Argumente, die das Stellen von Hilfeersuchen an die kolumbianischen Behörden und das Warten auf die Ergebnisse ausschlossen, da war man sich einig.

Der nächste Schlag gegen die Bande musste zwingend sofort und verdeckt durchgeführt werden, und das war eben nur mit kompetenter und vertrauenswürdiger Unterstützung vor Ort realisierbar.

Ein Umstand, der Kopta nicht besonders schmeckte.

Aber auf der anderen Seite war er lange genug beim BKA, um zu wissen, dass man bei internationalen Ermittlungen immer auf die Hilfe befreundeter Dienste angewiesen war. Und kaum jemand im BKA verfügte über bessere Auslandskontakte als er.

Tergau bekam also genaue Instruktionen, um die Verbindung mit der ESA und den ermittelnden Kollegen in Hamburg zu halten, ohne dabei Informationen zu den geplanten weiteren Schritten preiszugeben, und Kopta brauchte gewohnheitsgemäß nicht lange, um reisefertig zu sein.

Mit der Unterstützung von Direktor Spieß ließen sich einige Routineaufgaben schnell delegieren und er selbst meldete sich bei Nesbit startklar.

Schon bei früheren gemeinsamen Einsätzen hatte er mit Ehrfurcht die Ressourcen bestaunt, über die sein amerikanischer Freund und dessen Organisation verfügten. Damals hatte er ihn bei zwei seiner Ermittlungen in Deutschland unterstützt und festgestellt, dass man sogar zur Spitze des deutschen BKA beste Kontakte pflegte.

Und wenn Nesbit auch selbst nicht gerne über seine Auftraggeber sprach, wusste Kopta zumindest, dass es sich um eine extrem einflussreiche private Gruppe handelte, die sich der Verbrechensbekämpfung verschrieben hatte.

»Translation« von dem sein Freund hin und wieder sprach, hatte seinen Hauptsitz in San Francisco. Aus den wenigen Erzählungen wusste Kopta, dass man von dort aus weltweit verdeckt tätig war, um Fälle zu verfolgen, bei denen staatliche Organisationen oft zu träge waren oder aufgrund politischer Grenzen nicht weiter kamen. Und bei der immer besseren internationalen Vernetzung der Kriminellen und häufig offener Duldung durch korrupte Funktionäre, wurden die nicht weniger.

Im aktuellen Fall war die Zusammenarbeit mit Translation und den Amerikanern die einzige Möglichkeit, schnell und zugleich unbemerkt aktiv zu werden.

Kopta fühlte sich zwar nicht wohl bei dem Gedanken, auf die Unterstützung anderer angewiesen zu sein und einen großen Teil des Kommandos abzugeben, aber die Umstände zwangen ihn dazu.

Während er durch das Fenster die grüne Schönheit der kolumbianischen Natur betrachtete, strich er sich über seinen Dreitagebart und ging in Gedanken ihren Einsatz in Olot und die dabei gemachten Funde durch.

Eine abgelegene Funkstation mit entsprechendem Equipment, besetzt mit zwei oder drei Personen die, wenn überhaupt, maximal über Handfeuerwaffen verfügten. Eine große Parabolantenne, Stromversorgung, Funkausrüstung und Unterkunft und Verpflegung für die Besatzung.

Mit Sicherheit war hier im kolumbianischen Dschungel nicht wesentlich mehr zu erwarten. Schon allein die Logistik hier war garantiert eine Herausforderung.

Mit einigen erfahrenen und entsprechend ausgerüsteten Kräften sollte es also möglich sein, die Bande zu überraschen und zu überwältigen. Der Standort war präzise bekannt, und wenn Nesbit nicht zu viel versprochen hatte, waren die DEA-Agents vor Ort auf solche Einsätze spezialisiert.

Sie hatten keine andere Wahl, als das Überraschungsmoment zu nutzen, um die vorhandene Ausrüstung der Bande zu sichern. Damit wären die Spezialisten der ESA vermutlich in der Lage, wieder das Kommando über ihre Satelliten zu übernehmen und dem Spuk ein Ende zu bereiten.

Für Koptas professionellen Geschmack zwar eine Rechnung mit einigen Unbekannten zu viel, aber im Moment die einzige erfolgversprechende Chance.

Nesbit beugte sich zur Seite, um an Kopta vorbei einen Blick aus dem Kabinenfenster zu werfen. Er schien die Gedanken seines Freundes zu erraten.

»Kolumbien, Medellín, 19:00 Uhr lokal. In zwei Stunden wird es dunkel. Heute können wir nichts mehr ausrichten, aber ich habe vorhin von Madrid aus mit meinem alten Kumpel Bill telefoniert. Er hat das Hotel für uns arrangiert und lässt uns am Flughafen abholen. Morgen früh treffen wir uns mit ihm, und ich hoffe, dass wir dann nachmittags deinen Freunden einen Besuch abstatten können.«

»Ja, ich glaube, wir dürfen es uns nicht leisten Zeit zu verlieren. In Olot waren die Vögel schon ausgeflogen, und ich bin mir sicher, dass sie von Paris aus gewarnt worden sind. Dieses Mal müssen wir verdammt nochmal schneller sein.«

Nesbit hob die Hand und versuchte, die Ungeduld seines Freundes zu bremsen.

»Ja sicher, aber du weißt, du bist hier nicht in Europa. Hier sind die Dinge etwas komplizierter, und es gibt nicht nur die Guten und die Bösen.«

»Ja ja, deswegen habe ich ja gar nicht erst versucht, mit den deutschen und kolumbianischen Behörden hier zu reden. Bis ich da was erreicht hätte, wäre ich vermutlich in Rente gewesen.«

»Möglich«, grinste der Amerikaner.

»Und es gibt hier eine Menge Leute, die nicht gut auf die Deutschen zu sprechen sind. Du weißt ja, die sind echt nachtragend hier.«

»Ach komm ...«, winkte Kopta ab.

»Jetzt erzähl mir nicht wieder, wir sind schuld daran, dass sich ihr geliebter Nationalheld Pablo Escobar erschossen hat. Das ist doch schon über zwanzig Jahre her.«

»Ja sicher, aber viele ehemalige Freunde von ihm sitzen heute noch an wichtigen Positionen. Mittlerweile haben sie einen ganzen Stadtteil nach ihm benannt und veranstalten dort geführte Touren zu seinen wichtigsten Häusern und Verstecken. Für viele hier ist er ein Held und der Robin Hood Kolumbiens. Durch die Aufsplitterung der Kartelle und die verschiedenen Rebellengruppen ist die Lage heute komplizierter als je zuvor. Aber Bill Mason ist schon seit über zwei Jahren hier der Leiter der DEA. Wenn sich einer auskennt und uns helfen kann, dann ist das Bill.«

Dreißig Minuten später standen sie in der Ankunftshalle des Aeropuerto Internacional José María Córdova, dem internationalen Flughafen Medellins, 50 Kilometer vor den Toren der Stadt.

Jetzt, am frühen Abend, herrschte rege Betriebsamkeit. Eine Mischung aus ankommenden Touristen, Geschäftsleuten und anderen Reisenden suchten ihren Weg in die Millionenstadt. Nesbit schaute sich kurz um. Er stieß Kopta in die Seite und deutete auf einen der Ausgänge.

»Wir werden erwartet.«

Zielsicher steuerte er auf eine der gläsernen Ausgangstüren zu, neben der mehrere Abholer Schilder mit den Namen ihrer Gäste in die Höhe hielten. Mit Kopta im Schlepptau marschierte er entschlossen auf einen jungen Mann in hellgrauem Anzug und

Sonnenhut zu. In Brusthöhe vor sich präsentierte dieser eine handgeschriebene Tafel mit der Aufschrift »Dr. Holmes«. Die beiden reichten sich kurz die Hand und wechselten einige Sätze miteinander.

Durch das Tohuwabohu, das in der Halle herrschte, und wegen der permanenten Lautsprecherdurchsagen konnte Kopta, der mit ein paar Schritten Abstand folgte, das Gesagte nicht verstehen, aber am Grinsen des Angesprochenen erkannte er, dass sie den richtigen Abholer vor sich hatten.

Der Anzugmann ließ das Schild sinken und streckte dem deutschen Hauptkommissar die Rechte entgegen.

»Willkommen in Medellín Mr. Kopta. Mein Name ist Chris Mendez. Ich bringe Sie zu Ihrem Hotel in der Stadt.«

Die beiden folgten ihrem Einmann-Begrüßungskomitee durch den Ausgang in Richtung Parkplatz.

»›Dr. Holmes‹? Hast mir ja gar nicht erzählt, dass du promoviert hast.«

»Na ja«, erklärte Nesbit mit einem zufriedenen Lächeln, »viele Leute hier in der Stadt bleiben lieber inkognito. Du kannst dir denken, warum. Da sollte man seinen Namen nicht gleich bei der Ankunft auf einem Schild in die Höhe halten lassen, oder? Und ich finde, ein Doktortitel steht mir doch gut.«

Mendez führte die zwei Ankömmlinge zu einem dunklen SUV und öffnete ihnen die Hintertüren. Die beiden Ermittler verstauten ihr Handgepäck und machten es sich im geräumigen Fond bequem. Ihr Begleiter selber nahm auf dem Beifahrersitz platz. Er verriegelte die Türen und schaltete die Klimaanlage ein.

»Mein Kollege kommt sofort«, erklärte er mit einem Blick in den Rückspiegel. »Er überzeugt sich nur kurz davon, dass wir unbeobachtet sind.«

Kopta beobachtete die Umgebung um das Fahrzeug und zog fragend die Augenbrauen in die Höhe.

»Sind die Sicherheitsvorkehrungen hier immer so hoch?«

»Ja, faktisch ist das hier Routine. Bei 35 Morden, die es hier täglich gibt, schadet es nicht Fenster und Türen zu verriegeln. Und wir gehören hier nicht gerade zu der Lieblingstouristengruppe. Wenn man überlegt, dass hier mindestens zwei Drittel der Bevölkerung direkt oder indirekt vom Drogenhandel leben, lässt sich das ja nachvollziehen.

Wenn wir in der Stadt unterwegs sind, dann sind das die Routinemaßnahmen – möglichst nie alleine sein und das Fahrzeug nie unbewacht abstellen, aber nicht im Auto warten. Da ist man ein leichtes Ziel und hat wenig Optionen zur Verteidigung oder zum Ausweichen. Besser unauffällig in Sichtweite bleiben und so die Umgebung mit im Auge behalten.«

Er deutete mit der Hand nach vorne.

»Da kommt Phil, dann kann´s ja losgehen.«

Der Besagte steuerte zielsicher auf das Fahrzeug zu und beobachtete dabei aus den Augenwinkeln die Umgebung. Auf den ersten Blick schien er denselben Schneider zu haben, wie sein Kollege und das gleiche Fitnessstudio zu besuchen.

Lässig öffnete er die Tür und zwängte sich auf den Fahrersitz. Mit einem kurzen Nicken in den Rückspiegel begrüßte er die beiden Fahrgäste und aktivierte den Motor. Routiniert fädelte er den klobigen SUV in den vorbeifließenden Verkehr ein und zwei Minuten später rollten sie auf der Variante Las Palmas in Richtung Medellín.

Erst als sie die Innenstadt erreicht hatten, nahm Mendez das Gespräch wieder auf.

»Im Carlton Hotel sind zwei Zimmer für Sie reserviert. In sechzig Sekunden setzten wir Sie dort ab. Morgen früh um acht stehen wir wieder vor der Tür und bringen Sie raus zur Basis. Mr Nesbit, Sie kennen sich ja aus in der Stadt, da können wir uns die üblichen Sicherheitshinweise ja sparen.«

»Ja ja, ich weiß. Keine Geschenke von Fremden annehmen und die Mädchen nicht anfassen.«

»Exakt.«

Mendez grinste, während ihr Fahrer den SUV vor dem Hotelportal zum Stehen brachte.

»Bis morgen früh«.

»Hey Slim, hatte nicht vermutet dich so schnell wiederzusehen, und das ist sicher Mister Kopta aus good old Germany.«

Das Grinsen, mit dem Bill Mason ihnen am nächsten Morgen entgegenkam, war fast genau so breit wie sein Gesicht, und die beiden makellosen Zahnreihen, die er dabei entblößte, hätten es sicher problemlos in jedes Dentistenlehrbuch geschafft.

Kopta schätzte die Größe des DEA Agents auf mindestens 195 Zentimeter, und zusammen mit den gut und gerne 110 durchtrainierten Kilogramm, die in seinem schwarzen Kampfanzug steckten und den strohblonden Haaren, die er trug, bestand sicher nicht die Gefahr, dass er bei seinen abendlichen Getränkebestellungen von den Kellnerinnen übersehen wurde.

Der Händedruck, mit dem er seine beiden Besucher begrüßte, war angenehm fest, und Kopta bemühte sich, das freundliche Lächeln zu erwidern.

»Stimmt«, bestätigte Nesbit die Vermutung, »das ist Mister Kopta vom deutschen BKA. Wir beide sind im Moment gemeinsam einer Bande auf der Spur, die wahrscheinlich hier in Kolumbien einen Unterschlupf und eine Funkstation betreibt, hab ich dir ja erzählt. Ich hoffe, du hast mittlerweile die Freigabe und kannst uns etwas weiterhelfen.«

»Ja hab ich.«

Er ging zurück in Richtung der Flugzeughalle, aus der er gekommen war, und forderte seine beiden Besucher mit einer Handbewegung auf, ihm zu folgen.

»Kommt rein in die gute Stube, dann müssen wir hier draußen nicht so in der Sonne stehen und ich spendiere einen Kaffee.«

Mit großen Schritten führte er seine Gäste vorbei an zwei auf dem Rollfeld geparkten Hubschraubern zu einem Seiteneingang des Hangars.

»Willkommen in unserem Hauptquartier. Slim, du kennst dich ja aus. Besorge uns doch mal drei Tassen von da drüben und bring die Kaffeekanne mit. Nehmen Sie doch Platz Mister Kopta. Ich hab uns hier schon mal eine Karte vorbereitet.«

Zwei Minuten später saßen die beiden Ermittler mit einem dampfenden Becher Kaffee am Besprechungstisch des Büros, und der örtliche Chief-Operacions der DEA stand mit seinem vor einer riesigen Wandkarte der Umgebung.

»Also, die Koordinaten, die Ihr mir durchgegeben habt, gehören zugegebenermaßen nicht zum Haupttätigkeitsgebiet der DEA. Normalerweise konzentrieren wir uns hier zusammen mit unseren kolumbianischen Freunden auf dieses Gebiet nördlich und westlich von Medellín und die dazugehörigen Schmugglerwege. Die Ware, die von hier aus für den Landweg bestimmt ist, geht oft hier Richtung Westen und dann irgendwann nach Panama. Er deutete mit seinem Arm einige der Schmugglerrouten durch den Urwald an.

Und die Ware, die für den Seeweg verpackt wird, reist von hier aus auf einigen Routen Richtung Norden an die Küste. Das Gebiet hier oben, in dem die Koordinaten liegen, ist eigentlich nicht besonders besiedelt, und der Kokaanbau dort - zumindest soweit wir wissen - nicht so intensiv. Was aber nicht heißt, dass sich da nicht eventuell doch eine Menge zwielichtiges Gesindel herumtreibt.«

Er grinste und deutete mit der Hand auf Medellín und den dazugehörigen Flughafen.

»Wir sind jetzt hier, und mit dem Chopper brauchen wir ca. 40 Minuten bis zum vereinbarten Treffpunkt. Da treffen wir uns mit Commander Gutez. Er leitet dort einen Trupp der kolumbianischen Anti-Drogen-Einheit. Ich habe gestern Abend mit ihm telefoniert. Er kennt die Gegend gut und wird uns mit seinen Männern zu der angegebenen Stelle führen. Und dann schauen wir mal, ob eure Freunde zu Hause sind. Was vermutet ihr denn dort?«

»Na ja«, ergriff Kopta das Wort, »wir haben letzte Woche eine ähnliche Funkstation in Nordspanien ausgehoben. Leider ist die Bande da gewarnt worden und war schon ausgeflogen. Die Station war mit zwei oder drei Leuten besetzt und man hat von dort aus mit einer großen Antenne Kontakt zu Satelliten aufgenommen. Mehr können wir auch noch nicht sagen, aber wir vermuten, dass die Station hier so ähnlich ausgestattet und mit höchstens drei Leuten besetzt ist. Ich nehme an, sie sind maximal leicht bewaffnet.

Wenn wir es schaffen, sie zu überraschen, sollte es möglich sein, sie zu überrumpeln und vor allem die Geräte und die Software in der Station zu sichern. Das wäre das Wichtigste für uns, um der Bande und vor allem auch ihren Hintermännern das Handwerk zu legen.«

»Okay, das passt ja. Ich hab uns einen Black Hawk organisiert und sechs von meinen Jungs. Das sollte dann zusammen mit den Kolumbianern ja ausreichen. Lasst euch drüben beim Sergeant ein paar geländegängige Stiefel und eine Sicherheitsweste geben. Schließlich haben wir ja eine gewisse Fürsorgepflicht unseren Gästen gegenüber. Dann können wir in 20 Minuten los.«

»Perfekt.«

Nesbit lachte und hob seinen Kaffeebecher.

»Immer wieder ein Spaß, mit guten Freunden ein paar böse Jungs zu verhauen.«

»Verdammt, das gefällt mir überhaupt nicht!«

Mason stapfte zurück Richtung Hubschrauber und fluchte leise vor sich hin.

»Was gefällt dir überhaupt nicht?« Nesbit und Kopta waren dem Kommandeur einige Schritte entgegengegangen und sahen ihn fragend an.

10 Minuten vorher hatten die beiden Piloten des Black Hawk den mattschwarzen Drehflügler mit Kopta, Nesbit, Mason und sechs seiner Soldaten in der Mitte eines etwa hundert Meter breiten und fast ausgetrockneten Flussbetts gelandet. Am Rande parkten zwei tarnfarbene Mannschaftswagen der kolumbianischen Armee, und deren Anwesenheit zeigte ihnen, dass sie am richtigen Treffpunkt waren.

Mason hatte den anderen bedeutet, am Helikopter zu bleiben, und war alleine in Richtung der Fahrzeuge gegangen. Die beiden Fahrer saßen rauchend auf einem umgestürzten Baum und sahen ihm gelassen entgegen.

Die Zurückgelassenen konnten beobachten, wie er etwa drei Minuten mit einem der Fahrer sprach und dabei hin und wieder mit den Händen gestikulierte. Dann warf er scheinbar hilflos noch ein mal beide Arme in die Luft, drehte sich um und machte sich sichtlich aufgebracht auf den Rückweg.

»Was stimmt denn nicht?« Nesbit sah dem Offizier fragend entgegen.

»Einen Moment.«

Mason legte die letzten Meter bis zum Hubschrauber zurück und gab seinen Männern mit einer kreisenden Handbewegung das Zeichen, sich um ihn zu versammeln.

»Also Folgendes«, sprach er so laut, dass alle ihn verstanden.

Ich hab gestern Abend mit Gutez gesprochen. Der ist der örtliche Kommandant der Kolumbianer hier. Ich hab ihm die Lage und den Plan erklärt, und wir haben uns hier verabredet. Er sagte, er würde ein paar seiner Leute und einen Scout mitbringen und dann wollten wir versuchen, diese Bande in ihrer Hütte gemeinsam zu überraschen. Laut der Informationen, die uns vorliegen, rechnen wir höchstens mit einer Handvoll Leuten mit Handfeuerwaffen. So weit so gut.

Heute Morgen haben sich die Kolumbianer aber schon einmal alleine auf den Weg gemacht und uns die beiden Fahrzeuge hiergelassen, damit wir ihnen folgen können. Soweit ich es verstanden habe, ist heute Morgen ein Vorgesetzter aus Medellín eingetroffen, um der Truppe hier einen Besuch abzustatten. Und als er von unserem Plan erfahren hat, hat er das Kommando übernommen und beschlossen ohne die Freunde von der DEA loszumarschieren.

»Wieso alleine und ohne auf uns zu warten«, fragte Nesbit nach und tauschte einen fragenden Blick mit Kopta.

»Na ja.« Mason grinste etwas gequält.

»Der Fahrer hat es mir zwar nicht so direkt gesagt, aber ich denke, man wollte einfach mal ohne die besserwissenden Gringos losziehen und sich die Lorbeeren alleine verdienen, um uns zu zeigen, dass es auch ohne uns geht.«

Er schnaufte einmal hörbar durch, und sein Ärger stand ihm deutlich ins Gesicht geschrieben.

»Verdammt, ich hasse es, wenn man sich abspricht und dann einer aus der Reihe tanzt! Aber gut, lässt sich jetzt nicht mehr ändern.«

Der Offizier warf einen Blick in die Runde.

»Wir machen Folgendes. Steven, ihr bleibt mit vier Leuten hier beim Hubschrauber.«

Er deutete auf den Piloten, den Copiloten und auf zwei seiner Männer.

»Ihr sichert die Maschine hier ab und wir bleiben über Funk in Verbindung. Haltet die Augen offen. Slim, Mister Kopta und ich besetzen das erste Fahrzeug mit dem Fahrer, ihr vier das zweite. Es bleibt uns ja wohl nichts anderes übrig, als hinterher zu zuckeln und zu hoffen, dass die Jungs keinen Mist bauen.

Laut Fahrer brauchen wir circa eine Stunde bis zu der Stelle, an der wir die Bande vermuten, und die anderen sind schon mindestens genauso lange unterwegs. Alles klar?«

Mit einem Blick in die Runde nahm er das allgemeine Kopfnicken zur Kenntnis.

»Also gut, dann los.«

Mit großen Schritten und sichtbar unzufrieden stapfte er in Richtung des ersten Mannschaftswagens. Durch eine Handbewegung gab er den beiden wartenden Fahrern das Zeichen zum Abrücken und schwang sich selbst auf den Beifahrersitz.

Kopta und Nesbit zwängten sich auf die Rückbank.

Die erste halbe Stunde folgten sie einem ausgewaschenen Weg entlang des Flussufers, bevor es an einer Abzweigung etwas hügeliger bergauf Richtung Westen ging. Ab dort kannte der Fahrer den Weg nicht mehr und musste sich langsam vorwärts tasten.

Die beiden Fahrspuren waren auf dem felsigen Untergrund über weite Strecken nur noch zu erahnen, und es ging teilweise maximal im Schritttempo voran. Selbst der geländegängige Transporter schaukelte stellenweise bedrohlich, und die Insassen mussten die Haltegriffe nutzen, um nicht hin und her geworfen zu werden.

Nach weiteren zwanzig Minuten Fahrt über Stock und Stein wurde der Weg wieder etwas ebener und führte durch eine urwaldartige Umgebung.

Hoher Baumbestand sorgte für sich ständig ändernde Lichtverhältnisse und das dichte Unterholz rechts und links vom Weg vermittelte keinen einladenden Eindruck. Der weiche Urwaldboden machte die Fahrt aber wesentlich angenehmer und sie kamen wieder etwas schneller voran.

Kopta rutschte mehr in die Mitte der hinteren Sitzbank, um zwischen Commander Mason und dem Fahrer hindurch etwas von dem Weg zu sehen, der vor ihnen lag. In einer langen Kurve ging es um einige riesige Baumstämme herum, und der dichte Urwald schien sich zu lichten.

Der Weg knickte unvermittelt so scharf nach links ab, dass der Fahrer alle Energie aufbieten musste, um das Lenkrad herumzureißen und den Wagen in die Fahrspur zu zwingen. Vor ihnen mündete die Piste in einen Talkessel von etwa 100 Metern Durchmesser.

Kopta war gezwungen, die Kraft beider Arme einzusetzen, und konnte sich nur mit äußerster Anstrengung in seiner Position halten.

Aus den Augenwinkeln heraus nahm er den Blitz an der gegenüberliegenden Talseite wahr. Er wusste sofort, um was es sich handelte.

Gleichzeitig mit seinem Aufschrei zersplitterte die Windschutzscheibe ihres Fahrzeugs mit einem lauten Knall und der Fahrer trat das Bremspedal bis zum Bodenblech durch.

»Mündungsfeuer in 12 Uhr!«

Mit einem gequälten Aufstöhnen kam der Geländewagen zum Stehen.

»Scheiße! Raus hier und hinter dem Wagen in Deckung!«, bellte ihr Anführer und war schon halb durch die Beifahrertür verschwunden.

Nesbit und Kopta brauchten keine zweite Aufforderung und schwangen sich ebenfalls aus dem Transporter nach draußen.

An der Rückseite des Fahrzeugs angekommen sahen sie, dass der andere Mannschaftswagen im Abstand von 20 Metern hinter ihnen zum Stehen gekommen war.

Die vier schwarz gekleideten Elitesoldaten kamen in gebückter Haltung und mit ihren Waffen im Anschlag auf sie zu.

»Verdammt, was war das denn?« Mason sah in die Runde.

»Alle okay?«

Aus dem Talkessel war vereinzelt das scharfe Bellen von Handfeuerwaffen zu hören, dass umgehend durch tieferes Grollen von Sturmgewehren beantwortet wurde.

»Also gut«, registrierte der Kommandeur das zustimmende Nicken um sich herum.

»Hört sich so an, als wenn unsere Freunde doch etwas mit der Tür ins Haus gefallen sind und die Bewohner aufgeschreckt haben.«

Mit der linken Hand deutete er auf zwei seiner Männer.

»Ihr beide links am Fahrzeug vorbei und durch das Unterholz langsam nach vorne, die anderen beiden hinter mir nach rechts. Wir bleiben so lange unten, bis wir genau wissen, was los ist. Slim und Mister Kopta, bleibt hier in Deckung und haltet den Kopf unten. Abmarsch.«

In gebückter Haltung mit ihren Waffen im Anschlag verschwanden die Soldaten seitlich in Unterholz.

Der Hauptkommissar sah seinen amerikanischen Kollegen an und zog die Augenbrauen hoch.

»Verdammt, ich hatte gehofft, dass wir die Bande verhaften und ihnen ein paar Fragen stellen können. Nach dem Reinfall in Spanien ist das hier unsere beste Spur.«

Nesbit zuckte mit den Schultern.

»Hört sich nicht so an, als wären sie zum Smalltalk aufgelegt.«

Wieder hallten vereinzelte Schüsse durch das Tal und eine Stimme brüllte spanische Kommandos.

Kopta wagte einen vorsichtigen Blick am Fahrzeug vorbei. Beim Sprung aus dem Wagen hatte er gemeint, an der gegenüberliegenden Talwand eine kleine Hütte gesehen zu haben. Langsam reckte er den Kopf etwas empor.

Die Mitte des runden Talkessels war mit dichtem Unterholz bewachsen und die Bäume bildeten einen Kreis aus hohen Urwaldbäumen.

An der Seite, die ihrem Fahrweg gegenüber lag, schien es so, als ob im Schatten der Bäume eine kleine Hütte zu sehen wäre.

Wieder hallten einzelne Schüsse durch das Tal. Kopta zog den Kopf ein.

Es hörte sich nicht so an, als ob die kolumbianischen Soldaten mit ihrem Versuch, die Bewohner der Funkstation zu überrumpeln, Erfolg gehabt hätten.

Und die Gegenwehr, auf die sie getroffen waren, schien wesentlich heftiger zu sein, als sie erwartet hatten.

Kopta versuchte erneut, einen Blick auf die versteckte Holzhütte zu werfen. Dadurch, dass sie im Schatten der hohen Bäume lag, konnte er ihre Umrisse nur schemenhaft erkennen. Es waren keine Fensteröffnungen zu sehen, aber aus einem kleinen Schornstein auf dem Dach stieg eine dünne Rauchsäule empor.

Wieder bellten einzelne Schüsse.

Der Ermittler kniff die Augen zusammen, um zu sehen, ob es an der Hütte Bewegungen gab. Vorsichtig reckte er den Kopf noch etwas über das Fahrzeug hinaus, und traute einen Augenblick später seinen Augen nicht.

Wie eine Feuerwerksrakete stieg der kleine Blechschornstein plötzlich in die Höhe, und die sichtbare Vorderseite der Hütte schoss in tausenden Einzelteilen in alle Richtungen davon und machte einem gigantischen Feuerball Platz.

Die Druckwelle der Explosion war so heftig, dass die Mannschaftswagen selbst in dieser Entfernung durchgeschüttelt wurden, und die entstehende Hitzewelle wälzte sich durch das gesamte Tal.

Kopta und Nesbit duckten sich so weit wie möglich an den Geländewagen und legten schützend die Hände über den Kopf.

Ein Hagel von Kleinteilen, die von der Explosion weggeschleudert worden waren, prasselte auf das Tal und die stehenden Fahrzeuge.

Nach fünf Sekunden herrschte wieder gespenstische Stille.

Nesbit entspannte sich und nahm die schützenden Hände runter.

»Verdammt, was war das denn? Dass die Jungs Dynamit dabei haben, hast du aber nicht erzählt.«

»Ich glaube nicht, dass das Dynamit war.«

Kopta richtete sich langsam auf, um einen Blick auf den Explosionsort zu werfen.

»Ich denke eher, dass das ein Gastank oder die Benzinvorräte waren. Bestimmt haben die hier einen Generator benutzt, um Strom zu erzeugen. Oder Gas zum Kochen und Heizen. Verdammter Mist, von der Hütte ist nicht mehr viel übrig.«

»Und ich fürchte, von den Bewohnern auch nicht.« Nesbit grinste.

Ein paar Meter neben dem Mannschaftswagen öffnete sich das Unterholz und die breite Gestalt von Commander Mason erschien.

»Alles okay bei euch?«

Nesbit hob den Daumen.

Der Offizier ließ seinen Blick über die Szenerie schweifen.

»Das mit dem Überrumpeln scheint wohl schiefgegangen zu sein«, stellte er trocken fest.

Er legte zwei Finger an die Lippen und ließ einen scharfen Pfiff ertönen. Die beiden Elitesoldaten, die er auf der anderen Seite ins Unterholz geschickt hatte, erschienen und signalisierten mit erhobenem Daumen, dass sie die Explosion schadlos überstanden hatten.

Gleichzeitig tauchten am rechten Rand der Lichtung eine Handvoll Soldaten der kolumbianischen Antidrogeneinheit auf. Mit ihren olivfarbenen Tarnanzügen und den Sturmgewehren im Anschlag näherten sie sich vorsichtig dem Ort der Explosion.

Mason ging langsam auf sie zu und streckte grüßend den Arm in die Höhe. Einer der Kolumbianer hob ebenfalls die Hand und kam ihm entgegen.

Kopta und Nesbit beobachteten von ihrem Platz am Fahrzeug aus, dass die beiden Kommandeure sich in der Mitte der Lichtung trafen und sich freundschaftlich begrüßten.

Aus ein paar Gesprächsfetzen, die zu ihnen herüberwehten, und aus den Gesten der Soldaten war unschwer zu erkennen, um was sich ihr Gespräch drehte.

Kopta stieß Nesbit in die Seite.

»Komm, lass uns mal sehen ob noch Verwertbares übriggeblieben ist bei dem Knall, deswegen sind wir ja schließlich hier.«

Sie traten zu den beiden Kommandeuren und wurden mit einem Kopfnicken begrüßt.

»Das sind meine Kollegen Mister Nesbit und Mister Kopta«, stellte der amerikanische Kommandeur sie seinem südamerikanischen Gegenüber vor.

»Die beiden sind hier, weil sie mit den Gentlemen dort in der Hütte mal ein ernstes Wörtchen reden wollten, aber ich denke, das hat sich erledigt.

Das ist Capitán Gutez, der örtliche Kommandeur der kolumbianischen Antidrogeneinheit. Mit ihm hatten wir uns für heute zu dieser Aktion hier verabredet. Leider ist sein Chef aus Medellín zufällig dazwischengekommen und hat beschlossen, den Jungs hier schon einmal alleine auf die Finger zu klopfen.«

»Na ja«, erklärte Gutez, »der Scout, den wir mithaben, kennt die Gegend hier auch nicht so genau. Hat sich wohl in der Entfernung verschätzt. Als wir hier mit den Fahrzeugen auf die Lichtung kamen, haben wir die Hütte plötzlich vor uns gesehen, und dummerweise stand einer der Bewohner vor der Tür und hat uns natürlich sofort bemerkt. Der Idiot hat direkt das Feuer eröffnet und einen meiner Jungs getroffen. Gott sei Dank nur ein Streifschuss. Da hatten wir keine andere Chance, als uns zu verteidigen.

Wir haben die Lichtung hier nach rechts umgangen und uns vorgearbeitet. Einer der Männer hat ihn dann erwischt. Ich gehe davon aus, dass er tot ist. Aus der Hütte hat noch mindestens ein Zweiter mit einem Sturmgewehr auf uns gefeuert. Wir haben ihn zweimal aufgefordert, sich zu ergeben. Hatte sowieso keine Chance der Idiot, aber er hat weiter geschossen und wir haben das Feuer natürlich erwidert. Ich vermute, die hatten zum Heizen oder Kochen Gasflaschen, und eine davon muss wohl einen Schuss abbekommen haben. Das Ergebnis habt Ihr ja gesehen.«

»Ja, war ja heftig genug«, stimmte Mason mit einem Schulterzucken zu.

»Dann lasst uns doch mal sehen, was noch übrig geblieben ist. Vielleicht können die Kollegen ja was damit anfangen.«

Gefolgt vom kolumbianischen Capitán und den beiden Ermittlern bahnte er sich seinen Weg durch das störrische Unterholz der Lichtung, und eine halbe Minute später standen sie vor den rauchenden Überresten des Verbrecherverstecks.

»Bullshit.«

Mit einem Blick auf die qualmenden Holzreste der Gangsterbehausung gab Kopta sich keine Mühe, seinen Ärger zu verbergen. Die Hoffnung, der Bande hier im südamerikanischen Regenwald das Handwerk zu legen, hatte sich im wahrsten Sinne des Wortes in Rauch aufgelöst.

Die kolumbianischen Soldados hatten ein paar kleine Brandnester ausgetreten und an der Stelle, an der vorher die Unterkunft der Verbrecher gestanden hatte, rauchte jetzt ein flacher Krater im dunklen Waldboden.

»Sieht nicht so aus, als wenn hier noch viel Verwertbares übrig wäre.«

Der Hauptkommissar brach einen Ast aus dem Unterholz und schob enttäuscht einige verkohlte Überreste beiseite.

»Die Explosion hat die ganze Hütte samt Inhalt über die Lichtung verteilt. Auf jeden Fall müssen wir die Umgebung absuchen lassen. Vielleicht haben wir ja Glück und finden noch was vom Equipment der Burschen. Das könnte uns weiterhelfen.«

»Okay«, stimmte Gutez etwas kleinlaut zu.

Dem kolumbianischen Kommandeur schien der Misserfolg bei der Überrumpelung der Bande selbst mehr als unangenehm zu sein, und er war froh, für sich und seine Männer eine sinnvolle Beschäftigung zu haben.

»Ich lasse meine Jungs die Lichtung absuchen«, sagte er. »Vielleicht haben Sie bei dem Toten da hinten ja etwas mehr Glück.«

Er deutete auf eine Gruppe seiner Soldaten, die ein paar Meter weiter um die Leiche des getöteten Gangsters herumstanden.

Nesbit schlug seinem deutschen Kollegen auf die Schulter.

»Sieht nicht so aus, als ob wir hier noch allzu viel finden, mein Freund. Komm, lass uns mal nach dem Burschen sehen, den sie erschossen haben. Vielleicht hat der ja was Persönliches bei sich.«

Zwanzig Meter abseits der Hütte hatten die Soldaten den Toten auf den Rücken gedreht. Die blutüberströmte Schusswunde in der Brust schloss eine natürliche Todesursache zweifelsfrei aus.

»Zumindest sieht er nicht kolumbianisch aus.«

Nesbit hatte sich über den Toten gebeugt und überlegte laut.

»Dafür ist er zu blass und hat vor allem auch zu helle Haare. Nee, mit den gepflegten Fingernägeln, so gut frisiert und rasiert ... Ich würde sagen, entweder nordamerikanisch oder europäisch. Wie alt wäre euer wiederauferstandener Programmierer jetzt?«

»Ende dreißig, könnte hinkommen. Und mit der Hose und dem Hemd passt er auch besser in die Stadt, als hier in den Regenwald. Schade, dass wir ihn nicht mehr fragen können.

Es würde mich nicht wundern, wenn wir unseren Herrn Schreiner in Spanien aufgescheucht hätten und er sich hierhin geflüchtet hat. Leider haben wir kein aktuelles Foto von ihm, dann könnten wir es gleich feststellen. Aber ich denke, wenn ich von unserem Freund hier ein paar mache und an Tergau sende, und wenn wir die Fingerabdrücke sichern, dürfte es kein Problem sein, das herauszufinden. Dann hätten wir das zumindest geklärt. Lass mal sehen, was er dabei hatte.«

Die Soldaten hatten die Taschen des Toten geleert und den Inhalt auf einem Baumstumpf gesammelt.

»Billige Zigaretten, ein Feuerzeug und eine Handvoll Kleingeld. Das bringt uns auch nicht so richtig weiter. Können wir nur hoffen, dass wir bei der Suche nach verwertbarem hier in der Umgebung mehr Glück haben.«

Eine gute Stunde später standen sie vor den Ergebnissen ihrer Suche. Die kolumbianischen Soldaten hatten die Lichtung und die nähere Umgebung mehrfach abgesucht und die Reste der Explosion auf einer Plane ausgebreitet.

»Also viel ist das ja echt nicht.«

Der Gesichtsausdruck, mit dem der deutsche Hauptkommissar die Fundstücke auf der Plastikfolie vor sich betrachtete, ließ wenig Begeisterung erkennen. Zusammen mit Nesbit lehnte er an der Motorhaube des Mannschaftswagens, vor dem die Soldaten ihre Beute zusammengetragen hatten. Der amerikanische Ermittler hob einige elektronische Bauteile in die Höhe und inspizierte sie von allen Seiten.

»Ein ziemlich verkohlter und demolierter Laptop. Das hier sieht aus, als wenn es mal zu einem Funkgerät gehört hätte und die Einzelteile hier auch. Schau mal hier ....«

Er hielt Kopta eines seiner Fundstücke unter die Nase und deutete auf die Innenseite.

»Ich würde sagen, die Schriftzeichen hier sind entweder Chinesisch oder koreanisch. Vielleicht können die Jungs in San Francisco ja was damit anfangen und zumindest feststellen, woher die Geräte stammen.«

»Ja, vielleicht.«

Kopta nahm seinem Begleiter eines der Fundstücke ab und hielt es so, dass er die Beschriftung erkennen konnte.

»Da gibt es nur ein Problem.«

»Du kannst kein Chinesisch, right?« Der Amerikaner grinste.

»Ja, das auch, aber ich denke an etwas anderes. Wenn ich in Berlin in einen Elektrofachmarkt gehe und anfange, die Geräte da aufzuschrauben und nachzusehen, dann haben von denen auch mindestens 98 Prozent chinesische oder koreanische Schriftzeichen. Bei dir in San Francisco ist es auch nicht viel anders, oder?«

»Ja ja, hast ja recht.«

Enttäuscht legte Nesbit das Letzte seiner Fundstücke zurück zu den Übrigen.

»Und den Rest hier können wir glaube ich vergessen. Küchenutensilien und Besteck, das bringt uns nicht weiter.«

»Stimmt.« Der Hauptkommissar nickte und fingerte das Handy aus der Innentasche seiner Jacke.

»Sobald wir nachher zurück sind, schicke ich Tergau ein paar Fotos von unserer Leiche hier und die Fingerabdrücke. Dann haben wir vielleicht zumindest den Verbleib des verschwundenen Herrn Schreiner geklärt. Und um den Rest von Laptop und Funkgerät können sich die Kollegen im Labor kümmern. Ich glaube zwar nicht, dass sich da noch Daten sichern lassen, aber vielleicht haben wir ja Glück. Und außerdem können sie so versuchen herauszufinden, woher die Geräte stammen.«

»Okay«, stimmte Nesbit zu.

»Und ich schicke die Fotos und Fingerabdrücke nach San Francisco zu Translation. Mal sehen, was die Jungs damit anfangen können. Mehr können wir hier wohl nicht ausrichten mein Freund.«

»Verdammt!«

Kopta kraulte sich den Dreitagebart und gab sich keine Mühe, seine Enttäuschung zu verbergen.

»Ich hatte eigentlich gehofft, dass wir die Burschen inklusive Ausrüstung hier in die Finger kriegen, um Ihnen das Handwerk zu legen. Das war unsere heißeste Spur. Jetzt stehen wir wieder mit leeren Händen da, und so langsam läuft uns auch die Zeit weg.

Die aktuellen Steuercodes, die unser Herr Colucci der ESA übermittelt hat, funktionieren nur noch ein paar Tage. Wenn wir die Bande bis dahin nicht erwischt haben, müssen die Damen und Herren in Darmstadt sich wohl endgültig von ihren Lieblingen verabschieden. Verdammt!«

»Na ja, so weit sind wir ja noch nicht«, versuchte der Amerikaner zu beschwichtigen.

Kopta richtete sich auf und warf einen nachdenklichen Blick über die grüne Lichtung.

»Nein, ich hoffe nicht. Auf jeden Fall bin ich mir sicher, dass das hier nicht das Hauptquartier der Organisation war, und die Hütte in Olot auch nicht, da steckt noch mehr dahinter.

Wir haben der Bande jetzt zweimal auf die Füße getreten, aber vielleicht sind die Jungs ja geldgierig genug, um wieder in Erscheinung zu treten. Schließlich hat ihre Einnahmequelle ja lange funktioniert, so was gibt man doch so schnell nicht auf, oder?«

13. San Francisco

San Francisco, Kalifornien, 19.09.2014, 18:44 Ortszeit

»Heilige Scheiße, Kopta, dass das ein verdammt heißes Eisen ist, was wir da in der Hand halten, brauche ich Ihnen ja sicher nicht zu erklären.«

Die Stimme des Direktors klang mehr als nur besorgt, und Kopta konnte sich nicht erinnern, ihn jemals so aufgeregt gehört zu haben.

Er brauchte nicht übermäßig viel Fantasie, um sich vorzustellen, wie sein Vorgesetzter mit dem Telefon am Ohr Kreise um den Besprechungstisch seines Berliner Büros drehte und sich dabei aufgebracht den Schweiß von der Stirn wischte.

Ein Blick auf das Armaturenbrett des Sportwagens, auf dessen Beifahrersitz er saß, verriet ihm die Zeit. 18:45 Uhr Westküstenzeit. Das hieß 9 Uhr 45 in Berlin. Hoffentlich hatte der Chef seinen zweiten Morgenkaffee noch nicht getrunken. Kopta ignorierte die vorbeigleitende Stadtkulisse und konzentrierte sich auf die Unterhaltung.

»Ja sicher, Herr Direktor, das ist mir völlig klar. Ich hätte Ihnen auch lieber etwas Erfreulicheres erzählt, aber die Kolumbianer haben es schlicht und ergreifend versemmelt. Das einzig Positive daran ist, dass denen die Geschichte selbst ziemlich peinlich ist und dass sie es deshalb bestimmt nicht an die große Glocke hängen werden. Von der Seite haben wir also nichts zu befürchten.

Aber vom Ergebnis her ist auch völlig egal, ob sie übereifrig waren, um den Gringos eins auszuwischen, oder ob sie sich zu dämlich angestellt haben. Vielleicht hatten sie ja auch einfach nur Pech. Auf jeden Fall ist uns unsere schöne heiße Spur mit einem großen Knall um die Ohren geflogen, und das meiste Verwertbare hat sich in Rauch aufgelöst. Und das Resultat ist, dass wir zumindest, was den Zugang zu den Satelliten anbelangt, wieder mit leeren Händen dastehen.

Das wird den Kollegen von der ESA sicher nicht gefallen, aber ich kann es im Moment nicht ändern. Und dass wir es nicht mit Kleinkriminellen zu tun haben, war uns allen vorher klar.«

»Ja ja, weiß ich ja, aber das mit dieser asiatischen Geschichte, Kopta! Also wenn die Amis da Recht haben und die Spur wirklich in die Richtung geht – Scheiße, dann schlägt das hier in Berlin ein wie eine Bombe, das können Sie sich vorstellen. Dann haben wir es nicht nur mit sehr gut organisierten Kriminellen, sondern auch noch mit ziemlich brisanter Weltpolitik zu tun. Ich weiß echt nicht, wie ich das dem Chef und dem Staatssekretär schonend beibringen soll – und wie lange es dauert, bis das durchsickert. Sie kennen doch den Betrieb hier. Verdammt, verdammt! Wenn das die Runde macht, können wir uns aber warm anziehen. Dann haben wir hier noch ganz andere Probleme, als zwei doofe Satelliten, die eh kein Mensch vermisst.«

»Na ja …«, Kopta schloss die Augen und strich sich über sein stoppeliges Kinn, »unter Umständen können wir das ja noch umgehen.«

»Umgehen?«

Spieß' Stimme war kurz davor sich zu überschlagen.

»Wie wollen Sie denn den Chef und den Staatssekretär umgehen? Das müssen Sie mir mal erklären.«

Kopta tauschte einen kurzen Blick mit Nesbit, der am Steuer saß, und gönnte sich drei Sekunden, um seine Worte genau zu wählen.

»Slim und ich sind vor einer Stunde hier in San Francisco gelandet. Jetzt sind wir auf dem Weg zu Translation, um mit den Jungs zu reden. Von Kolumbien aus haben wir ihnen Fotos der Papierfetzen gesendet und die Fingerabdrücke, die wir gefunden haben. Unter Umständen wissen die jetzt schon etwas mehr. Am Telefon waren sie verständlicherweise vorsichtig und haben nur ein paar Andeutungen gemacht. Beweise für die Vermutungen gibt es, soweit wir wissen, noch keine.«

Kopta warf einen kurzen Blick in den vorbeigleitenden Berufsverkehr, bevor er mit möglichst entspannter Stimme weiterredete.

»Ich denke, es empfiehlt sich, unser Treffen hier abzuwarten und zu sehen, welche gesicherten Erkenntnisse es bringt, bevor wir jetzt Dinge weitergeben, die hohe Wellen schlagen, und wir später wieder zurückrudern müssen.«

»Mensch, Kopta, Ihre Nerven möchte ich haben ...«

Spieß schwieg einen Moment, und dem Hauptkommissar kam es vor, als könnte er das Gehirn seines Gegenübers arbeiten hören. Er wartete einige Sekunden. Kurz bevor er besorgt nachfragen wollte, beendete Spieß seine Denkpause.

»Also gut, möglich dass Sie recht haben. Solange wir uns nicht sicher sind, behalten wir das erst mal für uns und hoffen, dass die Amis da nur Gespenster sehen. Schauen Sie sich das Ganze an und verschaffen Sie sich selbst ein Bild. Und halten Sie mich um Himmels Willen auf dem Laufenden. Sie wissen, dass die Geschichte hier ganz oben aufgehängt ist und wir unter Beobachtung stehen. Wenn Sie wüssten, wen ich hier täglich alles am Telefon habe.«

»Sicher Chef. Sobald ich etwas Neues weiß, melde ich mich. Eventuell noch heute, spätestens morgen. Bis dahin.«

Er ließ sein Handy in seine Jacketttasche gleiten und schloss für ein paar Sekunden die Augen.

»Verdammt!« Kopta wandte sich an seinen Fahrer, und seine Unzufriedenheit war ihm anzusehen.

»Der Alte hat ja recht. Die Sache wird immer verworrener, und wir haben nichts Greifbares in der Hand. Und wenn deine Freunde mit ihren Andeutungen richtig liegen, und die Spur nach Asien führt – dann sehe ich schwarz.«

»Lass uns mal abwarten, was die Kollegen im Hauptquartier konkret haben. Ich hoffe, sie konnten mit dem, was wir geschickt haben, etwas anfangen.«

Mit einem Blick in den Rückspiegel setzte Nesbit den Blinker und wechselte von der mittleren auf die rechte Fahrspur.

Kopta betrachtete die glänzenden Fassaden der Bürogebäude, die beiderseits der Straße an ihnen vorbeiglitten. Jetzt, zur Rushhour, kamen sie nur langsam von Ampel zu Ampel voran, und er hatte Zeit, die Fahrt durch das glitzernde Geschäftsviertel der kalifornischen Großstadt zu genießen.

»Hübsche Gegend. Wie weit haben wir's denn noch?«

»Wir sind da.« Sein Chauffeur grinste.

Mit einem eleganten Schwung und typisch amerikanisch quietschenden Reifen lenkte er seinen BMW Z4 in die Abfahrt einer Tiefgarage und brachte ihn vor der Sicherheitsschranke zum Stehen. Mit der Linken betätigte er den Rufknopf am Bedienpanel der Schranke und winkte in die angebrachten Kameras.

»Bitte lächeln!«

Zwei Sekunden später wechselte die Ampel oberhalb der Einfahrt von Rot auf Grün, und der Schlagbaum fuhr in die Höhe. Nesbit gab Gas und sie tauchten in den kühlen Schatten der Parkgarage ein. Zielstrebig durchquerten sie die komplette Etage, um auf der anderen Seite vor einem geschlossenen Rolltor zu halten.

Ein großes Aluminiumschild mit der Aufschrift »Only with special permission« schien den Zweck zu haben, ungebetene Gäste fernzuhalten. Diesmal warteten sie etwas länger, bis die Ampel die Weiterfahrt genehmigte und das Rolltor den Weg freigab.

»Ist ja gesichert wie Fort Knox«, stellte Kopta fast und grinste.

»Bin ja wirklich gespannt darauf, eure heiligen Hallen zum ersten Mal betreten zu dürfen.«

»Heilige Hallen?« Nesbit winkte ab. »Hier gibt es nur ein paar Büros und Besprechungsräume, alles völlig unspektakulär. Unser Doktor No residiert in einem anderen Gebäude außerhalb der Stadt.«

Mit gekonntem Schwung bugsierte er den Zweisitzer in eine Parklücke und stellte den Motor ab.

»Dann lass uns mal sehen, ob die Kollegen schon den Kaffee fertig haben.«

Mit einem demonstrativen Ächzen hievte der amerikanische Privatermittler seine 180 cm Körpergröße aus dem ledernen Sportsitz und klappte sie auseinander. Lässig schlug er die Tür des BMW zu und betätigte die Zentralverriegelung.

»Zum Fahrstuhl geht es hier lang.«

Kopta gönnte sich einen Rundblick, bevor er seinem Freund folgte.

Der separate Teil der Garage, in dem sie parkten, war genauso beleuchtet wie die übrige Etage. Nur die Beschilderung beschränkte sich auf die vorgeschriebenen Sicherheitshinweise. Die Nutzer kannten sich offensichtlich aus und fremde Gäste erwartete man hier wohl nicht.

Gemeinsam betraten sie die bereitstehende Edelstahlkabine des Aufzugs.

An der Seitenwand prangte eine senkrechte Reihe von Knöpfen mit Nummern von 1 bis 28, auf der gravierten Tafel daneben die in den Stockwerken ansässigen Firmen und Abteilungen.

Kopta studierte die Bezeichnungen. »Wo soll es denn hingehen?«

»Die 16 bitte, Translation. Ist auch der einzige Knopf, der funktioniert«, grinste Nesbit.

»Ah hier, Translation. Offiziell beschäftigst du dich also mit Übersetzungen?«

Der Hauptkommissar zog die Augenbrauen hoch und nickte anerkennend. »Im weitesten Sinne stimmt das ja sogar, oder?«

»Klar!«, stimmte Nesbit zu. »Die Abteilung für Translations wurde vor ein paar Jahren outgesourct, wie man so schön sagt. Da waren die Büroräume frei. Seit dem nutzen wir sie. Und weil bis jetzt noch niemandem eine bessere Bezeichnung für unsere Agency eingefallen ist, hat man das Schild so gelassen. Passt doch perfekt – und man bekommt wenig Besuch. Was hätten wir sonst dranschreiben sollen?«

»Alles gut.«

Kopta grinste. Er warf einen Blick in die spiegelnde Rückwand der Kabine und rückte den Kragen seines Sakkos zurecht.

»Ich bin gespannt, was deine Freunde zu unseren Funden herausgefunden haben. Der Gedanke, dass die Spur nach Asien führt, gefällt mir ehrlich gesagt überhaupt nicht.«

30 Sekunden später und 17 Stockwerke höher glitten die beiden Fahrstuhltüren wieder auseinander und Nesbit klopfte seinem Freund auffordernd auf die Schulter.

»Komm, ich stell dir erst mal unsere Miss Moneypenny vor.«

Zielsicher steuerte er auf den kleinen Empfangstresen an der gegenüberliegenden Seite des schmucklosen Flurs zu. Das Lächeln, mit dem er begrüßt wurde, hätte kaum freundlicher sein können.

»Hallo Slim, schön dich zu sehen. Und das ist sicher Mister Kopta vom BKA. Herzlich willkommen in San Francisco Mister Kopta. Ich hoffe, Sie hatten eine bequeme Anreise.«

Die Dame hinter dem Tresen hatte sich erhoben und reichte dem Hauptkommissar die Hand.

Mit wasserstoffblonder Hochsteckfrisur und schwarz-weiß kariertem Kleid wirkte sie betont konservativ und sicher etwas älter, als sie in Wirklichkeit war. Der Ermittler schätzte sie auf Mitte vierzig, und aus ihrem festen Händedruck und dem geschulten Blick, mit dem sie ihn von unten bis oben musterte, schloss er darauf, dass Ihre Funktion mehr als nur dekorativen Charakter hatte. Er war sich sicher, dass sie eine aktive Karriere im

Dienst einer Polizeibehörde hinter sich hatte und es gewohnt war, Menschen professionell einzuschätzen. Ihr Lächeln wirkte dabei offen und sympathisch, sodass der deutsche Ermittler sich nicht bemühen musste, es gleichwertig zu erwidern.

»Nennen Sie mich einfach Joe, ich passe mich da gerne den amerikanischen Gepflogenheiten an.«

»Gerne Joe. Mein Name ist Gwendoline, aber Gwen ist mir ehrlich gesagt lieber. Sie haben recht, wir benutzen hier fast nur Vornamen. Und hier bei Translation besonders, aber Slim wird Ihnen ja sicher schon das Wichtigste über uns erzählt haben. Er plaudert ja gerne mal etwas.« Sie lächelte vielsagend in Richtung ihres Kollegen.

Nesbit hob abwehrend die Arme.

»Ich? Ich kann schweigen wie ein Grab, das weißt du doch.«

»Ja ja, bei der Spesenabrechnung vielleicht.«

Mit einem erfrischenden Lachen umrundete sie den Tresen und trat vor ihre Besucher.

»Kommen Sie, Joe, Sie werden bereits erwartet.«

Mit einer einladenden Handbewegung dirigierte sie die beiden Ermittler in den Büroflur und übernahm selbstsicher die Führung.

»Nein, nein,« beschwichtigte Kopta und bemühte sich, mit ihrem schwungvollen Schritt mitzuhalten, »da muss ich ihn in Schutz nehmen. Er hat wirklich nicht viel verraten, und ich bin sehr gespannt darauf, Translation kennen zu lernen.«

»Okay, aber erwarten Sie hier bitte nicht zu viel. Hier gibt es lediglich einen Besprechungsraum, ein paar Büros und natürlich die unvermeidliche Computerabteilung. Alles sehr unspektakulär bei uns.«

Die graue Auslegeware des Flures dämpfte ihre Schritte und Kopta betrachtete im Vorbeigehen die meist unbeschrifteten Bürotüren und die schmucklosen weißen Wände. Auf den ersten Blick war der Gang, dem sie folgten, kaum von den unzähligen deutschen Behördenfluren, die er gewohnt war, zu unterscheiden. Aber aus seinen früheren Zusammenarbeiten mit Translation wusste er, dass sich die Organisation sehr wohl von denen abhob, die er kannte.

»Die interessanteren Dinge gibt es in unserem Gebäude außerhalb der Stadt. Ich denke, Slim wird mit Ihnen vielleicht morgen dort sein«, unterbrach ihre Anführerin seine Gedankengänge. »Aber erst mal gibt es zwei Leute, die ich Ihnen hier im Büro vorstellen möchte.«

»Gerne.«

Der Saum ihres Kleides wippte dynamisch kurz unterhalb der Knie. Er gab den Blick auf durchtrainierte Waden und Füße in sportlich weißen Turnschuhen frei, und die Enge, mit der es ihren weiblichen Körper umschloss, ließ wenig Platz für versteckte Waffen.

Zielstrebig führte sie ihre beiden Besucher bis zum Ende des Ganges, öffnete ohne lästiges Anklopfen eine der unbeschrifteten Bürotüren und trat ein. Mit einer einladenden Handbewegung blieb sie in der Türöffnung stehen und ließ ihre Begleiter passieren.

Der fast fensterlose Raum, den sie betraten, erinnerte Kopta an die typischen Polizeibüros unzähliger amerikanischer Krimiserien. Er warf einen kurzen Blick in die Runde und unterdrückte sein aufkommendes Grinsen. Für einen Moment rechnete er damit, Bruce Willis auf sich zukommen zu sehen.

Von vier dunklen Holzschreibtischen im Hintergrund waren zwei weiblich besetzt. Hinter PC, Aktenstapeln und Schreibutensilien schienen ihn die beiden telefonierenden Ermittlerinnen freundlich zu ignorieren. Die Stirnwand des Raumes wurde von vier großen Bildschirmen und zwei sorgsam bestückten Pinnwänden beherrscht. Aktenregale, Kaffeemaschine und der unvermeidliche Wasserspender verbreiteten typisch amerikanisches Flair.

Die beiden Männer, die mit hochgekrempelten Ärmeln an dem rechteckigen Besprechungstisch im Vordergrund des Raums saßen, unterbrachen beim Eintreten der Neuankömmlinge ihr Gespräch und erhoben sich.

Gwen schob Nesbit und Kopta in Richtung Raummitte und ließ die Tür ins Schloss fallen. Selbstsicher übernahm sie die Vorstellung und deutete auf den dunkelhäutigen und größeren der beiden Hemdsärmeligen.

»Also, Mister Kopta. Das ist Hank Barlow, der Leiter unseres Büros hier. Hank, das ist Mister Kopta. Er hat Slim und uns ja schon bei einigen Ermittlungen in good old Germany weitergeholfen.«

Barlow ragte mindestens sechseinhalb amerikanische Fuß in die Höhe, und die geschätzten 120 Kilo, mit denen er dem Hauptkommissar entgegenkam, wirkten erstaunlich agil. Seine dunklen Augen unter der angegrauten Kraushaarfrisur musterten Kopta mit freundlichem Blick. Mit zwei entschlossenen Schritten stand er vor dem BKA-Beamten und streckte ihm die Hand entgegen.

»Herzlich willkommen, Mister Kopta. Wir freuen uns, Sie hier zu haben«, begrüßte er seinen deutschen Besucher in breitem Südstaatenakzent.

Kopta ergriff die Hand, die sein Gegenüber ihm hinhielt, und musste sich bemühen, beim fast schon brutalen Händedruck des Agents keine schmerzhafte Miene zu zeigen.

Mit der Größe seiner Rechten hatte der farbige Büroleiter sicher wenig Probleme, einen Basketball von oben festzuhalten, und die muskulösen Unterarme hätten auch zu einem Schwergewichtler im Boxring gepasst.

Das weiße Oberhemd und seine dezent gestreifte Krawatte wirkten dagegen eher so, als sollten sie gegenüber ängstlicheren Zeitgenossen den friedlichen Charakter ihres Trägers betonen.

Kopta war sich sicher, dass jeder der Umstehenden seine Reaktion auf den Händedruck des Büroleiters beobachtet hatte, und dass er mit dem Überstehen des selbigen, ohne schmerzhaften Aufschrei, schon die erste Aufnahmeprüfung absolviert hatte.

»Vielen Dank, Mister Barlow, ich freue mich auch, Sie kennenzulernen«, erwiderte er die Begrüßung, bemüht, seine Stimme möglichst gelassen klingen zu lassen.

Der Schraubstock öffnete sich zufrieden und gab die gequetschte Rechte des Hauptkommissars wieder frei.

»Nennen Sie mich Hank, und das hier ist Bill Milestone.«

Der Büroleiter deutete auf seinen Kollegen, der ihm in Respektabstand gefolgt war.

»Bill leitet hier bei Translation die Investigativabteilung und bemüht sich gerade, unsere eigenen Erkenntnisse und die Informationen, die Slim uns von Ihnen weitergeleitet hat, unter einen Hut zu bekommen.«

Kopta reichte dem so vorgestellten die Hand.

»Hallo Bill, freut mich, Sie kennenzulernen. Ich bin wirklich gespannt darauf zu hören, was Ihre Ermittlungen ergeben haben. Slim redet da ja gerne in verworrenen Andeutungen.«

Barlows Mitarbeiter wirkte neben ihm fast mickrig, obwohl er mit seinen 1,75 m sicher auch 80 Kilo auf die Waage brachte. Mit T-Shirt, Jeans und Turnschuhen erschien er außerdem wesentlich entspannter als sein eher formaler Chef. Sein blasser Teint und der im Vergleich zaghafte Händedruck ließen darauf schließen, dass er den größten Teil seiner Arbeitszeit an Schreibtisch und PC verbrachte.

»Na ja ...« Milestone grinste mit einem Blick auf seinen ermittelnden Arbeitskollegen, der neben dem Hauptkommissar stand.

»Wissen Sie Mister Kopta, wir erzählen Slim natürlich auch nicht alles, damit er es nicht ausquatschen kann, haha.«

»Ja ja, das war mir klar«, begrüßte Nesbit seine beiden Kollegen ebenfalls mit Händedruck und breitem Grinsen.

»Wer solche Freunde hat, der braucht keine Feinde. Ich hoffe, ihr habt wenigstens einen vernünftigen Kaffee für uns.«

»Klar, bedien dich, und bring Mister Kopta einen mit.«

Barlow nahm seine Position am Besprechungstisch wieder ein und deutete auf die freien Stühle gegenüber.

»Nehmt Platz. Ich denke, wir haben einiges zu besprechen. Nach dem, was wir von Slim gehört haben, und dem, was Bill hier zusammengetragen hat, Mister Kopta, sieht es so aus, als wenn wir uns auf einer sehr ähnlichen Fährte befinden. Wir sind gespannt auf Ihre Geschichte.«

Der Hauptkommissar hängte sein Sakko über die Stuhllehne und nahm neben Gwen Platz.

»Meine Geschichte ...«

Er sammelte sich kurz und griff dankend nach dem dampfenden Kaffeebecher, den Nesbit ihm reichte. Sorgfältig ordnete er seine Notizen auf der hölzernen Tischplatte vor sich und gönnte sich einen Schluck des Heißgetränks, bevor er anfing zu reden.

»Also, erst mal nennen Sie mich bitte Joe, wenn wir hier schon so nett zusammensitzen. Ich denke, das meiste werden Sie bereits von Slim gehört haben. Wir arbeiten seit einigen Wochen an einem Fall, bei dem wir es mit einer international tätigen Bande zu tun haben, die schon mehrere Jahre in Europa aktiv ist. Die Kurzversion ist schnell erzählt.

Unsere Ermittlungen haben damit angefangen, dass die deutsche Niederlassung einer namhaften europäischen Raumfahrtagentur, deren Namen ich Ihnen natürlich nicht nennen darf, um unsere Hilfe gebeten hat. Das war Ende August.

Nach dem Start zweier Navigationssatelliten in Südamerika ist der Kontakt zu den beiden abgerissen und man hatte keine Kontrolle mehr über die Steuerung. Alle Versuche, mit den Satelliten zu kommunizieren, blieben erfolglos.

Später hat man uns erzählt, dass eine Erpresserbande dies vor dem Take-off schon vorhergesagt hat, und nach dem Start ein riesiges Lösegeld verlangt hat. Im Gegenzug wollte man die Verbindungscodes übermitteln, mit deren Hilfe man wieder Steuerbefehle erteilen und die Satelliten kontrollieren könnte.«

»Das hat man Ihnen erzählt?«, hakte Barlow mit hochgezogenen Augenbrauen ein. »Das hört sich so an, als ob es nicht ganz der Wahrheit entspricht.«

»Nein, nicht hundertprozentig. Wir haben bei unseren weiteren Ermittlungen in Paris erfahren, dass diese Erpressung in Wirklichkeit bereits seit einigen Jahren läuft und man schon rund 250 Millionen Euro an Schutzgeld gezahlt hatte.«

Der Büroleiter pfiff durch die Zähne und legte die Stirn in Falten.

»250 Millionen Euro?«

»Ja, das Bargeld wurde monatlich in einem Tresorraum im belgischen Antwerpen deponiert und hat sich da angesammelt. Deshalb haben die Herren auch gedacht, ›das Geld ist ja noch da‹, und haben die Geschichte nicht richtig ernst genommen und unter der Decke gehalten.

Und dann, irgendwann Anfang dieses Jahres, war es plötzlich verschwunden. Da herrschte verständlicherweise ziemliche Ratlosigkeit.

Und als kurz darauf, trotz der angeblich absolut sicheren Software-Updates, bei den neu gestarteten Satelliten die gleichen Probleme auftraten wie bei den vorherigen, ist die Verlegenheit wohl in Panik umgeschlagen und man ist doch endlich auf die Idee gekommen, das BKA einzuschalten.«

»Und man hatte bis dahin keine Erkenntnisse darüber, wer hinter der Sache stecken könnte?«

»Nein, absolut nichts. Die interne Sicherheitsabteilung vor Ort kann naturgemäß keine großen Ermittlungen anstellen und ohne polizeiliche Hilfe schon gar nicht.

Das Einzige, was man hatte, war ein ziemlich diffuser Verdacht. Anfang 2008 war in Hamburg ein Programmierer ermordet worden, der bei einem Softwarezulieferer gearbeitet hat. Die Kollegen vermuteten, dass die Bande eventuell durch seine Ermordung an die Zugangsdaten zum Steuerungssystem gekommen ist. Leider konnte man aber keine direkte Verbindung nachweisen und ist deshalb nicht weitergekommen.«

»Verdammt, und das war dieser ominöse Programmierer, dessen Freundin dann hier in den USA untergetaucht ist?«, fragte Barlow mit einem Fingerzeig auf Koptas Notizen nach.

»Genau. Und weil wir uns natürlich gerne mal mit der Dame unterhalten hätten, habe ich Slim ihre Daten geschickt, damit er sich mal umhört.«

Der Büroleiter grinste. »Ja, diese Nachfrage hat hier hohe Wellen geschlagen. Da sind bei einigen befreundeten Diensten gleich mehrere rote Lampen angegangen. Das Bild der Dame war dort seit längerer Zeit bekannt, aber man wusste nicht, wer sie ist. Und als man dann hörte, dass auch wir hier und Sie in Europa nach ihr suchen, ist man sehr schnell hellhörig geworden. Leider haben wir aber immer noch keine Spur von ihr. Bill bleibt natürlich am Ball, aber vielleicht hat sie die USA auch längst wieder verlassen und ist irgendwo anders untergetaucht.«

»Gut möglich.« Der Hauptkommissar zuckte mit den Schultern.

»Aber jetzt, wo feststeht, dass wir es mit einer größeren Bande zu tun haben, würde es mich auch nicht wundern, wenn sie irgendwann wieder auftaucht.«

»Ja vielleicht.« Barlow nickte zustimmend. »Unsere Kollegen sind ja auch nicht ohne Grund hinter ihr her. Angeblich ist sie zusammen mit zwei verdächtigen koreanischen Diplomaten fotografiert worden, die bei der UNO akkreditiert sind. Aber wie gesagt, mehr Erkenntnisse über die Dame haben wir auch nicht.«

Er ließ eine kurze Denkpause folgen. »Wann sagten Sie, ist das Lösegeld in Antwerpen verschwunden?«

Kopta blätterte einen Moment in seinen Notizen auf dem Tisch.

»Nach unseren Informationen irgendwann zwischen dem 30. Januar und dem 29. März dieses Jahres. Warum fragen Sie?«

»Bill, klingelt da was?« Barlow sah zu seinem Kollegen hinüber, der nervös in einem Stapel Papier wühlte. Endlich schien er das richtige Blatt gefunden zu haben.

Er zuckte mit den Schultern. »Könnte hinkommen.«

Barlow sah Kopta nachdenklich an und es war ihm deutlich anzusehen, dass sein Denkapparat mit Hochdruck kombinierte.

»Joe, Sie sagten, das Lösegeld in diesem Tresor waren zusammen etwa 250 Millionen Euro?«

»Ja, in etwa. Es wurde zu einem Drittel in Euro, zu einem Drittel in US Dollar und zu einem Drittel in Schweizer Franken hinterlegt, wieso?«

»Sagen Sie«, fragte der Bürochef weiter, indem er Koptas Frage ignorierte, »wissen Sie ungefähr, welches Gewicht das Lösegeld insgesamt hatte?«

»Welches Gewicht? Ja, warten Sie, mein Assistent Tergau hat es ausgerechnet.«

Kopta schlug sein Notizbuch auf und musste nicht lange suchen.

»Laut Tergau sind es ca. 1.150 kg in großen Scheinen. Warum fragen Sie?«

Barlow sah wieder zu seinem Kollegen neben sich.

»Bill, was ist mit deiner suspekten Büchersendung?«

Der Angesprochene zog die Stirn in Falten und studierte das Blatt vor sich. Nach zwei Sekunden schien er gefunden zu haben, wonach er suchte. Er wechselte einen nachdenklichen Blick mit seinem Büroleiter und nickte.

»Bingo.«

»Bingo?« Kopta zog die Augenbrauen hoch. »Haben Sie eine Spur zu unserem Lösegeld?«

»Na ja«, hob Barlow abwehrend die Hand.

»Bill untersucht einige verdächtige Transporte, und Datum und Gewicht könnten übereinstimmen. Aber bitte lassen Sie uns noch einen Moment bei Ihrer Geschichte bleiben. Wie sind Sie dann auf die Spur der Bande gekommen?«

»Das war eine Idee meines Assistenten Tergau. Um die Satelliten zu manipulieren und die Zugangscodes zu ändern, muss die Bande ja regelmäßig Kontakt zu ihnen aufnehmen, und der Datenaustausch und solche Kontaktaufnahmen werden natürlich im Kommunikationssystem exakt protokolliert.

Wenn man nun die normalen und legalen Kontaktversuche der Agentur eliminiert, kann man also feststellen, wann diese illegalen Kontakte genau stattgefunden haben. Und mit diesen Daten kann man dann die exakten Positionen der angesprochenen Satelliten zum Zeitpunkt der Funkverbindung ermitteln. Dadurch ist man in der Lage, den Standort der Funkstation auf der Erde ziemlich genau einzukreisen und zu orten.«

»Cleveres Kerlchen Ihr Mister Tergau.« Bill Milestone kritzelte Notizen auf seine Unterlagen. »Und so haben sie die Stationen in Spanien und Kolumbien lokalisiert?«

»Exakt. Zuerst gab es die Position in Nordspanien. Wir haben uns zusammen mit einer befreundeten Einheit der spanischen GEO in Marsch gesetzt, um die Bande auszuheben. Leider waren die Vögel aber schon ausgeflogen und haben nur eine rostige Antenne und eine leere Hütte zurückgelassen. Ich vermute, dass es irgendwo bei der Ermittlung der Position eine undichte Stelle gegeben hat, die die Jungs gewarnt hat. Wir waren ein paar Stunden zu spät.

Kurz danach kam dann der Hinweis auf die Station in Kolumbien. Dank Slims Hilfe und dank der DEA vor Ort waren wir diesmal schneller, aber leider wollten die kolumbianischen Behörden wohl noch schneller sein als wir – das Ergebnis kennen Sie ja.

Ich weiß nicht, ob die Kolumbianer zu übereifrig waren oder ob sie einfach nur Pech hatten, ist ja letztendlich auch egal. Auf jeden Fall ist uns da die ganze schöne Funkstation mit einem großen Knall um die Ohren geflogen. Und ich denke, die Überreste, die wir finden konnten, werden uns nicht wesentlich weiterhelfen.«

Mit einer etwas ratlosen Geste blickte er in die Runde.

»Wir stehen mit unseren Ermittlungen also wieder ziemlich bei null, und wenn wir Pech haben, stellten die Erpresser ihre Aktivitäten endgültig ein. Dann gibt es ab Ende des Monats keine Möglichkeit mehr, mit den Satelliten zu kommunizieren, und die Dinger fallen uns früher oder später auf den Kopf.«

»Ja, das könnte passieren...«

Barlow kritzelte ebenfalls auf seinen Notizen und knetete anschließend nachdenklich seinen Filzstift.

»... aber wenn ich mir Ihre Schilderung anhöre, denke ich, dass es sich bei diesen beiden gefundenen Stationen nicht um das Hauptquartier der Bande handelt, right? Wenn wir Glück haben, hat man also den Ausfall des Senders in Kolumbien noch gar nicht zur Kenntnis genommen. Und wenn man ihn bemerkt, muss man ja erst mal vor Ort unauffällig in Erfahrung bringen, warum sich die Station nicht mehr meldet. Das könnte uns ja ein paar Tage Vorsprung verschaffen.«

»Gut möglich.« Kopta stimmte dem Büroleiter nachdenklich zu und griff zu seiner Kaffeetasse. »Aber wie nutzen wir die Zeit? Außer unserer untergetauchten Blondine und der Station in Kolumbien haben zumindest wir im Moment keine heiße Spur. Bleibt uns also nur zu hoffen, dass wir über die Rückverfolgung der Verbindungsdaten doch noch einen Hinweis auf das Hauptquartier finden. Oder haben Sie mit den Ermittlungen zu Ihren ominösen Transporten Erkenntnisse, die uns der Bande näher bringen?«

»Na ja ...«, der Bürochef lehnte sich zurück und atmete hörbar ein und aus. Es war ihm anzusehen, dass er seine Gedanken ordnete und nach den richtigen Worten suchte. Nachdenklich warf er ebenfalls einen Blick in die Runde, als wollte er sich versichern, dass keine ungebetenen Zuhörer im Raum waren.

»Sehen Sie, Joe - Bill und sein Team hier sind seit einiger Zeit an einer ziemlich verrückten Sache dran. Zumindest haben wir sie am Anfang für ziemlich verrückt gehalten. Aber je mehr Fakten wir hier zusammentragen und je länger wir darüber nachdenken, umso sicherer werden wir uns. Und Ihre Lösegeldgeschichte könnte ein Puzzleteil sein, das uns noch etwas mehr Gewissheit bringt.«

»Das hört sich spannend an.« Kopta verschränkte die Hände auf dem Notizblock und sah seinem Gegenüber erwartungsvoll in die Augen.

»Ich frage mich, welche Berührungspunkte Translation mit dieser Bande hat.«

»Lassen Sie mich etwas weiter ausholen, Joe. Sie wissen, dass Translation keine staatliche, sondern eine rein private Organisation ist. Irgendwann haben sich ein paar besorgte und ... sagen wir mal, gut betuchte Bürger zusammengetan, um in einem Kriminalfall zu ermitteln, mit dem die offiziellen Behörden nicht weiterkamen, aus welchen Gründen auch immer. Und aus diesem Zusammenschluss ist unsere Organisation entstanden.

Wir recherchieren also rein privat, konzentrieren unsere Kapazitäten auf einige wenige Fälle, die uns interessieren, und arbeiten so weit wie irgend möglich ohne öffentliches Aufsehen. Das hat den Nachteil, dass wir natürlich keine polizeilichen Befugnisse haben und immer nur auf unsere eigene Ermittlungsarbeit angewiesen sind. Auf der anderen Seite hat es aber den Vorteil, dass wir nicht so viele Vorschriften und Einschränkungen haben wie die offiziellen Behörden, und dass wir keine Rücksicht auf politische Fragen, Zuständigkeiten oder Ländergrenzen nehmen müssen.«

»Aber Sie arbeiten mit vielen offiziellen Behörden zusammen, oder?«

»Ja, das stimmt. Weil die meisten unserer Mitarbeiter irgendwann selbst mal bei solchen Behörden gearbeitet haben und beste Beziehungen dorthin pflegen. Und weil einige der Ermittler bei anderen Diensten gemerkt haben, dass wir über gute Kontakte verfügen und über Wege, die ihnen manchmal versperrt sind.

Sie wissen schon – FBI, CIA oder die Geheimdienste dürfen nur in ganz bestimmten Fällen ermitteln und verfügen dabei über genau definierte Kompetenzen. Und manchmal arbeiten sie ehrlich gesagt mehr gegeneinander als miteinander.

Bei uns ist das etwas anders. Wir beschränken unsere Tätigkeit wie gesagt nur auf wenige Fälle, die für uns wirklich wichtig sind, aber dann brauchen wir auf solche Beschränkungen keine Rücksicht zu nehmen.

Und weil viele Andere unsere Möglichkeiten zu schätzen gelernt haben, arbeiten sie in diesen Fällen gerne mit uns zusammen und erweisen uns im Gegenzug den ein oder anderen Gefallen.

Glauben Sie mir, Joe, die Beziehungen der Translation reichen ziemlich weit nach oben, auch wenn die meisten von den Damen und Herren da oben Ihnen sagen würden, dass sie noch nie etwas von uns gehört haben.«

»Und wie passt das mit unserem Fall zusammen?«, bohrte der Berliner Hauptkommissar weiter.

»Well, das Opfer Ihrer Erpressung ist eine europäische Raumfahrtagentur, da gibt es ja nicht so viele, die in Frage kommen. Hier in den USA aber haben wir, wie Sie sicher wissen, einige namhafte Firmen, die sich auch mit dem Thema Luft- und Raumfahrttechnik beschäftigen. Und einer dieser Unternehmer ist auch Sponsor und Führungskraft bei Translation, und zwar aus sehr konkretem Anlass.

In seinem Tätigkeitsbereich hat es nämlich seit längerer Zeit ähnliche Vorkommnisse gegeben wie in Ihrem Fall. Und weil dieser Unternehmer vor der Wahl stand, sich mit relativ geringen Erfolgsaussichten an die offiziellen Stellen zu wenden oder mit uns zu arbeiten, hat er Translation um Hilfe gebeten.«

Der Hauptkommissar lehnte sich wieder vor.

»Das heißt, bei Ihnen hat es auch solche Erpressungen gegeben?«

»Ja, allerdings etwas anders als in Ihrem Fall. Aber es gab - sagen wir mal, einige unerklärliche technische Probleme und ursächlich dafür waren auch hauptsächlich Softwareanwendungen, die nicht so funktionierten, wie sie es eigentlich sollten. Um ein extrem teures und sehr zeitkritisches Projekt nicht zu gefährden, sind dort also auch sogenannte Schutzgeldzahlungen geleistet worden.«

Beim Wort »Schutzgeldzahlungen« hob Barlow Zeigefinger und Mittelfinger seiner beiden Hände und deutete in der Luft Anführungszeichen an.

»In unserem Fall sind diese Zahlungen aber anders als bei Ihnen direkt erfolgt, und wir konnten ein Teil des Weges, den das Geld genommen hat, nachverfolgen. Bill und sein Team sind natürlich davon ausgegangen, dass der oder die Täter das Geld möglichst schnell und unauffällig wieder in Umlauf bringen. Sie konnten sich ja denken, dass die Scheine registriert waren und sie beim Auftauchen jede Menge Uniformierte an den Hacken haben würden.

Seltsamerweise schien die Bande es aber nicht so eilig zu haben. Wir konnten beobachten, dass mehrere große Mengen Bargeld gesammelt wurden und dann zusammen mit weiteren Lieferungen Richtung Asien gingen. Bei einigen dieser anderen Transporte haben wir den Verdacht, dass es sich auch entweder um Bargeld, Edelmetalle oder Edelsteine handelt. Bei zwei Lieferungen aus Australien zum Beispiel, sind wir sicher, dass sie Gold enthielten, dass als Maschinenteile getarnt war.«

Kopta sah den Büroleiter nachdenklich an und sein Kriminalistengehirn arbeitete auf Hochtouren. Er blätterte in seine Notizen und fand schließlich die Kopie einer abgegriffenen Visitenkarte. Mit fragendem Blick sah er zu Bill Milestone hinüber.

»Sagt Ihnen die Bezeichnung ›TASB‹ etwas?«

Der amerikanische Ermittler schmunzelte und deutete auf die Notizen des Kommissars.

»Ja, wir hatten es in einem Fall auch mit diesem schleierhaften TASB zu tun – und mit einem gewissen Mister Colucci.«

»Na, dann sind ja wohl alle Zweifel beseitigt, dass wir es mit derselben kriminellen Gruppe zu tun haben. Meine Kollegen in Berlin haben sich die Köpfe darüber zerbrochen, was hinter der Abkürzung TASB steckt. Aber wir sind zu keinem vernünftigen Ergebnis gekommen. Haben Sie dazu etwas herausgefunden?«

»Moment.«

Milestone kramte ebenfalls in seinen Unterlagen.

»Es gibt viele Organisationen, die sich mit TASB abkürzen lassen, aber keine davon lässt sich sinnvoll mit unseren Ermittlungen in Verbindung bringen. Deswegen sind wir bisher auch ziemlich ratlos und haben nur eine andere Erklärung gefunden.«

»Und die wäre?«

»Wir sind auf einen alten amerikanischen Science-Fiction-Film gestoßen – aus dem Jahre 1999. Das Werk hatte den Titel ›The Atomic Space Bug‹, was abgekürzt TASB ergibt. Ein selbst für damalige Verhältnisse gruselig schlecht gemachter Streifen, der sofort wieder in der Versenkung verschwunden ist. Es geht darum, dass ein außerirdischer Käfer auf der Erde landet und anfängt, sich von Menschen zu ernähren.

Wie gesagt, der Film ist so dilettantisch produziert, dass man wirklich nicht weiß, ob man darüber lachen oder weinen soll. Aber eins ist wichtig! Der Darsteller, der in dem lächerlichen Kostüm von diesem Käfer steckt, hieß Jason Colucci.«

»Und Sie meinen, das ist die Erklärung für TASB und unseren Herrn Colucci?«

»Wir sind uns natürlich nicht sicher, aber es ist die einzige Möglichkeit, die wir gefunden haben, um diese Visitenkarte zu erklären.«

»Und was würde das Ihrer Meinung nach bedeuten?«, hakte Kopta nach.

»Also, meiner Meinung nach ist die logischste Erklärung, dass wir es mit einem Liebhaber grottenschlechter Science-Fiction-Filme zu tun haben, der einen äußerst skurrilen Humor hat. Und dass uns diese Person verachtet und sich gleichzeitig so sicher fühlt, dass sie uns mit solchen Spielchen an der Nase herumführen kann.«

»Okay«, Kopta rührte nachdenklich im Rest seines Kaffees.

»Also, dass wir uns hier nicht mit Kleinkriminellen beschäftigen, war uns ja klar, aber wenn Sie recht haben, und diese Bande sich noch über uns lustig macht ... Auf jeden Fall hört es sich ja so an, als ob sie auf der ganzen Welt versuchen, möglichst viel Kapital zusammen zu raffen. Aber wofür? Normalerweise investiert man solche Mittel doch unauffällig, damit es wieder in den Kreislauf kommt und sich vermehrt, oder?«

»Ja, gewöhnlich schon.« Barlow kritzelte etwas auf seinen Block und sah Kopta in die Augen.

»Aber in diesem Fall sieht es so aus, als ob jemand viel liquide Mittel braucht, um eigene Projekte zu finanzieren.«

»Eigene Projekte?« Der BKA-Ermittler zog die Augenbrauen hoch. »Aber für welche finsteren Projekte braucht man so viel Geld, und dann auch möglichst noch in bar?«

»Ganz einfach.« Barlow beugte sich etwas vor und senkte die Stimme so, dass nur die am Tisch Sitzenden das Gesagte hören konnten.

»Wenn Sie gezwungen sind, sehr viele sehr teure Dinge über sehr dunkle Kanäle zu beschaffen ... da wird auch heute noch gerne in bar oder mit Edelsteinen bezahlt.«

Fast schon genüsslich schaute er in die drei fragenden Augenpaare auf der anderen Seite des Tisches und gönnte ihren Besitzern ein paar stille Sekunden zum Nachdenken, bevor er weiterredete.

»Joe, das was ich Ihnen jetzt erzähle, hat erhebliche politische Sprengkraft, und wir vertrauen darauf, dass Sie sich darüber bewusst sind. Das Gleiche gilt natürlich für Slim und Gwen. Außerhalb dieses Raumes hat nur eine Handvoll Leute Kenntnis davon. Und das muss auch unbedingt so bleiben. Das ist der eigentliche Hauptgrund, warum man sehr weit oben der Meinung ist, dass die Ermittlungen im Moment hier bei Translation besser aufgehoben sind, als in irgendeinem Großraumbüro in Langley oder Washington.

Wenn die Geschichte, die wir vermuten, stimmt, würden schon ein paar Gerüchte darüber mit ziemlicher Sicherheit ein Erdbeben in der Öffentlichkeit auslösen, was ich mir ehrlich gesagt gar nicht vorstellen mag. Und dann wären alle unsere bisherigen Arbeiten umsonst gewesen, und wir könnten einpacken.«

Er ließ eine kurze Pause entstehen, und für seine Zuhörer sah es so aus, als müsste er sich auf das Kneten des Filzstifts in seinen riesigen Händen konzentrieren. Mit einem Nicken deutete er auf den Leiter der Investigativabteilung neben sich.

»Bill und sein Team haben in den letzten Wochen außerordentlich konkrete Fakten zusammengetragen, und die Geschichte mit der Erpressung in Europa und dem verschwundenen Lösegeld scheint ein weiteres Puzzlestück zu sein, das genau passt. Und das uns zeigt, dass wir auf der richtigen Fährte sind. Bill, zeig uns doch bitte mal die Karte.«

Der Angesprochene tippte kurz auf seinem Laptop und auf dem riesigen Bildschirm an der Stirnwand des Büros erschien eine Landkarte. Barlow nahm sich einen Laserpointer von der Mitte des Besprechungstisches und schaltete in ein. Mit ein paar kreisenden Bewegungen ließ er den roten Lichtpunkt um einen Abschnitt am südlichen Rand der Karte tanzen.

»Das hier unten ist Malaysia. Hier ist die Hauptstadt Kuala Lumpur. Bill und sein Team haben Beweise dafür gesammelt, dass dort einige größere Sendungen mit Bargeld und Edelsteinen als Beiladung in Passagiermaschinen gelandet sind. Wusstet ihr, dass ungefähr die Hälfte aller Luftfrachtsendungen weltweit unauffällig in Linienmaschinen mitreisen? Schwer zu beobachten und schlecht nachzuvollziehen. Soweit wir wissen, wurden diese Lieferungen in einem unscheinbaren, aber extrem gut bewachten Lagerraum am Flughafen gesammelt.«

Er ließ wieder eine kurze Pause entstehen, und es war ihm anzusehen, dass die Tragweite dessen, was er erzählen wollte, ihm selber die Wortwahl schwer machte. Langsam und mit sorgsam gedämpfter Stimme fuhr er fort.

»Jeder von uns hat sicher schon einmal die Bezeichnung MH370 gehört. Das ist der offizielle Rufname für eine Boeing 777, die am 8. März 2014 hier in Kuala Lumpur startete, um nach Peking zu fliegen. Die Triple-Seven wie sie auch genannt wird, ist das größte zweistrahlige Passagierflugzeug der Welt und kann in der normalen Passagierversion fast 70 Tonnen Nutzlast mitschleppen, inklusive der Passagiere und Gepäck natürlich. Also jede Menge Raum und Möglichkeiten für Frachtbeiladung.

Fragt mich nicht, woher wir sie haben, aber wir haben Bilder von Überwachungskameras, die eindeutig zeigen, dass vor dem Start neben den normalen Koffern der Passagiere auch noch mehrere große Frachtstücke eingeladen wurden. Und dass es sich bei diesen Ladungen mit an Sicherheit grenzender Wahrscheinlichkeit um die gesammelten Geld- und Werttransporte handelte, die wir nachverfolgen konnten.

Wir ihr wisst, hat dieses Flugzeug seinen Bestimmungsort Peking nie erreicht. Es ist nach ungefähr einer Stunde Flug von allen Radarschirmen verschwunden, und man hat bis heute trotz der intensivsten Suche aller Zeiten keine Spur von ihm gefunden.«

Kopta atmete hörbar aus.

»Soll das heißen, Sie nehmen an, dass die gesamte Ladung und alle Passagiere jetzt irgendwo auf dem Meeresgrund liegen und wahrscheinlich nie gefunden werden? Und Sie vermuten, dass das Lösegeld aus unserer Erpressung auch mit an Bord war?«

»Well ...« Barlow räusperte sich und bearbeitetet nachdenklich den Laserpointer in seinen Händen. Es kostete ihn sichtlich Mühe, seine Worte vorsichtig zu wählen.

»Was diese Lösegeldsumme aus Antwerpen anbelangt, haben Sie wahrscheinlich Recht. Aus den Frachtpapieren geht hervor, dass auch eine Büchersendung an eine belgische Schule in Peking mit an Bord war.

Wir konnten bisher nicht viel mit dieser Sendung anfangen, aber soweit wir sie zurückverfolgt haben, kam sie tatsächlich mit einem anderen Flugzeug aus Europa, aller Wahrscheinlichkeit nach aus Amsterdam. Der Zeitpunkt des Transportes und vor allem das Gewicht der Sendung könnten zu Ihrem Lösegeld passen, nicht war, Bill?«

Milestone nickte.

»Ja, soweit wir wissen, traf die Sendung Ende Februar in Kuala Lumpur ein und hatte laut Papieren ein Gewicht von 1.265 kg. Das würde in etwa dem Lösegeld mit etwas Verpackungsmaterial entsprechen. Wir konnten mit der Sendung bisher nichts anfangen, weil der Absender nicht zu ermitteln war und - was noch viel seltsamer ist – weil es diese angebliche belgische Schule in Peking gar nicht gibt.«

Kopta nickte resignierend und massierte sein Kinn.

»Verdammt, das könnte natürlich passen. Dann müssen sich die Kollegen von dem Geld wohl endgültig verabschieden. Aber als Slim mir von Ihren Ermittlungen in Richtung Asien erzählt hat, hab ich mir schon so was gedacht. Sie meinen also die Lieferungen waren unterwegs nach China?«

»Zumindest zum Schein« senkte Barlow wieder leicht die Stimme.

»Was heißt zum Schein?«

»Well, unserer Vermutung nach war das nur der offizielle Bestimmungsort der Maschine. Aber nach allem, was wir an Informationen zusammentragen konnten, halten wir es eher für wahrscheinlich, dass der Flug ein anderes Ziel hatte.«

Kopta unterbrach seine Kinnmassage und sah den Büroleiter überrascht an.

»Welches andere Ziel?«

Barlow räusperte sich und hob die Hand.

»Also, erst mal der Reihe nach. Offiziell handelte es sich natürlich um einen stinknormalen Linienflug von Kuala Lumpur nach Peking. Aber aus gegebenem Anlass haben wir den begründeten Verdacht, dass für diesen Flug ein anderer Bestimmungsort vorgesehen war. Wie gesagt, wir konnten einige der Sendungen so weit zurückverfolgen, dass wir die Versender identifiziert haben. Und bei den meisten dieser ominösen Absender handelt es sich entweder um Scheinfirmen, die durch nordkoreanische Mittelsmänner betrieben werden, oder um Nordkoreaner selbst. Das deutet eindeutig auf Office 39 hin.«

»Office 39? Ach du Scheiße.«

Der deutsche Hauptkommissar richtete sich in seinem Stuhl auf und sah Barlow entsetzt an.

»Aber das würde ja bedeuten ...«

Er brach den Satz ab und fixierte einen Punk auf der Tischplatte vor sich. In seinem Kopf kreisten mehrere Gedanken und er nahm sich drei Sekunden, um sie zu ordnen.

Nesbit neben ihm unterbrach die Stille.

»Klärt mich auf. Wer oder was steckt hinter diesem Office 39? Sollte ich das kennen?«

»Na ja ... «, der BKA-Ermittler neben ihm hob den Kopf.

»... ich selbst hatte damit auch noch nichts zu tun, aber aus einigen Briefings mit Kollegen und den Diensten weiß ich, dass man eine geheime Stelle im nordkoreanischen Regierungsapparat so bezeichnet, und dass sich dieses Office ausschließlich damit befasst, ausländische Devisen zu beschaffen – wofür auch immer.

Bei uns in Berlin betreiben die zum Beispiel ein Hostel direkt an der Botschaft und einige andere zwielichtige Geschäfte. Aber immer so an der Grenze des Legalen und so perfekt getarnt, dass man bisher keine richtige Handhabe hatte, um ihnen das Handwerk zu legen.«

Nesbit hob die Augenbrauen und sah seinen Büroleiter auf der anderen Seite des Tisches fragend an.

»Das heißt, dieses Office 39 ist nordkoreanisch?«

Barlow nickte.

»Ja, das ist die Bezeichnung für eine inoffizielle nordkoreanische Behörde, die die Aufgabe hat, im Ausland Devisen zu beschaffen, um die Aufrüstungspläne des Regimes zu finanzieren, und natürlich den luxuriösen Lebenswandel der Regierenden selbst. Und wenn wir von Aufrüstungsplänen sprechen, das wissen glaube ich alle, dann reden wir in diesem Fall von atomarer Aufrüstung. Damit haben wir wieder genau den Punkt, von dem ich vorhin gesprochen habe. Nämlich diese sehr vielen sehr teuren Dinge, die man nur über extrem dunkle Kanäle beschaffen kann, denn für alle Lieferungen, die irgendwo in der Rüstung eingesetzt werden könnten, besteht seit langem ein Embargo gegen Nordkorea. Und das wird weltweit sehr genau überwacht.

Die Zentrifugen, die man tausendfach braucht, um Uran waffenfähig anzureichern, oder die hochmoderne Raketentechnologie oder die nötigen Treibstoffe dafür kauft man nicht bei Amazon. Die Beschaffung funktioniert nur über sehr schwarze und sehr teure Kanäle. Und diese Lieferanten nehmen keine Schecks. Um die zu bezahlen braucht man entweder Bargeld oder Edelsteine. Und zwar in großen Mengen. Das ist unser erster sehr konkreter Hinweis. Und wenn ich dann an diesen Atomic Space Bug denke, wird mir der Humor von unserem Mister Colucci noch etwas unheimlicher.«

Er nahm wieder seinen Laserpointer in die Hand und deutete auf den Bildschirm.

»Und jetzt zeige ich Euch den zweiten spannenden Hinweis. Wie gesagt, hier unten ist Malaysia und hier ist Kuala Lumpur, der Ausgangspunkt des Fluges. Von dort aus nach Peking sind es rund 4.350 Kilometer. Eine Boeing 777 braucht dafür ungefähr sechseinhalb Stunden. Der Mittelpunkt des Kreisbogens den Bill hier eingezeichnet hat, liegt am Startpunkt des Flugzeugs und der Radius sind 4.350 km. Also liegt hier oben auf dem Kreis Peking.«

Er ließ den Strahl des Laserpointers um die chinesische Hauptstadt am oberen Bildrand kreisen.

»Um von Kuala Lumpur nach Peking zu fliegen, muss man dem Autopiloten also nur sagen, er soll 4.350 Kilometer in Richtung 18 Grad steuern. Danach kann man sich sechs Stunden aufs Ohr legen. Okay, vereinfacht ausgedrückt natürlich.«

Er grinste in die Runde.

»Und jetzt kommt der springende Punkt. Wenn ich einen etwas übermüdeten Piloten erwische, der aus Versehen statt 18 Grad 28 Grad in den Autopiloten eintippt - wo bin ich dann mit nur einer Ziffer Unterschied nach 4.350 Kilometern?«

Er blickte in drei fragende Augenpaare.

»Ganz einfach, das ist die gestrichelte Linie, die Bill hier etwas weiter rechts eingezeichnet hat. Ich kann mir den Namen von diesem gottverdammten Kaff einfach nicht merken, aber es liegt auf jeden Fall in Nordkorea!«

Er genoss drei Sekunden lang das Schweigen am Tisch und ließ seinen Zuhörern Zeit zum Nachdenken.

»Heiliger Bullshit!«, fand Kopta als Erster die Sprache wieder.

»Sie wollen doch wohl nicht sagen ...«

Er brach ab, um seinen Gedanken zu Ende zu verfolgen.

Der Büroleiter hob beschwichtigend die Hand.

»Ich will damit nur sagen, dass das der zweite Hinweis ist, der uns sehr nachdenklich gemacht hat, und dass wir nicht glauben, dass die gesamten nordkoreanischen Auslandserlöse zufällig in das gleiche Flugzeug nach Peking geladen worden sind. Eine Maschine, deren Ziel und Reichweite perfekt dazu passen, es mit minimalem Aufwand ein kleines bisschen umzuleiten, und die zufällig über ein großes und kaum zu überwachendes Seegebiet fliegt. Und das ausgerechnet diese Maschine dann zufällig so spurlos verschwunden ist, dass man auch mit den aufwändigsten Suchmaßnahmen der Menschheitsgeschichte bis heute keine Spur von ihr finden konnte.«

»Aber hat man die Maschine nicht später irgendwo bei Australien gesucht? Weil man dort den letzten Funkverkehr mit ihr hatte?«

Der deutsche Hauptkommissar intensivierte wieder seine Kinnmassage.

»Ja, das ist richtig«, musste Barlow zugeben, »aber das Wort ›Funkverkehr‹ stimmt nicht ganz. Man hat einzelne Funksignale aufgefangen, von denen man meinte, sie der Maschine zuordnen zu können. Deswegen hat man sich bei der Suche auf das Gebiet im Süden konzentriert. Ob die Signale aber wirklich von MH370 stammten, weiß keiner. Es könnte genau so gut sein, dass sie jemand abgesetzt hat, um bewusst eine falsche Fährte zu legen. Vielleicht findet man da ja auch irgendwann ein paar verstreute Wrackteile, um zu verhindern, dass doch noch jemand auf die Idee kommt an anderer Stelle zu suchen - wer weiß.«

Er legte wieder eine Denkpause ein, als wollte er seinen Zuhörern Gelegenheit geben, dass Gehörte zu verdauen. Mit einem Schluck aus der Kaffeetasse ölte er die Stimmbänder, bevor er sich zurücklehnte und weitersprach.

»Aber es gibt noch einen Hinweis Nummer 3, der uns sehr stutzig gemacht hat. Bill, zeig doch mal das Foto.«

Der Angesprochene tippte einige Male auf seinem Laptop, und statt der Karte war kurz darauf auf dem Schirm das Bild eines riesigen U-Boots zu sehen.

»Danke. Das ist ein Foto von SSGN-727. So lautet die Bezeichnung für die USS Michigan, ein atomgetriebenes U-Boot der Ohio-Klasse. Ich finde das Foto so toll.«

Er grinste und genoss kurz den Anblick des mattschwarzen kraftstrotzenden Kolosses, der scheinbar völlig unbeeindruckt und mit voller Fahrt durch ein gigantisches Wellental pflügte.

»Eins seiner Schwesterschiffe operierte am 8. März im gelben Meer, ungefähr hier.«

Milestone hatte wieder zur Kartenansicht gewechselt, und sein Chef ließ den Strahl des Laserpointers einen Kreis auf der Karte beschreiben.

»Welches Boot es war und wo genau, durften uns die Jungs von der Naval-Intelligenz natürlich nicht verraten, streng geheim. Aber das spielt auch keine Rolle. Jedenfalls hatte es auf dem U-Boot ein technisches Problem gegeben, und es war gezwungen außerplanmäßig aufzutauchen, um von einem Marinehubschrauber ein benötigtes Ersatzteil in Empfang zu nehmen. Deswegen lag das Boot in dieser Nacht aufgetaucht da und man hat mit dem Radar den Luftraum überwacht, um den Hubschrauber in die richtige Richtung zu lotsen.

Während man die Lieferung von dem Helikopter entgegengenommen hat, wurde dann vom Radar ein großes ungewöhnlich tieffliegendes Objekt erfasst, dass sich ungefähr von Süd nach Nord bewegte. Da das unidentifizierte Flugobjekt aufgrund seiner Entfernung und Richtung keine direkte Gefahr darstellte, hat man es nicht weiter beachtet. Erst als die Besatzung ein paar Wochen später von der Suchaktion nach MH370 erfuhr, hat man die Beobachtung an das Marinekommando gemeldet. Dort ist so was selbstredend streng geheim und deshalb hat die Öffentlichkeit nie etwas davon erfahren. Auch Bill hat die Meldung nur zufällig bei seinen Nachforschungen entdeckt, aber sie ist ein weiteres Puzzlestück in unseren Erkenntnissen, weil Ort und Zeitpunkt auffallend gut passen.«

Kopta stützte nachdenklich das Kinn auf beide Hände und sah Barlow einen Moment fragend an.

»Sie sind also ernsthaft der Meinung, die Maschine wäre nach Nordkorea entführt worden, und man hätte dort die Fracht ausgeladen und das Flugzeug mitsamt Passagieren und Besatzung verschwinden lassen?«

»Faktisch beweisen können wir es zugegebenermaßen nicht, aber wir haben sehr konkrete Hinweise darauf«, nickte Barlow. Er gönnte sich und seinen Zuhörern eine weitere kurze Denkpause.

»Und der letzte Punkt, der unsere Vermutung unterstützt, ist die Statistik. Das ist dein Gebiet, Bill. Erzähl doch mal.«

»Well ...«, räusperte sich sein Sitznachbar und richtete sich etwas auf, »... ich würde es keinen Beweis nennen, aber schon eine starke Unterstützung für unsere Annahme. Wie gesagt, haben wir die Vermutung ja anfangs selber für ziemlich verrückt gehalten, und um herauszufinden, ob so etwas überhaupt technisch machbar ist, habe ich mich mit zwei Spezialisten für Unfalluntersuchungen bei Boeing unterhalten. Ich hab ihnen selbstverständlich keine Details unserer Geschichte verraten, aber zumindest einige Gedanken.

Und beide haben mir unabhängig voneinander bestätigt, dass so ein Plan von Leuten, die über das notwendige Fachwissen verfügen, durchaus durchführbar ist, und dass es rein theoretisch möglich wäre, ein Flugzeug auf diese Art spurlos verschwinden zu lassen. Und sie haben mir noch einige interessante statistische Daten erklärt.

Laut Statistik der Untersuchungsbehörden passieren weit über 80 Prozent aller Flugunfälle in direktem Zusammenhang mit Start und Landung [illegible] ist ja auch logisch. Denn ist die Belastung sowohl für die Technik als auch für die Piloten am extremsten. Außerdem ist im Steig- oder Sinkflug bei niedriger Höhe die Möglichkeit mit Hindernissen, anderen Fluggeräten oder zum Beispiel großen Vögeln zu kollidieren am größten. In Bodennähe ist auch die Gefahr durch Wettereinflüsse, also starke Winde oder

Gewitterböhen natürlich am größten, und die Crew hat in einer solchen Situation, am wenigsten Zeit auf Unvorhergesehenes zu reagieren. MH370 hatte aber ja schon seine Reiseflughöhe von 35.000 Fuß erreicht, diese Ursachen scheiden also aus.

Als Nächstes käme ein Bombenanschlag in Frage, der wäre dann aber auf der Flugroute passiert, und in Reiseflughöhe hätte eine Bombe zusammen mit dem Überdruck der Kabine, zehntausende Einzelteile über wenige Quadratkilometer verteilt. Man hätte deswegen bei der folgenden Suchaktion mit Sicherheit tausende Trümmerteile gefunden.

Das gleiche gilt für eine andere Explosion an Bord, einen Zusammenstoß oder Meteoriten- oder Blitzeinschlag. Ebenso für einen Absturz durch eine fehlgeschlagene Entführung oder aus anderem Grunde.

Alles das scheidet definitiv als Ursache aus.

Deswegen bleibt also nur noch die Möglichkeit, dass die Maschine in einem Stück, also eventuell beschädigt aber flugfähig, aus welchen Gründen auch immer selbstständig den Kurs geändert hat und die Besatzung keine Möglichkeit mehr hatte das Flugzeug zu steuern oder zumindest einen Notruf abzusetzen.

Es gibt aber weder bei den Flugsicherheitsbehörden noch beim Hersteller Boeing selbst einen Experten, der ein solches Szenario glaubhaft darstellen kann. Niemand von den Spezialisten kann technisch erklären, wie so eine Situation entstehen könnte, und noch viel weniger, wie dadurch eine solch riesige Maschine inklusive Insassen spurlos verschwinden kann. Und auch die These des erweiterten Selbstmordes des Piloten ist so gut wie ausgeschlossen, denn auch dann hätte man natürlich Trümmerteile gefunden.

Folglich bleibt nach objektiven Berechnungen mit 99,999-prozentiger Wahrscheinlichkeit nur eine Möglichkeit übrig. Die Maschine wurde gezielt und exakt geplant an einem unbekannten Ort gelandet. Und nach der Landung hat man sie dort inklusive aller Insassen verschwinden lassen. So verrückt das auch klingt.«

»Aber es gibt auch ein Argument, was dagegen spricht, das will ich hier ebenfalls nicht verschweigen«, hob sein Chef neben ihm die Hand und übernahm wieder das Wort.

Kopta hob die Augenbrauen.

»Und das wäre?«

»Well, es gibt auf dieser Welt wohl kaum ein Land, das so lückenlos überwacht wird wie Nordkorea, schon deswegen, weil dessen militärische Ambitionen ja bekannt sind. Allein die amerikanischen Dienste und das Verteidigungsministerium haben eine ganze Flotte von Satelliten, die stündlich Fotos von allen relevanten Örtlichkeiten liefern und abgleichen. Deshalb sind einige Experten der Meinung, dass die Landung eines so großen Verkehrsflugzeugs auf einem der bekannten Flugplätze mit hoher Wahrscheinlichkeit entdeckt worden wäre, gerade weil die zivilen Flugbewegungen über dem Land überschaubar sind und lückenlos beobachtet werden. Mit hundertprozentiger Sicherheit ausschließen kann es allerdings logischerweise niemand. Das heißt, dass wir sehr konkrete Hinweise für unseren Verdacht haben, aber eben bisher noch nichts beweisen können.«

»Und diese Erpressungen, die es hier gegeben hat? Sie sind sich sicher, dass dahinter auch die Nordkoreaner stecken?«

Barlow nickte. »Bill, wie nennt ihr diese Abteilung?«

»APT-37. Das ist eine Gruppe innerhalb des nordkoreanischen Militärs, die schon für einige andere Angriffe verantwortlich war. Auch bei diesen Manipulationen hier sind wir uns sehr sicher, dass sie von dort aus gesteuert wurden. Es gibt da eine geheime Abteilung namens Lazarus. Und eine der Hackergruppen nennt sich Stardust-Chollima.

Teile der eingesetzten Software, die unsere Experten analysiert haben, tragen eindeutig deren Handschrift. Da gibt es bei den Fachleuten keine Zweifel. Sie konnten uns teilweise sogar sagen, in was für einem Gebäude und in welchem Stockwerk diese Typen arbeiten. Und wenn diese Gruppe für die technische Durchführung der Erpressung verantwortlich ist, dann sind mit Sicherheit die Auftraggeber und Empfänger der erpressten Gelder nicht weit.«

»Das ist wirklich völlig verrückt ...«

Laut denkend setzte Kopta seine Kinnmassage fort.

»Da ist man sich sicher, die Urheber zu kennen, und man hat sogar noch den konkreten Verdacht, dass die Bande ein komplettes Verkehrsflugzeug inklusive Passagieren und Besatzung verschwinden lässt, um an ihr Geld zu kommen – und wir brauchen dringend die Zugangsdaten, wenn wir das Galileo-Programm retten wollen. Aber wir haben überhaupt keine Chance, den Jungs auf die Finger zu klopfen, weil sie sich hinter dem Eisernen Vorhang verkriechen und womöglich auch noch militärischen Schutz genießen. Verdammt!«

»Na ja ...« Barlow stand betont langsam auf und schlenderte mit seiner Tasse in Richtung Kaffeeautomat.

»Vielleicht gibt es ja doch eine Möglichkeit .... jemand noch einen Kaffee?«

Er wartete, während der Automat seinen Kaffeepott füllte, und nahm sich dann noch zwei Stückchen Zucker. Vorsichtig den Becher balancierend kehrte er zum Tisch zurück und nahm wieder Platz.

Indem er in aller Ruhe den Kaffeelöffel in seinem Heißgetränk kreisen ließ, blickte er in erwartungsvolle Gesichter.

»Ich hab ja gesagt, dass diese Geschichte bei uns extrem aufmerksam verfolgt wird, ist ja auch kein Wunder. Es gibt zwar nur wenige Menschen, die alle Details kennen, aber einige von denen verfügen über großen Einfluss und haben unter ihrem Schreibtisch viele Hebel, um Dinge in Bewegung zu setzen.

Gerade weil es sich hier um einen unserer Lieblingsfeinde handelt und man auf jeden Fall vermeiden will, dass dieser Feind eines Tages noch gefährlicher wird, als er heute schon ist, gibt es in diesen Kreisen eine große Bereitschaft, den Jungs mit voller Wucht auf die Füße zu treten. Man scheut natürlich davor zurück, das mit offiziellen militärischen Mitteln zu machen, vor allem, weil man ja auch keine wasserdichten Beweise präsentieren kann. Man hat mir allerdings klar zu verstehen gegeben, dass wir große Unterstützung hätten, falls wir einen Weg finden, der Bande das Handwerk zu legen. Und wenn wir unsere Kräfte bündeln, gibt es ja eventuell eine Möglichkeit.«

Kopta sah seinem Gegenüber nachdenklich in die Augen.

»Wenn wir unsere Kräfte bündeln? Das hört sich so an, als ob Sie eine Idee hätten.«

»Na ja«, druckste Barlow und senkte den Blick auf seine Unterlagen.

»Ideen schon, aber zunächst wäre es ja mal wichtig, herauszufinden wo ein Stützpunkt der Bande ist. Das wäre die Voraussetzung, um mal bei den Jungs anzuklopfen. Ich denke, wir kommen da am ehesten weiter, indem sich Bill mal mit Ihrem Mister Tergau unterhält. Wenn die beiden ihre Erkenntnisse und Ressourcen bündeln, wäre es doch gelacht, wenn wir nicht in Erfahrung bringen könnten, von wo aus die Bande agiert, was meinen Sie?«

»Gute Idee.« Kopta machte sich Notizen.

»Wenn Sie mir Ihre Daten geben, Bill, dann rufe ich gleich Tergau an. Er spricht ganz passabel Englisch, und Sie werden sich bestimmt gut verstehen. Vielleicht hat er ja schon neue Informationen, was die Ortungen anbelangt.

Aber Hank, wie wollen Sie der Bande ›auf die Füße treten‹, wie Sie es so schön ausgedrückt haben? Wenn es sich wirklich herausstellt, dass wir es hier mit Asiaten oder vielleicht sogar mit Nordkoreanern zu tun haben, die unter dem Schutz ihrer Regierung stehen, sehe ich da ziemlich schwarz, oder? Zumindest ich bin dann mit meinen Mitteln echt am Ende.«

Barlow richtete sich auf, und die gespielte Verlegenheit mit der er einige Sekunden lang den Filzstift in seinen riesigen Händen knetete, wirkte fast schon komisch.

»Well ..., ich habe ja gesagt, dass wir da eventuell auf die Unterstützung einiger Institutionen zurückgreifen können, die über Mittel verfügen, um so etwas zu realisieren.«

»Aha, und das bedeutet?«, bohrte der Hauptkommissar mit gerunzelter Stirn nach.

»Das bedeutet, dass wir zunächst einmal herausfinden müssen, wo diese Kerle sich verkriechen und ob sie überhaupt angreifbar sind. Das ist das Wichtigste. Bill und ich haben da so eine Idee, und ich bin sicher – sobald Bill sich mit Ihrem Mister Tergau kurzgeschlossen hat, werden wir schnell erfahren, ob wir mit unserer Vermutung richtig liegen. Wenn wir das herausgefunden haben, bin ich der festen Überzeugung, dass uns etwas einfällt.«
Er schaute dem Hauptkommissar mit einem breiten Grinsen in die Augen. Dann drehte er den Hals und blickt lächelnd in Nesbits fragendes Gesicht.

»Sag mal, Slim, wann warst du eigentlich das letzte Mal in Coronado?«

Nesbit hob ruckartig den Kopf und riss die Augen auf. Sein ungläubiger Blick ließ seine Miene einen kurzen Moment versteinern, und für einige lange Sekunden schienen ihm völlig untypisch die Worte zu fehlen.

Auch danach reichte es nur zu einem fassungslosen »Holy bullshit!«

60 Minuten später fädelte Nesbit seinen Z4 wieder routiniert in die scheinbar endlose Fahrzeugschlange der Market Street ein. Der brodelnde Nachmittagsverkehr verlangte seine ganze Aufmerksamkeit, und auch sein Beifahrer schien nicht zum Small Talk aufgelegt zu sein.

Koptas Blick wanderte über die Hochglanzfassaden der vorbeigleitenden Bürotürme, ohne sie wirklich wahrzunehmen. In Gedanken bemühte er sich, die Informationen, die er im Translation-Hauptquartier gewonnen hatte, einzuordnen und zu einem Puzzle zusammen zu setzen. Eine Tätigkeit, die für ein paar Minuten seine ganze Konzentration und Fantasie beanspruchte.

»Du hast also eine Karriere in Coronado hinter dir?,« unterbrach er seine Denkarbeit schließlich mit einer Frage an seinen Fahrer.

»Hast mir ja nie davon erzählt.«

Nesbit winkte ab. »Waren auch nur 18 Monate Ausbildung bei den Navy Seals. Aber die hatten es in sich! Danach war ich bei ein paar kleineren Einsätzen dabei.

Tja, und dann ist mir eines Nachts bei einer Landeübung einer meiner Kameraden von oben in den Fallschirm gesprungen. Wir sind beide ziemlich unsanft gelandet, und ich hab die nächsten sechs Monate mit einer gebrochenen Hüfte in Hospital und Reha verbracht. Danach war's mit der aktiven Karriere vorbei.

Ich hab dann erst mal versucht, bei der Truppe zu bleiben, und konnte in der Ausbildung und Verwaltung unterkommen, aber da hab ich schnell festgestellt, dass ein Navy-Büro zu eng für mich ist. Ich brauche Bewegung und frische Luft. Und dann ist mir zufällig mein alter Ausbilder Hank Barlow über den Weg gelaufen. Der war gerade dabei, Translation zu verstärken, und suchte Ermittler mit Erfahrung und Tatendrang. Leute wie mich halt. Das ist jetzt schon ein paar Jahre her, aber ich hab's nicht bereut. Viel frische Luft, ein großartiges Team und keine Langeweile .... Wie für mich erfunden.«

»Und seit dem warst du nicht mehr in Coronado?«

»Doch, doch, ich hab noch ein paar ausgezeichnete Freunde da, und letztes Jahr hatte ich mit einigen von ihnen zusammen einen Außeneinsatz in Panama. Wirst sehen, die Jungs sind gut drauf und eine geniale Verstärkung, wenn man sie braucht.«

Kopta lehnte sich zurück und versuchte, sich zu konzentrieren. Vor seinem geistigen Auge wechselten kurze Filmschnipsel in wilder Reihenfolge. Ein vollbesetztes Passagierflugzeug, das in dunkler Nacht unbeleuchtet und mit unbekanntem Ziel über den Ozean glitt. Tergau, der mit zusammengekniffenen Augen auf seinen Bildschirm starrte und fieberhaft die Tastatur darunter bearbeitete. Direktor Spieß, der mit hastigen Schritten und wild gestikulierend seinen Schreibtisch umrundete.

Er schloss die Augen, um seine Gedanken zu ordnen. In mittlerweile über 20 Dienstjahren beim BKA hatte er schon in einigen spektakulären Verbrechen ermittelt, aber die Erkenntnisse der letzten Tage, zusammen mit dem, was Barlow ihnen im Büro von Translation präsentiert hatte, waren noch eine andere Dimension.

Er versuchte das Geschehen vor seinem geistigen Auge Revue passieren zu lassen und alles in die richtige Reihenfolge zu bringen. Angefangen von dem obskuren Mord in Hamburg über seine Erlebnisse in Paris, Spanien und zuletzt in Kolumbien. Zusammen mit den Ermittlungsergebnissen von Barlow und Bill Milestone ergab sich ein Gesamtresultat, das er vor wenigen Tagen noch für einen Hollywoodfilm gehalten hätte.

Aber ihre Erkenntnisse waren real. Und wenn auch bis jetzt einige Teile der Geschichte ziemlich spekulativ schienen, fand er zumindest keine logischen Anhaltspunkte, um an ihr zu zweifeln.

Alle Ergebnisse sprachen eindeutig dafür, dass sie einem der größten und skrupellosesten Verbrechen auf der Spur waren, von denen er je gehört hatte.

Wenn auch die 2996 Todesopfer des 11. September 2001 und die vieler nachfolgender Terrorangriffe dafür gesorgt hatten, dass auch der Letzte begriff, wozu Menschen aus Verblendung, Gier oder religiösem Wahn fähig waren. Plötzlich selbst Teil eines Geschehens zu sein, das man bisher nur durch die Zeitung oder die Abendnachrichten wahrgenommen hatte, war auch für den hartgesottenen Ermittler eine surreale Empfindung. Er brauchte einige Minuten, um sich an den Gedanken zu gewöhnen, dass er mitten in einer Untersuchung steckte, die er so zum ersten Mal erlebte.

Vor seinem geistigen Auge malte er sich die Auswirkungen aus, die die Zusammenfassung ihrer Erkenntnisse in den oberen Etagen des BKA entfesseln würde.

Allein die Dimension ihrer Vermutungen hätte mit tödlicher Sicherheit ein politisches Erdbeben zur Folge und würde seine weitere Arbeit oder sogar eine Verfolgung der Verantwortlichen zweitrangig werden lassen. Die Versuche, möglichst kein politisches Porzellan zu zerschlagen und öffentliches Aufsehen zu vermeiden, würden alles andere überlagern und das eigentliche Ziel, die Urheber des Verbrechens zur Rechenschaft zu ziehen, unerreichbar werden lassen.

Die Brisanz des Falls hätte unausweichlich zur Folge, dass er sofort zum Rapport nach Berlin zurückbeordert würde, und die anschließende politische Meinungsbildung aller Beteiligten und das Hin-und-her-Manövrieren zwischen Kompetenz und Verantwortung würde Monate dauern. Damit wäre jeder Versuch der weiteren Verfolgung und Aufklärung des Verbrechens von vornherein zum Scheitern verurteilt.

Er hatte selbst oft genug erlebt, dass derartige Fälle in dem Moment, in denen sie eine politische Dimension annahmen, hinter gepolsterten Türen verschwanden und jede weitere kriminalistische Arbeit nur noch Alibifunktion hatte. Und er verstand nur zu gut, was Barlow damit meinte, als er sagte, dass diese Ermittlungen im kleinen Kreise der Translation wesentlich besser aufgehoben waren als in einem Großraumbüro in Langley oder Washington. Denn auch wenn die amerikanische Außenpolitik erheblich weniger davor zurückschreckte, weltweite Auseinandersetzung zu führen, die Wahrscheinlichkeit, dass ein Verbrechen dieses Ausmaßes von Politik und Medien instrumentalisiert, und damit in Richtungen gelenkt wurde, die kriminalistisch wenig zielführend waren, war auch in den USA sehr groß.

Auf der anderen Seite wurde es mit jedem Tag, den ihre Ermittlungen dauerten, unvermeidlicher, dass die Presse Wind davon bekam. Auch wenn vielleicht nicht der ganze Umfang ihrer Vermutungen bekannt war, würden allein die Worte ESA, Erpressung und BKA reichen, um eine Welle von Berichterstattung loszutreten, die jede weitere Arbeit sinnlos machen würde, und die für viele Entscheidungsträger die öffentliche Meinung wichtiger werden ließ als eigentliche Verbrechensbekämpfung.

Kopta schnaufte hörbar durch und sein Chauffeur schien seine Gedanken zu erraten.

»Na, überlegst du, wie du das Deinem Chef schonend beibringst? In der Haut vom guten alten Spieß möchte ich dann aber nicht stecken.«

»Ich auch nicht«, stimmte der Hauptkommissar mit nachdenklichem Kopfschütteln zu.

»Und ich bin mir sehr sicher, dass wir damit am Ende unserer gemeinsamen Ermittlungen wären. Was meinst du, wie schnell dann einige Herren in Berlin kalte Füße kriegen und versuchen, die ganze Geschichte unauffällig zu beerdigen.«

»Kann gut sein.«

Nesbit steuerte seinen Zweisitzer auf den etwas ruhigeren Highway Richtung Süden.

»Aber wie willst du das verhindern? Spätestens wenn wir herausfinden, ob sich die Bande wirklich da verkrochen hat, wo Hank und Bill sie vermuten, brauchen wir eine schnelle Entscheidung, ob wir ihnen einen Besuch abstatten oder nicht. Und wenn wir das planen, bleibt keine Zeit für Diskussionen und offizielle Reiseanträge, das ist klar.«

»Ja, sehe ich auch so«, murmelte Kopta, während er die Arbeit seines Denkorgans durch die gewohnte Kinnmassage stimulierte.

Er gönnte sich einen Blick auf die Hügel des Mountain-State-Park, die von den letzten Strahlen der untergehenden Abendsonne in sanftes Licht getaucht wurden.

»Wenn wir der Bande auf den Fersen bleiben wollen, bleibt uns nichts anderes übrig, als den Ball erst mal flach zu halten - ich hab da schon eine Idee.«

Nesbit nahm den Fuß vom Gas und steuerte die näher kommende Ausfahrt an.

»Laut Gwen geht unser Flug nach San Diego morgen früh um neun. Ich kenne am Airport ein ganz passables Hotel und ein erstklassiges Steakhouse. Was hältst Du davon?«

Er grinste in Richtung Beifahrersitz und sein Copilot nickte zustimmend.

»Das mit dem Steakhouse hört sich einladend an. Und danach warten ein paar dringende Telefonate auf mich.«

14. Coronado

Coronado, Kalifornien, 22.09.2014, 11:45 Uhr Ortszeit

»Welcome to Naval Amphibious Base Coronado« las Kopta laut, während der Taxifahrer die Droschke in weitem Bogen auf dem Besucherparkplatz zum Stehen brachte.

»Hier hast du also deine Sturm- und Drangzeit verbracht.«

»So könnte man es nennen.«

Nesbit grinste und reichte dem Chauffeur seine Kreditkarte.

»War eine brutal harte Ausbildung hier. Um hier zu bestehen, bist du gezwungen körperlich und geistig an deine Grenzen zu gehen. Aber ich habe auch nie wieder danach in meinem Leben so einen Spaß gehabt, wie in den drei Jahren bei den Seals. Das kannst du mir glauben.«

»Geht mir ähnlich,« pflichtete der Hauptkommissar mit einem wehmütigen Blick auf das Schild über dem Eingangsportal bei.

»Ich denke auch oft an meine Ausbildung zurück und hab ein paar großartige Freunde aus der Zeit. Ist aber auch schon ein paar Jahre her.«

Mit einem Seufzer stieg er aus und öffnete den Kofferraum des Fahrzeugs, um sein spärliches Gepäck zu entladen.

Die heiße Septembersonne brannte schon am Vormittag unbarmherzig, und die beiden Ermittler waren froh, als sie nach wenigen Schritten im Schatten des einstöckigen Wachgebäudes Schutz fanden.

Mit angedeutetem militärischem Gruß reichte Nesbit seinen und Koptas Ausweis durch die Fensteröffnung und wechselte ein paar Worte mit dem Wachhabenden.

Der BKA-Ermittler nutzte die Zeit und betrachtete nachdenklich die ein- und ausfahrenden Militärfahrzeuge. Er fühlte sich überhaupt nicht wohl bei dem Gedanken, dass seine Bearbeitung eines Erpressungsfalles dabei war, sich in eine militärische Aktion zu verwandeln. Auch in früheren Fällen hatte er immer wieder mit anderen Diensten zusammengearbeitet. National gab es häufige Berührungspunkte mit dem MAD oder dem BND. Entweder, um Informationen oder Ressourcen auszutauschen, oder manchmal auch um Ermittlungen gemeinsam voranzutreiben.

Und internationale Verbrechensbekämpfung war in den meisten Fällen unmöglich ohne die entsprechende Mithilfe der örtlichen Behörden. Seine Erfahrung sagte ihm aber, dass gerade die Aktionen bei denen Verschwiegenheit und unauffällige Informationsbeschaffung wichtig waren, sich umso schwieriger gestalteten, je mehr Beteiligte es gab. Und dass es fast unmöglich war, die Kontrolle zu behalten, wenn militärisches Eingreifen zur Unterstützung nötig wurde, noch dazu in einer verdeckten Operation der amerikanischen Navy, auf die er persönlich überhaupt keinen Einfluss nehmen konnte.

Obwohl er wusste, dass Translation und er dieselben Ziele verfolgten und denselben Feind jagten, war ihm klar, dass er als verantwortlicher deutscher Bearbeiter mehr und mehr in die Zuschauerrolle gedrängt wurde. Eine Situation, die in keiner Weise seinem Naturell entsprach.

Auf der anderen Seite wären seine Ermittlungsversuche ohne die Zusammenarbeit mit Translation und die Unterstützung der Navy todsicher am Ende. Es blieb ihm und Nesbit also nichts anderes übrig, als zu versuchen, das Kommando über die Aktion zu behalten und die Dinge in die richtige Richtung zu lenken. Er war gespannt auf das anstehende Gespräch mit dem Seals-Commander, und auf die Einzelheiten des Einsatzplans, den Hank Barlow und Bill Milestone ausgeheckt hatten.

Wenn es ihnen dabei gelingen würde, die Codes für die Satellitensteuerung sicherzustellen und das Galileo-Projekt so zu retten, hätte sich der Aufwand ja auf jeden Fall gelohnt.

Nesbit kam auf ihn zu und beendete sein Nachdenken. Demonstrativ hielt zwei Besucherausweise in die Höhe.

»Alles okay, Hank hat uns angekündigt und ein hochoffizielles Date organisiert. Um 13 Uhr erwartet uns Captain Simmons in seinem Büro.«

Grinsend reichte er Kopta den Ausweis und warf einen Blick auf die Uhr am Handgelenk.

»Das bedeutet, wir haben noch eine Stunde für eine Erfrischung. Komm, ich kenne einen Diner, wo wir was Kaltes zu trinken bekommen. Ist gleich um die Ecke.«

Er schob Kopta am Schlagbaum der Eingangspforte vorbei und übernahm die Führung.

Gemeinsam überquerten sie den staubigen Vorplatz des Camps in Richtung einiger Verwaltungsgebäude. Die Aussicht, die sengende kalifornische Mittagssonne gegen einen Platz im Wirkungsbereich einer Klimaanlage zu tauschen, beschleunigte ihre Schritte. Eine Minute später wechselten sie die Straßenseite, und Nesbit zog die bunt verzierte Eingangstür des Coffeeshops auf.

Der Luftschwall, der ihnen entgegenkam, war im Vergleich zur Außenluft arktisch, und das Gemisch aus Kaffeeduft und Countrymusik, von dem sie begrüßt wurden, beseitigte jeden Zweifel daran, dass sie sich in Kalifornien befanden, dem Brennpunkt amerikanischer Lebenskultur und gastronomischer Schlichtheit.

Nesbit ließ seinem deutschen Kollegen den Vortritt, und der Hauptkommissar suchte sich einen Fensterplatz, von dem aus er den Gastraum überblicken konnte.

Jetzt, am späten Vormittag, war nur ein Drittel der Tische besetzt, und die beiden Kellnerinnen, die mit typischer karierter Schürze und dampfender Glaskanne unterwegs waren, hatten Zeit für ein Schwätzchen. Der BKA-Kommissar studierte aus der Ferne die Auslage hinter der Glasscheibe des Tresens und griff nach der Karte.

»Mal schauen, was der Küchenchef heute empfiehlt. Ich könnte einen kleinen Imbiss vertragen, und du?«

Nesbit fiel demonstrativ auf den Stuhl gegenüber und schnaufte durch.

»Schließe mich an. Seit dem Frühstück heute Morgen gab's ja nichts mehr.«

Die Kellnerin ließ nicht lange auf sich warten.

Mit einem gut gelaunten »Na Jungs, was darf's denn sein?«, platzierte sie zwei Tassen und ein paar eisgefüllte Gläser auf der karierten Tischdecke. Routiniert notierte sie die Bestellungen auf ihrem Notizblock und verschwand damit durch die Schwingtür zur Küche.

Kopta deutete durch die Glasscheibe auf die Verwaltungsgebäude auf der anderen Straßenseite.

»Ich bin gespannt, was Hank ausrichten konnte und ob seine Beziehungen wirklich soweit reichen, um uns hier Unterstützung zu organisieren.«

»Ich denke schon.« Nesbit nickte nachdenklich.

»Er kennt sich hier besser aus als die meisten und weiß genau, welche Knöpfe er drücken muss. Und wenn ich ihn richtig verstanden habe, hat die Bande in Silicon Valley jemandem auf die Füße getreten, der hervorragende Kontakte ins Pentagon hat.

Für den Fall, dass Hank und Bill mit Tergaus Daten zweifelsfrei nachweisen können, dass die Verbrecher von Nordkorea aus agieren, haben wir hier einige prima Freunde, da bin ich mir sicher.«

Er streckte die Füße aus und lehnte sich demonstrativ zurück.

»Es würde mich schwer wundern, wenn sich dann nicht ein paar Jungs finden, die Spaß daran haben, Türen einzutreten.«

»Ich bin gespannt.«

Die Eingangstür des Diners öffnete sich und Kopta musterte die hochgewachsene Gestalt, die den Türrahmen ausfüllte.

Die schwarzen Kampfstiefel und die ebenfalls schwarze Fliegerkombi gehörten eindeutig zu einem Navyangehörigen. Auch wenn Kopta Schulterstücke und Staffelabzeichen auf die Entfernung nicht erkennen konnte, war er sich doch sicher, keinen gewöhnlichen Soldaten vor sich zu haben. Die Selbstsicherheit, mit der der Fremde seinen Blick durch den Raum wandern ließ, deutete eher auf einen höheren Dienstgrad hin, und die Zielstrebigkeit, mit der er sich direkt auf den Tisch der beiden Ermittler zubewegte, verstärkten diesen Eindruck.

Nesbit, der mit dem Rücken zur Tür saß, bemerkte Koptas beobachtenden Blick, machte aber keine Anstalten sich umzudrehen. Selbst als sein siebter Sinn und der Blick des Hauptkommissars ihm sagten, dass der Fremde sich direkt hinter seinem Stuhl aufbaute, blieb er ungerührt sitzen. Koptas Gesichtsausdruck zeigte keinerlei Veranlassung zur Anspannung.

»Verdammt noch mal, Nesbit, hast du hier nicht Hausverbot?«

Die Lautstärke des Neuankömmlings passte zur Größe seiner Gestalt.

An der Theke flogen erschrocken einige Köpfe herum und die Kellnerin, die am Nebentisch servierte, zuckte zusammen.

»Ach du Scheiße ....«, lachte der Angesprochene laut auf. »Der Tag fing so freundlich an, und jetzt das!«

Betont langsam erhob er sich von seinem Stuhl und drehte sich um.

»Lieutenant Walker, hat die Navy dich immer noch nicht rausgeschmissen? Unbegreiflich!«

Er breitete die Arme aus, und die Art der Umarmung und das brutale Schulterklopfen des Fremden ließen auf echte Wiedersehensfreude schließen.

»First Lieutenant bitte, soviel Zeit muss sein«, grinste der Neuankömmling und schob den Ermittler ein Stück zurück.

»Hast ein paar Kilo zugelegt, right?« Er musterte Nesbit von oben bis unten.

»Zu viel Büro und zu wenig Bewegung mein Freund. Ich denke, wir beide müssen mal wieder auf die Hindernisbahn.«

»Hahaha.« Nesbit schüttelte sich vor Lachen. »Du weißt doch gar nicht, wo hier am Stützpunkt die Hindernisbahn ist.«

Lachend schob der Translation-Ermittler Walker in Richtung des freien Stuhls am Tisch und deutete auf seinen deutschen Kollegen.

»Darf ich vorstellen, mein Freund Joe Kopta aus Germany. Und das hier ist mein alter Kamerad First Lieutenant Walker, Rufname Skywalker. Der schlechteste Hubschrauberpilot der US Navy.«

»Quatsch«, wiegelte Walker mit einer Handbewegung ab.

»Seit ich dich nicht mehr als Ballast mitschleppen muss, hatte ich keine einzige Luftnotlage mehr, haha. Freut mich, Sie kennenzulernen, Mister Kopta.«

Lachend reckte er Kopta die Rechte entgegen und zog mit der Linken den freien Stuhl zu sich heran.

»Und was treibt euch hierher ins liebliche Coronado? Gibt's irgendwo wieder ein paar böse Jungs zu verhauen?«

»Genau!«

Nesbit schlug seinem Freund auf die Schulter, bevor er selbst seinen Platz am Tisch wieder einnahm.

»Und weil ich weiß, wie gerne du bei so einer kleinen Rauferei dabei bist, hab ich zu Joe gesagt, wir müssen unbedingt vorher in Coronado vorbei und noch ein paar alte Bekannte einsammeln.«

»Ein wahrer Freund.« Der Pilot lehnte sich zurück und knetete seine Hände.

Die bis zu den Ellenbogen hochgekrempelten Ärmel ließen muskulöse Unterarme erkennen. Und mit dem militärischen Haarschnitt und markanten Gesichtszügen machte er nicht den Eindruck, als wenn er Angst vor körperlichen Auseinandersetzungen hätte. Mit braunen Augen und interessiertem Blick musterte er zuerst Kopta und dann wieder seinen Freund an der gegenüberliegenden Seite des Tisches.

»Aber jetzt mal ohne Quatsch, ihr seid doch nicht zum Spaß hier, oder?«

»Nein, zum Spaß nicht«, winkte Nesbit ab. Er beugte sich vor und senkte die Stimme, als hätte er die Absicht, ungewollte Zuhörer zu vermeiden.

»Klar sind wir ein paar bösen Jungs auf der Spur, aber bis jetzt wissen wir nicht mal genau, wo die stecken. Es gibt zwar ein paar Spuren, aber unser Office arbeitet noch daran, die Bande exakt zu lokalisieren. Und wir beide haben um zwölf einen Termin bei Captain Simmons, um uns vorzustellen und herauszufinden, was die Navy für Möglichkeiten hat, uns bei der Suche zu unterstützen und natürlich dabei den Jungs auf die Finger zu klopfen.«

»Ah, zu Simmons.«

Der Marinepilot lächelte vielsagend.

»Ist seit einem Jahr hier der verantwortliche Kommandant. Da rate ich euch, auf Schuhputz und saubere Fingernägel zu achten. Ist ein ziemlich harter Hund, was Disziplin anbelangt. Nimmt ihm aber keiner übel, weil er's auch vorlebt und sich echt reinkniet für seine Männer.«

»Okay, lohnender Tipp. Hätte ich doch besser eine Krawatte eingepackt.«

Nesbit grinste gequält.

»Seit ich nicht mehr bei der Truppe bin, hat das mit dem Schuhputz und der Disziplin etwas gelitten, gebe ich ja zu.«

»Na ja, so schlimm wird's nicht werden. Mit Zivilisten geht er wahrscheinlich etwas nachsichtiger um.«

Walker erhob sich und deutete auf die Kellnerin, die ein Tablett balancierend auf sie zukam.

»Dann erst mal guten Appetit. Ich muss schon wieder los. Hatte dich bloß durchs Fenster gesehen und wollte schnell mal Hallo sagen. Bin auf dem Weg zum Dienst, aber so, wie ich das einschätze, seid ihr ja noch ein paar Tage in der Stadt.«

Er ließ seine Rechte mit Schwung auf Nesbits Schulter landen.

»Wenn ihr heute Abend Lust auf ein Bier habt ... Du weißt ja, wo man mich findet. Hat mich gefreut, Mister Kopta, vielleicht bis nachher.«

Fünf Sekunden später schloss sich die Eingangstür hinter ihm, und die Kellnerin platzierte routiniert die Bestellungen auf der karierten Tischdecke.

»Na dann ...« Nesbit hob grinsend das Glas mit seiner eisgekühlten Lieblingsbrause.

»... trinken wir darauf, dass Captain Simmons heute gute Laune hat.«

»Nein, Tergau, den genauen Standort wissen wir nicht, das wird noch etwas dauern. Aber es gibt eine Spur, die nach Mexiko führt.«

Kopta unterbrach seinen Rundgang auf dem belebten Parkplatz der I-Bar und wechselte das Handy von der linken in die rechte Hand. Im roten Licht der Leuchtreklame warf er einen Blick auf die Uhr an seinem Handgelenk, bevor er seine Wanderung fortsetzte.

»Ja, nach Mexiko. Bill Milestone und seine Kollegen sind mit Hochdruck bei der Auswertung der Daten, die Sie ihm gesendet haben. Die gleichen sie mit ihren Eigenen ab. Sobald wir eine Info haben, planen wir den exakten Einsatz, aber Sie wissen ja, dass wir gegen die Uhr arbeiten. Wenn die ESA die Codes bis zum Ende dieses Monats braucht, dürfen wir es uns nicht leisten, kostbare Zeit zu verlieren, und es ist entscheidend, dass wir startklar sind, wenn es was Neues gibt.«

Er machte am Ende des Bürgersteigs kehrt und setzte seine Wanderung in entgegengesetzter Richtung fort. Am frühen Abend herrschte in der kleinen Bar Hochbetrieb, und der Parkplatz war bis zum letzten Platz belegt. Immer wenn sich die Eingangstür öffnete, wehte ein Gemisch aus Countrymusik, lautem Lachen und einzelnen Gesprächsfetzen über den Bürgersteig. Zwischen typisch amerikanischen Pick-ups und japanischen Kleinwagen versuchte der Hauptkommissar, sich auf seinen Gesprächspartner am anderen Ende der über 9.000 Kilometer langen Leitung zu konzentrieren.

»Also nochmal Tergau, absolute Verschwiegenheit ist das Wichtigste, wenn wir die Bande nicht wieder verschrecken wollen. Buchen Sie die nächstmöglichen Flüge für Frau Sikorra und für Sie nach San Francisco. Sobald Sie Flugnummer und genaue Ankunftszeit wissen, teile Sie sie Bill mit. Der trifft sich am Flughafen mit Ihnen und regelt die Formalitäten und die Weiterreise.

Slim und ich erwarten Sie drei dann hier in San Diego. Wenn sich herausstellt, dass die Bande ihr Hauptquartier in Mexiko hat, sind wir von hier aus am schnellsten einsatzbereit. Und wir haben hier die Mithilfe der Marines. Die Jungs sind spezialisiert auf solche Einsätze und mit Sicherheit professioneller als die kolumbianischen Drogenfahnder.

Slim und ich haben in den letzten zwei Tagen Kontakt aufgenommen und die Unterstützung hier organisiert. Uns fehlt nur noch der genaue Standort, damit wir zuschlagen können. Und dann ist es natürlich wichtig, dass wir Sie beide dabei haben, um die Software zu identifizieren und sofort an die ESA zu senden.

Was ...?

Ja, hab ich schon erledigt. Spieß ist im Bilde und hat die Operation abgesegnet. Er ist zwar wenig begeistert, dass wir uns hier in der Weltgeschichte rumtreiben, aber das lässt sich im Moment nicht ändern. Sie haben freie Hand, die Reise zu organisieren.

Setzten Sie sich möglichst schnell mit Frau Sikorra in Verbindung und sorgen Sie dafür, dass sie keine Zeit verliert. Und nehmen Sie genügend von Ihren Pillen gegen die Luftkrankheit mit, ich bin mir ziemlich sicher, dass es von hier aus sehr schnell weitergeht.

Ja ja, von mir aus sagen Sie ihr, dass wir die Spur der Bande nach Mexiko verfolgt haben. Sie darf es aber auf keinen Fall weitergeben. Machen Sie ihr klar, wie wichtig das ist, nicht dass die Bande einen Tipp bekommt und wir wieder zu spät kommen. Das müssen wir dieses Mal um jeden Preis verhindern. Ich habe keine Lust, anschließend wieder der Depp zu sein und mit leeren Händen dazustehen.

Ja, sicher. Was?

Genau, am besten dunkle, robuste Kleidung für einen nächtlichen Außeneinsatz. Klar, immer mit der Ruhe. Bill kennt sich da hervorragend aus und plant alles Nötige. Sie brauchen nur die Flüge bis San Francisco zu organisieren. Um den Rest kümmert er sich. Ich hab vorhin mit ihm telefoniert, und er wartet auf Ihre Nachricht.

Also okay, Tergau, ich muss jetzt Schluss machen. Halten Sie mich auf dem Laufenden. Heute ist Dienstag, und bei Ihnen ist ja schon Mittwoch der 24. Ich denke, wir sehen uns spätestens am Samstag hier in Coronado das wäre der 27.

Ja, okay.

Bis dann.«

Kopta schaltete das Handy aus und atmete tief durch. Nachdenklich ließ er den Blick über den beleuchteten Parkplatz gleiten und massierte das stoppelige Kinn.

Das unruhige Gefühl in seinem Hinterkopf wuchs mit der Anzahl der an den Ermittlungen Beteiligten. Und ihm war klar, dass er es nicht nur mit einem extrem gefährlichen Gegner und einer gegen ihn arbeitenden Uhr zu tun hatte. Es gab auch noch einige andere Unbekannte, die er nicht aus den Augen verlieren durfte.

Er hatte das verlässliche Gefühl, dass mit jedem Schritt, mit dem er sich der Bande näherte, das Eis unter seinen Füßen etwas dünner wurde. Keine beruhigende Vorstellung. Auf der anderen Seite hatte er sich aber auch schon zu weit vom Ufer entfernt, um jetzt einfach umzukehren.

Wenn sich die Vermutungen von Translation bestätigten – und seine Zweifel daran wurden mit jedem Nachdenken kleiner – dann war eins glasklar: Ihre einzige Möglichkeit war, sofort und entschlossen zu handeln. Eine zweite Chance würde dieser Gegner ihnen nicht geben.

Und dann brachten die nächsten Tage zwangsläufig einige Aktionen mit sich, die mit ziemlicher Sicherheit nur schwer mit den Dienstvorschriften seines Arbeitgebers zu vereinbaren waren.

Nicht dass er solche Risiken nicht schon in früheren Ermittlungen eingegangen war, ohne dass sie ihn beunruhigt hätten, aber selbst die Nachsicht von Direktor Spieß kannte natürlich Grenzen, das war ihm klar.

Ein Erfolg gegen die Bande würde sicher helfen, die ein oder andere Grenzüberschreitung zu tolerieren. Aber ein Misserfolg ...

Vor seinem geistigen Auge tauchte sein Chef auf, der hinter einem Schreibtisch voller Pressemikrofone saß und mit ernster Miene sagte: »Kopta? Nie gehört den Namen ....«

Mit breitem Grinsen schlenderte der Hauptkommissar zurück in Richtung I-Bar, und die Geräuschkulisse, die ihm beim Öffnen der Eingangstür entgegensprang, riss ihn schlagartig wieder in die Gegenwart.

Die hufeisenförmige Theke war um diese Abendstunde dicht belagert von Soldaten in Uniform oder Fliegerkombi. Und auch im Innenraum drängten sich Trauben von Uniformierten in Feierabendstimmung.

Mit Mühe bahnte er sich einen Weg quer durch das Lokal und bewunderte die militärische Dekoration. Unzählige Bierkrüge, die von der Decke hinab hingen, zeugten von den Trinkgelagen vergangener Tage, und hunderte von Uniformpatches, Staffelabzeichen und andere Andenken zierten dicht an dicht die umgebenden Wände.

Kopta verkniff sich die genauere Betrachtung und drängelte durch die Hintertür in einen etwas geräumigeren Innenhof mit ebenfalls eng belagerten Stehtischen.

Bei einem Rundblick erspähte er Nesbit zusammen mit Walker und einem dritten Uniformierten. Mit einem Bierkrug in jeder Hand kam ihm sein amerikanischer Kollege entgegen.

»Hier, hab dir ein Bier mitbestellt. Warum grinst du denn so? Gab's was Lustiges auf dem Parkplatz?«

»Nee«, winkte Kopta lachend ab, »ich hab mir nur gerade einen Witz erzählt. Ich habe aber auch mit Bill in San Francisco gesprochen und ihn geimpft. Er macht Fortschritte bei der Suche und wertet gerade die neuesten Satellitenbilder aus. Wenn er morgen früh bei Tageslicht noch einmal aktuelle bekommt, hat er Sicherheit und schickt uns die gesammelten Daten rüber, meint er.

Bezüglich Tergau und Frau Sikorra weiß er Bescheid und organisiert alles. Und dann habe ich Tergau und diese Frau Sikorra von der ESA in Marsch gesetzt. Die müssten eigentlich spätestens übermorgen hier sein. Wenn wir uns bis dahin wirklich sicher sind, wo wir die Bande finden, sind wir in der Lage sofort zuzuschlagen.«

»Okay.«

Nesbit nickte und zeigte mit dem Bierkrug auf den Tisch hinter sich.

»Ausgezeichnetes Stichwort! Komm mit, ich möchte dir jemanden vorstellen.«

Mit Kopta im Schlepptau steuerte er wieder Richtung Stehtisch, und deutete auf First Lieutenant Walker, der Kopta die Rechte entgegenstreckte.

»Skywalker kennst du ja bereits,« erklärte Nesbit weiter, und deutete auf den zweiten uniformierten am Tisch, »und dieser nette Herr hier ist Petty Officer Will Hendricks. Will hat das Kommando über ein Platoon des Seal-Teams-Five und die Freigabe, mit uns zusammen die Bande auszuräuchern, sobald wir sie geortet haben.«

»Freut mich sehr, Sie kennenzulernen, Petty Officer Hendricks.«

Der Kommissar streckte die Hand aus und musterte seinen Gegenüber im schwarzen Kampfanzug.

Neben dem hochaufgeschossenen Walker wirkte Hendricks mit seinen 1,70 m auf den ersten Blick fast schwächlich, aber bei genauerem Hinsehen fiel die enorme Körperspannung und die drahtige Gestalt des Officers auf und widerlegten diesen Eindruck. Und der schnelle und hellwache Blick, mit dem seine dunklen Augen die Umgebung beobachteten und der kahl rasierte Schädel sorgten bei jedem Betrachter sofort für Respekt.

Kopta registrierte den selbstsicheren Händedruck und die militärisch knappe Motorik des Soldaten.

Er hatte die Erfahrung gemacht, dass Menschen mit geringerer Körpergröße oft unterschätzt wurden, und sich Achtung und Respekt meist härter erarbeiten mussten als andere. Und dass die Hartnäckigkeit und der Ehrgeiz, die daraus resultierten, ihnen oft eine enorme Energie und ein nicht zu unterschätzendes Durchsetzungsvermögen verliehen. Hendricks gehörte zweifellos zu dieser Sorte Mensch, und seine Stellung als befehlshabender Officer bei einer militärischen Sondereinheit wie den Seals, belegte das eindeutig.

»Hallo, Mister Kopta, freut mich, Sie kennenzulernen.«

Die Stimme des Officers war genau so kraftvoll und präzise wie seine Körperhaltung.

»Ich habe gehört, Slim und Sie sind der gleichen Verbrecherbande auf der Spur und können eventuell etwas Unterstützung gebrauchen.«

»Exakt, Sir.«

Angesichts der knappen und präzisen Lageeinschätzung des Kommandanten konnte der Hauptkommissar sich den Anflug eines Grinsens nicht verkneifen. Er genoss es auch seinerseits, die Konversation militärisch kurz und exakt zu gestalten.

»Wir sind uns bei der Einschätzung des Gegners noch nicht hundertprozentig sicher. Nachdem was bekannt ist, sollten wir uns aber davor hüten, ihn zu unterschätzen. Wir warten darauf, morgen bei Tageslicht mit besseren Satellitenbildern eine genauere Lagebeurteilung vornehmen können. Damit wollen wir dann eine Taktik entwickeln, um der Bande auf den Pelz zu rücken.

Unser Hauptproblem ist, dass wir bei dem Einsatz nicht nur die Verbrecher unschädlich machen müssen, sondern dass wir zwingend darauf angewiesen sind die Hard- und Software vor Ort zu sichern, um sie später auswerten zu können. Es ist deshalb extrem wichtig für uns, bei dem Zugriff die vorhandene IT zu schonen.«

»Verstehe.«

Hendricks nickte zustimmend.

»Dann sollten wir uns morgen früh zusammen die Satellitenaufnahmen ansehen und uns einen Eindruck verschaffen. Ware doch gelacht, wenn wir nicht eine Möglichkeit finden würden, den Jungs auf die Finger zu klopfen, oder?«

Nesbit hob auffordernd seinen Bierkrug und lachte in die Runde.

»Schön, dass ihr euch auf Anhieb so gut versteht. Dann schlage ich vor, dass wir die Zeit bis morgen früh noch für das ein oder andere Bierchen nutzen. Ich denke, die nächste Runde geht auf Mister Kopta.«

*

39 Stunden später stand der amerikanische Ermittler im Schatten eines geöffneten Hangartores und blinzelte in die kalifornische Mittagssonne.

Auf der aufgeheizten grauen Betonplatte vor dem riesigen Gebäude herrschte rege Betriebsamkeit. Alle Beteiligten schienen die Ankunft einer Frachtmaschine zu erwarten.

Gabelstapler positionierten mehrere mit Folien eingepackte Paletten am Rande des Vorfelds, und ein kleiner Dieselschlepper zog eine Arbeitsbühne aus der Flugzeughalle. Eine Gruppe Mechaniker kauerte im schmalen Schatten eines Nebengebäudes und nutzte die Wartezeit für eine kurze Zigarettenpause. Und zwei tarnfarbene Tankwagen und andere Versorgungsfahrzeuge brachten sich im Hintergrund in Position, um die ankommende Maschine zu versorgen.

Nesbit legte die rechte Hand an die Stirn, um seine Augen gegen die Helligkeit abzuschirmen, und beobachtete den größer werdenden dunklen Punkt über dem Horizont.

»Ja, ich denke, das ist sie. Pünktlich wie ein Bauer, oder wie sagt man bei euch in Germany?«

Kopta, der es sich neben ihm auf einer Holzkiste bequem gemacht hatte, wischte sich ein paar Schweißtropfen von der Stirn und grinste etwas gequält.

»So ungefähr. Wird aber auch Zeit, dass wir wieder aus dieser Hitze rauskommen. Ist ja wie im Backofen.«

»Na ja, ist halt Südkalifornien, 320 Tage Sonne pro Jahr, schon vergessen? Aber ich gebe zu, eine Abkühlung wäre jetzt nicht schlecht. Hinten in der Halle ist ein Coffee Shop. Ich hol uns ein Wasser, dauert ja eh noch bis die hier sind.«

Er verschwand in der Weite des Gebäudes, und Kopta versuchte, sich im Schatten zu entspannen.

Sein Blick folgte genüsslich dem schnell größer werdenden dunklen Objekt über dem westlichen Horizont. Als ehemaliger Hubschrauberpilot und Luftfahrtfan wusste er nur zu gut, was jetzt im Cockpit der gigantischen C-17 Transportmaschine vor sich ging. Und er kannte die Anspannung, die bei jeder Landung herrschte, aus eigener Erfahrung.

Aufreizend langsam näherte sich die majestätische Globemaster III dem Aufsetzpunkt der Landebahn und nahm drei Minuten später mit qualmenden Reifen Kontakt zum glühend heißen Beton auf.

Der Pilot ließ für ein paar Sekunden die Schubumkehr der Turbinen aufheulen und bremste damit die rund 150 Tonnen schwerer Transportmaschine so weit ab, dass er zur Mitte der Landebahn in Richtung Hangar abbiegen konnte.

Langsam rollte der graue Koloss mit seinen vier Triebwerken hinter dem blinkenden Einweisungsfahrzeug auf das Vorfeld.

»Hier, mein Freund, eine kleine Erfrischung.«

Nesbit setzte sich neben Kopta auf die hölzerne Transportkiste und reichte ihm eine Wasserflasche. Gemeinsam sahen sie der Bodencrew dabei zu, wie sie den Militärtransporter auf den Stellplatz vor dem Hangar einwies.

Routiniert platzierten die Mechaniker die Bremsklötze vor den riesigen Hauptfahrwerksreifen und schlossen zum Schutz vor statischen Entladungen die Erdungskabel an. Nach einer Minute stellte der Pilot die Triebwerke ab, und die gigantische Heckklappe begann sich hydraulisch zu öffnen.

Im Schatten des Hangertores warteten die beiden Beobachter, bis sie Tergau, Frau Sikorra und Bill Milestone auf der herabgelassenen Auffahrrampe der Maschine auftauchen sahen. Nesbit erhob sich mit einem Seufzer und stieß Kopta grinsend in die Rippen.

»Komm, mein Freund. Dein Herr Tergau ist doch nach den vielen Flugstunden mit Sicherheit fix und fertig.«

Langsam schlenderte er den Ankömmlingen entgegen und machte sich mit erhobenem Arm bemerkbar.

»Gut möglich«, murmelte der Hauptkommissar mehr zu sich selbst und stand widerwillig auf, um seinem Freund zu folgen.

»Wie bringe ich ihm bloß schonend bei, dass es heute Abend schon weitergeht?«

»Und wir müssen wirklich heute Abend schon weiter?«

Tergau kaute hungrig an einem gigantischen Hamburger und schaute seinen Chef an der anderen Seite des Tisches ungläubig an.

Der Hauptkommissar hatte sich zusammen mit seinem Assistenten und Frau Doktor Sikorra an einem Restauranttisch niedergelassen. Die surrende Klimaanlage über ihnen hielt die Raumtemperatur trotz der großen Fensterfront in angenehmen Grenzen, und dank des schnellen Service hatten sie nicht lange auf ihre Bestellungen warten müssen. Gemeinsam kämpften sie gegen typisch amerikanische Riesen-Hamburger und gigantische Portionen frittierter Kartoffelspalten.

»Na ja«, antwortete Kopta, indem er für einen Moment seine Kauarbeit unterbrach.

»Sie wissen ja, dass uns die Zeit wegläuft und wir keine Minute zu verlieren haben. Die Seals sind dabei, ihr Equipment zu verladen, und geplante Startzeit ist 22 Uhr. Die Jungs verlegen gerne nachts, dann fühlen sie sich weniger beobachtet.«

»Aber wissen wir denn schon genau, wohin es geht?«, schaltete sich die Softwareexpertin der ESA ein.

»Wenn ich mich richtig erinnere, sind wir hier doch relativ nahe an der mexikanischen Grenze. Googeln können wir im Moment ja leider nicht. Wir mussten unsere Handys beim Einsteigen in die Maschine abgeben.«

»Ja sorry, Frau Sikorra, aber die Navy ist da etwas eigen mit ihren Sicherheitsvorschriften, und Zivilisten gegenüber erst recht. Sie bekommen ihre Handys heile zurück, das verspreche ich Ihnen. Die Seals lassen sich halt bezüglich Infrastruktur und Ausrüstung nicht gerne in die Karten schauen.

Sie haben allerdings recht, bis zur mexikanischen Grenze sind es von hier aus nur ein paar Kilometer. Ich denke, sobald Bill und seine Kollegen den exakten Standort der Bande kennen, werden sie uns in ihre Planung einweihen. Wir haben auf jeden Fall zwei Zimmer mit Dusche für sie reserviert, gleich hier um die Ecke im Visitor-Center. Sie haben ja einen ziemlich langen Tag hinter sich und sind wahrscheinlich froh, wenn Sie ein paar Stunden schlafen können.«

»Sicher«, pflichtete Tergau bei, ohne den Kampf mit seinem Hamburger zu unterbrechen.

»Und wenn die Fliegerei nachher schon weitergeht, kann mein Magen etwas Ruhe gut gebrauchen.«

»Na, der ist ja wohl die nächsten Stunden beschäftigt, oder?«

Mit einem Lachen deutete Kopta auf den zusehends leerer werdenden Teller seines Mitarbeiters.

»Ich bringe Sie gleich nach dem Essen rüber zu Ihren Zimmern und bin um 21.00 Uhr wieder da, um Sie abzuholen. Allerdings muss ich Sie bitten, das Center nicht zu verlassen. Sie wissen ja die Sicherheitsvorschriften.«

»Kein Problem«, die ESA-Spezialistin nickte zustimmend.

»Ich kann mit Sicherheit gut schlafen und werde mir einen Wecker stellen. Und wenn wir hier schon so nahe an Mexiko sind, kann der Flug ja auch nicht lange dauern.«

»Gott sei Dank.« Tergau nahm einen Zug aus seinem Glas.

»Die 11 Stunden von gestern haben mir echt gereicht, das muss ich nicht gleich wieder haben. Aber zum Glück ist Mexiko ja nicht so groß.«

Fast pünktlich um 22 Uhr und sieben Minuten legte Lieutenant Steve Mitchell, Pilot der grauen Boeing C 17 Globemaster III, seine rechte Hand auf die vier Leistungshebel in der Mitte des Cockpits und schob sie gefühlvoll nach vorne.

Die mächtigen Pratt & Whitney-Triebwerke unter den Flügeln des Militärtransporters heulten auf, und begannen den Koloss mit rabiater Gewalt vorwärts zu ziehen.

Nach gut zwei Kilometern Beschleunigung wurde der Unterdruck, den die anströmende Luft über den Tragflächen erzeugte so groß, dass die Hauptfahrwerke der Maschine den Kontakt zum Boden verloren. Und nach weiteren 20 Sekunden Steigflug steuerte der Pilot den fliegenden Schwertransporter routiniert in eine sanften Kurve Richtung Pazifik.

Da die Passagiersitze der Globemaster, wie in den meisten Militärtransportern üblich, nicht quer wie in einem Passagierflugzeug, sondern längs an der Kabinenwand angeordnet waren, waren die Mitflieger im riesigen Frachtraum der Maschine froh, als die Beschleunigung ein paar Minuten später nachließ. Alle versuchen, es sich auf ihren spartanischen Plätzen so gut wie möglich bequem zu machen.

Kopta griff nach dem Rucksack unter seinem Sitz und holte einen E-Reader hervor. Aus Erfahrung wusste er, dass gerade bei so intensiven Fällen wie dem jetzigen, von Zeit zu Zeit zwingend notwendig war, den Kopf mit anderen Themen zu beschäftigen, um so Raum für neue Gedanken zu schaffen.

Aus den Augenwinkeln beobachtete er, wie sein Freund Nesbit auf dem Sitz rechts neben ihm die langen Beine ausstreckte und das Kinn auf die Brust sinken ließ.

Der Kommissar fuhr den rechten Ellenbogen aus.

»Hey, du willst doch wohl nicht wieder den ganzen Flug verschlafen?«

Ohne die Augen zu öffnen, verzog Nesbit das Gesicht zu einem Grinsen.

»Da es hier weder langbeinige Stewardessen noch irgendeinen nennenswerten Bordservice gibt, ist Schlafen das Sinnvollste, oder?«

»Ja, hast wahrscheinlich recht.«

Kopta streckte ebenfalls die Beine aus uns versuchte, eine möglichst bequeme Haltung zu finden.

»Chef?«

Tergau hatte sich zur Linken des Hauptkommissars niedergelassen und die Startphase damit verbracht, die Augen zuzukneifen und sich an seinen Sitz zu klammern. Die Pillen gegen die Flugangst schienen den Magen zu beruhigen, aber die weißen Knöchel, mit denen er seine Hände um das Gestell des Klappsitzes krallte, zeugten von der inneren Anspannung, die er nur mühsam beherrschte.

Seit er zusammen mit Frau Sikorra in den Pick-up eingestiegen war, mit dem Kopta und Nesbit sie an ihrer Unterkunft abgeholt hatten, war er sprachlos geblieben und hatte sich auf den bevorstehenden Start konzentriert. Erst jetzt, da der Flug etwas gemächlicher verlief, schien er seine Sprache wiedergefunden zu haben.

»Tergau, alles klar?«

Der Hauptkommissar bemühte sich, seinen Blick nicht zu mitleidig wirken zu lassen und klopfte dem Assistenten väterlich aufs Knie.

»Ist doch alles halb so schlimm, oder?«

»An diese Schaukelei wird sich mein Magen wohl nie gewöhnen. Wenn ich ehrlich sein soll, freue ich mich auf meinen Schreibtisch in einem soliden Büro in Berlin.«

»Ja, glaube ich.« Der Hauptkommissar nickte. »Konnte auch keiner ahnen, dass wir dieser Bande um den ganzen Globus hinterherfliegen müssen. Ich hoffe, dass die Spur die Bill und seine Kollegen gefunden haben, wirklich so heiß ist, wie sie denken, und wir die Jungs überraschen können. Dann hätte sich der Flug ja wenigstens gelohnt.«

»Sie haben vorhin vor dem Einsteigen mit Bill und Mister Nesbit diskutiert. Wohin geht es denn jetzt? Haben Sie herausgefunden, wo sich die Station in Mexiko genau befindet?«

»Na ja«

Kopta atmete durch und zuckte mit den Schultern.

»Die Spur in Mexiko war wohl doch nur ein Irrtum. Bill sagt, die Funksignale, die man von dort aufgefangen hat, kamen von einem Amateurfunker und hatten mit den Erpressern nichts zu tun.«

»Die hatten mit den Erpressern nichts zu tun?« Tergau versuchte im Gesicht seines Chefs zu lesen und zog die Augenbrauen hoch.

»Aber wohin fliegen wir denn jetzt?«

»Wir sind auf dem Weg nach Busan.«

»Busan? Kenne ich ehrlich gesagt nicht.« Tergau strich sich über seinen blonden Schopf und dachte eine Sekunde nach.

»Hört sich auch nicht mexikanisch an.«

»Nein, ist auch nicht in Mexiko.«

Die Geste mit der Kopta sich am Kinn kraulte, und sein Blick wirkten etwas verlegen.

»Ich gebe zu, dass ich bis vor kurzem mit dem Namen auch nicht viel anfangen konnte. Hab mich aber belehren lassen. Busan ist ein anderer Stützpunkt der Navy Seals. Da steht alles zur Verfügung, was man für eine solche Aktion braucht, und von da aus können die Jungs den Einsatz optimal planen und vorbereiten.«

»Aha.«

Tergaus Denkapparat schien wieder auf Normaltemperatur zu sein. »Und wo liegt dieses Busan?«

»Busan ist eine Hafenstadt in Südkorea. Ca. 9.700 Kilometer westlich von Coronado.«

»In Südkorea? 9.700 km? Ach du Scheiße ....« Tergau stützte den Kopf konsterniert in beide Hände und dachte einige Sekunden nach.

»Da brauchen wir ja mindestens zehn Stunden.«

»Eher zwölf.«

Kopta gönnte seinem Assistenten einen Moment, um sich mit dem Gedanken an einen längeren Flug anzufreunden.

»Deswegen hat Slim vorhin diese große Tasche mit an Bord geschleppt. Er hat auf die Schnelle noch ein paar Lunchpakete und Getränke für uns organisiert. Der Bordservice hier bei der Navy ist ja recht überschaubar.«

Der Hauptkommissar kramte seine Wasserflasche hervor und genehmigte sich einen Schluck, bevor er weitersprach.

»Erinnern Sie sich? Sie hatten auch ein paar Signale aus Nordkorea, wissen sie noch?«

»Ja, ich weiß«, überlegte Tergau. »Aber das waren nur ein paar Fragmente und wir haben sie nicht richtig verifizieren können.«

»Stimmt, aber sie passen exakt zu einer Ortung, die Bill mit seinen Kollegen gemacht hat. Und deshalb haben die sich die Gegend in den letzten Tagen genauer angesehen. Gestern bei Tageslicht haben Sie noch einmal aktuelle Satellitenaufnahmen bekommen und sind sich sicher, den Ort und das Gebäude, wo das Quartier der Bande ist, zu kennen.

Deshalb haben wir den Flugplan kurzfristig geändert und fliegen erst mal nach Südkorea. Da ist wie gesagt ein Stützpunkt der Seals, und dort vor Ort ist alles an Ausrüstung, was wir brauchen, um der Bande auf den Pelz zu rücken.

Außerdem ist das mit Sicherheit die letzte Chance, die wir bekommen. Wir müssen die Verbrecher schnell und effizient überraschen. In ein paar Stunden überfliegen wir die Datumsgrenze, und die Frist, die uns noch bleibt, wird mit jeder Minute kleiner.«

Er ließ Tergau etwas Zeit, das Gehörte zu verarbeiten. Und auch seine eigenen Gedanken waren längst nicht so optimistisch, wie er sich anhörte.

Kopta spürte genau, dass ihre bisherige Planung noch einige Unbekannte enthielt. Und aus seiner Erfahrung wusste er, dass der Zeitdruck unter dem die Aktion stand, das Vorhaben nicht einfacher machte. Eile war noch nie ein guter Ratgeber gewesen. Auf der anderen Seite war er sicher, dass auch Hendricks als militärisch Verantwortlicher, für sich und seine Männer kein Risiko eingehen würde, welches er nicht exakt einschätzen konnte.

Er war sich bewusst, dass vor Ort noch einige Fragen zu klären waren, bevor der Offizier von der Durchführbarkeit einer solchen Kommandoaktion auf unbekanntem Terrain überzeugt war und ihr zustimmen würde. Und er konnte sich genau die Gedanken vorstellen, die sein Sitznachbar wälzte und welche Zweifel sie hervorrufen würden. Er brauchte nicht lange zu warten, bis Tergau seine Denkpause beendete.

»Und Bill weiß definitiv, dass diese Signale die wir aus Nordkorea haben, von den Erpressern stammen?«

»Ja, wie gesagt, die Ortungen stimmen auffallend mit Ihren überein. Die bisherigen Auswertungen zeigen das ganz klar«, bestätigte Kopta.

»Und er plant, die Bande da zu überrumpeln? Soweit ich weiß, ist die Grenze zwischen Nord und Süd da doch extrem gesichert.«

Tergaus Zweifel waren unüberhörbar, und Kopta konnte die Gedanken seines Assistenten gut nachvollziehen.

»Also, dass die Signale von da stammen ist sicher. Und die Satellitenaufnahmen sind so gut, dass die Jungs denken, es wäre möglich, die Station unauffällig zu überraschen und mit der Software oder Hardware ungesehen wieder zu verschwinden. Dann hätte die ESA die notwendigen Daten, um die Kontrolle über ihre Satelliten wieder zu übernehmen, und die Verbrecher wären mit Sicherheit ausgeschaltet.«

Tergau sah seinen Chef mit immer noch ungläubigem Blick an.

»Ist so eine Aktion in Nordkorea nicht etwas heikel? Auch politisch meine ich. Mein Gott, wenn da was schiefgeht ....«

Die Schwere der Gedanken ließ seinen Kopf erneut auf die aufgestützten Hände sinken. Es dauerte einige Sekunden, bis er ihn wieder hob und fragend in Richtung seines Chefs blickte.

»Hätte nie gedacht, dass Direktor Spieß und das BKA so einen Einsatz genehmigen.«

»Also …«

Kopta kraulte sich demonstrativ Kinn und Dreitagebart, bevor er seinem Assistenten in die Augen sah.

»Ehrlich gesagt bin ich noch gar nicht dazu gekommen, ihn anzurufen.«

15. Busan

Busan, Südkorea, 28.09.2014, 12:45 Uhr Ortszeit

Die beiden riesigen Klimageräte an den Stirnwänden des weitläufigen Speisesaals der Naval-Base in Busan arbeiteten auf Hochtouren. Fast lautlos schaufelten sie einen endlosen Schwall gekühlter Luft über die Köpfe der wenigen Besucher.

Jetzt, zur sonntäglichen Mittagszeit, war die Kantine spärlich besucht und nur gelegentlich störte das Klappern von Besteck und einige leise Gesprächsfetzen die träge Ruhe.

Nur die wenigen Marinesoldaten und Zivilangestellten, die der Dienstplan dazu verpflichtete, verbrachten ihr Wochenende auf der amerikanischen Marinebasis und ihre Mittagspause mit den kulinarischen Angeboten der Standortküche.

Der weitaus größere Teil versuchte, der schwülen Hitze des letzten Septemberwochenendes, durch einen Besuch der unzähligen Badestrände in der Umgebung der Stadt oder bei anderen Freizeitaktivitäten, zu entkommen.

Der bisherige September war in der hektischen Hafenstadt am Südende der koreanischen Halbinsel eher angenehm kühl verlaufen, aber am letzten Wochenende des Monats schien die brennende Sonne alles daran zu setzen, die dürftige Monatsbilanz aufzupolieren.

Nach einer schwülwarmen Nacht war die Lufttemperatur bis zur Mittagszeit schon wieder auf über 32 Grad geklettert, und die extreme Luftfeuchtigkeit trieb jedem, der sich im Freien aufhalten musste, augenblicklich den Schweiß aus den Poren.

Die meisten der mehr als drei Millionen Stadtbewohner, die es sich irgendwie leisten konnten, waren längst aus der lähmenden Dunstglocke der City geflohen und suchten in ihrer Umgebung nach Abkühlung und Entspannung.

Auch die kleine Besuchergruppe, die sich mit Tabletts bewaffnet an der seitlichen Essensausgabe des Speisesaals aufgereiht hatte, war sichtlich froh, der Mittagssonne entkommen zu sein. Die kühlende Umgebung und die Aussicht auf eine frische Mahlzeit hob die angeschlagene Stimmung und schien neue Lebensgeister zu wecken.

Vor gut einer Stunde waren die sechzehn Elitesoldaten in ihren schwarzen Kampfanzügen und die fünf Zivilisten in ihrer Begleitung mehr oder weniger erschöpft über die hintere Laderampe aus der gelandeten C 17 Globemaster geklettert. Ein fast zwölfstündiger Flug in den spartanischen Sitzen einer militärischen Transportmaschine, überschaubarer Bordservice und fehlendes Unterhaltungsprogramm hatten ihre Spuren hinterlassen.

Die Mehrzahl von ihnen hatten die wiedergewonnene Bewegungsfreiheit für ein paar Dehnungsübungen genutzt, bevor sie sich unter der Führung von Petty Officer Hendricks auf den kurzen Weg in den kühlenden Schatten des nahen Flugzeughangars machten.

Im Schutze des gigantischen Gebäudes waren sie von einem zweiköpfigen Begrüßungskommando in Empfang genommen worden.

Dan Clark, Adjutant des örtlichen Navy-Seals-Kommandeurs, bevorzugte angesichts der lähmenden Mittagshitze allerdings auch eine eher knappe Begrüßung. Er wusste, dass die Gruppe den südkoreanischen Stützpunkt nur für einen kurzen Zwischenstopp nutzte und im Schutz der kommenden Nacht weiterfliegen würde. Und als langjährige Elitesoldat war er es ohnehin gewohnt, Dienstgespräche auf das notwendigste zu beschränken und überflüssigen Small Talk zu vermeiden.

Routiniert erteilte er gerade mit Blick auf die mitreisenden Zivilisten einige kurze Verhaltensanweisungen, bevor er seine Gäste in den wartenden Bus der militärischen Fahrbereitschaft entließ. Und zwanzig Minuten später hatte das gelbe Vehikel die Truppe und ihr spärliches Gepäck vor der örtlichen Truppenküche wieder ausgespuckt.

Kopta, der Frau Doktor Sikorra an der Essensausgabe gentlemanlike den Vortritt gelassen hatte, folgte ihr mit seinem beladenen Tablett zu einem der freien Tische in Fensternähe.

Im Vorbeigehen bewunderte er die mit Staffelabzeichen und gerahmten Fotos verzierte Stirnwand des Raumes. Zahlreiche Aufnahmen von im Hafen liegenden Flugzeugträgern und anderen Kriegsschiffen zeugten davon, dass die südkoreanische Navy-Basis gerne als Zwischenstopp für die diversen Kampfverbände der amerikanischen Marine genutzt wurde. Und Dutzende signierter Fotos hochrangiger Besucher ließen die Wichtigkeit des Stützpunkts für die US-Außenpolitik erkennen.

Mit etwas Fantasie gelang es dem BKA-Ermittler, einige der angebrachten Staffelabzeichen und Uniformpatches zu entschlüsseln, und gerade die Abzeichen von fliegenden Verbänden weckten wehmütige Erinnerungen.

Für einen kurzen Moment schweiften seine Gedanken wieder zu seiner eigenen Militärausbildung zum Hubschrauberpiloten zurück. Eine Zeit voller jugendlicher Begeisterung, großen Erwartungen und drei anstrengenden Jahren, die ihn seinem Traumberuf so nahe gebracht hatten.

Obwohl seit dem Sportunfall, der ihn gezwungen hatte, seine fast abgeschlossene Ausbildung abzubrechen, schon mehr als 25 Jahre vergangen waren, hatte er die Leidenschaft für die Fliegerei nie ganz verloren. Aber ein lädierter Nackenwirbel und der zeitraubende Job als BKA-Hauptkommissar zwangen ihn in letzter Zeit dazu, es bei gelegentlichen Flügen mit seinem Gleitschirm zu belassen. Kurze Ausflüge, bei denen er zumindest etwas fliegerische Freiheit und Schwerelosigkeit genießen konnte, aber die natürlich kein Ersatz für sein eigentliches Ziel waren.

Nesbits Hand landete krachend auf der Schulter des Hauptkommissars und riss ihn unsanft in die Realität zurück.

»Komm mein Freund, es gibt was zu beißen. Mir knurrt der Magen und die letzten vier Stunden des Fluges hab ich nur noch vom Essen geträumt.«

»Ja ja.« Kopta lachte und folgte seinem amerikanischen Kollegen in Richtung Tisch.

»Wenn man von 12 Stunden Flug 10 Stunden schläft, dann träumt man schon so einiges. Frau Doktor Sikorra, dürfen wir uns zu Ihnen setzten?«

Die ESA-Softwarespezialistin hatte sich an einem der großzugigen Achtertische niedergelassen und studierte die mitgebrachten Köstlichkeiten vor sich. Bedächtig hatte sie ihr Besteck aus der umgebenden Serviette gewickelt und sortierte die Zutaten auf ihrem Teller. Kopta balancierte sein Tablett zu einem der gegenüberliegenden Sitzplätze und schob mit dem Fuß den Stuhl zur Seite.

»Gerne«, deutete die Angesprochene auf den freien Platz.

»Wir hatten bis jetzt ja kaum Gelegenheit, uns zu unterhalten.«

»Ja, stimmt.«

Der Hauptkommissar ließ sich nieder und bewunderte seine mitgebrachte Mahlzeit.

»Ich denke, ich muss mich noch für die etwas hektische Anreise und den mangelnden Komfort entschuldigen, aber Sie wissen ja selbst, unter welchem Zeitdruck wir stehen, wenn wir die Systeme der ESA noch retten wollen. Und die militärischen Transportmittel der Navy sind leider nicht auf Gästekomfort ausgelegt, das muss man ja zugeben.«

»Ach, das macht mir nichts«, winkte sie lächelnd ab und strich sich eine Strähne ihres kastanienbraunen Haars aus dem Gesicht.

»Beim Reisen lege ich keinen großen Wert auf Luxus und bin da nicht so verwöhnt, und die Verpflegung ist doch ganz ordentlich, oder?«

»Ja«, musste selbst der anspruchsvolle Hobbykoch zugeben, während er sich vorsichtig durch die unterschiedlichen Bestandteile seiner Gemüsebeilage probierte.

»Ich bin zwar kein großer Fan von Kantinenessen, aber das hier sieht wirklich gut aus.«

Er zog den Stuhl neben sich vom Tisch ab, um seinem ankommenden Assistenten das Abstellen der mitgebrachten Köstlichkeiten zu erleichtern.

»Kommen Sie, Tergau, setzen Sie sich. Ich hoffe, Sie haben den Flug gut verdaut und Ihr Magen freut sich über eine warme Mahlzeit.«

»Na ja, die Pillen scheinen wenigstens dafür zu sorgen, dass er ruhig ist und die Schaukelei übersteht. Aber so richtig werde ich mich an diese Fliegerei wohl nie gewöhnen.«

Der junge Kommissar platzierte sein Tablett vor sich und nahm Platz.

Seine normalerweise sorgfältig nach hinten gekämmten blonden Strähnen hatten ebenfalls sichtbar unter der Reise gelitten und hingen ihm zum Teil widerspenstig ins Gesicht. Vergeblich bemühte er sich, sie mit einer Handbewegung in die vorgesehene Richtung zu legen. Mit Bedacht wickelte er das mitgebrachte Besteck aus und musterte den Inhalt seines Tellers.

»Aber wie geht's denn jetzt weiter? Ich fürchte, das war noch nicht der letzte Flug, oder?«

»Nein, sicher nicht.«

Kopta deutete mit der Gabel auf Bill Milestone und Petty Officer Hendricks, die sich am Eingang des Speisesaals mit zwei Uniformierten besprachen.

»Ich bin selbst gespannt, was die Jungs organisieren können. Viel Zeit bleibt uns ja nicht mehr, um der Bande auf den Pelz zu rücken. Ich denke aber, wir werden es gleich erfahren.«

Zusammen beobachteten sie, wie sich der amerikanische Ermittler und der Kommandeur ihrer kleinen Einheit von ihren Gesprächspartnern trennten und sich ebenfalls mit einem Tablett bewaffnet an der Essensausgabe aufreihten.

»Aber es gilt natürlich immer noch das, was ich schon vor dem Flug gesagt habe.«

Kopta schaute zu seinem Assistenten neben sich und zu der ESA-Mitarbeiterin gegenüber.

»Herr Tergau, und auch Sie, Frau Sikorra – sollten Sie sich bei dieser Sache nicht wohlfühlen und sich nicht hundertprozentig sicher sein, wird es Ihnen niemand übel nehmen, wenn Sie nicht mitfliegen wollen. Im Moment ist das hier eine Operation unserer Freunde von der amerikanischen Marine, und wir sind lediglich als zivile Beobachter und Gäste mit an Bord. Auf die Aktionen selbst und das Ergebnis haben wir wenig Einfluss. Die Seals sind zwar absolute Profis, was solche Einsätze anbelangt, und sie gehen mit Sicherheit keine unnötigen Risiken ein, es ist aber auf jeden Fall eine verdeckte militärische Operation gegen Gegner, die wir nicht unterschätzen dürfen.

In Kolumbien haben die Kerle ohne zu zögern das Feuer auf die Militärs eröffnet, und ich denke, das könnte wieder passieren. Ich glaube zwar nicht, dass sie mit einem Angriff hier auf ihrem eigenen Gebiet rechnen, aber wir müssen auf Gegenwehr gefasst sein. Was denken Sie Frau Sikorra?«

»Ich?« Die Programmiererin sah kurz auf und kaute ihren Bissen zu Ende.

»Bis jetzt fühle ich mich eigentlich sehr sicher. Und ich denke, an die Software und die Verbindungscodes zu kommen, ist die letzte Chance, die die ESA hat, um ihre Systeme zu retten. Wenn Ihre Freunde sicher wissen, wo wir sie finden können, und sie sich zutrauen, sie in die Hände zu bekommen, müssen wir es auf jeden Fall versuchen. Und wenn es wirklich gelingt, eine Funkstation zu überrumpeln und Zugang zu der Hardware zu bekommen, ist es natürlich das Wichtigste, exakt die richtigen Dateien zu finden und zu übermitteln. Ich denke, ich bin hier die Einzige, die das sicher und schnell erledigen könnte, also bin ich selbstverständlich dabei.«

Kopta nickte.

»Das stimmt natürlich. Die ganze Aktion mit all ihren Risiken macht nur Sinn, wenn wir exakt die richtigen Daten finden und an die ESA weiterleiten können.

Da Sie die Einzige sind, die zweifelsfrei identifizieren kann, was die ESA-Kollegen brauchen, sind wir auf Ihre Hilfe angewiesen. Und was denken Sie Tergau?«

Kopta schaute zu seinem kauenden Assistenten hinüber.

»Sie wissen, dass das hier keine alltägliche BKA-Ermittlung mehr ist, und dass wir uns sowohl bezüglich der örtlichen Zuständigkeit als auch was die Vorgehensweise betrifft, mittlerweile etwas grenzwertig bewegen. Wenn Sie also Bedenken wegen der Sicherheit oder in puncto dienstlicher Belange haben, sagen Sie es ruhig. Ich trage natürlich die Verantwortung, aber wenn wir bei dieser Aktion hier auf die Nase fallen, könnte es sein, dass wir uns zu Hause ein paar unangenehme Fragen anhören müssen.«

»Ja, das glaube ich auch.« Tergau grinste.

»Aber bezüglich der Sicherheit habe ich auch keine Bedenken. Ich fühle mich nur etwas nackt, weil wir unsere Laptops und Handys abgeben mussten. Damit sind wir ja sowieso von der Außenwelt abgeschnitten. Und ich fände es angenehmer, wenn wir den Rest des Einsatzes mit dem Auto oder mit der Bahn erledigen könnten. Mein Magen kann sich einfach nicht an diese Fliegerei gewöhnen. Was meinen Sie Mister Nesbit, wie weit haben wir es noch?«

»Mmhh ..., schwer zu sagen.«

Der Translation-Ermittler kaute mit vollen Backen und nahm einen Schluck seiner Lieblingsbrause, um den Schluckvorgang zu vereinfachen.

»Ich vermute, ganz ohne Fliegen wird es nicht funktionieren, aber keine Sorge, garantiert keine zehn oder zwölf Stunden mehr, da bin ich mir sicher. Und Ihre Laptops und Handys bekommen Sie natürlich heile zurück. Die Jungs von der Navy und speziell die Seals sind in puncto Sicherheit etwas eigensinnig. Sie lassen sich nicht gerne bei der Arbeit in die Karten schauen oder fotografieren. Sie bewegen sich verständlicherweise lieber im Verborgenen. Dass die uns hier überhaupt bei dem Einsatz dabei sein lassen, ist schon ungewöhnlich, aber anders geht es ja nicht. Ich denke, Bill kann uns mehr darüber erzählen, wann und wie es weitergeht.«

Mit der Rechten winkte er seinem Kollegen und dirigierte ihn zu dem freien Platz neben sich. Milestone setzte sich und blickte in vier fragende Augenpaare.

»Habe ich was verpasst?«, grinste er in die neugierige Runde.

»Wir haben uns gerade gefragt, ob du uns erzählen kannst, wie es weitergeht und was es Neues gibt.«

Nesbit zeigte mit der Gabel auf Tergau.

»Mister Tergau fragt, ob es möglich ist, mit dem Auto weiterzukommen. Sein Magen kann sich einfach nicht mit der vielen Fliegerei anfreunden.«

»Oh, das tut mir leid, Mister Tergau. Ich hab für solche Fälle immer Tabletten dabei, die den Magen ruhig stellen, kann Ihnen gerne welche überlassen.«

Der junge Kommissar schüttelte den blonden Schopf und winkte resigniert ab.

»Nein, danke, die nehme ich schon seit drei Tagen. Die beruhigen zwar den Magen, aber die Schaukelei wird davon ja auch nicht weniger. Mister Nesbit sagt, wir haben es nicht mehr weit, ist das richtig?«

»Ja, das stimmt. Auf jeden Fall brauchen wir keine langen Flüge mehr.«

Milestone schob sich einen Bissen in den Mund und deutete während seiner Kauarbeit in Richtung Nebentisch.

Dort hatten sich einige der Elitesoldaten aus Ihrer Begleitung zum Essen niedergelassen und schienen die Verpflegungspause zu genießen. Und mit ihrer lebhaften Unterhaltung und ihrem lauten Lachen wirkten sie zumindest nicht erschöpft.

»Walker und seine Jungs werden hier nachher zwei Black Hawk Hubschrauber übernehmen und die Ausrüstung verstauen. Damit können wir später zu unserem endgültigen Startort verlegen. Die finale Planung und Entscheidung steht natürlich noch nicht, aber zumindest haben wir hier im Gästebereich Zimmer für uns organisiert.

Wir können uns nach dem Essen ein paar Stunden aufs Ohr legen und entspannen. Solche Standortwechsel machen die Jungs von den Seals ja bevorzugt in der Nacht. Da fühlen sie sich weniger beobachtet. Das heißt für uns, dass wir eine frische Dusche und ein paar Stunden Ruhe genießen können. Ich denke, vor 22 Uhr geht es nicht weiter.«

»Zwei Black Hawks?«, fragte Tergau nach.

»Ja, das sind die Hubschrauber, mit denen wir zu unserem endgültigen Stützpunkt kommen und die die Seals auch für ihre verdeckten Einsätze benutzen. Aber keine Sorge, bei Walker als unserem Piloten und seinen Jungs sind wir bestens aufgehoben. Das sind alles Profis, die genau wissen, was sie tun.

Und wenn wir an diesem Stützpunkt sind, wird sich entscheiden, ob und wie ein Einsatz stattfinden kann. Im Moment warten wir noch auf aktuelle Satellitenbilder vom Zielgebiet. Es gibt aber keine Zweifel mehr daran, dass wir das richtige Objekt im Auge haben. Nur müssen das Wetter und andere Umstände natürlich auch passen. Und wir brauchen das finale Okay unserer Kommandeure.«

»Und wo ist dieser endgültige Stützpunkt?« , fragte Tergau nach.

Milestone grinste.

»Wo genau, kann ich Ihnen ehrlich nicht sagen, und es ist bis jetzt auch noch nichts ultimativ beschlossen. Der Flug wird aber nicht so lange dauern, und vor Ort werden wir dann entscheiden, ob und wie eine Aktion stattfinden kann. Ich bin selber gespannt.«

Zwölf Stunden später rasten zwei mattschwarze und fast unbeleuchtete Black Hawk Hubschrauber wie gehetzte Schatten über die nächtlich glänzende Oberfläche des gelben Meeres.

Wegen der trügerischen Lichtreflexionen, die das wechselhafte Mondlicht auf der Wasseroberfläche verursachte, verließen sich die Piloten an Bord ausschließlich auf ihre Radarhöhenmesser und das Geländefolgeradar, um ihre Flughöhe konstant zu halten. Die wenigen Höhenmeter, die sie von der Meeresoberfläche trennten, ließen bei einer Geschwindigkeit von 210 Stundenkilometern keinen Spielraum für optische Fehlinterpretationen.

Im Vergleich zu den täuschungsanfälligen menschlichen Sinnen war lichtschnelle Elektronik bei diesem rasenden Flug deshalb eindeutig die zuverlässigere Lebensversicherung.

Im Laderaum der ersten Maschine blickte Kommissar Tergau angespannt in das Gesicht seines amerikanischen Kollegen ihm gegenüber. Seine blonden Haare hatte er unter den Bügel eines Haedsets gezwängt, und die beiden seitlichen Kunststoffmuscheln schirmten seine Gehörgänge gegen das rhythmische Donnern der Rotorblätter über ihnen ab.

Bill Milestone saß auf der anderen Seite der engen Hubschrauberkabine und schien den Flug zu genießen. Im spärlichen Licht einiger LED-Lampen waren die zusammengekauerten Gestalten innerhalb des Helikopters nur schemenhaft zu erkennen, aber Tergau meinte, im Gesicht seines Gegenübers immer noch ein leichtes Grinsen zu sehen.

Er selbst empfand den Flug als erstaunlich ruhig, und die räumliche Enge und die angespannte Atmosphäre an Bord hatten bisher verhindert, dass er seine Aufmerksamkeit dem Zustand seines Magens widmete. Die schwarze Schutz- und Schwimmweste, die jeder Insasse während des Fluges tragen musste, schränkte die Bewegungsfreiheit in den engen Sitzen extrem ein, aber sie sorgte gleichzeitig auch dafür, dass der Oberkörper weniger hin und her geschaukelt wurde.

Ein Blick auf die Armbanduhr an seinem Handgelenk verriet dem jungen BKA-Ermittler, dass die angekündigten zwei Stunden Flugzeit fast erreicht waren.

In der ersten Hälfte des Fluges hatte er durch die Kabinenfenster Lichter unter dem Helikopter erspäht und die Flughöhe auf ein- oder zweitausend Meter geschätzt. Seit einiger Zeit waren aber keine Beleuchtungen mehr zu sehen, und die Spiegelungen auf der vorbeirasenden Wasserfläche unter ihnen ließen erahnen, dass die beiden Militärhubschrauber mittlerweile wesentlich tiefer flogen – für Tergaus Begriffe beunruhigend tief.

Ein Blick zur Seite zeigte ihm, dass sein Chef ebenfalls die vorbeifliegende Umgebung beobachtete.

»Ziemlich niedrig, oder?«

Obwohl Tergau seine Stimme zu einem Schreien erhoben hatte, um den Umgebungslärm zu übertönen, war er nicht sicher, ob seine Worte beim Hauptkommissar angekommen waren. Den Sprechknopf an seinem Headset hatte er vermieden, um nicht von allen an Bord gehört zu werden.

Kopta hob den rechten Daumen und näherte sein Gesicht dem Gehörschutz seines Kollegen.

»Keine Sorge, das sind mindestens noch 100 Fuß. Die Jungs wissen schon, was sie tun.«

Tergau hob ebenfalls kurz den rechten Daumen, um zu signalisieren, dass er das Gesagte verstanden hatte.

Im Kopf rechnete er die genannten 100 Fuß auf gut 30 Meter um, und vor seinem geistigen Auge tauchten die Bilder gigantischer Containerschiffe und Öltanker auf. Mit vielen Stockwerke hohen Deckaufbauten von denen einige mit Sicherheit wesentlich mehr als dreißig Meter aus dem Wasser ragten.

Schweigend bemühte er sich, die Zuversicht seines Chefs zu teilen, und freute sich darauf, bald wieder festen Boden unter den Füßen zu haben. Eine Vorfreude, die einige Minuten später durch das Knacken in seinen Kopfhörern unterbrochen wurde.

First Lieutenant Walker hielt im Cockpit des Black Hawk die Sprechtaste des Bordfunks gedrückt, um zu seinen Passagieren zu sprechen.

»Ladys and Gentlemen, wenn Sie backbord aus dem Fenster schauen, sehen Sie das Ziel unseres heutigen Ausflugs.«

Kopta bemühte sich, wie alle anderen an Bord, mit seinen Augen die Finsternis der umgebenden Nacht zu durchdringen.

Der Hubschrauber hatte seit einiger Zeit seine Fluggeschwindigkeit verringert, und aus der Dunkelheit tauchten seitlich schemenhafte Umrisse und Positionslichter auf.

Tergau war der Erste, der das Sichtbare einordnete, und als er den Sprechknopf an seinem Headset drückte, schwankte seine Stimme zwischen Unglauben und Entsetzen.

»Aber das ist ja ein Boot!«

»Ein Boot?«

Walkers lachende Stimme aus dem Cockpit bestätigte seine Vermutung.

»Lieber Mister Tergau, das wird der Admiral aber gar nicht gerne hören, dass Sie den Stolz der 7. US-amerikanischen Flotte als Boot bezeichnen! Das, was Sie da unten sehen, ist die USS Georg Washington. Einer der modernsten atomgetriebenen

Flugzeugträger der Welt mit über 5.600 Mann Besatzung, und wir haben soeben die Genehmigung zur Landung erhalten. Im Moment dampft die Washington mit 20 Knoten Richtung Norden. Mal sehen, ob wir das Deck treffen ... haha.«

Mit einem Knacken in den Kopfhörern überließ er seine Zuhörer wieder ihren Gedanken und konzentrierte sich zusammen mit seinem Copiloten auf den Endanflug.

Kopta konnte sich das Grinsen nicht verkneifen. Er stieß dem Assistenten neben sich den Ellenbogen in die Seite und streckte beruhigend einen Daumen nach oben.

»Keine Sorge, Tergau«, versuchte er den Fluglärm zu übertönen. »Gleich haben wir es ja geschafft.«

16. Gelbes Meer 1

Gelbes Meer, 36°00`02"N, 123°44,28"O, 29.09.2014 20:10 Uhr

Das laute Pochen an der Stahltür seiner Kabine riss den Hauptkommissar aus dem Halbschlaf.
Seine kleine Gästeunterkunft lag fast direkt unter dem Flugdeck des gigantischen Schiffes, und die regelmäßigen Katapultstarts über seinem Kopf hatten verhindert, dass der Ermittler ruhigen Schlaf fand.
Mit einer erstaunlich fließenden Bewegung richtete er sich von der schmalen Koje auf und setzte seine Füße auf den gummierten Stahlboden.
Mit der Linken legte er die Lektüre, mit deren Hilfe er die letzte halbe Stunde versucht hatte etwas Ablenkung zu finden, auf den winzigen Tisch der gut vier Quadratmeter kleinen Kajüte. Als begeisterter Leser von Biografien hatte er immer wieder das Gefühl, in der Lebensgeschichte bekannter Persönlichkeiten Inspirationen und Anregungen zu finden. Und so hatte Carl Friedrich Gauß es geschafft, ihn als technisch und naturwissenschaftlich interessierten Menschen mit seiner Mathematik für einige Minuten auf andere Gedanken zu bringen.
Nesbits breites Grinsen, das ihm beim Öffnen der schmalen Tür entgegenstrahlte, riss ihn zurück in die Realität.
»Hendricks erwartet uns im Briefingraum«, sparte sich der Amerikaner die Begrüßung.

»Ich denke, er hat die aktuellen Fotos da und will uns in seinen Schlachtplan einweihen. Lass uns Tergau auch mitnehmen, eure Frau Doktor können wir glaube ich schlafen lassen, right?«

»Okay.«

Der Ermittler trat in den schmalen Gang und zog die Kabinentür hinter sich zu. Auf sein vorsichtiges Klopfen hin erschien in der gegenüberliegenden Stahltür der Blondschopf über dem fragenden Gesicht seines Assistenten.

Gemeinsam folgten sie eine Minute später dem führenden Ordonnanzsoldaten zu dem kleinen Besprechungsraum am Ende des Ganges.

Ihr Anführer öffnete die Tür, ohne anzuklopfen, und ließ seine drei Begleiter eintreten, bevor er sie von außen wieder schloss.

Der kleine Raum erinnerte Kopta an ein Miniaturhörsaal.

Im Zuschauerbereich verfügte er über fünf Sitzreihen, die sich nach hinten jeweils leicht erhöhten und so von überall eine gute Sicht auf die Vortragenden erlaubte. Jede Reihe bestand rechts und links vom Mittelgang aus vier bequem gepolsterten Sitzen mit Armlehnen und einem ausklappbaren Schreibbrett.

Die fünfzehn schwarz gekleideten Elitesoldaten der Navy hatten es sich in den hinteren Sitzreihen bequem gemacht, und ihr Kommandant stand in Begleitung eines zweiten Uniformierten an einem kleinen Rednerpult an der vorderen Stirnwand.

Er begrüßte die drei Eintretenden mit einem Kopfnicken und deutete mit der Rechten auf die noch freien Plätze in den Reihen vor ihm.

Mit Hilfe eines Drehreglers an der Seitenwand dimmte er die Beleuchtung und stellte sich wieder neben seinen Begleiter.

»Gentlemen, ich darf Ihnen Petty Officer Geronimo Glenn vorstellen.

Petty Officer Glenn ist hier an Bord der befehlshabende Seals-Commander. Er stellt uns freundlicherweise einen Teil seines Equipments zur Verfügung und wird unseren Einsatz von der Georg Washington aus begleiten und unterstützen.«

Der dunkelhäutige Elite-Offizier trat einen Schritt nach vorne und deutete einen militärischen Gruß an.

»Gentlemen – ich freue mich, Sie an Bord begrüßen zu dürfen.«

Soldatisch exakt trat er wieder zurück und verschränkte die Arme auf dem Rücken.

Seine Dienstgradabzeichen und das Namensschild auf seiner perfekt sitzenden schwarzen Uniform waren auf den ersten Blick alles, was Rückschlüsse auf ihren Träger zuließ. Zusammen mit seiner militärisch kerzengeraden Haltung und seinem freundlichen und messerscharfen Blick, mit dem er die Anwesenden musterte, reichte das aber völlig, um seiner Person den nötigen Respekt zu verschaffen.

Es war unschwer zu erkennen, dass der Besitzer dieser Uniform seinen Posten nicht nur innehatte, weil sein Vater ein einflussreiches Mitglied eines Stadtrates in New England war.

Hendricks nahm eine kleine Fernbedienung vom Pult neben sich und ließ mit einem Knopfdruck eine Wetterkarte des gelben Meeres auf dem Bildschirm an der Stirnwand erscheinen.

»Gentlemen, dies ist die aktuellste Information, die wir vor ein paar Minuten erhalten haben. Die Vorhersage für die kommende Nacht verspricht zunehmenden Mond bei leichter Bewölkung und circa 20 Grad Celsius Lufttemperatur, also 68 Grad Fahrenheit. Ideale Voraussetzungen für einen kleinen Landausflug.«

Er grinste in die Runde und wartete, bis die Lacher verklungen waren.

Mit einem integrierten Laserpointer beschrieb er einen kleinen Kreis im südlichen Sektor der Karte.

»Also meine Herren, wir befinden uns zurzeit etwa hier.

Die Georg Washington dampft mitsamt ihrem Begleittross mit etwa 15 Knoten nordwärts in Richtung gelbes Meer. Wie sie an der Frequenz der Katapultstarts über unseren Köpfen erkennen können, fliegen die Jungs zurzeit einen routinierten Übungsflugbetrieb mit integrierter CAP.

Das ist die Abkürzung für Combat Air Patrol, und bedeutet nichts anderes, als die übliche Kontrolle des uns umgebenden Luftraums. Also alles völlig ruhig und unauffällig.

Zusammen mit Petty Officer Glenn und unserem Stab in Coronado habe ich die letzten Stunden damit verbracht, einen Einsatzplan für unseren Ausflug zu erarbeiten. Wir haben die aktuellen Satellitenbilder ausgewertet und konnten rund um das Zielobjekt keine ungewöhnlichen Aktivitäten feststellen. Wir gehen also davon aus, dass wir nicht erwartet werden und das Überraschungsmoment auf unserer Seite ist.

Allerdings mussten wir uns auf die Satellitenaufnahmen beschränken. Eine genauere Erkundung mit Hilfe von tieffliegenden Drohnen haben wir vermieden, um nicht doch noch Verdacht zu erregen. Vor 30 Minuten haben wir unsere Planung mit den vorgesetzten Stellen erörtert und die Genehmigung erhalten nach eigenem Ermessen zu handeln. Das heißt, wir haben grünes Licht und können starten.«

Er unterbrach einen kurzen Moment und ließ seinen Blick durch die Reihen seiner Zuhörer wandern, um die Ernsthaftigkeit des Gesagten zu unterstreichen. Dann drehte er sich wieder zum Monitor um und ließ mit einem Druck auf seine Fernbedienung einen vergrößerten Kartenabschnitt erscheinen. Mit dem Laserpointer malte er Kreise auf einzelne Abschnitte.

»Das hier unten ist Südkorea. Hier ganz im Süden liegt Busan, von wo aus wir gestartet sind.

Hier ist der berühmte 38. Breitengrad, um den herum sich seit dem Jahr 1953 die Grenze zwischen Süd- und Nordkorea und die vier Kilometer breite demilitarisierte Zone erstreckt. Es hat zwar seit dieser Zeit einige Zwischenfälle gegeben und insgesamt auch mehrere hundert Todesopfer, aber alles in allem hat sie erstaunlicherweise bis heute gehalten. Nur ist sie für uns leider unüberquerbar. Also müssen wir diesen kleinen Umweg hier wählen.

Hier oben auf dieser nordkoreanischen Halbinsel liegt die Provinzhauptstadt Changyon, und hier im äußersten Westen dieser Landzunge, befindet sich unser Zielobjekt.«

Er betätigte zweimal die Fernbedienung und zoomte in den Kartenausschnitt hinein.

»Die ersten Ortungen hatten wir durch die verdächtigen Funksignale, die wir von dort aufgefangen haben. Es ist uns gelungen, diese kurzen Funksprüche von verschiedenen Orten aus zu empfangen und so ihren Ursprung exakt zu ermitteln. Mit Hilfe der Satellitenbilder konnten wir dann die Sendeanlage und die Antenne hier verifizieren – dieses Gebäude ist zweifelsfrei der Ursprungsort.

Leider konnten wir das Gebiet nur per Satellit aufklären und mussten wie gesagt aufgrund der heiklen Situation auf hochauflösende Drohnenaufklärung verzichten.

Deswegen sind die Fotos etwas grobkörnig, und wir können natürlich nur in dem Moment Bilder machen, wenn der entsprechende Satellit genau dieses Gebiet überfliegt. Dabei besteht leider immer die Gefahr, dass der Gegner weiß, wann wir in Position sind, und seine Aktivitäten in die unbeobachtete Zeit verlagert.

Mit Hilfe von Drohnen haben wir die Möglichkeit, viel flexibler und gezielter vorzugehen, aber gleichzeitig ist auch die Gefahr groß, dass der Gegner unser Interesse für ein bestimmtes Objekt bemerkt. Deswegen haben wir in diesem Fall darauf verzichtet.«

Er öffnete ein weiteres Foto, dass den Kartenausschnitt vergrößert darstellte.

»Das hier ist, denke ich, die beste Luftaufnahme, die wir haben. Die haben gute Freunde aus Langley mit ihrem neuesten Spielzeug für uns geschossen. Wirklich beeindruckend, wenn man bedenkt, dass die Kamera mit einer Geschwindigkeit von 25.000 Stundenkilometern fast 460 Kilometer über dem Erdboden kreist.

Diese Strukturen hier erinnern an eine Landebahn aus Beton und die Erhöhungen hier am Rande könnten so etwas wie Wartungshallen oder Flugzeugbunker sein. Wir sind uns aber sicher, dass zumindest das offizielle nordkoreanische Militär diese Anlage nicht nutzt. Die Aktivität der Luftwaffe dort ist ziemlich überschaubar, und wir wissen genau, was sie tut. Da es in Nordkorea außer den öffentlichen Airlines kaum private Flugbewegungen gibt, können wir nur raten, wofür dieses Gelände genutzt wird. Ist aber im Moment auch nicht so wichtig.

Auf jeden Fall war es mit unseren Daten möglich, das Gebäude hier einwandfrei zu identifizieren. Die nächste größere Stadt und damit auch die am schnellsten erreichbare Polizeistation oder Militärkaserne ist wenigstens 35 Minuten entfernt, und das Gelände in diese Richtung hier ist relativ übersichtlich.

Das heißt, wenn es uns gelingt, die Bewohner dieser Station zu überraschen und auszuschalten, haben wir mindestens eine halbe Stunde Ruhe, und eine Annäherung von Verstärkung könnten wir früh genug bemerken.«

Mit Hilfe seiner Fernbedienung verschob er den Kartenausschnitt, sodass der südlichere Teil in den Mittelpunkt rückte.

»Unser Ziel liegt nur ungefähr einen Kilometer von dieser Küste hier entfernt. Das macht eine Annäherung vom Wasser aus natürlich einfacher. Wir müssen dabei nur einen Horchposten auf einer vorgelagerten Insel umgehen, das ist aber für die Black Hawks kein Problem. Der Landeplatz, den wir als den Geeignetsten festgelegt haben, ist hier.«

Er deutete mit dem Laserpointer auf ein kleines Kreuz, das manuell in die Karte eingezeichnet worden war.

»Zwischen dem Ort unserer Landung und dem Zielgebäude liegen hier zwei niedrige bewaldete Hügelketten, sodass wir im Schutz dieser Hügel ungehört landen können.

Wenn man diese beiden Erhebungen hier umgeht, sind es von dort aus bis zu dem Gebäude ziemlich exakt 2.550 Meter. Also etwa 30 Minuten Fußmarsch.

Und damit kommen wir zum eigentlichen Einsatzplan den Petty Officer Glenn und ich zusammen mit den Kameraden in Coronado erarbeitet haben und der von oben genehmigt ist.«

Er räusperte sich und trank einen Schluck aus der Wasserflasche auf seinem Pult. Dann wechselte er mithilfe der Fernbedienung wieder auf einen größeren Kartenausschnitt des gelben Meeres.

»In etwa zwei Stunden, also bei Einbruch der Dämmerung, wird die Georg Washington Fahrt aufnehmen, um uns etwas näher an den Zielpunkt heran zu bringen. Das ist mit dem Skipper so abgesprochen. Die Navy versucht uns einen Startpunkt so dicht wie möglich am Zielobjekt zu ermöglichen. Je weniger Meilen und Zeit wir in der Luft verbringen, desto geringer ist die Gefahr entdeckt zu werden. Wenn man sich die Nachbarschaft hier so anschaut, ist es gut vorstellbar, dass einige Augen und Ohren auf uns gerichtet sind.

Aus Sicherheitsgründen haben wir beschlossen, das Team für den Einsatz zu splitten. Der erste Black Hawk mit Tom Jennings und Bill de Blazio im Cockpit und mir und zwölf meiner Männer an Bord, startet um 23:30 lokal hier auf der Washington. Die Jungs unter Deck sind gerade dabei, die Hubschrauber auszurüsten und startklar zu machen.

Wenn die Washington bis dahin nördlich dampft, haben wir noch etwa eine Stunde und 30 Minuten Flugzeit bis zum Ziel. Wir müssen wie gesagt diese Insel umgehen und uns leise und tief einschleichen.

Nach der Landung bleiben die beiden Piloten beim Chopper und mein Team und ich brauchen ca. 30 Minuten Fußmarsch bis zum Ziel. Für die Aufklärung, Annäherung und Übernahme des Zielgebäudes haben wir noch einmal dreißig Minuten plus zehn Minuten Reserve für Unvorhergesehenes eingeplant.«

Mit einem Knopfdruck brachte er wieder die Satellitenaufnahme des Zielgebiets zum Vorschein.

»Unsere Planung ist so, dass wir nach erfolgreicher Landung eine Statusmeldung abgeben. Das dürfte also gegen 1:20 Uhr sein. Wenn wir sicher am Zielpunkt gelandet sind, erhält der zweite Black Hawk Starterlaubnis. An Bord sind First Lieutenant Walker und Lieutenant Sam Gates im Cockpit sowie Slim Nesbit, Mister Kopta, Mister Tergau und Frau Doktor Sikorra von der ESA.

Dadurch dass die Washington dann wieder etwas nördlicher ist, braucht dieses Team-Bravo nicht ganz so lange wie das Einsatzteam-Alpha. Geplante Flugzeit ist etwa 1 Stunde und 35 Minuten.

Während das Bravo-Team anfliegt, rückt das Alpha-Team zu Fuß zum eigentlichen Ziel vor. Dann werden das Gebäude und seine Umgebung aufgeklärt und wenn möglich besetzt.

Sobald die erste Mannschaft das Zielgebäude gesichert hat, gibt sie eine Statusmeldung an das Bravo-Team und erteilt ihm die Erlaubnis, direkt am Zielobjekt zu landen. Das spart den Fußmarsch und damit wertvolle Zeit. Sollte die Landeerlaubnis zum erwarteten Zeitpunkt noch nicht eingegangen sein, wartet der zweite Black Hawk 10 Kilometer vor der Küste in sicherer Entfernung auf die Meldung von Team-Alpha.

Sobald das Gebäude wie geplant eingenommen ist, setzt Team-Alpha ein codiertes Funkfeuer und der Helikopter von Team-Bravo landet wie gesagt direkt am Ziel.

Anschließend stehen uns 15 bis 20 Minuten zur Verfügung, um im Gebäude das zu suchen, was die ESA braucht. Wir werden so viel Material sichern und mitnehmen, wie uns in der Kürze der Zeit möglich ist. Während das Team-Bravo die Funkzentrale durchsucht, beordern wir den Hubschrauber von Team-Alpha ebenfalls zum Zielobjekt, das spart uns die Zeit für den Rückmarsch. Sobald der eingetroffen ist, sitzen wir auf und machen uns aus dem Staub.

Die Washington wartet am vereinbarten Rendezvous-Punkt und nimmt uns wieder auf. Danach geht es mit Volldampf in Richtung Süden und wenn es hell wird, sind wir weit genug weg. Beim Abflug vom Ziel werden wir das Gebäude soweit wie möglich zerstören, um wenig Spuren zu hinterlassen.«

Hendricks stützte sich mit beiden Armen auf das kleine Rednerpult und sah fragend in die Runde.

»Soweit ist also unsere Planung. Das Wetter ist wie für uns gemacht und ich hoffe, dass nicht zu viele böse Überraschungen auf uns warten. Bis hierhin noch irgendwelche Fragen?«

Einer der Soldaten aus der hinteren Reihe hob den Arm und Hendricks erteilte ihm das Wort.

»Wissen wir, wie stark die Besatzung in der Funkstation ist und wie sie bewaffnet ist?«

»Nein, exakt wissen wir das nicht«, gab Hendricks zu.

»Mister Kopta hier vom deutschen BKA und sein Kollege Slim Nesbit haben Erfahrungen mit zwei ähnlichen Funkstationen in Spanien und Kolumbien gemacht. Die waren wohl meistens mit zwei bis drei Personen mit leichter Bewaffnung besetzt. Ich sehe keinen Grund, warum diese hier auf eigenem Territorium besser verteidigt seien sollte, aber genau wissen wir es nicht.«

Er ging zur Seitenwand des Raums und schaltete die Hauptbeleuchtung wieder ein.

»Also, noch einmal kurz zusammengefasst.

Oberste Priorität hat für uns die Sicherheit aller Beteiligten. Es ist gut, wenn wir unseren Plan mit Erfolg durchführen können, aber wir werden dafür nicht mehr riskieren, als unbedingt notwendig.

Team-Alpha landet nur, wenn wir hundertprozentig davon überzeugt sind, das wir safe sind. Und wir starten unseren Zugriff nur, wenn wir sicher sind, erfolgreich zu sein.

Team-Bravo fliegt erst ab, wenn Team-Alpha erfolgreich gelandet ist, und landet nur, wenn Team-Alpha das Zielobjekt zu 100 Prozent unter Kontrolle hat.

Wie gesagt, der Start von Team-Alpha ist um 23:30 Uhr vorgesehen. Ich bitte die fliegenden Besatzungen, um 21:00 Uhr beim Wetterbriefing zu sein und dann die Maschinen zu übernehmen. Wir treffen uns ebenfalls um 21:00 Uhr im Flughangar, um unsere Ausrüstung zu verstauen, und die vier zivilen Angehörigen von Team-Bravo werden um 24:00 Uhr in ihren Kabinen abgeholt.«

Er ließ seinen Blick ein weiteres Mal langsam durch die Reihen seiner Zuhörer wandern und wechselte ein zufriedenes Nicken mit dem immer noch neben ihm stehenden Petty Officer Glenn.

»Okay, dann erst mal danke für die Aufmerksamkeit und bis später.«

Gut sechs angespannte Wartestunden später schloss Kopta an Bord des zweiten Black Hawk-Hubschraubers die Augen und atmete tief durch.

Er versuchte, eine möglichst entspannte Sitzhaltung zu finden, um sich noch einmal auf die Details von Hendricks Plan zurückzubesinnen.

Vor seinem geistigen Auge zogen die Bilder unzähliger vorheriger Einsätze vorbei, aber keiner von ihnen war mit ihrem jetzigen Vorhaben zu vergleichen.

Nicht dass er sich nicht auch schon bei früheren Verbrecherjagden auf unbekanntem Terrain bewegt hätte, oft mit der Befürchtung, auf rücksichtslosen Widerstand zu stoßen, aber das, was sie in den nächsten Stunden erwartete, war sicher eine andere Dimension.

Mit einem bis an die Zähne bewaffneten Sondereinsatzkommando in das schwer bewachte Gebiet eines Staates einzudringen, der feindlicher kaum sein könnte, im Schutz der Nacht ein unbekanntes Gebäude zu stürmen, die anwesenden gegnerischen Kräfte auszuschalten und danach mit dem hoffentlich erbeuteten Equipment ungesehen wieder zu verschwinden ...

Auch wenn Officer Hendricks die Sicherheit bei ihrem Einsatz betont hatte, und die Bemühungen unnötige Risiken zu vermeiden – jedem Anwesenden musste klar sein, dass sie sich auf eine Kommandoaktion mit extrem vielen Möglichkeiten für unangenehme und lebensgefährliche Überraschungen begaben.

Was, wenn der Gegner wie bei ihrem Einsatz in Katalonien vorher gewarnt worden war und sie plötzlich einer schwer bewaffneten Übermacht gegenüber standen, oder sie schon beim Eindringen in gegnerischen Luftraum angegriffen wurden?

Der Hauptkommissar hob den Kopf und wechselte einen Blick mit seinem amerikanischen Freund in der gegenüberliegenden Sitzreihe. An Nesbits Gesichtsausdruck war unschwer zu erkennen, dass ihn zweifellos ähnliche Gedanken beschäftigten.

Und während das gleichmäßige Klopfen der Rotoren über der Kabine des Black Hawk an Intensität zunahm und jede Unterhaltung ohne Sprechfunk unmöglich wurde, beließ er es bei einem aufmunternden Nicken.

Kurz darauf signalisierte das leichte Schaukeln der Maschine den vier Insassen im hinteren Teil der Kabine, dass die Räder des schwarzen Kolosses den Kontakt zum schwankenden Deck des Flugzeugträgers verloren hatten, und sie sich auf der letzten Etappe zum gefährlichen Ziel ihrer Reise befanden.

Langsam gewann die Maschine etwas an Höhe und begann vorsichtig um die eigene Achse zu rotieren. First Lieutenant Steven Walker am Steuerknüppel bemühte sich, den 20 Meter langen und fast neun Tonnen schweren Helikopter über dem Flugdeck zu stabilisieren und in die vorgesehene Flugrichtung zu drehen, während sein Copilot Lieutenant Sam Gates die letzten Punkte seiner Startcheckliste abarbeitete und den Kontakt zur Flugleitung hielt.

In der hinteren Kabine des Drehflüglers richtete Kopta seinen Oberkörper soweit wie möglich in seinem Sitz auf und überprüfte routiniert den sicheren Verschluss des Gurtsystems. Aus seiner eigenen Ausbildung wusste er genau, was in diesen Sekunden im Cockpit der Maschine vor sich ging und wie groß trotz aller militärischen Routine die Anspannung vor einem solchen Start war. Dem Aufbruch zu einem Einsatz, der sie in unbekanntes und feindliches Gebiet führen würde und dessen Ausgang von so vielen unberechenbaren Details abhing. Vor dem man sich bemühte alle denkbaren und undenkbaren Szenarien durchzuspielen, und der doch trotzdem, spätestens mit dem Eintreffen vor Ort, die meisten Planungen beiseite wischte.

Kopta hob den Kopf und suchte den Blickkontakt zu seinem Assistenten, der in der gegenüberliegenden Sitzreihe neben Nesbit saß. Tergaus gequälter Gesichtsausdruck ließ erahnen, dass ihm weder die Aussicht auf fast zwei Stunden Hubschraubertiefflug über unbekanntem Gewässer, noch auf den bevorstehenden Einsatz in feindlicher Umgebung gefielen. Er erwiderte den hochgehobenen Daumen seines Vorgesetzten und bemühte sich sichtlich, aber vergeblich um eine optimistische Miene.

Kopta ging in Gedanken die kritischsten Feindberührungen in seiner BKA-Laufbahn durch und musste zugeben, dass keine davon mit ihrem heutigen Vorhaben vergleichbar gewesen wäre, und dass sein junger Assistent sich trotz nicht zu verbergender Flugangst und Unsicherheit erstaunlich gut behauptete. Und das, obwohl er das Fehlen von Laptop und Handy mit Sicherheit als viel schlimmer empfand als die Tatsache, dass er sich ohne Dienstwaffe mehrere tausend Kilometer entfernt von seinem sicheren Schreibtisch befand.

Der Hauptkommissar überlegte, ob er mit seinen 54 Lenzen und über 25 Dienstjahren vielleicht seine Vorstellung vom idealen Kriminalermittler um einige Eigenschaften ergänzen musste.

Und sich einzugestehen, dass sie im Laufe seiner beruflichen Laufbahn nicht immer mit der gesellschaftlichen und technologischen Entwicklung seiner Umwelt mitgehalten hatte.

Ermittler wie Bill Milestone bei Translation oder Kommissar Tergau beim BKA waren für die heutige kriminalistische Hintergrundarbeit unverzichtbar. Mit ihren Kenntnissen von moderner Computer- und Nachrichtentechnik lieferten sie die Grundlagen für eine erfolgreiche Verbrechensbekämpfung, und damit die Voraussetzungen dafür, dass solche altgedienten Dinosaurier wie er und Nesbit hier und da einen dieser bösen Buben aus dem Verkehr ziehen konnten.

Das Geheimnis effizienter kriminalistischer Arbeit lag zweifellos darin, alle notwendigen Fähigkeiten in einem Team zu bündeln und zu ergänzen. Da hatte Direktor Spieß völlig recht gehabt, als er Tergau vor einigen Monaten Koptas Mannschaft zugeordnet hatte. Und der junge Kommissar hatte mit seinen Kenntnissen und Talenten in kurzer Zeit einen großen Teil zum Erfolg ihrer Ermittlungen beigetragen. Seine Stärken lagen eindeutig darin, seinen Laptop und die Möglichkeiten des Internets zu nutzen. Damit kompensierte er seine Flugangst oder seine katastrophalen Schießergebnisse mit Leichtigkeit.

Fast als könnte er die Gedankengänge seines Chefs erahnen, hellte sich Tergaus Miene etwas auf und er verzog den Mund kurz zu einem leichten Grinsen.

Gegenüber dem genießerischen Gesichtsausdruck von Nesbit im Sitz neben ihm, wirkte es allerdings immer noch etwas erzwungen. Der Amerikaner genoss es unübersehbar, seinen ungeliebten Bürostuhl gegen den schwankenden Sitzplatz in einem Militärhubschrauber zu tauschen.

Beim Einsteigen hatte er Koptas freundschaftliches Klopfen an die Bordwand des Helikopters nachgeahmt, als hätte er einen alten Freund begrüßt. Und genau wie sein deutscher Weggefährte liebte er die reale Ermittlungsarbeit auf der Fährte des Verbrechens wesentlich mehr, als das Bearbeiten einer gefühllosen Computertastatur.

Auch wenn seine Lust an der praktischen Seite seines Jobs manchmal etwas zu offensichtlich war, wusste Kopta genau, dass jeder Gegner der dahinter Naivität oder Leichtsinn vermutete, einen schweren Fehler machte.

Aus eigener Erfahrung kannte er die akribische Vorbereitung des Translation-Ermittlers auf solche Einsätze und war sich sicher, dass er sich in jeder Situation auf die Fähigkeiten und Urteilskraft seines Freundes verlassen konnte.

Kopta schloss für einige Sekunden die Augen, um die jetzt körperlich spürbare Beschleunigung des Fluggerätes zu genießen und sich im Geist den Ablauf des bevorstehenden Einsatzes vorzustellen. Einer Militäraktion, deren Ausgang auch für seinen Geschmack von einigen Unbekannten zu viel abhing, die aber gleichzeitig die vermutlich letzte Chance war, um mehr Licht in ihre Ermittlungen zu bringen und die Systeme der ESA zu retten.

Auf die praktische Durchführung selbst hatte er kaum Einfluss, ein Umstand, der ihm etwas Unbehagen bereitete. Aber auf der anderen Seite war ihm völlig klar, dass ohne die Hilfe der amerikanischen Marine ihr Ziel in unerreichbare Ferne entschwunden wäre. Er wusste ebenso gut, dass es kaum eine Truppe auf der Welt gab, die für so einen Angriff auf den Feind besser geschult und ausgerüstet war als die Navy Seals.

Die Aufgabe, die benötigten Dateien und Codes für die Satellitenkommunikation zu finden, musste er der Softwarespezialistin der ESA überlassen. Doktor Sikorra saß im Sitz neben ihm und machte einen entspannten Eindruck. Auch wenn er ihr Gesicht nicht erkennen konnte, wirkte ihre Körperhaltung erstaunlich gelassen, und ihre Hände lagen ruhig auf ihren Oberschenkeln.

Er hatte während ihrer bisherigen Reise nicht viel Gelegenheit gehabt, mit der etwas verschlossen wirkenden Informatikerin zu sprechen, aber sie machte einen zuverlässigen und intelligenten Eindruck. Er hoffte, dass sie ihren Job am Ziel ihrer Reise genau so erledigen würde, und das Team schnellstmöglich und erfolgreich wieder den Rückzug antreten konnte.

Der Ermittler versuchte die Beine auszustrecken und eine möglichst entspannte Haltung für die nächste Flugstunde zu finden.

Das Knacken in den Kopfhörern unterbrach die Gedankengänge der vier Passagiere. Walker hatte Höhe und Geschwindigkeit des Black Hawk eingependelt und gab eine kurze Statusmeldung.

»Ladys and Gentlemen, das Alfa-Team hat die Landung wie geplant bestätigt. Die Jungs sind auf dem Weg zum Zielobjekt und wir haben Starterlaubnis. Wenn alles so funktioniert, wie vorgesehen, schleichen wir uns tief an und brauchen noch etwa eine Stunde und 22 Minuten, um den Landepunkt zu erreichen. Entspannen Sie sich und genießen Sie den Bordservice.«

Der BKA-Hauptkommissar erwiderte Nesbits aufmunterndes Grinsen und schloss die Augen.

Im Geiste sah er den mattschwarzen und unbeleuchteten Helikopter nur wenige Meter über der trügerisch spiegelnden Wasseroberfläche des gelben Meeres dahin rasen. In Richtung eines unbekannten Zielobjekts, von dem niemand an Bord genau wusste, was sie dort erwartete.

Er kannte nur zu gut die Anspannung bei einem solchen halsbrecherischen Flug, und im war klar, dass die beiden Piloten im Cockpit die nächste Stunde schweißtreibende Präzisionsarbeit leisten mussten. Eine Anstrengung, bei der die kleinste Unaufmerksamkeit oder ein falscher Handgriff für alle das tödliche Ende ihres Einsatzes bedeuten konnte. Kopta begann intensiver zu atmen und konzentrierte sich auf die ein- und ausströmende Luft entlang seiner Nasenflügel.

Es dauerte 69 endlose Minuten, bis ein weiteres Knacken in den Kopfhörern und die knappe Durchsage von First Lieutenant Steven Walker das kaum noch auszuhaltende Schweigen durchbrach.

»Das Alpha-Team meldet: Gebäude eingenommen und gesichert, Landeerlaubnis für Team-Bravo, acht Minuten und vierzig Sekunden bis zum Zielobjekt.«

Kopta blies die Backen auf und suchte den Blickkontakt zu seinen beiden Begleitern in der Sitzreihe gegenüber. Nesbit verzog keine Miene, aber der Blick in seine Augen zeigte deutlich, dass er hellwach und hochkonzentriert war.

Kommissar Tergau hob die Augenbrauen, und es schien, als ob er noch überlegte, ob sein wackeliger Sitzplatz in einem im Tiefflug dahin rasenden Hubschrauber, oder eine feindliche nordkoreanische Militärbasis im Moment der weniger gefährliche Aufenthaltsort war.

Der Hauptkommissar nickte seinem Assistenten aufmunternd zu und begann, Arme und Beine zu bewegen, um die eingeschlafene Blutzirkulation in Gang zu bringen. Aufmerksam lauschte er auf die Veränderung der Rotorengeräusche über ihren Köpfen. Die Cockpitcrew hatte begonnen, die Geschwindigkeit zu reduzieren und sich durch die Dunkelheit der Nacht zum Landeplatz vorzutasten.

Ein paar Minuten später signalisierte das sanfte Einfedern der Fahrwerke, dass der Black Hawk an seinem Zielpunkt Bodenkontakt hatte. Nesbit legte als Erster seinen Sicherheitsgurt ab und schob die seitliche Kabinentür auf.

In etwa 20 Metern Entfernung war Petty Officer Hendricks zu sehen, der den Piloten offenbar die letzten Einweisungen zur Landung gegeben hatte. Indem er die flache Hand vor seinem Hals hin und her bewegte, gab er den Cockpitinsassen das Zeichen die Triebwerke abzustellen.

Augenblicklich begann das hohe Pfeifen der beiden Turbinen abzuschwellen und die vier Drehflügel verlangsamten ihre Rotation.

Per Handzeichen forderte der Einsatzleiter Nesbit und die anderen drei Insassen im hinteren Teil der Maschine auf, ihm zu folgen und dabei die Köpfe einzuziehen, um nicht in den Gefahrenbereich der sich drehenden Rotorblätter zu gelangen. Er führte die Gruppe in Richtung eines kleinen, nur sparsam beleuchteten Gebäudes etwa 80 Meter vom Landeplatz des Hubschraubers entfernt. Auf halbem Weg passierten sie zwei einsame Lichtmasten, deren schwächliche Glühbirnen den Vorplatz in gelbliches Dämmerlicht tauchten.

Im etwas stärkeren Lichtkegel, der durch die offene Eingangstür des Gebäudes nach außen fiel, wartete Hendricks, bis seine vier Begleiter sich im Halbkreis um ihn versammelt hatten. Der Lärm der Hubschraubertriebwerke war bis dahin so weit abgeklungen, dass er mit fast normaler Stimme sprechen konnte.

»Das Gebäude hinter mir ist unser Zielobjekt«, begann er seine Erläuterung und deutete mit dem rechten Daumen über seine Schulter.

»Wir haben den gesamten Bereich rundherum aufgeklärt und gesichert. Außer dieser Hütte gibt es noch ein paar Hallen, ca. 300 Meter entfernt in Richtung Osten. Die sind aber verschlossen, und es sind keiner Personen dort. Etwa 100 Meter nördlich hinter diesem Gebäude sind ein alter Transporthubschrauber und zwei Geländefahrzeuge abgestellt. Wir haben sie noch nicht näher untersucht.

Unser Alpha-Team ist planmäßig gelandet, und wir haben wie berechnet die Hügel umgangen und uns dem Objekt genähert. Von außen haben wir im unteren Stockwerk drei Personen ausgemacht und uns nach ein paar Minuten Beobachtungszeit entschlossen das Überraschungsmoment zu nutzen und das Gebäude zu stürmen.

Durch die Tür und das kleine Seitenfenster hier haben wir die drei eliminiert, bevor sie zu den Waffen greifen konnten. Kurz darauf ist eine vierte Person aus der Dunkelheit aufgetaucht und hat mit einer Kalaschnikow sofort das Feuer eröffnet.

Bevor es uns gelungen ist, ihn unschädlich zu machen, hat er zwei meiner Männer erwischt, einen an der Schulter – aber das ist nur eine Fleischwunde – und einen anderen mit einem Bauchschuss. Der Kamerad hat reichlich Blut verloren, und wir können hier vor Ort nicht viel für ihn tun. Deswegen haben wir sofort den Hubschrauber nachkommen lassen und verladen ihn gerade, um ihn ins Lazarett auf die Georg Washington zu fliegen. Sobald die Männer an Bord sind, fliegt Team Alpha ab.

Ich bleibe hier und begleite den Sucheinsatz.«

Im Hintergrund betätigte der Pilot des ersten Black Hawks die Startschalter der beiden General-Electric-Turbinen und die vier Rotorblätter nahmen lautstark ihre Arbeit auf. Hendricks gab seinen Männern mit erhobenem Daumen die Starterlaubnis und deutete einen militärischen Gruß an.

Dann drehte er sich um und bedeutete seinen Zuhörern, ihm zu folgen.

Mit ein paar kurzen Schritten betrat er das Gebäude durch die weit offenstehende Holztür. Er wartete, bis seine Begleiter ebenfalls eingetreten waren, und schloss die Tür. Draußen nahm der Lärm des startenden Hubschraubers schnell zu und machte jede Unterhaltung unmöglich, und auch im Gebäude musste Hendricks seine Erklärung für einige Sekunden unterbrechen.

Nach kurzer Aufwärmzeit steigerte der Pilot die Drehzahl der Rotorblätter und verstellte ihren Anstellwinkel zum Start. Wolken von Staub und anderen Kleinteilen wirbelten durch die zerbrochenen Glasfenster in die Hütte und Hendricks musste die Tür festhalten, um zu verhindern, dass sie aufflog.

Er ließ einige Sekunden vergehen, bis der Helikopter abgeflogen war und die Rotorengeräusche in der Ferne leiser wurden.

»Okay, hoffen wir, dass der Kamerad durchhält. Ich habe Walker und Lieutenant Gates gesagt, sie sollen draußen bei der Maschine bleiben und die Augen offenhalten.

Das Gelände ist ja ziemlich übersichtlich, und es ist wichtig, früh genug zu sehen, wenn wir Besuch bekommen. Also gut ...«

Er deutete mit der Rechten auf die gegenüberliegende Wand des etwa vierzig Quadratmeter großen rechteckigen Raumes.

»Da hinten auf den Schreibtischen werden Sie wahrscheinlich das finden, wonach Sie suchen. Da stehen zwei Funkgeräte und alles Mögliche andere Computerzeugs. Die beiden Laptops und den Rechner unter dem Tisch dort können wir ja auch später mitnehmen. Ich würde sagen, Mister Tergau und Frau Sikorra machen sich ans Werk.

Die vier Leichen der Besatzung haben wir nach oben geschafft, damit wir uns hier unten freier bewegen können. Ich schlage vor, Slim, Mister Kopta und ich schauen uns im oberen Stockwerk kurz noch einmal um, ob wir irgendwas Verwertbares finden.«

Er ging voran zu einer kleinen Holztreppe im hinteren Teil des Raums und stieg in die obere Etage. Nesbit und Kopta folgten ihm.

Oben erleuchteten zwei fahle Glühbirnen einen schmucklosen Schlafraum mit acht Etagenbetten. Einige lieblos an der Wand positionierte Spinde und sechs schlichte Kunststoffstühle, die um einen Tisch verteilt standen, bildeten die gesamte übrigen Einrichtung.

In der Mitte des Raums hatten Hendricks Männer die vier blutüberströmten Leichen der überwältigten Hausbewohner abgelegt.

Zwei von ihnen trugen die typisch erdfarbene Tarnuniform der nordkoreanischen Truppen. Dunkle Flecken im Bereich der Oberkörper zeugten von der militärischen Präzision, mit der ihr Leben brutal beendet worden war. Die zwei waren offenkundig bewaffnete Wachposten, die zum Schutz des Gebäudes abgestellt gewesen waren. Die beiden anderen Männer schienen erstaunlich jung zu sein. Kopta schätzte ihr Alter auf höchstens Anfang bis Mitte dreißig. Sie trugen Zivilkleidung und waren ebenfalls durch präzise Schüsse in den Brustbereich getötet worden. Ihr legeres und gepflegtes Äußeres ließ vermuten, dass sie die Spezialisten für den Betrieb der Kommunikations- und Funkanlagen vor Ort waren.

Hendricks deutete auf die Wandschränke und einige Regale im hinteren Bereich des Raums.

»Schaut mal, ob ihr was Interessantes findet.«

Er selbst begann, die Kleidung der leblosen Körper nach persönlichen Gegenständen und Papieren zu durchsuchen und sammelte seine spärlichen Fundstücke auf dem Tisch in der Mitte des Raumes.

»Ich denke, bevor wir uns verabschieden, sollten wir die ganze Hütte hier abbrennen. Erstens verwischt das unsere Spuren, und wenn wir die Leichen damit verschwinden lassen, wissen die Jungs ja nicht, ob wir ihre Kameraden hier nicht vielleicht lebend mitgenommen haben, um sie auszuquetschen. Das macht ihnen sicher einiges zusätzliches Kopfzerbrechen und beschäftigt sie eine Weile.«

Fünf Minuten später standen die drei um den kleinen Tisch herum und betrachteten ihre überschaubare Beute.

Nesbit nahm einen Rucksack, den er im hinteren Teil des Raumes gefunden hatte, und drehte ihn um. Schüttelnd verteilte er die enthaltenen Kleidungsstücke auf dem Fußboden und fing an, stattdessen die wenigen Gegenstände und Papiere vom Tisch in der kleinen Transportgelegenheit zu verstauen.

»Das können sich unsere Jungs ja später in Ruhe ansehen. Ich denke, wir sollten uns hier so schnell wie möglich wieder aus dem Staub machen. Hab wenig Lust, den Freunden dieser vier Gentlemen hier zu begegnen, was denkt ihr?«

»Sehe ich auch so.«

Hendricks übernahm die Führung und begann den Abstieg über die knarrende Holztreppe nach unten. Er ging zum vorderen Fenster des Raumes, das mit nur noch einigen Glasresten und leicht schräg in seinen Angeln hing, und warf einen Blick über den fahl beleuchteten Vorplatz.

Nesbit platzierte den Rucksack mit ihrer Beute auf dem Tisch in der Mitte des Raumes und versuchte ebenfalls, einen Blick auf die nächtliche Szenerie außerhalb der Hütte zu werfen.

»Scheint ja noch alles ruhig zu sein.«

»Ja.«

Hendricks gab sich Mühe, in der Dunkelheit den Helikopter und die beiden dazugehörigen Piloten zu erspähen.

»Kann sich aber schnell ändern.«

»Wie sieht es denn aus, Tergau?«

Kopta warf einen Blick durch den Raum und betrachtete seinen Assistenten im hinteren Bereich der Hütte.

Zusammen mit der ESA-Softwarespezialistin hatte Tergau zwei der Bildschirme im Arbeitsbereich zum Leben erweckt und starrte auf vorbeiziehende Tabellen und Zahlenkolonnen.

»Haben Sie gefunden, was wir suchen?«

Sein Assistent drehte sich halb um und deutete auf Frau Sikorra, die mit einer Hand die Tastatur vor sich bearbeitete und mit der anderen eine Maus auf der Schreibtischoberfläche hin und herschob.

»Ja, ich denke, dass wir die Programme hier auf dem Rechner gefunden haben. Doktor Sikorra ist gerade dabei, das Ganze zu sichern und zu kopieren. Ein paar Minuten noch ...«

»Komm Slim.« Hendricks schlug dem Ermittler neben sich auffordernd auf die Schulter.

»Lass uns mal in dem Werkstattraum da drüben sehen, ob wir was finden, das sich zum Anzünden eignet.«

Mit großen Schritten durchquerte er den Raum und verschwand zusammen mit Nesbit durch die Tür zum Nebenzimmer.

Kurz darauf waren einige herabfallende Gegenstände zu hören, und die beiden schienen bei ihrer Suche nicht besonders rücksichtsvoll mit dem Inventar zu sein.

Kopta trat an die traurigen Überreste des Fensters und warf einen Blick auf die nächtliche Szenerie außerhalb.

Nachdenklich massierte er seinen Fünftagebart und gab seinen Augen ein paar Sekunden Zeit, sich an das Dämmerlicht der Umgebung zu gewöhnen.

Die beiden schwachen Lichtkegel in der Mitte der befestigten Fläche lagen ruhig da. Im Hintergrund konnte der Kommissar die Umrisse des Black Hawk erahnen, und er vermutete Pilot und Copilot in seiner Nähe. Kurz lauschte er in die trügerische Stille der Nacht.

Ihm war klar, dass diese beschauliche Ruhe erst vor wenigen Minuten brutal von militärischen Befehlen und von tödlichen Schüssen unterbrochen worden war, und dass sie mit Sicherheit auch jetzt nicht mehr lange so friedlich bleiben würde. Ein Poltern im Hintergrund ließ ihn herumfahren.

Nesbit und Hendricks kehrten mit einem Kanister, mehreren Flaschen und einem Arm voller alter Putzlappen von ihrer Suche zurück.

»Das sollte für ein kleines Abschiedsfeuer reichen«, grinste der amerikanische Spezialagent. »Würde mich wundern, wenn von diesem hübschen Holzhäuschen hier noch viel übrig bleibt.«

Die beiden platzierten ihre Beute in der Mitte des Raumes neben dem Tisch und gesellten sich zu Kopta.

»Alles ruhig?«

»Ja, ich denke schon.«

Der Hauptkommissar trat einen Schritt beiseite, um seinen beiden Begleitern einen Blick auf den Platz vor der Hütte zu ermöglichen.

Er drehte sich zu seinem Assistenten um, der auf der anderen Seite des Raumes immer noch beobachtete, wie die ESA-Spezialistin Zahlenkolonnen sichtete und scheinbar große Datenmengen auf eine mobile Festplatte kopierte.

»Wie ist die Lage, Tergau? Ich glaube, wir sollten langsam zusehen, dass wir diesen gastlichen Ort hier verlassen. Wie weit sind Sie?«

Der junge Kommissar sah auf und drehte sich um.

»Ich denke, wir haben alles. Was meinen Sie Frau Sikorra?«

Die Angesprochene hob die linke Hand, ohne vom Monitor vor sich aufzuschauen.

»Einen Moment noch.«

Kopta trat zu seinen beiden amerikanischen Begleitern am Fenster.

»Wir haben Platz genug und können die Rechner ja auch mitnehmen. Was denkt ihr?«

Während er sprach und sich zur Öffnung an der Vorderfront des Gebäudes umdrehte, nahm er aus den Augenwinkeln war, dass die ESA-Spezialistin sich von ihrem Stuhl erhob und zum Tisch in der Mitte des Raums ging.

Langsam und ruhig ergriff sie eine der dort abgelegten Waffen der überwältigten Soldaten und richtete sie auf Kopta. Mit sicherer Hand betätigte sie den seitlichen Hebel der MP 88, um sie zu entsichern.

Kopta fuhr herum und blickte in den Lauf der Maschinenpistole und den ungerührten Gesichtsausdruck der Frau, die sie hielt.

»Ich denke, wir sollten noch etwas bleiben.«

Ihre Stimme klang ruhig und bestimmt, und auch die beiden Amerikaner neben Kopta fuhren herum.

Augenblicklich schwenkte der Lauf der Waffe ein paar Grad nach links und richtete sich auf Officer Hendricks.

»Verdammt, was soll das denn jetzt?«

Kopta bemühte sich nicht, seine Überraschung zu verbergen.

Er richtete sich sprungbereit auf, zögerte aber angesichts der entsicherten Maschinenpistole.

»Ganz ruhig«, versuchte Frau Sikorra die Situation zu beruhigen.

»Glauben Sie mir, ich weiß genau, wie man mit dieser Waffe umgeht, und ich werde keine Sekunde zögern, sie zu benutzen.«

Ihre Stimme klang sicher und völlig unaufgeregt.

Die aufrechte Haltung und der routinierte Griff, mit dem sie die Waffe auf die ihr gegenüber Stehenden richtete, passten überhaupt nicht mehr zu der unscheinbaren und zurückhaltenden Büroangestellten, die sich noch vor wenigen Augenblicken dargestellt hatte.

Vorsichtig trat sie drei Schritte zurück, um auch Tergau besser im Blickwinkel zu behalten.

Sie ließ allen Beteiligten zwei Sekunden Bedenkzeit, um sich an die neue Situation zu gewöhnen. Mit unbewegter Miene begegnete sie den wütenden Blicken, die sie trafen.

»Ich denke, wir sollten noch etwas bleiben, um die Gastfreundschaft dieses schönen Landes zu genießen. Officer Hendricks, Sie sind außer mir offensichtlich der einzige Bewaffnete in diesem Raum. Nehmen Sie den Gurt ihrer Maschinenpistole mit beiden Händen und legen sie die Waffe langsam vor sich auf den Boden.«

»Holy shit!«

Der Offizier blickte in Nesbits entsetztes Gesicht neben sich.

»Was habt ihr da denn für eine Lady angeschleppt?«

Nesbit blies die Backen auf und ließ die Luft langsam und ohne eine Antwort entweichen. Genau wie die anderen hatte er die Hände leicht erhoben und hielt sie mit den offenen Handflächen nach vorne. Die ungewohnt ratlose Mimik in seinem Gesicht und seine offensichtliche Sprachlosigkeit wirkten fast komisch.

»Nun machen Sie schon, Hendricks!«

Die Stimme der Waffenträgerin klang zunehmend ungeduldig.

»Und glauben Sie mir, egal was Ihnen gerade durch den Kopf geht, Sie würden es nicht überleben.«

Sie ließ den Lauf der entsicherten Waffe auffordernd auf und abschwenken und unternahm nicht die geringsten Anstalten, seinem aggressiven Blick auszuweichen.

Der Offizier hob betont widerwillig und langsam die Hände in Richtung des Schultergurtes, an dem seine mattschwarze MP-5-Maschinenpistole hinter ihm baumelte. Mit einer bedächtigen Bewegung hob er den Gurt über den Kopf und ließ die Waffe behutsam vor sich auf den Boden gleiten. Dann hob er wider die Hände.

»Und jetzt bitte die Sig-Sauer-P226 in Ihrem Halfter. Nehmen Sie sie vorsichtig mit Daumen und Zeigefinger Ihrer linken Hand heraus und legen Sie sie ebenfalls vor sich auf den Boden.«

»Verdammte Scheiße!«

Fluchend warf der Offizier wieder einen Seitenblick auf seinen Landsmann, der neben ihm stand.

Die Tatsache, dass die Dame mit dem Finger am Abzug die genaue Bezeichnung seiner Dienstwaffe kannte und die Klarheit ihrer Anweisungen hatten offenbar seine letzten Zweifel an ihrer Professionalität beseitigt.

Widerwillig griff er langsam mit der linken Hand an das Halfter an seiner rechten Hüfte und zog die Pistole heraus. Vorsichtig legte er sie ebenfalls vor sich auf den Boden und richtete sich wieder auf.

Wütend schaute er in das Gesicht über dem Lauf der Maschinenpistole.

»Sie glauben doch nicht ernsthaft, dass Sie das hier überleben, Lady, oder?«

»Im Moment stehen meine Chancen zumindest besser als Ihre«, entgegnete sie mit ruhiger Stimme und trat noch einmal zwei Schritte zurück.

Sie warf einen kurzen Seitenblick auf Tergau, der immer noch, wie vom Donner gerührt auf seinem Stuhl saß. Er hatte die Hände gehorsam über dem Kopf verschränkt und auf seiner blonden Mähne abgelegt. Sein Blick wanderte abwechselnd zu den einzelnen Akteuren im Raum und drückte ungläubiges Entsetzen aus.

»Kommen Sie, Herr Tergau, machen Sie sich mal etwas nützlich.«

»Ich?«

Der Angesprochene zuckte sichtlich zusammen und starrte auf die Sprecherin.

»Ja, Sie. Nehmen Sie die beiden Stühle da und stellen Sie sie mit der Rückenlehne aneinander.

Dann nehmen Sie die Kabelbinder da vom Tisch und verbinden Sie die hinteren Stuhlbeine und die Lehnen miteinander. Aber bitte fest und etwas zügig - machen Sie schon!«

Ohne die anderen aus den Augen zu lassen, verfolgte sie, wie der junge Kommissar die Stühle wie geheißen miteinander verband und im Raum platzierte.

»So, und jetzt nehmen Mister Hendricks und Mister Nesbit bitte hier Platz.«

Mit einem Schwenk ihrer Maschinenpistole deutete sie die gewünschte Richtung an.

»Agent Nesbit mit dem Gesicht zur Wand und Officer Hendricks mit dem Gesicht zu mir, damit ich ihn nicht aus den Augen verliere.«

»Das sollten Sie auch nicht«, knurrte der Elitesoldat, während er seinen Platz einnahm.

»Los, Tergau, und jetzt Arme und Beine jeweils mit einem Kabelbinder an die Stuhlbeine fesseln. Machen Sie schon, wir haben nicht ewig Zeit.«

Zwei Minuten später saßen die beiden Amerikaner Rücken an Rücken und fast bewegungsunfähig auf ihren Sitzen.

»So, und jetzt die beiden anderen Stühle da vor dem Schreibtisch genauso miteinander verbinden.«

Kopta verfolgte das Geschehen von seinem Platz an der Außenwand des Gebäudes. Im Geiste ging er alle Möglichkeiten durch, die angebliche Programmiererin auszuschalten, aber sie hatte sich geschickt platziert, und er hätte mindestens drei große Schritte gebraucht, um sie zu erreichen.

Er wusste, dass die chinesische Maschinenpistole in ihrer Hand ungefähr dreißig Schuss Munition fasste und dass ein guter Schütze damit in den zwei Sekunden, die er benötigen würde, mehr als nur die vier Gegner im Raum treffen konnte.

Die beiden anderen Stühle waren zweifellos für Tergau und ihn vorgesehen. Ihm blieb im Moment nur die Hoffnung, dass sich vielleicht einer der vier unauffällig von seiner Fesselung würde befreien können, oder dass die beiden Piloten außerhalb des Gebäudes misstrauisch wurden und nach dem Rechten sehen würden. Aber wie lange würde das dauern?

Tergau hatte das Zusammenbinden des anderen Stuhlpaares zur Zufriedenheit ihrer Bewacherin erledigt.

»Okay, Mister Kopta, dann nehmen Sie bitte hier Platz.«

Der Hauptkommissar blickte in die Mündung der Maschinenpistole und ging betont langsam zu dem für ihn vorgesehenen Stuhl.

»Sie glauben doch nicht ernsthaft, dass Sie damit durchkommen, oder?«

Er suchte den Blickkontakt zu der Frau, die eben noch als Begleitung unter seinem Schutz gereist war und ihn jetzt kaltblütig mit einer Waffe bedrohte.

»Stecken Sie wirklich mit diesen Kriminellen unter einer Decke?«

»Keine Sorge, Mister Kopta«, lachte die angebliche Programmiererin ihn an.

»Die sind nicht krimineller als die meisten Leute, mit denen Sie zusammenarbeiten. Alles nur eine Frage des Standpunkts. Und jetzt setzen Sie sich.«

Der Hauptkommissar ging zum angewiesenen Platz und suchte den Blickkontakt zu seinem Assistenten. Tergau sah ihm entgegen und es war schwer zu erkennen, ob sein niedergeschlagener Blick seine wahre Gefühlslage widerspiegelte oder ob er als Fassade diente.

Kopta sah seinem Mitarbeiter in die Augen und ließ seinen Blick dann auf das Paket mit den Kabelbindern in dessen rechter Hand wandern. Beim erneuten Blick in Tergaus Augen versuchte er ein optimistisches Grinsen.

Das Gesicht des jungen Kommissars blieb unbewegt. Entweder hatte er den aufmunternden Wink seines Chefs nicht wahrgenommen oder er verkniff sich eine Erwiderung, weil er sich von Frau Sikorra beobachtet fühlte.

Kopta hoffte auf das Zweite. Langsam nahm er Platz. Er registrierte, wie Tergau die Kabelbinder um die Stuhlbeine und um seine Stiefel legte und zuzog.

Anschließend fesselte er auf die gleiche Weise die Arme seines Chefs an die Stuhllehnen.

»Sehr gut.«

Die Waffenträgerin schien mit dem Ergebnis zufrieden zu sein.

»Und jetzt setzen Sie sich auf Ihren Platz und fesseln Ihre Beine. Dann bereiten Sie die Schlaufen für die Arme vor und stecken die Hände durch.«

Eine Minute später saß auch der junge BKA-Kommissar fast bewegungsunfähig auf seinem Stuhl.

»Sie waren also auch die Verräterin bei unserem Einsatz in Spanien, oder?« Kopta gab sich wenig Mühe seine Wut zu verbergen.

»Was zahlt die Bande Ihnen dafür?«

»Ach, Mister Kopta. Warum denken Leute wie Sie immer nur ans Geld? Es gibt Dinge, die kann man nicht in Euro oder Dollar ausdrücken.«

Sie umrundete ihre gefesselten Gefangenen mit einem prüfenden Blick und sichtbar zufrieden.

»Zum Beispiel die Gefangennahme von feindlichen Spionen im eigenen Land, mit der Waffe in der Hand ertappt und der Weltöffentlichkeit zur besten Nachrichtenzeit live im Fernsehen vorgeführt, unbezahlbar ... haha.«

Ihr diabolisches Lachen beseitigte die letzten Zweifel an ihrer Entschlossenheit.

Sorgsam nahm sie die Waffen der überwältigten Hüttenbewohner vom zentralen Tisch und legte sie auf einen Holztisch, der in der entferntesten Ecke des Raumes stand. Dann hob sie die Maschinenpistole, die Hendricks auf dem Boden abgelegt hatte auf, und legte sie dazu.

Sie bückte sich nach der Pistole des Elitesoldaten und wog sie abschätzend in der Hand. Mit routinierter Bewegung steckte sie die Waffe in den Hosenbund hinter ihrem Rücken.

Mit einem zufriedenen Rundblick über ihre Gefangenen ging sie zur Tür und war zwei Sekunden später in der Dunkelheit der Nacht verschwunden.

»Verdammt«, schnaubte Hendricks, nachdem er ein paar Augenblicke in die Stille gelauscht hatte.

»Nesbit, was hast du uns denn da für eine Lady angeschleppt?«

Er drehte schnaufend seinen Oberkörper und prüfte die Bewegungsmöglichkeiten seiner Arme.

»Ich? Wieso ich, die Dame stammt von der ESA, die kenne ich doch gar nicht.«

Der Ermittler prüfte ebenfalls seine Bewegungsfreiheit und zerrte mit zusammengebissenen Zähnen an seinen Fesseln.

»Na, ich hab sie jedenfalls nicht eingeladen.«

Hendricks stöhnte bei dem schmerzhaften Versuch, seinen rechten Arm zu bewegen.

Er drehte seinen Kopf so weit wie möglich herum, und sein Stuhl knarrte bedenklich unter dem Gewicht des Elitesoldaten.

»Rechts oder links?« zischte er in den Nacken des Sitznachbarn hinter seinem Rücken.

»Was?«

»Na, deine Mädchenpistole, hast du sie im rechten oder im linken Stiefel?«

»Das ist eine Glock G43, 9mm, sieben Schuss. Und sie ist wie immer im linken Stiefel«, antwortete Nesbit und stöhnte bei dem Versuch, seinen Arm aus der Fesselung zu befreien.

»Ich komme aber mit dem Arm nicht runter.«

»Aber ich vielleicht.« Hendricks drehte sich in seiner Fesselung. »Mister Tergau war so freundlich, den Kabelbinder über meine Armbanduhr zu ziehen, und wenn ich den abstreifen kann ...«

Er stöhnte beim schmerzhaften Versuch, seinen Arm in den engen Fesseln zu bewegen.

Kopta prüfte ebenfalls den Sitz seiner Fixierung.

»Mist, ich hatte eigentlich gedacht, die Stuhlbeine würden etwas nachgeben, aber bei mir hier ist nichts zu machen, und diese Frau Sikorra ist mir vorhin schon etwas komisch vorgekommen.«

»Etwas komisch?«

Nesbit arbeitete daran, seinen Stiefel im enganliegenden Kabelbinder zu drehen.

»Na ja«, stöhnte Kopta, »sie war die ganze Zeit so schweigsam. Und als ich dann vorhin gesehen habe, wie sie in den Helikopter eingestiegen ist, hatte ich für einen Moment das Gefühl, dass sie das nicht zum ersten Mal macht. So als wenn sie eine militärische Ausbildung hätte.«

»Ach«, schnaufte Nesbit, »und wann hattest du die Absicht, uns an deinem Gefühlsleben teilhaben zu lassen?«

»Wie gesagt – ich war mir nicht sicher, hatte nur kurz so einen Gedanken. Tergau, wie sieht es mit Ihrer Fesselung aus? Irgendeine Chance, einen Arm frei zu bekommen?«

»Ich versuche es, aber sie hat die Kabelbinder so fest gezogen, dass ich so gut wie nichts bewegen kann. Die falsche Schlange! Nur meinen rechten Fuß ein kleines bisschen, aber damit kann ich nicht viel anfangen.«

Einige Sekunden lang war nur gelegentlich ein schmerzhaftes Stöhnen zu hören, während die vier Gefesselten versuchten, sich etwas mehr Bewegungsfreiheit zu erarbeiten.

Hendricks war der Erste, der eine Erfolgsmeldung hatte.

»Ich bin meine Armbanduhr los, jetzt hab ich mehr Luft, um den Arm zu bewegen. Slim, wie weit kannst du mir mit deinem Stiefel entgegenkommen?«

»Nicht viel, aber ich probiere dieses verdammte Stuhlbein etwas zu lockern, warte mal.«

Er stöhnte laut auf bei dem Versuch, seinen Fuß nach hinten zu drehen. Mit wütenden Bewegungen versuchte er, das Bein seines Sitzes in seiner Verankerung zu lösen, aber nach kurzer Zeit gab er auf.

»Nichts zu machen, ich komm nicht weiter nach hinten.«

»Los«, forderte Hendricks gegenüber. »Ich war eben schon mit den Fingerspitzen dran. Nur noch ein paar Zentimeter. Und wenn ich die Waffe in die Finger kriege, müssten Mister Kopta und Mister Tergau die Lady bloß nach hier hinten in mein Schussfeld locken. Ich kann von hier unten zwar nicht gut zielen, aber vielleicht erwische ich sie ja.«

»Okay.«

Kopta blickte über die Schulter zu dem Computertisch neben sich.

»Kommen Sie, Tergau, wenn wir 50 Zentimeter näher an den Tisch rücken, können Sie vielleicht das Kabel da greifen. Was hängt da dran?«

Sein Assistent versuchte, mit den Augen den Verlauf der Stromleitung zu verfolgen.

»Ich denke, das ist das Netzkabel für den Monitor da oben. Wenn ich kräftig genug daran ziehe, fällt er vielleicht runter.«

»Also los.« Kopta übernahm das Kommando, »auf drei versuchen wir beide gleichzeitig, in Richtung Tisch zu rücken, okay? Eins … zwei … drei …«

Mit gemeinsamer Anstrengung schafften es die beiden BKA-Ermittler, die Stühle, auf die sie gefesselt waren, einige Millimeter zu bewegen.

»Los, weiter.« Kopta schnaufte und versuchte die Schmerzen, die von den engen Kabelbinder an seinen Knöcheln verursacht wurden, zu ignorieren.

»Ich weiß nicht, wie lange die Lady uns noch Zeit lässt.«

Er wiederholte seine Kommandos und die beiden fuhren fort, sich millimeterweise näher an ihr Ziel zu arbeiten.

Auch Hendricks stöhnte unter den Qualen, die die Fesseln an seinem Arm verursachten.

»Komm Slim, ich denke auch, die Schlange taucht sicher bald wieder auf, und ich hab keine Lust, den Rest meiner Dienstzeit in einer nordkoreanischen Knastzelle abzusitzen. Komm mir noch ein kleines Stück entgegen, dann bin ich dran.«

Für kurze Zeit war nur das konzentrierte Schnaufen ihrer Anstrengungen zu hören und Tergau war der Erste, der Erfolg zu haben schien.

»Okay, ich bin mit den Fingerspitzen fast dran. Zwei Zentimeter noch, dann …«

Das rhythmische Bellen einer Maschinenpistole schnitt ihm das Wort ab.

Für zwei Sekunden peitschten in rasender Reihenfolge Dutzende Schüsse durch die Stille des Vorplatzes und ließen die vier Insassen der Hütte erstarren.

Augenblicke später kehrte schlagartig die trügerische Ruhe von vorher zurück.

»Shit«, fand Hendricks als Erster seine Sprache wieder, »das war eindeutig eine Heckler und Koch, das steht fest!«

»Meinst du, Walker und Glenn haben die Lady erwischt? Dann haben die Jungs auf jeden Fall ein Bier bei mir gut.«

Nesbit richtete sich soweit wie möglich in seiner Sitzposition auf und lauschte in die Stille.

»Mmhh – bin da eher skeptisch«, bremste der Petty Officer die Euphorie seines Sitznachbarn.

»Skeptisch …? Wieso?«

»Weil ein Seal eher kurze gezielte Feuerstöße abgibt, so wie er es in der Ausbildung gelernt hat, right? Der rotzt nicht ohne Unterbrechung ein ganzes Magazin in die Luft. Hörte sich für mich jedenfalls nicht besonders professionell an.«

»Verdammt, wer soll es denn sonst gewesen sein?«

Nesbit versuchte, den Gedankengängen seines Mitgefangenen zu folgen.

»Meinst du wir bekommen Besuch?«

»Keine Ahnung.«

Der Offizier lauschte ebenfalls einen Moment der trügerischen Ruhe.

»Aber ich vermute, wir werden es sehr bald erfahren. Los, gib endlich deinen Stiefel rüber, wir haben nicht mehr viel Zeit.«

Nesbit stöhnte auf, und Kopta zählte ebenfalls wieder sein Startkommando an.

»Los Tergau, jetzt oder nie! Ich hab auch keine Lust auf die Freunde unserer verräterischen Dame. Eins … zwei … drei!«

Dreißig Sekunden später wurden sie durch näherkommende Schritte auf dem Beton vor ihrer Unterkunft unterbrochen.

Kopta und Hendricks, die mit dem Gesicht zum Eingang saßen, starrten erwartungsvoll auf die Tür. Und Nesbit und Tergau versuchten ihre Hälse so weit wie möglich zu drehen, um ebenfalls einen Blick in Richtung der Geräuschquelle zu erhaschen.

Langsam öffnete sich die Eingangstür und der Lauf einer Pistole wurde sichtbar. Kurz darauf folgten der Arm und die Gestalt ihrer Peinigerin.

Sie blickte vorsichtig in das Rund der Unterkunft, um zu sehen, ob sich seit ihrem Verlassen Entscheidendes geändert hatte.

Der Anblick der Waffen, die noch unverändert auf dem kleinen Ecktisch lagen, und der vier Gefangenen, die immer noch auf ihren Sitzgelegenheiten hockten, schienen sie zu beruhigen.

»Wie ich sehe, scheinen Sie ja brav gewartet zu haben.«

Sie trat in die Hütte und schloss die Tür hinter sich. Der Hauptkommissar sah fragend in das grinsende Gesicht der Waffenträgerin.

»Was war das da draußen? Wer hat da auf wen geschossen?«

»Keine Sorge, Herr Kopta, Ihren beiden Kameraden geht es ausgezeichnet. Die waren auch so vernünftig, mir ihre Waffen zu übergeben.«

»Und wer hat dann geschossen?«, wiederholte der Ermittler fordernd seine Frage.

»Das war ich.«

»Und auf wen, wenn ich fragen darf?«

Der Hauptkommissar gab sich keine Mühe, seinen ungeduldigen Ärger zu verbergen.

»Auf den Hubschrauber. Ich hab ihn flugunfähig gemacht, damit nicht doch noch jemand auf die Idee kommt, dieses gastfreundliche Land unerlaubt zu verlassen.«

»Sie haben was …? Sind Sie jetzt völlig durchgedreht?«

Kopta zerrte wütend an seinen Fesseln und brachte den Stuhl, auf dem er saß, zum Wanken.

Aus dem Augenwinkel konnte er beobachten, wie der Monitor auf dem schmalen Wandregal ein Stück näher zur Kante rutschte und zu kippen begann.

»Hey, was soll das denn werden …?«

Die angebliche Programmiererin schwenkte die Waffe zu Tergau herum und trat zwei schnelle Schritte an Hendricks vorbei in Richtung des Computertisches.

Im Vorbeigehen registrierte sie die kurze Bewegung, die die gefesselte Hand des Elitesoldaten machte, aber für eine Reaktion war es da längst zu spät.

In schneller Reihenfolge bellten fünf Schüsse in ihre Richtung und stoppten ihre Bewegung abrupt.

Der sechste, etwas lautere, der sich dazwischen mischte, erfolgte ungezielt und war nur ein Ergebnis des Schmerzes, der sie zusammenzucken ließ.

Den Bruchteil einer Sekunde später prallte der Monitor mit polterndem Krachen auf den Boden und zerbarst in seine Einzelteile. Tergau schrie auf.

»Los Slim, wenn wir uns nach links kippen lassen, kriege ich vielleicht den Kabelbinder über das Stuhlbein abgestreift.«

Hendricks und sein an ihn gefesselter Kollege warfen sich mit ihren Oberkörpern gleichzeitig in die angegebene Richtung und landeten krachend auf dem Boden.

Der Elitesoldat stöhnte kurz auf und reckte drei Sekunden später seine freie Hand nach oben.

»Ha, wer sagt es denn!«

Mit einem Griff in den Gürtel seines Kampfanzugs zauberte er sein Mark-3-Kampfmesser hervor und trennte seine noch verbliebenen Fesseln auf.

Zwei schnelle Schritte später stand er über der am Boden liegenden Verräterin und setzte seine Fußspitze auf die Pistole, die neben ihrem Arm lag. Tastend legte er seine Hand an ihren Hals und betrachtete die Einschusslöcher in ihrem Oberkörper.

»Die Dame wird uns nicht mehr gefährlich«, presste er nach zwei Sekunden zufrieden hervor und nahm seine Waffe wieder an sich.

»Komm Nesbit, liege hier nicht so faul rum.«

Mit vier schnellen Schnitten durchtrennte er die Kabelbinder, die seinen Freund an die umgestürzten Stühle fesselten und half ihm auf die Beine.

Anschließend stieg er über die am Boden liegende Leiche und begann Koptas Fesseln aufzuschneiden.

»Bei euch alles unverletzt, Gentlemen?«

Kopta nickte kurz.

»Denke schon ..., und bei Ihnen Tergau?«

Sein Assistent stöhnte auf.

»Nein, verdammt .... sie hat auf mich geschossen!«

Der Hauptkommissar drehte sich herum und half Hendricks dabei, Tergaus Fesseln aufzuschneiden.

Mit Sorge betrachtete er die Blutlache, die sich neben dem rechten Fuß seines Assistenten rasch ausbreitete.

Nesbit wischte mit zwei Bewegungen den großen Tisch in der Mitte der Hütte frei.

»Kommt, wir legen ihn hier drauf und schauen uns das mal an. Keine Sorge Tergau, das wird schon wieder.«

Gemeinsam mit Kopta legte er den Angeschossenen auf den Tisch und schnitt mit einer Schere das blutige Hosenbein des jungen Kommissars auf.

»Verdammt.«

Tergau blickte ungläubig an seinem Körper entlang auf die blutgetränkten Stoffreste.

»Sie hat auf mich geschossen!«

Nesbit riss zwei Handtücher von einem Haken an der Wand und versuchte, das austretende Blut abzuwischen, um sich ein Bild von der Verletzung zu machen.

»Kein Problem, Tergau. Sieht mir aus wie ein glatter Durchschuss, halb so wild.«

Er grinste.

»Ist Ihrem Chef auch schon passiert, dass eine Frau auf ihn geschossen hat.«

»Quatsch!«

Kopta winkte ab.

»Das war ein Unfall.«

»Ja ja ... so stand es nachher in deinem Bericht. Ich hab genau gesehen, wie die Lady gezielt hat ...«

»Ich störe die Unterhaltung ja nur ungern, aber das hier ist alles, was ich an Verbandsmaterial gefunden habe.«

Hendricks stellte einen Pappkarton neben Tergau auf den Tisch.

»Lasst uns mal sehen, ob wir die Blutung damit gestoppt kriegen. Und dann würde ich gerne schauen, wie es draußen aussieht.«

Mit ruhiger Hand legte er einen Druckverband um Tergaus Oberschenkel und befestigte ihn. Abschließend umwickelte er alles mit Hilfe des gefundenen Verbandsmaterials.

»So, das dürfte eine Weile halten. Ruhen Sie sich einen Moment aus, Mister Tergau, und entspannen Sie sich. Wir sind gleich wieder da.«

Mit einem Wink forderte er Nesbit und Kopta auf, ihm zu folgen, und ging zur Tür.

»Ich denke es wird Zeit, dass wir hier verschwinden. Mal sehen, was die Lady da draußen angerichtet hat.«

Sie brauchten nicht lange zu suchen. An einem der beiden Lichtmasten auf halber Strecke zum Helikopter saßen die zwei Piloten und sahen ihnen mit sichtbarer Erleichterung entgegen.

Die beiden waren so Rücken an Rücken an den Metallpfahl gefesselt, dass ein Aufstehen unmöglich war. Außerdem waren ihre Hälse so von Kabelbindern umschlungen, dass sie sie zwar bewegen konnten, aber an einen Fluchtversuch nicht zu denken war.

Walker begrüßte seine nahenden Kameraden schon von Weitem.

»Verdammt, was war das denn gerade? Diese verrückte Lady stand plötzlich mit durchgeladener Waffe vor uns. Habt ihr sie aus dem Verkehr gezogen?«

»Ja, haben wir. Allerdings hat sie dabei Mister Tergau am Bein erwischt, das wird aber wieder.«

Mit einigen schnellen Schnitten befreite Hendricks die beiden Piloten von ihren Fesseln.

»Aber ich denke, es wird höchste Zeit, hier zu verschwinden. Was ist mit dem Helikopter?«

»Mal sehen ...«

Walker legte die Strecke zu seinem nahen Fluggerät im Laufschritt zurück und riss die Tür zur Pilotenkanzel auf. Beißender Rauch quoll ihm entgegen und er musste eine Taschenlampe zur Hilfe nehmen, um sich ein Bild von dem Schaden zu machen.

»Bullshit!«, stieß er hervor, und gab sich wenig Mühe, seine Wut zu verbergen.

»Sie hat ein ganzes Magazin in die Instrumente gejagt. Den können wir vergessen.«

»Ist mit den Funkgeräten noch was zu machen?«, wollte Hendricks wissen.

Der Navy-Pilot reckte sich ins Cockpit und betätigte einige Schalter.

»Alles tot« stellte er nüchtern fest und sah in das enttäuschte Gesicht seines Kommandeurs.

»Houston, wir haben ein Problem ...«

»Ja, und zwar ein ziemlich Großes«, stimmte Hendricks zu.

»Und ich denke, wir haben nicht mehr viel Zeit, um es zu lösen. Würde mich nicht wundern, wenn die Herumballerei unserer Dame einige Nachbarn geweckt hat, verdammt. Jemand eine Idee?«

Er blickte reihum in ratlose Gesichter.

»Was ist mit dem Transporthubschrauber, den Sie erwähnt haben?«, ergriff Kopta das Wort.

»Schaffen wir es damit zurück bis zur George Washington?«

Walker schüttelte den Kopf.

»Keine Chance. Sam und ich haben uns das Ding vorhin angesehen und das Funkgerät unbrauchbar gemacht – für den Fall, dass sich hier noch einer von den Jungs herumtreibt und Hilfe rufen will. Der Chopper kommt direkt aus dem Museum. Irgendein chinesischer Typ, ist meiner Schätzung nach mindestens 40 oder 50 Jahre alt. Bin mir nicht sicher, ob der überhaupt noch mal abhebt.«

Er warf einen entschuldigenden Blick in die Runde und zuckte ratlos mit den Schultern.

»Ein Freund von mir hat einen alten Ford Mustang«, überlegte Petty Officer Hendricks laut und blickte seinem Piloten nachdenklich in die Augen, »der ist auch über 40 Jahre alt und rennt wie verrückt.«

Walker verdrehte demonstrativ die Pupillen.

»Verflucht ... ihr seid ja wahnsinnig! Das klappt nie.«

Er schloss eine Sekunde die Augen und atmete hörbar ein und aus. »Komm Sam, wir sehen uns das Museumsstück nochmal an. Vielleicht besser, als 180 Meilen zu schwimmen.«

»Gute Einstellung«, pflichtete Hendricks bei und hob den Daumen.

»Und wir sollten mal sehen, was wir von dem Computergedöns in der Hütte mitnehmen können und was unser Mister Tergau so treibt.«

»Na, wie fühlen Sie sich?«

Kopta beugte sich über den Verband seines Assistenten und prüfte den festen Sitz. Die nur leichte Rötung im Bereich der Schusswunde zeigte an, dass zumindest die Blutung nachgelassen hatte.

»Geht so.«

Tergau stützte seinen Oberkörper auf die Ellenbogen, um selbst einen Blick auf seine Verletzung zu werfen.

»Hätte schlimmer kommen können. Wie sieht es denn mit unserem Rückflug aus? Hier können wir ja nicht mehr viel ausrichten.«

»Ja, die Jungs arbeiten daran«, stimmte sein Chef zu und warf einen Blick auf die Computerausrüstung der Funkstation.

»Ich denke, wir sollten versuchen, das mitzunehmen, was wichtig ist, und dann so schnell wie möglich verschwinden. Also – was muss mit?«

Eilig packte er die Geräte, die Tergau ihm zeigte, samt Verkabelung und Zubehör in eine Reisetasche, die er aus dem oberen Stockwerk mitgebracht hatte, und warf sie sich zum Schluss über die Schulter.

Zusammen mit Nesbit half er seinem angeschossenen Assistenten vom Tisch. Der junge Kommissar legte je einen Arm auf die Schulter seines Chefs und die ihres amerikanischen Kollegen und humpelte mit deren Hilfe aus dem Gebäude in Richtung des abgestellten Transporthelikopters.

»Damit?«

Tergaus ungläubiger Blick sprach Bände.

»Na ja«, zuckte Kopta mit den Schultern, »wir haben im Moment nichts Besseres zu bieten.«

Das Fluggerät vor ihnen machte wirklich keinen vertrauenerweckenden Eindruck. Seine Größe entsprach in etwa der des schwarzen Black Hawk, mit dem sie gekommen waren, aber darüber hinaus wurde der Vergleich schwierig. Die matte hellgrüne Tarnfarbe wirkte im schwachen Licht der Vorfeldbeleuchtung schmutzig und war an vielen Stellen längst abgenutzt. Und der unbeleuchtete, muffige Innenraum zeugte davon, dass die Maschine in letzter Zeit wahrscheinlich hauptsächlich zum Transport von Düngemitteln oder anderen landwirtschaftlichen Produkten genutzt worden war.

Den beiden amerikanischen Piloten war es in der Zwischenzeit gelungen, einige der Instrumente im Cockpit zum Leben zu erwecken, aber sie schienen noch längst nicht von den Erfolgsaussichten ihres Vorhabens überzeugt.

»Also, die Batterie scheint okay zu sein und der Tank ist scheinbar auch fast voll«, rief Walker nach hinten, »aber ich habe keine Ahnung, wie viel Reichweite das bedeutet. Wenn wir mit dem Ding wirklich einen Versuch unternehmen wollen, sollten wir alles, was an unnötigem Ballast an Bord ist, rausschmeißen. Schaut euch doch mal die Kisten dahinten an, wahrscheinlich alles überflüssig. Raus damit.«

Kopta und Nesbit lehnten Tergau an die Seitenwand der Kabine und versuchten, es ihm so bequem wie möglich zu machen. Danach inspizierten sie gemeinsam den Innenraum der Maschine.

Sie warfen alles Überflüssige aus der großen Seitenöffnung, die wahrscheinlich in früheren Zeiten verschlossen werden konnte. Die entsprechende Tür schien allerdings im Lauf der Jahre verloren gegangen zu sein, was den Flug, so ihnen der Start tatsächlich gelingen sollte, sicher etwas luftiger gestalten würde.

Hendricks rannte noch einmal zurück und verschwand im Gebäude.

Einige Sekunden später kam er mit einer zusätzlichen Schutzweste und den Waffen der Piloten wieder heraus.

Er verteilte das Mitgebrachte an Nesbit und Kopta.

»Walker!«, rief er nach hinten, wo der Gerufene mit skeptischem Blick dabei war, den Heckrotor zu inspizieren.

»Ich glaube, wir bekommen Besuch. Jetzt wäre eine gute Gelegenheit, um abzufliegen.«

Er deutete mit dem Arm durch die Frontscheibe des Helikopters landeinwärts, wo einige bewegte Lichter zu sehen waren.

»Holy shit.« Der Angesprochene reckte seinen rechten Zeigefinger über den Kopf und beschrieb einige horizontale Kreise.

»Sam, schmeiß die Turbine an. Schauen wir mal, was das alte Schätzchen so drauf hat.«

Mit einem Blick in die Kabine beendete er seinen Rundgang und schwang sich auf den Pilotensitz. Skeptisch beobachtete er, wie sich die Turbinendrehzahl aufreizend langsam erhöhte und die tief hängenden Rotorblätter ihre Bewegung aufnahmen.

»Sam und ich sind uns bei den Beschriftungen einiger Instrumente hier noch nicht ganz einig«, rief er nach hinten, »wird also mehr so ein Fliegen nach Gehör, zumindest wenn wir es bis in die Luft schaffen, bevor diese Gentlemen hier sind. Könnte also etwas wackelig werden.«

In der Ferne war jetzt deutlich die Lichter von mindestens drei Fahrzeugen zu erkennen, die sich mit hohem Tempo näherten.

Hendricks griff sich seine Maschinenpistole.

»Komm Slim, nimm dir eine von den MP-5. Wir sollten die Herren freundlich begrüßen, und außerdem müssen wir ja nicht die ganze Munition wieder mit nach Hause schleppen.«

Er schwang sich aus der seitlichen Einstiegsöffnung des Helikopters und stellte sich in Richtung der rasch näher kommenden Fahrzeuge auf. Ruhig brachte er die mattschwarze Waffe in seiner Hand in Feuerstellung und lud sie durch. Eine zweite fertig Geladene hatte er griffbereit im Einstieg platziert.

Nesbit nahm sich eine der Waffen der Hubschrauberbesatzung und stellte sich schussbereit neben den Kommandeur der Elitetruppe. Gemeinsam beobachteten sie die näherkommenden Fahrzeuge.

Auch deren Insassen schienen den Startversuch des Helikopters bemerkt zu haben und beschleunigten ihre Fahrt.

Kopta schätzte ihre Entfernung auf weniger als 800 Meter. In spätestens einer Minute würden die Fahrzeuge den Hubschrauber erreichen.

Aus den Augenwinkeln bemerkte er den Schein lodernden Feuers. Der Brandbeschleuniger, den der Seals-Kommandeur bei seinem letzten Besuch in der Holzhütte verteilt und angezündet hatte, funktionierte imposant. Die ersten Flammen loderten aus der Türöffnung und dem Holzdach der Hütte. In wenigen Minuten würde von der ehemaligen Funkstation nur noch ein glühender Aschehaufen übrig sein.

20 Sekunden später war aus Richtung der Fahrzeuge erstes Mündungsfeuer zu sehen. Offenbar wollte man der Hubschrauberbesatzung unmissverständlich zu verstehen geben, dass sie den Startversuch abbrechen sollte.

Hendricks wartete, bis die Entfernung der Ankömmlinge sich auf etwa 150 Meter verringert hatte, bevor er anfing das Feuer zu erwidern. Mit mehreren kurzen Feuerstößen entleerte er das erste Magazin seiner MP-5 in Richtung der ungebetenen Gäste. Nesbit folgte seinem Beispiel und feuerte ebenfalls eine Magazinladung auf die näher kommenden Lichter.

Augenblicklich verteilten sich die Fahrzeuge rechts und links von der Straße und stoppten. Für einige Sekunden hörte das Schießen der Ankömmlinge auf. Der Gegner schien von der Heftigkeit der Gegenwehr überrascht, aber allen im und am Hubschrauber war klar, dass dieser Zustand nicht lange andauern würde.

Hendricks war mit der Wirkung seiner ersten Salven offensichtlich mehr als zufrieden und tauschte seelenruhig das Magazin seiner Waffe. Er reichte Nesbit auch ein neues und versuchte, in Richtung des Gegners zu beobachten.

Der amerikanische Sonderermittler wechselte mit geübtem Griff das Patronenmagazin seiner Maschinenpistole und richtete sie ebenfalls wieder auf die Ankömmlinge aus. Er drehte den Kopf und schaute in Richtung Cockpit des Helikopters.

»Walker, jetzt wäre ein guter Moment, um zu verschwinden«, brüllte er gegen den anschwellenden Turbinenlärm nach hinten. Die langsam stärker werdende Luftverwirbelung der Rotorblätter zerrte an seiner Kleidung und brachten seine Gestalt ins Wanken.

Aus Richtung der Fahrzeuge war wieder vereinzeltes Mündungsfeuer zu sehen, und Officer Hendricks richtete seine Waffe darauf aus. Gemeinsam mit Nesbit leerte er ein weiteres Magazin in kurzen Feuerstößen und zwang den Gegner damit wieder für einige Sekunden in Deckung.

Walker drehte sich im Pilotensitz nach hinten und versuchte, den Turbinenlärm zu übertönen.

»Aufsitzen!«, brüllte er und ließ gleichzeitig die Drehzahl der Turbine weiter anschwellen.

Hendricks schwang sich mit geübter Bewegung durch die breite Öffnung in die Kabine und reichte Nesbit den Arm, um ihm den Einstieg zu erleichtern. Gemeinsam setzten sie sich in die offene Luke und tauschten ein weiteres Mal die Magazine ihrer Maschinenpistolen.

Auch bei den Neuankömmlingen blieb der sich steigernde Turbinenlärm nicht ohne Wirkung. Die offensichtliche Missachtung ihrer Anwesenheit schien die Soldaten anzustacheln, und das wütende Aufblitzen des Mündungsfeuers wurde intensiver.

Kopta beobachtete an der Cockpithaube und der Metallverkleidung der Transportmaschine einige Funkenschläge, die von abprallenden Geschossen erzeugt wurden.

Walker hatte sich offenbar entschlossen, nicht länger abzuwarten, bis die Turbine die optimale Betriebstemperatur erreicht hatte. Mit möglichst sanfter Hand verstellte er den Neigungswinkel der Rotorblätter und brachte sie so dazu, mehr ihrer Bewegungsenergie in Auftrieb zu verwandeln. Zögerlich verlor das riesige Fluggerät mit seinen sechs Insassen den Bodenkontakt und tastete sich schwankend in die Höhe.

Hendricks und Nesbit mussten für ein paar Sekunden alle Kraft aufwenden, um nicht durch die offene Luke nach draußen zu fallen. Und auch Kopta hatte Mühe in der Kabine einen festen Halt für sich und Tergau zu finden.

Nach den ersten Metern Höhengewinn wurde die Kommunikation zwischen dem Navy-Piloten und seinem neuen Fluggerät offenbar besser, und der schwankende Steigflug wurde gleichmäßiger.

Nesbit und Hendricks nutzten die Gelegenheit, um ihren Gegnern zwei weitere Magazininhalte entgegenzufeuern und sie in Deckung zu zwingen.

Träge begann der Hubschrauber sich in Richtung Küste zu drehen und horizontale Fahrt aufzunehmen. Die beiden Bordschützen schwangen sich in die Kabine und lehnten sich sichtlich erleichtert mit dem Rücken an die Außenwand.

Hendricks hielt für ein paar Sekunden die Augen geschlossen und lauschte in den ohrenbetäubenden Lärm. Das Schwanken des Helikopters ließ langsam nach und schien in einen gleichmäßigen Flug überzugehen.

Der Einsatzkommandant prüfte den Sitz seines mitgebrachten Headsets und forderte die anderen Kabineninsassen mit einer Handbewegung auf, es ihm nachzumachen.

Dann betätigte er seinen Sprechknopf.

»Walker, wie ist die Verständigung?«

»Laut und deutlich«, kam es vom Pilotensitz zurück.

»Okay.«

Hendricks ließ für alle ein paar Sekunden Denkpause vergehen.

»Am Start müssen wir wohl noch arbeiten, aber zumindest scheint das Ding ja zu fliegen, oder?«

»Ja«, musste Walker zugeben. »Es fliegt. Aber fragt mich nicht, wie lange. Laut Instrumenten steuern wir zumindest grob Richtung Treffpunkt mit der Georg-Washington und müssten in einer guten Stunde da sein, falls uns nicht vorher der Sprit ausgeht oder unsere Freunde hier sich nicht noch etwas einfallen lassen, um uns aufzuhalten.«

»Glaube ich nicht. Laut Aufklärung ist die Luftabwehr hier ziemlich dünn und die fliegenden Kräfte eher ungefährlich. Wenn wir möglichst tief rausschleichen, nehmen die uns wahrscheinlich gar nicht wahr.«

»Okay, dein Wort in Gottes Ohr. Mal sehen, was sich mit diesem Ding hier an Tiefflug so realisieren lässt.«

»Ja ja«, beschwichtigte Hendricks, »kein falscher Ehrgeiz, Walker. Bring uns erst mal heile Richtung Träger.«

Er schwieg einen Moment und blickte in die Runde.

»Ich hab da noch eine ganz andere Sorge ....«, fuhr er dann fort.

»Und die wäre?«

»Na ja ...«, überlegte der Offizier laut, »ich hab mir unseren fliegenden Untersatz vorhin beim Einsteigen mal von außen angeschaut.«

»Und?«

»Was meinst du, wie groß die Chancen sind, dass wir für dieses Museumsstück mit nordkoreanischen Hoheitszeichen am Heck und ohne Funkkontakt auf der Georg-Washington eine Erlaubnis zur Landung bekommen?«

17. Gelbes Meer 2

Gelbes Meer, 36°55`20"N, 124°32'45"O
30.09.2014 02:28 Uhr Ortszeit

Captain Kenneth A. Stark versuchte, durch die gepanzerte Verglasung des Kommandodecks einen Blick auf das Vorschiff der CVN-73-Georg-Washington zu werfen. Aber selbst die maximal abgedunkelte Beleuchtung der Kommandozentrale im neunten Deck und ihre hohe Position über dem eigentlichen Flugdeck, ließ ihn nur einige wenige Positionslichter und Bewegungen in seinem Sichtbereich erahnen.

Das spielte für ihn aber keine Rolle.

Auch ohne sie zu sehen, wusste der ehemalige Navy-Pilot genau, welche routinierte Betriebsamkeit auch um diese Nachtzeit an Deck seines Flugzeugträgers herrschte. Er kannte die Soldaten, die dort hellwach und mit einstudierter Präzision ihren gefährlichen Dienst versahen, und ihm war klar, dass diese Frauen und Männer nicht ohne Grund eine Gefahrenzulage für ihre manchmal waghalsige Arbeit in dieser hochriskanten Umgebung bekamen.

Langsam ging er zurück zu seinem Stuhl und setzte seine unvermeidliche Kaffeetasse in die eigens dort dafür vorgesehene navyblau gestrichene Halterung. Eine Sonderanfertigung, die den Schiffstischler fast zwei Tage Arbeit gekostet hatte, und die Captain Stark, falls er einst von seiner jetzigen Verwendung als Kommandant des Flugzeugträgers CVN-73-Georg-Washington abberufen würde, mit Sicherheit mitnehmen und an seinem nächsten Schreibtisch montieren lassen würde.

Obwohl er Rechtshänder war, hatte er sich in den mittlerweile 29 Jahren seines Navydienstes angewöhnt, seine unvermeidliche Kaffeetasse immer in der linken Hand zu tragen. Das hatte den Vorteil, dass er die Rechte jederzeit zur Andeutung eines militärischen Grußes frei hatte, die zweite Routine die er liebte und in seiner jetzigen Position ca. 300-mal pro Tag ausführte. Und keiner seiner Untergebenen konnte sich daran erinnern, dass er dabei jemals etwas von seinem geliebten Heißgetränk verschüttet hätte.

Er nahm in dem für ihn vorgesehenen Sitz Platz und beobachtete die beiden Monitore zwischen sich und der Panzerglasscheibe nach draußen. Auf ihnen konnte er mit einem Blick die wichtigsten Daten erkennen, die für das Führen des Schiffes und seines Kommandos notwendig waren.

»Captain?«, unterbrach sein erster Offizier neben ihm seine Gedankengänge.

»Was gibt's, Jake?«

In Anbetracht der nächtlichen Ruhe erlaubte er es sich, von der offiziellen Vorgabe abzuweichen, und sprach seinen diensthabenden First Officer mit Vornamen an.

»Das Radar meldet einen unbekannten Kontakt, der sich auf uns zu bewegt, Sir.«

»Daten?«

»Aus Richtung 30 Grad Sir, Entfernung circa 80 Meilen, Höhe 300 Fuß, Geschwindigkeit 65 Knoten, keine automatische Kennung und keine Reaktion auf Funkansprache.«

»65 Knoten?«

»Aye, Sir, 65 Knoten.«

»30 Grad - ist das nicht die Richtung, in die die Seals unterwegs sind?«

»Ziemlich exakt, Sir.«

Der Kapitän der Georg-Washington nahm sich drei Sekunden Denkpause, um das Gehörte einzuordnen.

»Okay. Schaffen Sie mir Petty Officer Glenn her, ich muss wissen, was da los ist.«

120 Sekunden später baute sich der Angeforderte neben dem Kapitänsstuhl auf und deutete einen militärischen Gruß an.

Der Kapitän nahm den Blick vom Monitor und sah zur Seite.

»Petty Officer Glenn, hat der First Officer Sie über den Kontakt informiert, den wir haben?«

»Aye, Sir.«

»Ihre Jungs sind doch da unterwegs. Wie ist die aktuelle Lage?«

»Wir operieren wie geplant in zwei Teams, Sir. Team-Alpha ist auf dem Rückweg und meldet zwei Verletzte an Bord. Kalkulierte Landung in zwei Minuten. Team-Bravo sollte eigentlich auch schon seit 30 Minuten auf dem Rückweg sein. Wir haben aber noch keine Bestätigung des Starts.«

»Keine Startbestätigung? Das heißt?«

»Laut GPS-Responder steht der Black Hawk noch am Boden. Wir versuchen, das Team über Funk zu erreichen, haben aber bisher keine Rückmeldung.«

»Sie können also ausschließen, dass das, was da auf uns zukommt, ihr Black Hawk ist?«

»Definitiv, Sir.«

»Haben Sie eine Idee, was es sonst sein könnte?«

»Nein Sir, keine Ahnung.«

Captain Stark nahm sich wieder drei Sekunden Bedenkzeit, ehe er sich an seinen ersten Offizier wandte.

»Verdammt, Jack, das gefällt mir nicht, geben Sie mir den Flight Chief auf Intercom.«

Zwei Sekunden später verriet das Knacken in den Lautsprechern über dem Kapitänsstuhl, dass die Verbindung hergestellt war.

»Flight Chief Lieutenant Commander Mc Gregor, Sir«, meldete sich der diensthabende Operationschef der fliegenden Verbände.

Seine Brücke befand sich ein Deck über der des Kapitäns, weil er von dort die beste Aussicht auf alle Operationen auf dem Start- und Landedeck hatte. Zusammen mit seinem Stab war er für deren Gesamtleitung und die Koordination mit den gleichzeitig stattfindenden Luftoperationen verantwortlich.

Der Schiffskommandant hob leicht den Kopf, um für das Mikrofon an der Decke gut verständlich zu sein.

»Captain Stark hier. Flight Chief, haben Sie Info über das, was da auf uns zukommt?«

»Aye Sir, wir haben das Objekt auf dem Schirm.«

»Einen Vorschlag, was das sein könnte?«

»300 Fuß Höhe und 65 Knoten Airspeed passt ehrlich gesagt zu nichts, was mir spontan einfallen würde, Sir. Ich denke, ein eigenes Luftfahrzeug können wir ausschließen.«

»Ja, war auch mein Gedanke.«

Der Träger-Kommandant schaute in den asiatischen Nachthimmel und überlegte kurz.

»Wie ist die augenblickliche Situation, und was haben wir in der Luft?«

»Aufgrund der geografischen und operativen Lage fliegen wir im Moment eingeschränkten Trainingsbetrieb, Sir.

Wir haben vier Hornets etwa 160 Meilen südlich bei einer Luftbetankungsübung. Außerdem jeweils zwei Hornets auf Combat-Air-Patrol 180 Meilen südwestlich und 120 Meilen südöstlich von uns.

Und die Hawkeye, die das Objekt gemeldet hat, kreist etwa 40 Meilen westlich von uns in 18.000 Fuß.«

»Okay.«

Der Kapitän überlegte kurz.

»Was halten Sie davon, wenn wir die beiden südöstlichen F-18 bitten, sich das Ganze mal anzusehen? Wie lang wäre die Flugzeit bis zum Kontakt?«

»Okay, ich schicke sie los. Flugzeit bis Kontakt … circa 12 Minuten, Sir.«

»Perfekt, Meldung bei Sichtkontakt. Und … Flight Chief?«

»Sir?«

»Bringen Sie zwei Rotten F-18 und einen Tanker auf 5-Minuten-Standby. Ich will vorbereitet sein, falls da jemand versuchen sollte, uns ans Heck zu pinkeln.«

»Aye, Sir, wird sofort erledigt.«

»Okay.« Captain Stark wandte sich wieder dem Navy-Seal-Commander neben sich zu.

»Verdammt, Petty Officer. Machen Sie Ihren Jungs Dampf unter dem Hintern. Wir haben ein sehr kleines Zeitfenster. Sie wissen, dass wir übermorgen von sehr hochrangigen Freunden in Guam erwartet werden.

Und spätestens wenn in vier Stunden die Sonne aufgeht, werden sich einige Herren fragen, warum wir hier oben so weit im Norden herumdampfen. Die Erklärungen dafür würde ich gerne vermeiden, Sie verstehen?«

»Aye Sir, wir versuchen alles, um mit dem Bravo-Team Kontakt aufzunehmen.«

»Okay, dann warten wir mal bis sich die Hornets melden.«

Er griff nach seiner Tasse und reckte sich aus seinem Sitz.

»Also ich brauche jetzt noch einen Kaffee. Sie auch einen Petty Officer?«

Kopta wechselte einen nachdenklichen Blick mit seinem Freund Nesbit, der mit dem Rücken an der gegenüberliegenden Bordwand des Helikopters lehnte.

Sie beide waren lange genug im Geschäft, um zu wissen, dass Platoon Commander Hendricks mit seiner Befürchtung natürlich recht hatte.

Kein amerikanisches Kriegsschiff, und erst recht kein bis an die Zähne bewaffneter Flugzeugträger der Nimitz-Klasse, würde einen Transporthubschrauber mit nordkoreanischen Hoheitszeichen und ohne Funkkontakt auf wenige Kilometer an sich herankommen lassen. Da sie aber kein funktionierendes Funkgerät hatten, gab es für sie nicht die geringste Chance, diesen Irrtum aufzuklären.

Auch das betroffene Schweigen aus dem Cockpit gab Hendricks recht. Es dauerte ein paar Minuten, bis Walker auf dem Pilotensitz sich mit seinem neuen Fluggerät angefreundet hatte und wieder Zeit zum Nachdenken fand.

»Auf jeden Fall ist die George-Washington unsere einzige Chance in Reichweite. Die andere Landemöglichkeit, die wir eventuell erreichen könnten, wäre Südkorea, aber ob wir das mit dem vorhandenen Sprit schaffen, ist ziemlich fraglich. Und mit diesem Ding hier kommen wir nie unbemerkt über die entmilitarisierte Zone. Das ist eine der am besten bewachten Grenzen der Welt. Keine Chance, die lebend zu überfliegen.«

Hendricks betätigte den Sendeknopf an seinem Headset.

»Okay, dann lasst uns doch mal überlegen, wie wir mit den Jungs in Kontakt treten können, bevor sie uns vom Himmel holen. Ich denke ...«

Er wurde vom heftigen Schwanken des Helikopters unterbrochen und musste sich an der Bordwand festhalten, um nicht den Halt zu verlieren. Der Pilot brauchte einige Sekunden, um die Maschine wieder zu stabilisieren und auf Kurs zu bringen.

»Hey, Walker, was war das denn?«, fragte Hendricks nach.

»Wir haben Besuch.«

»Shit, haben wir doch die Nordkoreaner am Hals?«

»Nein, ich denke nicht. Das sah für mich eher wie zwei F-18 aus. Moment, sie wenden und kommen zurück.«

Ein paar Sekunden später war durch die offene Seitenluke das Vorbeihuschen eines großen Objekts zu sehen, und der Transporthubschrauber schwankte erneut bedenklich.

Walker musste im Pilotensitz sein ganzes Können aufbieten, um die Maschine zu stabilisieren.

»Ja, eindeutig zwei F-18«, meldete er sich.

»Ich denke, die Jungs auf der Georg-Washington wollen nachschauen, was für ein komisches Ding da auf sie zugeflogen kommt.«

Der Platoon-Commander wartete eine Minute, bevor er die angespannte Stille durchbrach.

»Sind sie weg?«

»Ja, scheint so, aber mit Sicherheit nicht weit. Ich vermute, sie kreisen über uns und warten auf Befehle.«

»Können wir uns mit Lichtzeichen bemerkbar machen?«, fragte Nesbit nach. »Wir könnten doch SOS morsen.«

»Dazu müssten sie sich neben uns setzen«, überlegte der Pilot laut. »Aber mit einer Hornet ist es unmöglich, so langsam zu fliegen wie wir. Und außerdem würden sie sich dann eventuell in den Bereich irgendwelcher Bordwaffen begeben. Die Gefahr werden sie auf jeden Fall vermeiden. So wie ich die Taktik der Jungs kenne, kreisen über uns und warten auf eine Entscheidung von der Washington. Und da werden sie nicht das Risiko eingehen, uns zu dicht an sich heranzulassen.«

»Du meinst die werden uns angreifen?«, fragte Nesbit nach.

»Angreifen?«

Walker lachte etwas gequält.

»Nein, ich glaube nicht, dass sie uns angreifen werden. Die Arbeit werden sie sich nicht machen.«

»Sondern?«

»Na ja ...«

Der Pilot zögerte mit einer Antwort.

»So, wie ich die Jungs kenne, werden sie sich einfach hinter uns setzten, auf den Knopf drücken und uns mit einer Sidewinder dieses Museumsstück hier unter dem Arsch wegschießen.«

Nesbit sah in die ratlosen Gesichter seiner drei Kabinennachbarn und gönnte sich einige Sekunden Bedenkzeit, bevor er sich wieder meldete.

»Verdammt Walker, deswegen fliege ich so gerne mit dir. Dein Optimismus ist echt motivierend.«

»Captain ...«

Der erste Offizier der Georg Washington sah in Richtung seines Vorgesetzten.

»... der Flight-Chief auf Intercom.«

»Okay.«

Captain Stark räusperte sich und hob den Kopf.

»Was gibt es, Flight Chief?«

»Die Hornets sind am Objekt, Sir.«

»Okay, lassen Sie hören.«

Die Lautsprecher knackten mehrmals kurz, bevor wieder die Stimme es Flight Chiefs zu vernehmen war.

»Eagle 3, hier Flight Chief, wir sind auf Intercom mit der Brücke. Wie ist die Lage?«

»Hier Eagle 3, Sir. Wir haben das Objekt zweimal überflogen und dran gewackelt. Meiner Meinung nach ein alter militärischer Transporthubschrauber, vermutlich russischer oder chinesischer Typ, trägt aber nordkoreanische Hoheitsabzeichen und fliegt stur weiter.«

»Können Sie Personen an Bord identifizieren?«

»Negativ, Sir. Das Ding fliegt zu langsam und ist so gut wie unbeleuchtet.«

»Irgendwelche Bewaffnung zu erkennen?«

»Nein, Sir, zumindest außen sind keine Waffenträger erkennbar.«

»Okay, Eagle 3, bleiben Sie auf Position und warten Sie weitere Anweisungen ab.«

»Eagle 3, verstanden. Bleiben auf Position.«

Captain Stark lehnte sich zurück. Mit der Rechten strich er sich nachdenklich über das kurze graue Haar.

»Also definitiv kein Black Hawk, Petty Officer. Haben Sie mittlerweile Kontakt zu ihrem Team?«

»Nein, Sir, negativ. Das Bravo-Team antwortet nicht, und auch der Hubschrauber steht noch am Boden.«

»Dann ist da irgendwas gründlich schief gelaufen, denke ich.«

Der Kapitän setzte seine Kopfmassage fort.

»Aber das können wir jetzt nicht aufklären. Vielleicht sagen uns morgen die Satellitenbilder mehr oder wir können eine Drohne starten, was denken Sie?«

»Ja Sir, wahrscheinlich die einzige Möglichkeit.«

Der Kapitän wandte sich an seinen ersten Offizier.

»Jake, ich will dieses Ding nicht in der 40-Meilen-Sicherheitszone haben. Wie ist die aktuelle Entfernung?«

»46 Meilen, Sir, gleichmäßig näher kommend. Bis zum Erreichen der 40-Meilen-Zone circa vier Minuten, Sir.«

Captain Stark nippte nachdenklich an seinem Kaffee.

»Flight Chief, ich möchte einen abflugbereiten Rettungshubschrauber auf dem Deck haben.«

»Aye Sir, SAR auf Standby in drei Minuten.«

»Also gut«, begann Captain Stark laut zu denken.

»Der Kontakt zu Ihrem Bravo-Team ist abgebrochen, der Black Hawk Ihrer Leute steht noch am Boden, und da draußen kommt ein nordkoreanischer Transporthubschrauber auf uns zugeflogen - ohne Funkverkehr, ohne Beleuchtung und ohne auf die Hornets zu reagieren. Richtig?«

Der Seals Kommandeur neben ihm und der erste Offizier nickten.

Die Zustimmung des mithörenden Flight Chiefs Mc Gregor setzte der Kapitän voraus.

»Ich habe dafür nur eine Erklärung. Das Seal-Team ist von den Nordkoreanern überwältigt und zumindest gefangen genommen worden. Deshalb keine Antwort am Funk und kein Start zum Rückflug.

Und um sich für diesen Einsatz zu rächen, will man uns mit diesem Transporthubschrauber eins auswischen. Ich weiß nicht, was die sich davon versprechen, aber wenn sie das Ding voll Sprengstoff gepackt haben und hier auf der GW oder auf einem unserer Begleitschiffe zünden, kann das erheblichen Schaden anrichten und viele Todesopfer fordern.«

Er nahm einen Schluck aus seiner Kaffeetasse und gab seinen Zuhörern damit ein paar Sekunden Zeit, seine Erklärung zu überdenken.

»Ich sehe also keine andere Möglichkeit, als das Ding zu stoppen, bevor es einem unserer Schiffe gefährlich werden kann. Oder sieht jemand eine Alternative?«

Er nahm einen weiteren Schluck und platzierte seinen Becher wieder in der vorgesehenen Halterung.

»Erster Offizier, wie ist die Lage des Ziels?«

»Der Hubschrauber fliegt unverändert auf uns zu. Entfernung jetzt 41 Meilen, Sir.«

Captain Stark gönnte sich angesichts der Tragweite seines Befehls noch drei Sekunden Bedenkzeit, bevor er den Flight Chief auf dem Deck über sich ansprach.

»Flight Chief, geben Sie mir den Rottenführer auf Intercom.«

»Aye Sir, Verbindung steht.«

»Eagle 3, hier spricht Captain Stark, können Sie mich hören?«

»Laut und deutlich, Sir.«

»Eagle 3, wir haben die begründete Annahme, dass das unidentifizierte Flugobjekt, das Sie beobachten, einen Angriff auf eins unserer Schiffe plant. Ich erteile Ihnen hiermit den Befehl zum Abschuss. Haben Sie diese Anweisung verstanden?«

»Aye Sir, Eagle 3 bestätigt Befehl zum Abschuss des Objekts, Sir. Wir drehen bei und stoppen den Angreifer.«

»Verdammt, wir können doch nicht einfach so dasitzen und warten bis die uns dieses Ding hier unter dem Hintern wegschießen!«

Nesbit schlug mit der Faust gegen die Aluminiumverkleidung ihres Fluggeräts.

»Walker, was ist, wenn wir notwassern. Wir haben doch die Rettungswesten. Wenn wir im Wasser sind, können sie uns doch einfach mit einem Hubschrauber aufsammeln, was meinst du?«

»Hab ich vorhin auch schon überlegt.« Walker dachte kurz nach.

»Die Sache hat aber zwei Haken. Erstens ist dieses Ding hier für eine Notwasserung denkbar ungeeignet. Sinkt bestimmt wie ein Stein und nimmt alles mit, was sich an Bord befindet.

Und zweitens, wenn wir es wirklich lebend hier raus schaffen sollten, gibt's da noch ein anderes Problem. Schon alleine mit der Verletzung von Mister Tergau hinterlassen wir eine riesige Blutspur. Selbst wenn die uns einen Hubschrauber schicken, wovon ich noch nicht völlig überzeugt bin, braucht der wahrscheinlich Stunden, um uns zu finden und einzusammeln. Ich glaube, irgendwo in dieser Gegend ist seinerzeit auch die USS Indianapolis gesunken. Ihr wisst ja, was mit der Besatzung passiert ist, oder?«

»USS Indianapolis?«

Tergau sah seinen Chef neben sich fragend an und zog die Augenbrauen hoch.

»Was ist denn mit der Besatzung der Indianapolis passiert?«

Kopta winkte ab.

»Ach, alte Seemannsgeschichten. Würde Sie jetzt nicht aufheitern, können Sie ja später zu Hause mal googeln.«

»Okay.« Tergau lehnte sich wieder zurück an die Bordwand.

Kopta schloss kurz die Augen, um sich zu konzentrieren, bevor er seinen Sprechknopf drückte.

»Aber vielleicht ist die Idee ja gar nicht so dumm.«

»Welche Idee?« Platoon Chief Hendricks zog die Augenbrauen hoch.

»Welche Idee ist gar nicht so dumm Mister Kopta?«

»Na, die Idee mit den Schutzwesten und den Notrufsendern. Haben Sie nicht beim Briefing erklärt, damit könnte man uns an jedem Ort der Welt lokalisieren und identifizieren?«

Hendricks riss die Augen auf.

»Stimmt, verdammt. Warum sind wir da nicht früher drauf gekommen? Die GPS-Notrufsender. Das könnte funktionieren«.

Er sprang auf und riss den Klettverschluss an der kleinen Brusttasche seiner Rettungsweste auf.

»Los Leute. Wie gelernt. Klettverschluss auf und Notrufsender raus. Die Kunststofffolie aus dem Gehäuse ziehen, damit die Batterie Saft hat und den Drehschalter auf ›ON‹.«

Parallel zu seiner Erklärung führte er die Schritte bei seinem Gerät aus und ließ es anschließend wieder in die Tasche gleiten.

»Und dann beten, dass die Scheißdinger auch senden. Ich hab keine Ahnung, ob das funktioniert, aber es ist, glaube ich, die beste Chance, die uns noch bleibt, um uns zu erkennen zu geben.«

»Ja, gute Idee«, stimmte Walker aus dem Cockpit zu.

»Damit können sie uns auf jeden Fall lokalisieren. Ich weiß allerdings nicht, wie schnell das geht und wie viel Zeit die Jungs brauchen, um zu merken, was los ist.«

Lieutenant Greg »Buster« Pelosi legte den Daumen seiner linken Hand auf den Funkwahlschalter am Leistungshebel seiner F-18 Hornet und schob ihn in die hintere Position.

Damit aktivierte er die Frequenz, auf der ihn nur sein links von ihm fliegender Wingman Lieutenant Steven »Alan« Shepard hören konnte.

»Okay, Alan, du hast es gehört. Die Jungs da unten haben keine guten Absichten. Wir haben den offiziellen Auftrag, sie in den Bach zu schicken. Bleib an meiner Backbordseite. Ich gehe nach steuerbord weg und setze mich hinter sie.«

»Roger«, kam die kurze Bestätigung aus dem Cockpit seiner Begleitmaschine.

Mit sanftem Druck bewegte der Pilot den Steuerknüppel in seiner rechten Hand nach rechts und leitete eine großzügige Wende ein. Nach exakt 180 Grad ließ er seine F-18 Hornet ausrollen und verfolgte, wie sein Ziel auf dem Radarschirm über seiner Hand nach hinten verschwand.

Die begleitende Maschine an seiner linken Seite würdigte er keines Blickes. Er wusste, dass sie seiner eigenen, wie ein Schatten, folgen würde.

Mit ruhiger linker Hand schob er die Leistungshebel seiner 95 Millionen Dollar teuren Kampfmaschine etwas nach vorn und beobachtete, wie sich die Drehzahl der beiden General-Electric-F-404-Triebwerke erhöhte.

Im Geiste rief er die optimalen Abschussdaten der AIM-9X Sidewinder-Raketen an den beiden Waffenträgern seines Kampfflugzeugs ab.

Er wusste, dass er sich blind auf diesen 85 kg schweren und gut 300.000 Dollar teuren Lenkflugkörper verlassen konnte.

Einmal auf das Ziel aufgeschaltet und abgeschossen, würde die Rakete eigenständig und mit fast dreifacher Schallgeschwindigkeit ihrem Opfer folgen und es nicht mehr aus dem Suchbereich ihres Infrarotsensors entkommen lassen.

Und am Ziel angekommen würden der mit 6 kg hochexplosivem Tritonal gefüllte Gefechtskopf und die ihn umschließenden Spiralen aus gehärtetem Federstahl dafür sorgen, dass alle Metallstrukturen im Umkreis von einigen Metern regelrecht in Stücke gesägt würden.

Absolut präzise und tödlich für jeden Gegner, der so unvorsichtig war, sich in die Reichweite dieser Waffe zu begeben.

Lieutenant Pelosi schaute auf die Borduhr und ließ 30 Sekunden vergehen, ehe er die zweite 180-Grad-Wendung einleitete.

Die addierte Geschwindigkeit des Hubschraubers und seines in die entgegengesetzte Richtung fliegenden Jets sorgten dafür, dass er bei Abschluss dieses Manövers auf dem Radarschirm über seinen Knien, den Helikopter 22 Meilen direkt vor sich erkennen konnte. Eine Entfernung, die ihm alle Zeit der Welt ließ, um der Rakete ihr Ziel zuzuweisen und sie in optimaler Distanz abzufeuern.

Mit der linken Hand legte er den Waffenhauptschalter seiner F-18 von SAFE auf ARM und wählte die äußere der beiden unter seiner rechten Tragfläche hängenden Sidewinder-Raketen aus.

Augenblicklich erschien in dem Head-up-Display vor seinen Augen ein rotes viereckiges Symbol, dass den Erfassungsbereich des Infrarotflugköpers symbolisierte.

Pelosi drückte die Nase seines Jets leicht nach unten und brachte das Zeichen des vor ihm fliegenden Hubschraubers mit dem Quadrat des Suchkopfs zur Deckung.

Das einsetzende gleichmäßige Piepen in seinen Kopfhörern signalisierte ihm, dass der Wärmesuchkopf an der Spitze der AIM-9 Sidewinder das Ziel erfasst hat und ihm von nun an automatisch folgen würde. Und die langsam zunehmende Frequenz des Piepens sagte ihm, dass sein Jet sich der optimalen Abschussdistanz näherte. Für einen Abschuss, den er mit der eingeschalteten Bordkamera belegen konnte, und der Eingang in seine Personalakte finden würde.

Okay, der Luftsieg über einen wehrlosen 40 Jahre alten nordkoreanischen Transporthubschrauber war sicher nicht die größte Heldentat, von der man an den zukünftigen Lagerfeuern amerikanischer Fliegerasse erzählen würde, aber auf jeden Fall zählte er danach zum kleinen Kreis der Kampfpiloten, die sich überhaupt mit einem Abschuss eines feindlichen Fluggeräts brüsten konnten – immerhin ...

Die Frequenz des Piepens in seinem Ohr nahm zu, und aus hunderten Übungseinsätzen wusste er, dass der Ton in wenigen Augenblicken durchgehend ertönen würde. Das Signal dafür, dass er mit 8 bis 10 Meilen die optimale Schussdistanz erreicht hatte.

Er atmete hörbar ein und aus und legte den behandschuhten Zeigefinger seiner rechten Hand auf den Auslöseknopf an der Vorderseite des Steuerhebels.

Vorsichtig zog er den Trigger bis zum ersten Druckpunkt durch und teilte seinem Waffenrechner dadurch mit, dass er beabsichtigte die Rakete abzufeuern. Alle Signale im Head-up-Display vor der zentralen Frontscheibe blieben grün und signalisiertem ihm, dass die tödliche Waffe unter der rechten Tragfläche des Jets nur noch auf das Zucken seines Zeigefingers wartete, um sich auf ihre hilflose Beute zu stürzen.

Mit seinen insgesamt 3872 Flugstunden auf 16 verschiedenen Flugzeugtypen wusste der Kapitän der Georg-Washington genau, was jetzt an Bord der F-18 vorging, die in 40 Meilen Entfernung seinen Angriffsbefehl entgegengenommen hatte.

Er schätzte die Zeit, die der Pilot brauchte, um seinen Kampfjet in die optimale Position zu bringen und den Befehl auszuführen, auf zwei bis drei Minuten.

Die erste davon nutzte er, um an dem kleinen Sideboard der Kapitänsbrücke seine Kaffeetasse aufzufüllen. In Anbetracht seines zunehmend schwerer zu verbergenden Bauchansatzes, verzichtete er schon seit einigen Monaten auf den Einsatz von Zucker und beließ es bei ein paar Tropfen Kondensmilch. Und dadurch, dass er die Milch zuerst in die Tasse füllte und danach den Kaffee, sparte er sich auch das lästige Umrühren. Schon vor Ablauf der ersten Minute saß er deshalb wieder auf dem Kommandantenstuhl und nippte an seinem geliebten Heißgetränk.

Die nächsten Sekunden verbrachte er damit, seine Lageeinschätzung und seinen Abschussbefehl zu überprüfen.

Nicht dass er mit der Erteilung des Befehls zum Abschuss eines offensichtlich feindlichen Luftfahrzeugs ein Problem gehabt hätte – schon bei Beginn seiner Offizierskarriere vor 29 Jahren waren ihm solche Gewissenskonflikte fremd gewesen, und er selbst hätte an Stelle des Piloten, dem er den Befehl erteilt hatte, ebenfalls keine Sekunde gezögert, ihn auszuführen.

Aber auf der anderen Seite bot ihm die Situation genügend Zeit, in Ruhe zu analysieren und abzuwägen. Ein Luxus, den die meisten militärischen Befehlshaber in solchen kritischen Lagen nicht hatten.

Aber auch nach erneuter Überprüfung kam er zum selben Schluss. Der Schutz seiner Soldaten und seines Schiffes ließ keinen anderen Ausweg zu, als den Eindringling sofort zu stoppen.

Er stammte aus einer religiösen Familie und war zu lange Militär, Staatsbürger und Familienvater, als dass er über den Tod von Menschen leichtfertig entschieden hätte, egal welcher Nationalität oder Hautfarbe sie waren. Aber diese Situation ließ kein abweichendes Handeln zu. Die Sicherheit der Flotte hatte oberste Priorität, und sie lag in seiner Verantwortung.

Alles andere wäre fahrlässig und ein nicht kalkulierbares Risiko.

Er schaute aus dem Fenster und versuchte, seinen Blick in der Schwärze der Nacht zu fixieren.

Aus den Augenwinkeln registrierte er die aufgeregte Bewegung seines ersten Offiziers.

»Captain, Sir.«

»Was gibt's, Eins-O?«

»Captain, die Funkzentrale meldet mehrere Notrufe.«

»Nicht jetzt, Jake.«

Captain Stark hob abwehrend die Hand.

»Wir müssen uns erst um dieses Ding hier kümmern.«

»Aber die Notrufe kommen ja von da.«

»Von wo?«

»Laut GPS-Ortung von dem anfliegenden Hubschrauber, Sir. Die Funkzentrale meldet, der Satellit empfängt mehrere Seal-Notrufe aus der Position des näher kommenden Objekts.«

»Petty Officer ...«

Captain Stark blickte auf den Seal-Kommandeur, der mit hinter dem Rücken verschränkten Armen neben seinem Stuhl stand.

»Ist es möglich, dass das da an Bord des Helikopters Ihre Männer sind?«

Petty Officer Glenn blies vernehmlich die Luft aus den Wangen und überlegte kurz.

»Nicht undenkbar, Sir. Wenn der Black Hawk ein technisches Problem hatte und sie den Rückflug improvisieren mussten ... Nicht undenkbar.«

»Verdammt!«

Stark griff zum Mikrofonknopf.

»Flight Chief, haben wir Eagle 3 noch auf Intercom?«

»Aye Sir«

»Eagle 3, hier spricht Captain Stark, Angriff sofort abbrechen und Statusmeldung. Eagle 3, ich wiederhole, Angriff sofort abbrechen und Statusmeldung.«

Er schloss die Augen und lauschte in die Stille.

Lieutenant Pelosis linker Daumen lag noch auf dem Funkwahlschalter an den Leistungshebeln seiner F-18 Hornet. Routiniert schob er ihn in die hintere Position.

»Verdammt, Alan, die wissen heute aber auch wieder nicht, was sie wollen, oder?«

Er drehte den Kopf und sah aus dem Cockpit nach links. Obwohl er in hundert Meter Entfernung nur die Positionslichter seines Begleiters erkennen konnte, sah er deutlich dessen resigniertes Grinsen und Schulterzucken vor sich.

Vorsichtig hob er seinen rechten Zeigefinger vom Trigger des Steuerknüppels zwischen seinen Beinen und legte ihn daneben. Dann drehte er den Waffenhauptschalter über seinem linken Knie von ARM auf SAVE.

Augenblicklich erloschen die Zielanzeigen im Head-up-Display, und die Bordelektronik beschränkte sich wieder darauf, ihm nur die wichtigsten Flugdaten in sein Gesichtsfeld zu spiegeln.

Das durchgezogene Piepen in seinen Kopfhörern erstarb, und seine Nebennieren senkten den Adrenalinausstoß auf das normale Maß ab. Erst kurz vor der Landung seiner Kampfmaschine auf dem schwankenden Deck der Georg-Washington würde sein Körper es wieder brauchen.

Durch einen leichten Zug am Steuerhebel des Jets leitete er einen sanften Steigflug ein, um nicht Gefahr zu laufen, mit dem Zielobjekt vor sich zu kollidieren.

Er gönnte sich einen tiefen Atemzug, bevor er mit dem Funkwahlschalter die Verbindung zwischen dem Mikrofon in seiner Sauerstoffmaske und dem kommandierenden Air Chief auf seinem Flugzeugträger herstellte.

»Eagle 3 bestätigt Abbruch und bittet um Anweisung, ich wiederhole, Eagle 3 bestätigt Abbruch des Angriffs und bittet um Anweisung.«

Genießerisch ließ er seinen Blick in den friedlichen Nachthimmel außerhalb seines Cockpits wandern und wartete auf Antwort.

Der Kapitän der CVN-73 USS George-Washington lehnte sich in seinem Sitz zurück und schnaufte einmal tief durch, bevor er wieder den Sprechknopf betätigte.

»Flight Chief?«

»Aye Captain?«, kam die fragende Stimme seines obersten Einsatzkoordinators aus dem Lautsprecher über ihm.

»Schicken Sie den SAR-Helikopter raus. Ich möchte, dass er sich neben dieses Ding setzt und versucht, Kontakt aufzunehmen.

Die beiden Hornets sollen in Bereitschaft kreisen. Falls notwendig lösen Sie sie ab oder schicken ihnen eine Tankstelle.«

»Aye Sir.«

Der Kapitän lehnte sich zurück und atmete tief.

Gemeinsam mit Petty Officer Glenn beobachtete er den grauen Sikorsky SH-60-Seahawk-Hubschrauber, der mit im Leerlauf rotierenden Rotorblättern auf dem hinteren Landedeck der Georg-Washington auf seinen Einsatz wartete. Die drei unübersehbaren Buchstaben SAR an seinen roten Außentüren kennzeichneten ihn und seine Crew als Search-and-Rescue-Einheit, ausgerüstet und geschult für jede Art von Rettungseinsätzen auf hoher See.

Mit bloßem Auge war zu erkennen, wie die riesigen Rotorblätter der imposanten Maschine ihre Drehung beschleunigten und begannen den Helikopter vom Landedeck aus in die Luft zu heben.

Der Pilot ließ sein Fluggerät um neunzig Grad drehen, so dass ihr Bug in Richtung Osten zeigte.

Dann neigte er die Nase des grauen Kolosses um einige Grad nach vorne, so dass ein Teil des enormen Auftriebs, den die jetzt noch schneller rotierenden Rotorblätter erzeugten, in Vortrieb umgewandelt wurde.

Mit beeindruckender Beschleunigung entfernte sich der Militärhubschrauber und war schon Sekunden später nur noch als einzelnes Blinklicht am Horizont zu erkennen.

»Jake, wie lange braucht der Helikopter, um das Ziel zu erreichen?«

»Circa 6 Minuten, Sir«

Captain Stark lehnte sich demonstrativ zurück und rieb sich mit der Rechten über den grauen Kurzhaarschnitt.

»Na, dann warten wir doch mal ab, Petty Officer Glenn. Und wenn das da an Bord dieses Hubschraubers wirklich Ihre Leute sind, bin ich echt gespannt auf ihre Geschichte.«

Kopta hockte an der grauen Bordwand der lärmerfüllten Hubschrauberkabine und massierte mit der Rechten seinen angegrauten Schopf. Sein Blick ging ins Leere und er war sichtlich darauf konzentriert seine Gedanken zu ordnen.

Die Hilflosigkeit der Situation, in der sie steckten, war für ihn, der es gewohnt war das Heft des Handelns in der Hand zu halten, extrem nervenaufreibend und unbefriedigend.

Der Gedanke, dass in diesem Moment irgendwo in der Dunkelheit der Nacht eine tödliche Waffe auf sie gerichtete wurde, die nur darauf wartete abgefeuert zu werden, machte sein Gefühlsleben nicht entspannter.

»Was meinen Sie, Walker, wie weit sind wir noch vom Träger entfernt?«, fragte der Hauptkommissar, um das ratlose Schweigen zu unterbrechen.

»Grob geschätzt 30 bis 40 Meilen. Genauer können wir es mit diesen Instrumenten hier nicht sagen.«

Auch in Walkers Stimme war die Anspannung deutlich zu hören.

»Und wie groß ist normalerweise die Sicherheitszone um den Verband, in der keine fremden Flugbewegungen geduldet werden?«

»Unterschiedlich, kommt stark auf die Geografie und die Feindlage an. In der Regel so 40 bis 80 Meilen.«

Es klang so, als ob der erfahrene Militärpilot sich längst selbst mit der Frage beschäftigt hatte, warum sie und ihr exotisches Fluggerät nicht längst als Fischfutter dienten.

»Aber ist natürlich auch abhängig vom Objekt, das sich nähert. Ich denke mit einem schnellen bewaffneten Bomber unter dem Hintern wären wir längst tot.«

»Ja«, stimmte Kopta zu.

»Ich hab schon überlegt, was passiert wenn wir einfach hier auf der Stelle bleiben und uns nicht weiter nähern«, sinnierte er laut, »um zu zeigen, dass wir nicht aggressiv sind. Aber bis die kommen, um nachzusehen, wer wir sind, geht uns wahrscheinlich der Sprit aus, oder?«

»Exakt, und zwar ziemlich schnell. Ich bin mir nicht mal sicher, ob wir es überhaupt bis zum Träger schaffen könnten. Außerdem müssten wir ihn auch erst mal finden, ohne Radar und GPS stochern wir hier ziemlich in Nebel.«

Der Pilot überließ seine Passagiere wieder ihren eigenen Gedanken und konzentrierte sich darauf, die Höhe des Hubschraubers möglichst konstant zu halten.

Mit gleichförmigem Turbinenlärm glitten sie über die spiegelnde Oberfläche der ruhigen See, und Kopta war es, der nach schweigsamen Minuten als erster wieder seinen Mikrofonschalter betätigte.

Er saß mit dem Rücken an der rechten Aluminiumwand der Kabine und ließ seinen Blick durch die gegenüberliegende Öffnung auf den scheinbar unbeweglichen Sternenhimmel fallen.

»Da kommt was auf uns zu.«

»Wo?«

»9 Uhr.«

Walker drehte den Kopf nach links und Nesbit und Petty Officer Hendricks reckten sich ebenfalls, um einen Blick durch die Kabinenöffnung zu werfen.

In einiger Entfernung waren das rot blinkende Anti-Colission-Light und die Positionslichter eines Hubschraubers zu erkennen. Er schien mit gleicher Geschwindigkeit parallel zu fliegen und sich vorsichtig auf die Transportmaschine zuzubewegen.

»Was ist das?«, fragte Nesbit in Richtung Pilotensitz.

Walker ließ sich noch ein paar Sekunden Zeit, ehe er mit geschultem Blick und scheinbar regungsloser Stimme seine Einschätzung abgab.

»Ich würde sagen, Sikorsky SH-60 Seahawk.«

»Und das heißt?«

»Wenn ich mich nicht irre, schicken uns die Jungs von der Washington ein Begrüßungskommando. Gib mal die Taschenlampe rüber, Sam, dreimal kurz, dreimal lang, dreimal kurz – hätte nicht gedacht, dass ich das nochmal brauche ....«

»Captain?«

Die Stimme seines Flight-Chiefs riss den Kapitän der George Washington aus seinen Gedanken.

»Was gibt's, McGregor?«

»Ich hab Lieutenant Ramirez auf Intercom. Er fliegt den SAR-Seahawk und hat Sichtkontakt zu dem anfliegenden Objekt.«

»Lieutenant Ramirez, hier spricht Captain Stark. Was sehen Sie?«

»Einen älteren Transporthubschrauber, Sir. Vermutlich chinesisches Modell, aber mit nordkoreanischen Hoheitsabzeichen, Sir.«

»Haben sie Kontakt zur Besatzung?«

»Aye, Sir, wir haben per Lichtsignal Kontakt aufgenommen. Der Pilot behauptet, er sei First Lieutenant Walker und habe noch 5 weitere Personen an Bord.«

Stark schaute zur Seite in das Gesicht des Officers, der immer noch mit hinter dem Rücken verschränkten Armen neben seinem Sitz stand.

»Was meinen Sie, Petty Officer?«

»Die Anzahl könnte stimmen, Sir.«

»Und wie können wir sicher sein, dass das wirklich Ihre Männer sind?«

»Mmhh ...«

Der Petty Officer überlegte kurz.

»Er soll diesen Walker fragen, wer sein erster Copilot war.«

»Haben sie verstanden, Lieutenant? Fragen Sie diesen angeblichen Walker, wer sein erster Copilot war.«

»Aye, Sir.«

Captain Stark gönnte sich einen Schluck aus seiner Kaffeetasse und sah zu seinem ersten Offizier.

»Jake, wie ist die Entfernung zum Objekt?«

»Aktuell 22 Meilen, Sir.«

»Okay, dann werden wir ja gleich erfahren, was los ist.«

Er lehnte sich zurück und ließ zwei Minuten vergehen, ehe er wieder zum Mikrofonknopf griff.

»Lieutenant Ramirez, hier spricht Captain Stark. Haben Sie schon eine Antwort?«

»Moment Sir, wir müssen noch einmal nachfragen.«

Es dauerte eine weitere Minute, bis das Knacken in den Lautsprechern die Funkstille unterbrach.

»Captain Stark, hier spricht Lieutenant Ramirez, Sir. Wir haben jetzt eine Antwort.«

»Und wie lautet die Antwort?«

»Die Antwort lautet R2-D2, Sir.«

»Wie lautet die Antwort?«

»R2-D2, Sir. Ich habe extra noch einmal nachgefragt.«

Stark drehte den Kopf in Richtung des Petty Officer neben sich und zog wortlos die Augenbrauen hoch.

Glenn hatte Mühe, sich das Grinsen zu verkneifen.

»Walkers Rufname ist Skywalker, Sir. Und Sie wissen ja, die Jungs haben manchmal einen etwas seltsamen Humor. Aber ich bin mir sicher, dass sie echt sind, Sir.«

Der Flugzeugträger Kapitän atmete zweimal hörbar ein und aus, bevor er wieder in sein Mikrofon sprach.

»Okay, Lieutenant Ramirez. Geleiten sie das Ding in Absprache mit dem Flight-Chief aufs Flugdeck, Sie haben Landepriorität.«

»Aye Sir, wir bringen sie rein, Sir.«

»Und Sie Petty Officer Glenn«, fuhr der Captain fort, in dem er sich nach rechts wandte.

»Ich möchte ein bewaffnetes Empfangskomitee aus Navy-Seals an Deck, und bitte keine Experimente mehr. Sie sind mir für die Sicherheit verantwortlich, ist das klar Petty Officer?«

»Glasklar, Sir.«

Der Elitesoldat deutete einen militärischen Gruß an und war fünf Sekunden später von der Brücke verschwunden. Captain Stark atmete hörbar durch, bevor er sich an seinen ersten Offizier wandte.

»Kommen Sie, Jake, ich hole uns noch einen Kaffee, und sobald die Jungs wieder an Bord sind, gehen wir auf Kurs 180 Grad und machen uns hier aus dem Staub.«

»Ah, da ist ja unser Held des Tages.«

Nesbit saß mit dem Gesicht in Richtung Eingang der Offiziersmesse und deutete mit der Gabel in der Hand auf Kommissar Tergau. Mit einer Krücke versehen und unter der Führung eines Ordonanzsoldaten kam der junge Ermittler in den Raum gehumpelt und grinste in die Runde.

Ein blütenweißer Verband zierte seinen Oberschenkel, und die Freude über die überstandene Behandlung war ihm deutlich anzusehen.

»Mensch, Tergau!«

Kopta stand auf und ging seinem Assistenten mit sichtbarer Erleichterung zwei Schritte entgegen.

»Schön, Sie wieder so agil zu sehen. Was sagt den die medizinische Abteilung zu Ihrer Schusswunde?«

»Na ja, laut der Ärztin wohl ein glatter Durchschuss ohne größere Schäden. Sie sagt, mit wenig Bewegung und guter Wundversorgung müsste das Ganze in drei Wochen vergessen sein.«

»Na super, das freut mich zu hören.«

Der Hauptkommissar geleitete seinen hinkenden Mitarbeiter zum Tisch und half ihm, Platz zu nehmen.

»Kommen Sie, ich besorge Ihnen erst mal was zum Frühstücken, das haben Sie sich ehrlich verdient. Und dazu einen Kaffee. Dann sieht die Welt gleich wieder anders aus. Bill hat uns berichtet, dass Sie die Daten mit Hilfe der Funkabteilung an die ESA übermittelt haben. Hörte sich so an, als ob die Kollegen in Darmstadt zufrieden wären und alles hätten, was sie brauchen, stimmt das?«

»Ich denke schon«, stimmte Tergau zu und bemühte sich, sein ungelenkiges Bein unter dem engen Tisch unterzubringen.

»Es sieht so aus, als hätten wir die richtigen Daten gefunden. Bill und ich haben einfach alles rüber gesendet, was wir in der Hütte gesichert haben, und die Techniker der ESA hörten sich ziemlich glücklich an. Es klang so, als ob sie damit wieder das Kommando über ihre Lieblinge übernehmen könnten, und jetzt auch endlich in der Lage wären, den Datenverkehr so weit abzuschotten, dass ihnen keiner mehr dazwischen funken kann.«

»Na dann ....«

Nesbit hob demonstrativ sein Brauseglas und grinste in die Runde.

»... scheint es ja so, als hätten wir diesen koreanischen Gentlemen erfolgreich in die Suppe gespuckt und könnten zufrieden nach Hause schippern. Na, und da kommt ja auch der Rest der Truppe.«

Er deutete in Richtung Eingang, wo Petty Officer Hendricks zusammen mit First Lieutenant Walker und Petty Officer Glenn erschienen.

»Gentlemen, ich hab gehört, ihr hattet gemeinsam ein klärendes Gespräch mit dem Captain«, grinste er den Ankömmlingen entgegen. »Stimmt das?«

»Ja, ein extrem klärendes Gespräch«, lachte Hendricks sichtlich gequält.

»Wir mussten ihm doch einige Dinge zu dem etwas ungeplanten Verlauf unseres Einsatzes erklären. Und warum wir nicht wie vorgesehen mit unserem Black Hawk zurückkehren konnten.

Seine Begeisterung über unseren Anflug mit nordkoreanischen Hoheitszeichen auf sein schönes Schiff hielt sich echt in Grenzen, das könnt ihr mir glauben. Es war wirklich so, dass die Jungs uns in den Bach schicken wollten. Der Captain hatte schon den Abschussbefehl erteilt, und die Idee mit den Notrufsendern in den Rettungswesten hat uns echt im letzten Moment den Arsch gerettet. Insofern hat Mister Kopta bei mir ein Bier gut.«

Er grüßte mit der Rechten in Richtung des Hauptkommissars, der am Buffet dabei war, Tergaus Frühstück zusammenzustellen.

»Aber zu guter Letzt hat er die Situation natürlich verstanden und ist heilfroh, dass alles so glimpflich ausgegangen ist.

Zum Schluss hat er uns nochmal dazu verdonnert das Ganze natürlich absolut geheim zu halten. Aber ich denke, das ist wohl auch im Interesse aller anderen Beteiligten, oder?«

Er grinste in die nickende Runde.

»Letztendlich war der Skipper ganz zufrieden und ist froh, dass wir wieder mit Volldampf in Richtung Süden laufen können. In der Gegend hier oben fühlt er sich auch nicht richtig wohl.

Sein letzter Satz, bevor er uns rausgeschmissen hat, war: ›Und schaffen Sie mir diesen Schrott vom Flugdeck, dies ist hier ein Navy-Kriegsschiff und kein Museum.‹«

»Da hat er natürlich recht«, pflichtete Nesbit bei.

»Das war echt ein schlechter Tausch. Die Nordkoreaner freuen sich bestimmt über den schönen Black-Hawk-Hubschrauber, den wir ihnen dalassen mussten.«

»Ach, da mache ich mir keine Sorgen.«

Petty Officer Hendricks deutete mit dem Zeigefinger nach oben.

Zwei Stockwerke über ihren Köpfen war wieder das lautstarke Zischen des Startkatapults zu hören, mit dem ein Kampfjet in den Nachthimmel oberhalb des gelben Meeres hinausgejagt wurde.

»Die werden nicht lange Freude an ihrer Beute haben. Mithilfe des GPS-Responders kennen wir die Parkposition des Hubschraubers auf den Meter genau. Und wenn ich den Captain richtig verstanden habe, hat die Navy zwei Jets losgeschickt, um ihn endgültig unbrauchbar zu machen. Wenn die ihre Pakete abliefern, sollte man besser nicht in der Nähe des Choppers sein, das könnt ihr mir glauben.«

»Und wie geht es Ihren beiden Verwundeten?«, fragte Kopta in Richtung des lokalen Seal-Commanders.

»Ich hoffe doch, die Jungs sind auch gut behandelt.«

»Ja, sicher.«

Der drahtige Officer winkte ab.

»Der Soldat mit dem Streifschuss ist schon wieder bei der Truppe, und der Kamerad mit dem Bauchschuss ist auch operiert und gut versorgt. Wie ich den kenne, meldet er sich spätestens in zwei Wochen einsatzbereit zurück. Die Männer sind hart im Nehmen.«

»Na dann ...«

Nesbit lehnte sich zufrieden zurück und verschränkte die Arme vor der Brust.

»Dann steht unserem Rückflug ja wohl nichts mehr im Wege. Ich denke, Mister Tergau freut sich auch auf festen Boden unter den Füßen und seinen Schreibtisch in Berlin, richtig?«

»Auf jeden Fall«, stimmte Tergau zu, und fing an, sich mit dem Frühstückstablett zu beschäftigen, welches sein Chef vor ihm platziert hatte.

»Ich hätte aber nichts dagegen, wenn wir warten, bis das Schiff im Hafen ist, dann könnten wir uns zumindest den ersten Schaukelflug mit dem Hubschrauber sparen, oder?«

Petty Officer Glenn lachte auf.

»Tja, Mister Tergau, das ist das Blöde an diesen modernen atomgetriebenen Dingern hier. Soweit ich weiß, ist der nächste Aufenthalt im Heimathafen Norfolk erst in drei Jahren geplant. Ich denke nicht, dass Ihnen ihr Chef so lange frei gibt - hahaha!«

18. Berlin III

Berlin, Deutschland, 11.10.2014, 19:48 Uhr Ortszeit

»Hallo, Mister Nesbit, schön dass Sie da sind. Kommen Sie rein.«

Der junge Kommissar trat einen Schritt zur Seite und gab den Eingang zu Wohnung seines Chefs frei.

»Mister Tergau ...«

Mit dem gewohnt breiten Grinsen streckte der amerikanische Ermittler seinem deutschen Kollegen die Hand entgegen.

»Schön Sie zu sehen, was macht das Bein?«

»Ach, schon fast vergessen. Ab und zu merke ich es noch, aber ab Montag bin ich wieder im Dienst.«

»Na hervorragend. Aber nennen Sie mich einfach Slim, das hört sich nicht so förmlich an. Wie ist Ihr Vorname?«

»Alexander Sebastian.«

»Aha ....«

Der Amerikaner entledigte sich seiner Jacke und platzierte sie mit Schwung an einem der freien Garderobenhaken.

»Also gut Tergau, ich hab uns hier etwas Leckeres zum Nachtisch mitgebracht und bin gespannt darauf, was es zu essen gibt.«

Mit der Linken schwenkte er eine Papiertüte, deren Umriss eindeutig auf eine Flasche als Inhalt hindeutete.

»Ihr kochender Chef denkt sich in seiner Kitchen ja gerne Überraschungen aus. Gibt es auch wieder diese Cream-Brüller?«

»Cream-Brüller?« Tergau strich fragend seine blonde Mähne nach hinten und ging vor in Richtung Esszimmer und Küche.

»Das weiß ich ehrlich gesagt nicht. Aber kommen Sie, am besten fragen wir den Chefkoch selbst.«

Mit dem Ankömmling im Schlepptau ging er vor in den Wohnbereich. Auf halber Strecke kam Ihnen der Hauptkommissar entgegen.

»Slim, schön dich zu sehen!«

Mit einer herzlichen Umarmung und ausgiebigem Schulterklopfen begrüßte er seinen amerikanischen Weggefährten.

Der erwiderte die Begrüßung sichtbar erfreut.

»Vielen Dank für die Einladung. Ich freue, mich hier sein zu dürfen.«

Lachend schob er seinen Gastgeber einen Schritt zurück und bewunderte dessen professionelle Kochschürze.

»So sehe ich dich ehrlich gesagt am liebsten mein Freund. Da ist keine Gefahr, dass du uns wieder in unvorhergesehene Schwierigkeiten bringst.«

»Ja ja ... «, lachte sein Gastgeber mit.

»Und außerdem weißt du, dass es was Gutes zu essen gibt.«

»Genau! Was kochst du denn heute Leckeres. Die letzten 24 Stunden habe ich nämlich nichts Vernünftiges mehr, zwischen die Zähne bekommen.«

Der Hauptkommissar band sich die Schürze ab und forderte seinen Gast mit einer Handbewegung auf, ihm in die Küche zu folgen.

»Tergau und ich haben schon mal die Vorarbeit geleistet, und in einer halben Stunde können wir essen.«

»Mmhh ....«

Nesbit schnupperte genießerisch in die Runde.

»Das riecht ja köstlich, was habt ihr gezaubert?«

Kopta grinste vielsagend.

»Da unser letzter Einsatz uns auch in Richtung Südkalifornien und Mexiko geführt hat, hab ich mir gedacht, ich versuche mal etwas Landestypisches, was ich lange nicht mehr gemacht habe.«

»Aha ... Und was ist das?«

»Es muss noch ein paar Minuten köcheln, aber dann ist es fertig.«

Mit schwungvoller Bewegung hob der Hauptkommissar den Deckel von der riesigen Pfanne auf seinem Ceranfeld und ließ den amerikanischen Ermittler einen Blick auf den brodelnden Inhalt werfen.

»Das beste Chili con Carne, das du je gegessen hast!«

»Wouw!«, verdrehte Nesbit genüsslich die Augen.

»Ach ja«, mischte Tergau sich von hinten ein.

»Mister Nesbit hat gefragt, ob es auch wieder Cream-Brüller gibt, was ist das?«

Kopta lachte.

»Ich denke, er meint Crème brûlée. Es hat ihn beim letzten Mal sehr beeindruckt, dass man mit einem Gasbrenner auch noch etwas anderes machen kann, als den Grill oder die Zigarren anzünden. Steht schon vorbereitet im Kühlschrank, können wir nachher zusammen machen.«

Eine gute Stunde später schob ein sichtlich zufriedener kalifornischer Specialagent seinen Stuhl etwas zurück und streckte seine langen Beine unter den Tisch.

»Mensch, Kopta, du hast dich wieder selbst übertroffen. Das war wirklich richtig lecker. Dafür hat sich der Flug echt gelohnt.«

Mit beiden Händen rieb er sich über den Bauch.

»Wenn ich jetzt zur Verdauung noch ein Schlückchen aus der Flasche bekomme, die ich mitgebracht habe …«

Er unterbrach sich selbst. Aus der Hosentasche zog er sein brummendes Handy hervor, und hielt es so, dass er auf das Display schauen konnte.

»Oh, entschuldigt, aber da muss ich ran gehen. Darf ich mal deine Terrasse zum Telefonieren benutzen?«

»Sicher.«

Der Hauptkommissar deutete auf die offene Außentür.

»Ich hole uns in der Zwischenzeit die Flasche und Eiswürfel.«

Ein paar Minuten später stand er wieder am Tisch und hielt seinem amerikanischen Kollegen das gefüllte Glas entgegen.

Der Translation-Ermittler hatte das Handy wieder in der Hosentasche verschwinden lassen und kam nachdenklich durch die Terrassentür zurück.

»Was ist los?«

Kopta blickte seinen Freund besorgt an.

»Hier, dein Glas. Kannst glaube ich einen Schluck gebrauchen. Du siehst ja aus, als hättest du draußen ein Gespenst gesehen.«

»Ich bin mir noch nicht ganz sicher.«

Nesbit griff zu und kratzte sich nachdenklich am Kinn.

»Viele Grüße aus San Francisco von Bill Milestone. Den hatte ich gerade in der Leitung.«

»Oh, danke schön. Und was hat er erzählt? Gibt es einen neuen Fall für dich?«

»Nein, nicht direkt, ... ich fürchte eher einen Alten für dich ...«

Kopta zog die Augenbrauen hoch. »Versteh ich nicht, wieso für mich?«

»Erinnerst du dich noch an unser Gespräch in San Francisco? Als wir über den Transport eures Lösegelds aus Antwerpen geredet haben? Und darüber, dass es wahrscheinlich gemeinsam mit dem Flugzeug aus Kuala Lumpur verschwunden ist?«

»Klar erinnere ich mich. Liegt soweit ich gehört habe, wahrscheinlich alles zusammen auf dem Meeresgrund, oder haben Bill und Hank Barlow neue Erkenntnisse?«

»Na ja, die Seriennummern der Geldscheine hatten die Kollegen ja in das internationale Fahndungssystem eingegeben.«

»Und?« Kopta sah seinen Freund an und legte die Stirn in Falten.

»Und laut Bill und seiner Informanten aus Langley sind einige dieser Scheinchen letzte Woche in Südafrika aufgetaucht.«

»Ach du Scheiße!«

Kopta blickte Nesbit ein paar fragende Sekunden in die Augen und genehmigte sich betont langsam selbst einen Schluck. Nachdenklich genoss er einen Moment lang den rauchigen Geschmack, bevor er den Whiskey die Kehle herunterlaufen ließ.

»Aber das würde ja heißen ...«

und zum Schluss ...

... vielen Dank an alle Leserinnen und Leser für ihre Neugierde, Geduld, Nachsicht und Durchhaltevermögen.

Für jede Art von Feedback, Anfragen, Kritik oder Ähnlichem stehe ich unter
dp28@posteo.de
gerne zur Verfügung. Ich verspreche, jede Zuschrift zu beantworten.

Da MH370 im Selfpublishing ohne den Rückhalt eines großen Verlages und entsprechendes Werbebudget erscheint, sind Leserbewertungen und Rezensionen extrem wichtig.
Ich bitte deshalb jede Leserin und jeden Leser sich die Zeit zu nehmen, auf Amazon oder einem anderen Portal eine kurze Bewertung abzugeben. Egal ob gut oder schlecht, jede Bewertung ist wertvoll für mich und kann eine hilfreiche Information für Andere sein.
Vielen Dank dafür.

Und für diejenigen, die Spaß mit Kopta, Tergau und Nesbit hatten und über weitere Fälle auf dem Laufenden bleiben wollen, empfehle ich die folgende Seite und eine kurze E-Mail an mich.

Der nächste spannende Fall ist in Bearbeitung und ich melde mich dann, sobald er gelöst ist ...

Vielen Dank und liebe Grüße, Dieter Pueschel

Nobelpreis für Mord

Die Story hinter dem Mord an Jamal Khashoggi

Am 2.10.2018 gegen 13 Uhr betritt der saudi-arabische Journalist Jamal Khashoggi die Botschaft seines Landes in Istanbul, um die notwendigen Dokumente für seine Hochzeit abzuholen. 90 Minuten später verlässt er das Gebäude kaltblütig ermordet, zerstückelt und in Müllsäcke verpackt. Das skrupellose Verbrechen löst weltweites Entsetzen aus. Aber handelt es sich wirklich nur um die grausame Beseitigung eines regimekritischen Journalisten oder musste Kashoggi noch aus anderen Gründen sterben?
Kurz darauf erhält Hauptkommissar Kopta den Auftrag, das mysteriöse Verschwinden zweier Studenten aufzuklären. Seine Ermittlungen führen ihn und seinen Kollegen Slim Nesbit über München, Istanbul und Riad bis in die arabische Küstenstadt Jeddah. In einem geheimen Labor des arabischen Militärs stoßen sie auf Experimente, die ihnen das Blut in den Adern gefrieren lassen. Und sie erfahren, dass auch Khashoggi den Verbrechern auf der Spur war. Als die beiden Ermittler in eine Falle des saudischen Geheimdienstes tappen, scheint auch ihr Schicksal besiegelt. Mit ihrem Wissen kann man sie unmöglich lebend aus dem Land lassen.

Erhältlich bei Amazon
Taschenbuch: ASIN: B0BCKY5QCC
Ebook: ASIN: B0BCHG2N86
Und in jeder lokalen Buchhandlung